4월의 눈

April Snow

4월의 눈

1판 1쇄 찍음 2018년 11월 21일
1판 1쇄 펴냄 2018년 11월 28일

지은이 | 안정원
펴낸이 | 고운숙
펴낸곳 | 봄 미디어

기획·편집 | 김민지, 김지우
표지 디자인 | 우물

출판등록 | 2014년 08월 25일 (제387-2014-000040호)
주소 | 경기도 부천시 원미구 길주로 64, 1303(굿모닝 오피스텔)
영업부 | 070-5015-0818 편집부 | 070-5015-0817 팩스 | 032-712-2815
E-mail | bommedia@naver.com
소식창 | http://blog.naver.com/bommedia

값 9,000원

ISBN 979-11-5810-595-2 03810

※파본은 구입하신 서점에서 교환하여 드립니다.

4월의 눈

April Snow

안정원 장편 소설

※이 작품은 실제 상품 · 기업 · 브랜드 · 인물과는 아무런 관련이 없습니다.

※「 」는 영어, “ ”는 한국어입니다.

목차

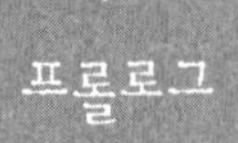

프롤로그

April Snow

뭉게구름이 갈리자 그 사이로 화창한 하늘이 드러났다.

구름 사이로 쏟아져 내리는 눈부신 햇살이 두 눈을 가렸다. 주변을 삼킬 듯한 소리를 내며 날아든 항공기가 강렬한 태양을 등에 업고 활주로 위로 미끄러져 내렸다. 거센 바람이 여자아이의 긴 머리카락을 풀어 헤친다.

"비행기가 타고 있어. 연기가 나."

아이의 걱정에도 남자의 미소는 사라지지 않는다.

"하하. 괜찮아, 타는 거 아니야."

"아냐, 타고 있어! 저기 봐. 사람들이 다치면 어떻게 해?"

활주로 주변으로 날아오르는 연기가 시야를 가리자 아이의 목소리가 더욱 조급해졌다.

"우리 공주님, 승객들이 다칠까 봐 걱정이야?"

푸근한 웃음으로 아이를 끌어안은 남자가 비행기 바퀴를 향해 긴 팔을 뻗었다.

"저 비행기는 10시간을 넘도록 날아왔어. 그동안 제트 엔진은 쉴 새 없이 불을 뿜고, 조종사는 계속해서 비행기를 몰았지. 승무원들도 여러 승객들을 살피느라 바쁜 와중에 늘어지게 잠만 잔 놈이 바로 저 랜딩기어란다."

"잠을 잔다고?"

아이의 눈망울 속에 고여 있던 물방울이 깜박이는 눈썹 사이를 빠져나와 볼을 타고 도르르 흘러내렸다.

"음, 비행기가 하늘로 오른 후부터는 마지막 제 역할을 기다리며 가만히 잠만 잤지. 그러다 착륙 활주로에 도착하면 갑자기 잠에서 깨어 저렇게 빠른 속도로 질주하는 비행기 속도에 맞추어 내려와서 바닥 위를 힘껏 달린단다."

남자의 투박한 손이 아이의 눈물을 부드럽게 쓸어내렸다. 설명을 듣는 아이의 눈망울이 동그랗게 커지기 시작했다.

"달리는 바퀴는 바닥과의 마찰력 때문에 어쩔 수 없이 몸을 태워야 하는 거야. 조금 있다가 비행기 속도를 따라잡으면 연기가 안 날 거야. 저렇게 열심히 달려 줘야 무사하게 승객들을 데려올 수 있단다."

"와, 이제 정말 연기가 안 나네?"

금세 맑아진 아이가 남자를 돌아다보았다.

"아빠?"

"아빠 여기 있어."

어느새 저 멀리 활주로 한편에 서 있는 항공기 옆에 선 남자가 높은 팔을 흔들었다. 바람이 아이의 머리를 마구 날리며 온몸을 휘감았다.

안 돼. 이제 그만.

안간힘을 다해 몸부림을 쳐 보지만 달라지는 건 없었다. 어김없이 두 다리는 조금 전 활주로를 달리던 바퀴처럼 열심히 뛰고 있다. 그렇지 않으면 이번에도 어김없이 아빠는 어디론가 사라져 버릴 것이었다.

"아빠……!"

한순간 솟아난 검붉은 화염이 비행기와 남자를 순식간에 휘어 감았다. 활활 타오르는 불길과 요란한 사이렌 소기가 자지러질 것 같은 아이의 비명 섞인 울음을 그대로 삼켰다.

아무리 눈을 떠 보려 해도 뜨거운 눈두덩은 꼼짝을 하지 않는다. 얇게 뜨인 속눈썹 아래로 눈부신 빛이 파고들어 절로 미간이 찌푸려졌다.

여긴 또 어디지……?

다급히 움직이는 발소리. 군데군데 숨넘어가는 울음소리. 큰 유리문에 붉게 써진 '응급실'이라는 글씨가 춤을 추듯 흐릿하게 눈에 들어왔다. 나풀거리며 스치는 하얀색 가운을 한 움큼 잡아당겨 보지만 힘없는 손가락 사이를 매끄럽게 빠져나갔다.

"엄마, 엄마!"

두려움에 누구라도 불러 보지만 돌아보는 이는 없었다.

아빠를 찾으려 소리를 높였다. 하나, 흐느낌만이 목젖을 건드렸다.

그때였다. 두리번거리는 시야 속으로 사시나무 떨듯 어깨를 떨고 있는 소년의 모습이 눈에 들어왔다. 소년의 소리 없는 울먹임에 절로 두 다리를 일으켜 세웠다.

저도 모르게 그의 어깨에 손을 올렸다. 천천히 고개를 드는 아이의 두 눈 가득 고인 공포감에 기어코 눈물이 터졌다.

"……시끄러워."

손을 툭, 하고 쳐 내는 소년의 입술이 바르르 떨렸다. 저도 모르게 그의 무릎에 얼굴을 묻고 주저앉았다. 소리 죽여 우는 제 흐느낌이 서러워 흑흑거리며 울음을 내질렀다.

그 순간, 고개 숙인 목 뒤로 떨어져 내리는 물방울. 그 차가움에 흠칫 놀라 눈물로 범벅된 얼굴을 들었다. 소년의 볼에서 흘러내리는 굵은 눈물이 이번엔 손등으로 툭, 하고 떨어졌다.

빛바랜 회색 영상 속, 서늘하면서도 뜨거운 감촉의 생생함이 고통스러워 온몸을 비틀었다.

제발…… 날 좀 여기서 꺼내 줘.

1화

로티스 엘

April Snow

무심코 고개를 들자 쇼윈도 밖에서 매장 안을 들여다보고 있던 낯선 사람과 눈이 마주쳤다.

얼른 고개를 돌려 진열대 쪽으로 시선을 옮겼지만 소용없었다. 공항 국제 청사 면세점으로 옮긴 지 벌써 반년이 되어 가는데도 서하는 좀처럼 이곳이 익숙해지지가 않았다.

'로티스 엘'은 다른 브랜드와 달리 넓은 공간을 지닌 단독 매장이었다. 하지만 시야가 한정적인 것은 마찬가지로 윈도우 밖으로 보이는 것이라고는 출국을 앞둔 사람들이 지나가는 모습이 전부였다. 가끔은 시선을 들면 탁 트인 푸른 하늘이 올려다보이던 여주 매장이 그리웠다.

"섬장님. 전화기가 계속 울려요."

연정이 한국 지사에서 받은 새 카탈로그를 살피던 서하에게 직원실에 두고 나온 휴대폰을 건넸다.

나이는 한 살 많지만 팀장을 달고 있어 직급이 아래인 연정은 서하와 마음을 가장 터놓고 지내는 사이였다. 서하에게 전화를 건 상대가 누군지 알고 수고를 자처한 것일 테다.

고운 눈빛과 미소를 답례로 휴대폰을 받아 들지만 그건 서하의 얼굴에 배인 영업용 표정일 뿐이라는 걸, 또한 그 전화를 일부러 피하고 있다는 것을 연정은 모르지 않았다.

세 통이나 찍혀 있는 부재중 통화 목록을 확인하지도 않고 진열대 위로 다시 내려놓는 서하를 향해 연정이 가느다란 한숨을 내뱉었다. 그동안의 스케줄로 봐서는 사흘 전 출국 비행기를 탔으니 아마도 오늘 즈음 돌아온 것 같은데, 같이 서 있으면 주변의 분위기도 녹아 버릴 것 같은 연인들이 대체 무슨 일인지.

연정이 곁눈질로 슬쩍 서하를 쳐다보며 한숨을 뿜어냈다. 도대체가 이제 갓 서른을 넘긴 이의 연애질이 왜 저렇게 답답한지. 그녀는 궁금한 것을 애써 삼키며 상품 카탈로그를 덮는 서하의 곁으로 다가섰다.

"근데, 이번에 베레세르 백화점에 새로 입점하는 매장으로는 누가 차출되어 갈 것 같아요?"

"글쎄."

"이제 매장 오픈일이 얼마 남지 않았는데, 위에서는 아직도 아무 말 없어요?"

"왜? 이 팀장, 가고 싶어?"

"그 말이 아니잖아요. 어렵게 잡은 매장인데 아무나 보내지 않을 것 같고. 그러니 이번에 또 점장님 보내실까 봐 그러지."

작은 한숨이 서하의 입을 통해서 옅게 새어 나왔다. 약간은 멍해 보이는 시선이 향하는 곳이 어딘지 연정이 서 있는 자리에선 보이지 않았다. 이제 막 던진 자신의 말을 생각하고 있나 했더니 길어지는 침묵이 딴생각을 하고 있는 게 분명했다.

"오늘 정말 이상하네."

주변에 다른 직원이 없으니 연정의 말투가 존대와 하대를 편하게 오고 갔다.

"설마. 이제 여기 온 지 6개월인데 또 어디로 보내겠어? 왜? 헤어지는 게 섭섭한 거야. 아니면 나이 어린 상관이 얼른 갔으면 싶은 거야?"

서하가 빙긋 웃음을 지으며 물었다.

"봐. 진심 나온다니까. 점장은 직원의 관리 상관이 아니라, 고객과의 어려운 일이 있을 때의 바람막이로 알아 달라고 하더니, 순 말뿐이었나 봐."

연정의 볼통 튀어나온 입술에 서하가 밉지 않게 눈을 흘겼다.

"아무래도 위치상으로 보나 규모로 보나 앞으로는 글로리아 점보다 강남 베레세르 점이 메인 매장이 될 가능성이 높으니까 신중히 고민하시겠지. 근데, 생각보다 CEO 능력이 대단해. 한국 진출한 지 얼마나 됐다고, 확장세가 빨라."

서하가 두 사람과 조금 떨어진 진열대에서 시니어인 은하에게 이것저것 상품 가격을 묻고 있는 고객을 살짝 곁눈질 하며 목소리를 낮추었다.

"그러게요. 여기로 옮기면서 내가 잘하는 짓인가 했는데. 직원 복지도 나쁘지 않고, 이 추세로 하면……. 아, 근데 점장님. 그거 아세요? CEO와 로티스 엘 메인 디자이너가……."

드륵. 진열대 위에서 연정이 놓아둔 서하의 휴대폰이 톡을 알려 왔다. 제대로 열어 볼 생각도 없이 금방 떠오르다 사라지는 까만 액정 위의 이름을 확인한 서하가 편의점을 핑계로 잠시 자리를 떴다.

결국은 만나러 가고 말거면서 뭐 하러 튕겨? 연정이 로비 저편으로 사라져 가는 서하의 뒷모습에 부러운 시선을 한참 보내고 있을 때, 장신의 한 남자가 매장 안으로 들어섰다.

검은 선글라스 안으로 눈매가 완전히 가려진 남자를 마주하는 연정의 가슴이 저도 모르게 뛰기 시작했다.

이 바닥 일도 대학을 졸업하고 벌써 8년째였다. 그토록 오래, 자주 받은 교육을 뒤로하고 연정의 입꼬리가 과도하게 올라갈 만큼 눈에 띄는 남자였다. 매장 내를 한 바퀴 돌던 남자의 얼굴이 연정의 얼굴 바로 앞에 멈추더니 찬찬히 그녀를 훑어 내렸다. 불쾌감은커녕 연정의 심장 박동이 더해졌다.

"어서 오세요. 따로 찾으시는 거라도……."

아닌데, 이건 백화점용인데. 어정쩡하게 올라간 그녀의 입술라인이 광대뼈 아래의 볼 근육을 부자연스럽게 받치려는 순간, 목소리가 들려왔다.

「점장은 오늘 휴무입니까?」

영어를 내뱉는 저음의 목소리에 연정의 입이 절로 벌어졌다.

한참 올려다봐야 할 키에 날렵하게 뻗은 턱선과 높은 콧대가 남자의 세련된 외모를 더욱 빛내고 있었다.

남자의 윤기 나는 검은 머리카락이 그가 동양인임을 알리고 있었다. 아시아에 이런 비주얼의 남자는 단연코 한국 남자뿐이라 생각하는 연정이었다.

편한 차림이지만 손에 들고 있는 약간 두꺼운 클러치 백은 에르메스 제품, 팔목에 두른 시계는 태그호이어 신상, 아니 저 팔찌는 우리 제품이잖아. 점장님 고객인가?

「아. 아닙니다. 조금 있으면 오실 거예요. 제가 도와드릴까요?」

연정이 매끄럽게 말을 마치고 의기양양하게 다시 입꼬리를 올렸다. 남자의 한쪽 입술도 약간 호를 그리는 듯했다. 눈빛을 볼 수 없으니 미소의 의미를 알 수 없는 연정이 두 속눈썹을 살짝 치켜뜨며 더 환하게 웃었다.

「괜찮습니다.」

매장을 다시 한번 휙 둘러보던 그가 연정과 떨어진 다른 진열대로 발걸음을 옮겼다.

「음, 잠깐 기다리죠.」

그와 동시에 또 한 남자가 매장으로 성큼 들어섰다.

"어서 오세요."

운행을 마치고 바로 이곳으로 왔는지 남자의 차림은 에어코리아나 항공 조종사 제복 차림 그대로였다.

"서하는요?"

만나러 간 거 아니었어? 연정의 눈동자가 흔들렸다.

"아, 그게."

"계속 통화가 안 되는데. 오늘 출근 안 했습니까?"

"점장님, 오늘 몸이 안 좋아서 오전에 조퇴하셨어요."

연정은 저도 모르게 거짓말을 하며 아차 싶은 마음으로 오른쪽 유리 진열대 아래 보석들에 눈길을 주고 있는 남자를 힐긋 쳐다보았다. 순간 장신의 남자의 선글라스와 마주치며 마음이 뜨끔했다.

눈앞 진열대로 급하게 고개를 떨친 연정이 두 눈을 질끈 감았다가 떴다. 누굴 이야기하는지 알 수 없을 거라 여기며 연정이 겨우 미소를 지어 보이자 선글라스의 남자가 오른손을 펴 들었다. 이때다 싶은 마음으로 연정은 제복 차림의 남자를 피해 얼른 장신의 남자에게로 다가섰다.

「무엇을 도와드릴까요?」

남자가 진열대 아래 색상별로 컬러별로 나란히 진열되어 있는 가죽 꼬임 팔지를 톡톡 가리켰다. 연정의 눈이 동그래지자 다시 한번 진열대 유리 밑을 톡 쳤다.

블루 색상의 가죽 팔찌에 새겨진 브랜드 로고가 뒤집혀 페달 부분이 아래로 누워 있었다. 중국인 고객에게 상품을 보여 주던 은하가 넣다가 실수를 한 모양이었다. 얼른 진열대 문을 열어 바로 잡고 고개를 드는 연정의 표정은 여전히 상기되어 있었다.

그러나 그사이 한 여자를 찾던 두 남자는 이미 매장을 나간 뒤였다.

❉ ❉ ❉

길게 늘어선 택시와 리무진 버스에 무심한 눈길을 보내고 있던 서하가 고개를 들었다.

지난밤 미열이 있던 상아의 상태가 걱정되어 집 단축 번호를 누르려던 순간, 메시지가 떠올랐다.

〈서하야.〉

언제나 얼굴을 마주 보고 앉아 말문을 열 때면 미풍에 나뭇가지가 흔들리듯 고요한 톤으로 이름을 부르는 그였다.

다정한 표정으로 그가 서하야, 하고 부드럽게 불러 올 때면 잠들어 있던 강물에 잔잔한 물결이 일듯 가슴 한편이 간질거렸다. 그저 메시지일 뿐인데도 팽팽했던 긴장감이 풀리며 온몸으로 온기가 스며드는 듯했다. 들이마신 숨을 미처 뱉어 내지 못한 그녀의 명치 한가운데가 뻐근해 올 때 새 메시지가 깜박거렸다.

〈몸이 안 좋았구나. 병원은 다녀왔어? 조퇴까지 했다는 소리 듣고 많이 걱정된다. 괜찮아? 집 앞에서 잠깐 볼 수 있겠어? 아, 열이 있으면 바람 쏘이면 안 되나. 약 먹고 잠들었을 수도 있겠다. 늦어도 되니까 메시지 확인하면 연락 줘. 기다릴게.〉

하. 그제야 벅찬 숨을 내뱉는 서하의 가슴이 크게 들썩거렸다. 겨우 이틀째였다. 하루 몇 번씩 취해 오는 그의 연락에 어떤 답도 하지 않은, 아니 못 하고 있는 것이.

그것이 조용하고 여유로운 이 남자를 이토록 초조하게 만든 것일까. 그답지 않게 긴 메시지였다.

〈선…….〉

톡, 톡, 토톡. 천천히 휴대폰을 두드리던 손가락이 이미 적힌 글자를 빠르게 지워 나갔다. 길게 다시 숨을 들이마신 후 빠르게 몸을 돌렸다.

그 순간, 게이트 출구에서 나오던 한 남자의 카트 바퀴에 발이 걸리고 말았다. 짧은 비명과 함께 휘청거리려는 찰나 남자의 단단한 손이 서하의 팔을 잡았다. 카트에 부딪힌 정강이가 아픈 건지, 남자의 지나친 악력에 팔이 아픈 건지 그녀의 미간에 절로 주름이 생겼다.

「괜찮습니까?」

「아, 네. 괜찮아요.」

놀란 마음을 수습한 서하의 입꼬리가 재빠르게 호를 그렸음에도 여전히 잡혀 있는 팔이 저릿했다. 난처함을 담은 서하의 시선이 그의 얼굴을 정면을 주시하자 그제야 남자의 손이 떨어져 나갔다. 그러고도 유난히 짙은 선글라스 너머의 시선이 그녀의 얼굴에 한참을 머물러 있음이 느껴졌다.

당황함에 서하가 급히 몸을 비키려는 순간 남자가 허리를 굽혀 바닥에 떨어진 서하의 휴대폰을 집어 들었다.

「감사합니다.」

짧은 고갯짓으로 인사를 표한 서하가 빠른 걸음으로 게이트 안으로 들어가려다 말고 발걸음을 멈춰 뒤를 돌아보았다.

팔을 뻗기 힘들만큼 지나치게 휴대폰을 높이 들어 건네던 남자. 낯선 남자의 입술 한쪽에 걸려 있던 의미를 알 수 없는 미소가 찜찜했다.

❈ ❈ ❈

열에 들뜬 몸이 채 식기도 전에, 튕기듯 떨어져 나가는 남자를 느끼며 유라의 시린 눈매가 파르르 떨렸다.

어느 순간부터 섹스를 나눈 뒤 한 침대에서 잠을 청하지 않게 된 그였다. 함께 씻지 않을지언정 이렇듯 등을 보이며 먼저 욕실로 향한 경우는 없었다. 적어도 협탁 위에 놓인 담배 한 개비를 물고 그것이 타들어 가는 동안은 그녀의 거칠어진 호흡이 가라앉는 것을 지켜봐 주던 그였다.

굳이 이렇듯 행동으로 나타내 보이지 않아도 그에게 있어 자신은 욕망을 나누는 파트너일 뿐이라는 걸 잘 알고 있었다. 아니, 그렇게 출발한 관계였다 해도 그동안 그는 자신에게 심취했었고 다정했다.

달라지기 시작한 건 분명 여섯 달 전 즈음부터였다.

유라는 침대 옆에 떨어진 가운을 집어 걸치며 거실로 나왔다. 바깥 욕실로 향하던 그녀의 발걸음이 주방으로 돌려졌다. 싱크대 선반 한구석에 놓인 반쯤 남은 위스키를 글라스에 가득 채워 꿀꺽 들이켜다가 컥, 소리를 내며 잔을 내려놓았다.

이미 갑갑해 있던 가슴을 타고 내려가는 뜨거운 액체가 온몸을 태울 것 같았다. 깊은숨을 들이마시고 다시 내뱉은 후에도 목에서 식도로 내려가는 기관이 모두 타들어 갈 것처럼 뜨거웠다. 그도 그럴 것이 종일 먹은 것이 없었다.

"대낮부터 뭐 하는 거야."

언제 나왔는지 우현은 하얀 와이셔츠에 넥타이까지 말끔하게 매고 있었다.

"보면 몰라요. 술 마시잖아요."

비죽거리며 말을 뱉는 그녀의 입술 끝을 향한 그의 눈매에 못마땅한 주름이 생겼다.

"술 마시면 뒤끝이 안 좋잖아."

"그러게요. 누구 때문에 그렇게 돼 버렸죠."

"왜 그래?"

"우현 씨야말로 왜 그래요?"

식탁을 향해 비스듬히 서 있던 그녀가 그를 향해 몸을 휙 돌아보았다.

"뭘?"

"끝내고 싶어요. 나하고?"

조용히 닫히는 입술. 변화 없는 표정. 예상했던, 아니, 마치 기다렸던 답을 들은 듯 그의 담담한 얼굴에 유라는 헛웃음이 절로 나왔다.

"갑자기 왜요?"

"갑자기 아닌 것 알잖아."

"맞아요. 갑자기 아니죠. 요즘은 내가 보자고 해야 겨우 시간을 내 줄까 말까니까."

유라가 글라스를 다시 채우고 반을 비웠다.

"그만해."

"새삼스레 걱정해 주는 건 아닐 테고."

다시 글라스를 집어 드는 그녀의 손에서 우현이 잔을 뺏어 들고 식탁 위에 내려놓았다.

"끝이 예정된 만남이었어."

"기억하고 있어요. 언제든 선배가 그만두고 싶을 때 그만두겠다고 한 것."

"시작하자고 한 것도 너였고."

순식간에 모든 게 제 탓이 되어 버렸다. 그럼에도 비겁해지는 그를 놓고 싶지가 않다. 그녀의 입에서 한탄에 가까운 웃음소리가 나오자, 우현의 인상이 더 찌푸려졌다.

"정말 선배는…… 내게 단 한 톨의 감정도 없어요?"

그녀의 웃음이 뚝 멈추었다.

"3년이에요."

"있어."

얼마간 벌어져 있던 그녀의 입술이 순하게 닫혔다.

"미안함. 그리고 약간의 죄책감."

하. 다시 한번 헛웃음이 흘러나왔다.

"싫지 않았어. 너를 안을 때의 흥분. 그리고 쾌감. 때로는 이게 좋은 감정이 아니고 뭘까 생각될 때도 있을 만큼."

그런데 달랐다. 누군가를 몸으로 안는 것과 가슴에 안는 것에 확연히 차이가 있다는 것을 알게 되었다는 말은 뱉지 않았다. 그의 미간에 설핏 주름이 생겼다. 이런 설명을 하고 있는 자신이 한심스럽다.

"처음엔 너에게도 나쁠 게 없다고 생각했어. 서로가, 서로의 몸을 원했으니까."

그러나 누군가가 가슴 한가득 차오르고 나니 더 이상 다른 이를 안을 수가 없었다. 마음에 품은 상대에게 그렇게 미안할 수가 없다. 유라에게 먼저 끝을 말하지 못한 건 자신의 우유부단함도 있었지만 그녀의 오래된 마음을 알고 있었기에 차마 모질어지지 못했다.

"그런데, 이젠 선배의 몸이 원하지 않나요?"

"네 감정이 부담스러워."

어쩔 수 없이 눈동자가 흔들리는 걸 느끼며 유라가 어금니를 힘껏 깨물었다. 모르지 않았던가. 그래 놓고선 여태껏 잘도.

"거짓말."

우현의 두 눈썹이 천천히 위로 올라갔다.

"솔직해지시죠. 김우현 씨."

커진 그의 눈매에 힘이 들어가기 시작했다.

"부담스러워요? 내 감정이? 도대체 언제부터? 당신이 달라지기 시작한 건 겨우 반년 전 부터야. 그때부터 무슨 일이 있었던 거죠? 설마, 민수화 상무 때문이라고는 말하지 말아요. 그쪽에도 여전히 무관심한 거는 알고 있어. 딴 여자라도 생겼나요?"

"그만해."

우현은 소파 한편에 걸려 있는 상의 제복을 들고 현관을 향해 몸을 돌렸다. 유라가 그의 앞을 막아섰다.

"이렇게 가면 어떡해요? 제대로 이야기하고 가요. 또 언제 시간을 내 줄 거라고."

"무슨 말을 해도 결론은 마찬가지야."

"알았어요. 선배. 내가 잘못했어요. 이런 말 다시 안 꺼낼게요. 그러니 조금만 더 있다가 가요."

기어코 그녀의 두 어깨가 흔들렸다. 우현은 그녀의 어깨로 저도 모르게 뻗어 가던 손을 거두며 그대로 돌아섰다.

해 줄 수 있는 건 아무것도 없었다. 진작 끝을 내야 했던 관계였다.

⁜ ⁜ ⁜

문득 잠에서 깼다. 얼마 만에 깊은 잠을 잔 건지, 얼마나 잔 건지 흐릿한 눈에 비해 정신은 모처럼 맑고 개운했다. 절로 눈길이 향한 테이블 위 시계가 6시 반을 가리키고 있었다.

6시 반? 새벽? 저녁? 서하가 벌떡 몸을 일으키고 커튼을 걷었다. 어스름한 어둠 사이로 여명을 닮은 여릿한 빛이 섞여 있었다. 갑자기 마음이 바빠진 서하가 창에서 몸을 돌리려 하는 순간, 집 앞 가로등 불이 반짝 하고 켜졌다. 갈수록 짙어지는 어둠을 맞이하려는 것이었다.

그제야 마음을 놓은 그녀는 침대로 다가와서 털썩 주저앉았다. 그러기도 잠깐, 다시 일어선 그녀가 창가로 다가갔다. 가로등 앞, 큰 은행나무 옆에 세워져 있는 낯익은 승용차 한 대에 시선이 갔다.

책상 위에 놓인 휴대폰을 들어 급하게 패턴을 그리던 그녀가 마음을 고쳐먹고 편하게 입은 옷차림 위로 카디건을 걸쳤다. 방문을 나서려던 발걸음을 옮겨 옷장에서 바람막이 야상을 꺼내어 갈아입었다.

"엄마, 어디 가?"

거실에서 TV를 보던 상아가 현관까지 서하를 따라나섰다.

"요 앞 슈퍼에 잠깐 다녀올게."

"나도 갈래."

"금방 올 거야."

"몸도 안 좋다면서 왜 바람은 쐬려고? 뭐가 필요해? 내가 갔다 올게."

상아 목소리를 듣고 주방에서 정순이 고무장갑을 낀 채 고개를 내밀었다.

"아뇨. 잠깐 만날 사람이 있어서요. 금방 들어올게요."

"나도 갈 거야."

"아휴, 상아! 너 요즘 도대체 왜 그래? 왜 서하한테 딱 달라붙어서 그래?"

누굴 만나러 가는 차림새치고는 허술해 보이는지 다시 한번 서하를 힐긋 쳐다보던 정순이 기어코 고무장갑을 벗고 신발을 꿰어 신으려는 상아를 말리고 나섰다.

"얘가 너 이사 나갈지 모른다고 하니까 불안해서 더 저러는구나."

"이사 안 가. 상아와 계속 이 집에서 살 거야."

"정말?"

그제야 상아가 신던 신발을 내려놓고 동그란 눈을 들고 서하를 올려다보았다

"안 가긴 왜 안 가? 여기서 출퇴근 거리가 얼만데. 힘이 드니까 계속 몸살이 나잖아."

"그래서 그런 것 아니에요."

"상아 때문에 그래? 자꾸 엄마라고 해서 싫어서 그래?"

서하와 정순이 동시에 현관 앞 문턱에 쪼그리고 앉아 있는 상아를 내려다보았다. 아무리 정순이 타일러도 들은 척을 하지 않던 상아였다. 말리면 말릴수록 부러 더 큰 소리로 엄마, 하고 서하를 불러 세웠다. 잔뜩 풀이 죽은 목소리는 처음이었다.

"엄마라고 안 부르면 상아랑 계속 살 거야?"

상아의 말끝에 기어코 물기가 묻어나자 서하 역시 코끝이 시큰해졌다. 서하가 몸을 낮추어 상아의 옆에 가만히 앉았다.

"아, 언니 혼삿길 망칠 일 있어? 고집 부릴 걸 고집 부려야지."

지난번 어린이집 생일파티에 한사코 서하가 오기를 고집하더니 그 후로 아무리 말려도 소용이 없었다.

"엄마니까 엄마라고 부르지."

"누가 네 엄마라고 그래?"

이래저래 속 시끄러운 정순이 손에 들고 있던 행주를 바닥에 내리치며 어린 상아에게 언성을 높였다.

"엄마, 그만해. 애한테 왜 그래?"

서하가 정순을 향해 눈빛으로 나무랐다.

"지영이네 할머니가 그랬어. 할머니는 늙어서 아이를 낳을 수 없다고. 할머니는 지영이 할머니보다 나이가 더 많은데 어떻게 내 엄마야?"

"널 낳을 때는 안 늙었다니까."

"피, 거짓말! 그리고 언니가 엄마라고 말해 줬단 말이야. 그렇지?"

서하를 돌아보는 상아의 눈에 아이답지 않은 애처로움이 가득 담겼다. 그런 상아를 끌어와 서하가 한 품에 안았다.

"맞아. 우리 상아, 엄마 딸 맞아. 그러니까. 이제 할머니가 뭐라고 해도 씩씩해야 돼. 그리고 엄마 들어올 때 상아 좋아하는 아이스크림 사 올 테니까 TV 보고 있을래?"

상아가 고개를 크게 주억거렸다. 어린 눈망울에 맺혀 가는 물방울이 서하의 가슴 한구석을 타고 또르르 흘러내리는 것 같다.

그런 두 사람을 바라보며 고개를 돌리는 정순의 눈가가 붉어졌다. 상아가 불쌍한 건 말할 것도 없지만 서하만 생각하면 가슴에 돌덩이가 얹히는 기분이었다. 이 집안 여자들 팔자가 하나같이 이 모양인지. 정순은 들이마신 시큼한 콧물이 끝내 눈물로 이어질까 봐 얼른 주방으로 몸을 돌렸다.

시동을 걸려던 우현의 손이 멈칫하고 가만히 아래로 떨어졌다. 운전대 너머 차창 밖, 어두워진 골목의 가로등 빛에 서서히 모습을 드러내는 서하의 모습을 보며 우현은 천천히 마른세수로 얼굴을 쓸어내렸다.

일찍 퇴근했다는 소리를 듣고 그저 그녀의 집 앞으로 차를 몰고 왔다. 전화를 넣어 볼까 하다가 겁이 났다. 심난할 것 같은 마음은 이해했지만 계속 피하는 서하의 반응이 섭섭함을 넘어 화가 났고, 무던히 아파 왔다. 오늘도 전화를 받지 않는다면 더 이상 견딜 수 없을 것 같았다.

수화에게서 그녀를 만났다는 이야기를 들었다. 그 순간 서하가 만난 사람이 유라가 아니라 수화인 것에 안도하던 자신이 지독히도 경멸스러웠다.

천천히 조수석을 향해 다가오는 서하를 위해 우현이 문을 열어 주었다.

"언제부터 와 있었어요?"

"두 시간 전부터."

"할 일도 되게 없나 보다."

그녀의 얼굴이 많이 상해 있다. 어떤 말을 해 주어야 할까.

"네 방에 불이 켜지는 순간, 그 긴 시간이 짧게 느껴졌어."

"선배."

늘 양끝이 살짝 올라가 있던 그녀의 미소 띤 입술에서 흘러나오던 호칭의 끝 울림이 오늘은 툭하고 짧게 떨어졌다. 못 들은 척 우현이 시동을 걸었다.

"안색이 나빠. 따뜻한 것 마시러 가자."

골목을 빠져나와 서하가 좋아하는 '다설향'의 주차장에 들어서도록 우현은 말이 없었다. 서하 역시 멍한 시선이 도착한 줄도 모르고 있었다. 어느새 서하가 즐겨 마시는 '달빛아래' 두 잔이 우현과 그녀의 앞에 나란히 놓였다.

"달빛아래를 보온병에 가득 담아서 밤거리를 한번 걸어 보자고 한 약속. 언제 지킬 거야?"

석 달 전 샌프란시스코행 비행을 앞두고 매장으로 서하를 찾아갔을 때 그녀가 호텔에서 열어 보라며 리본이 묶인 조그마한 종이 가방을 하나 내밀었다.

그 안에는 세 가지 종류의 작은 차 세트가 들어 있었다. 꼭 시음을 한 후에 가장 좋은 차를 알려 달라고 했다.

좁은 기장석에서 오랜 비행을 한 탓인지 은은하면서 피곤이 풀리는 달콤한 배 향이 묻어 있던 차가 가장 마음에 들었다고 메시지를 보냈더니 그럴 줄 알았다며 함박웃음을 지은 이모티콘이 답장으로 날아왔었다.

담백하면서도 깔끔한 느낌이 왠지 너를 닮은 맛이라고 했더니 저도 가장 좋아하는 맛이라기에 우현 역시 그럴 줄 알았다고 했다.

〈겨울이 오면 보온병에 달빛아래를 가득 채워서 달빛 걷기 해 드릴게요. 푹 쉬어요.〉

처음으로 서하가 마음을 제대로 보여 온 날이었다. 7개월 전 국제 청사 로비에서 서하를 닮은 여자를 본 이후 그의 눈길은 한 곳을 향해 걷지 못했다. 캐리어를 끌면서 늘 시선을 두리번거리기 바빴다.

보름 만에 새벽에 가까운 이른 아침, 국제 청사 게이트 앞에서 그녀와 재회했다. 10년 만이었다. 순간 심장이 쿵, 하고 떨어지던 소리는 이후 '달빛아래' 티백 안에 들어 있던 달달한 별사탕을 입에 머금은 듯 그녀와의 감미롭던 시간 속에서도 단 한순간도 멈추지 않고 박동해 댔다.

그런데 언제나 쿵쾅거리던 가슴 언저리가 오늘은 둔탁한 통증을 일으키며 숨쉬기가 어려웠다.

"계속 얼굴 안 보여 주는 이유, 내게 힘껏 걸어오려고 체력 보충 중인 거라 생각할게."

"선배."

"민수화 상무 만났다는 이야기 들었어. 집안끼리 아는 사이일 뿐이야."

"선배가 무리하는 거 싫어요. 난."

"무리라니."

그가 기장이 되어 있을 거라고 짐작했다. 학교를 제대로 마쳤으면 아마도 그가 타고 다니는 비행기를 직접 정비하고 있었을지도 모를 일이다.

기장과 항공 정비사. 하긴 남녀 사이에 그것도 썩 어울리는 조합은 아니다.

"너무 멀어요."

여전히 알아듣지 못하는 소리에 우현의 미간이 더 구겨졌다.

"선배가 사는 곳."

"너……."

"민수화 상무님 때문이 아니에요. 집에서 정해 놓은 사람이 있든 없든 제가 싫어요. 저, 자격지심에 열등감 많거든요."

"서하야."

“면세점 내에서 선배 인기 되게 많은 거 모르죠? 잘나가는 기장님하고 만나는 것도 실은 힘에 겨웠어요. 근데…….”

항공사 대표 아들이라니. 게다가 하필 에어코리아나 항공이라니. 말을 하던 서하가 두 입술을 꾹 다물자 우현이 다시 잔을 들어 한 모금을 벌컥 마셨다.

“네가 무슨 소릴 들었는지 몰라도, 달라질 것 없어. 달라질 이유도 없고. 나는…….”

“저, 애도 있어요.”

생각지도 못한 서하의 발언에 우현이 내려놓으려던 물컵이 공중에서 붕 뜬 채 멈춰 버렸다. 누군가 리모컨의 정지 버튼을 누른 듯 카페 안의 모든 소리와 함께 모든 화면이 멈춘 순간이었다.

차마 마주한 시선을 피하지도 못하고, 벌어진 입을 다물지도 못한 채로 그저 멍하니 앉아 있는 그를 두고 일어섰다. 습관적으로 집을 향하고 있는 발걸음에 그저 몸을 맡겼다.

대문 앞에 다 와서야 상아와 약속했던 아이스크림을 기억해 내고 골목을 되돌아 내려갔다가 오다 보니 시간이 더 늦어졌다.

“상아는요?”

“저녁을 조금 많이 먹는다 싶더니 잠이 들었네.”

“네.”

냉동실에 아이스크림을 넣어 놓고 주방을 나오려던 서하가 정순의 시선을 느끼고 돌아보았다. 들어가 바로 눕고 싶었지만 물끄러미 쳐다보는 그녀의 눈길에 하는 수 없이 식탁 맞은편 의자에 앉았다. 콩나물 머리를 톡톡 따 가며 눈빛을 피하려 하기엔 정순의 입가에 담긴 말이 많아 보였다.

"말해요."

"뭘 말해?"

"하고 싶은 말이 가득한데?"

"잘못 봤어. 듣고 싶은 말이 많은 거야."

작은 웃음소리를 내뱉은 서하가 천천히 일어나 정수기의 따뜻한 물 한 잔을 받아 다시 앉았다.

"물어봐야 말을 해 주지. 엄마가 궁금한 걸 내가 어떻게 알아."

"누구 만나고 오는 길이야?"

이번엔 서하가 정순을 물끄러미 바라다보았다.

"실은, 그냥 바람을 조금 쐬고 싶었어."

정순은 한 번씩 서하를 내려 주던 낯익은 승용차가 한 시간이 넘도록 집 앞에 서 있더란 말을 하지 않았다. 그리고 최근 잘 먹지도 자지도 않는 이유가 뒷모습만 봐도 너무나 듬직해 보이던 그 남자 때문이냐고도.

"엄마."

"왜?"

"그냥 둬."

"무슨 뜬금없는 소리……."

"상아."

정순이 입을 다물고 고개를 들어 서하를 바라봤다.

"네가 평생 상아 끼고 살 거 아니면 지금 마음 아파도 쓸데없는 버릇 들이지 마."

"끼고 살게."

"서하야."

"상아 영민해. 어리지만 저 하는 소리가 다 맞잖아. 처음부터 잘못한 거야. 어른들 좋자고 저 어린애에게 무슨 못할 짓이야."

"너는? 네 인생은 어떻게 하고?"

"엄마도 참. 드라마 열심히 보더니 아직 세련되려면 한참 멀었네. 요즘 애 딸린 게 무슨 흠이야? 나 같은 능력에, 미모에. 게다가 예쁜 딸까지. 아이, 참. 주름진다. 미간 좀 펴."

"쓸데없는 소리 하지 말고. 얼른 방 구해서 나가 살아."

"엄마."

"더 듣기 싫어. 내일 쓸 것 아니니까 콩나물 다 다듬을 생각하지 말고 적당히 묶어 넣고 들어가."

등을 돌리고 나가 버린 정순의 자리가 휑했다. 천천히 들어 입가에 가져다 댄 물 컵은 어느새 온기가 사라져 있었다.

그가 먼저 일어서 나가도록 자리를 지키고 있었어야 했다. 적어도 풀려 버린 눈빛이 제자리로 돌아올 때까지는 마주 앉아 식어 버린 잔을 대신 해 주어야 했다.

아니, 조금도 더 그를 마주하고 앉아 있을 자신이 없었다. 결국 이러고 말 걸 왜 다시 마주하게 했냐고 대상 모를 원망을 그에게 쏟아붓고 말 것 같았다. 봄 햇살을 닮은 따스한 나날이 믿기지 않아 내내 불안도 했다.

잠시 머물다 떠난 국제 청사가 아니었다면 만날 일도 없었던 남자. 곧 잊을 수 있을 것이다.

그런데 성가시게 왜 눈물은 흘러내리는 거야.

서하의 손등으로 슥 하고 닦아 내기엔 볼을 타고 내리는 눈물방울이 너무 굵었다.

2화

✷

악연 혹은 인연

April Snow

딩동. 지하 3층을 알리는 안내 음이 울리기도 전에 서하의 긴 손가락이 엘리베이터 열림 버튼에 가 닿았다.

톡톡. 두 번을 빠르게 눌렀지만 어느 때고 제 역할을 다 하도록 세팅된 문은 스르륵 여유롭게도 열렸다. 4층 매장에서 한달음에 달려간 보람이 있게 때맞춰 엘리베이터를 만났다 했더니 결국 지하 3층까지 일곱 층을 한 번도 쉬지 않고 손님을 내려 주는 덕에 그녀의 급한 마음은 더욱 애가 닳았다.

엘리베이터에서 내리기 무섭게 미처 갈아 신을 생각도 못 하고 내려온 그녀의 매장용 구두 소리가 조용한 주차장에 요란하게 울려 퍼졌다.

직원 전용 주차장, 특히나 임원 전용 A, B라인은 평소에도 인적이 뜸하지만 퇴근 시간이 아직 한참 남은 지금은 사람 하나 보이지 않았다.

오전 직원회의에 늦는 바람에 늘 주차하던 곳이 아니라 빈 곳을 찾아 급하게 주차한 기억을 더듬던 서하는 하는 수 없이 스커트 호주머니를 더듬어 리모컨 키를 꺼내 눌렀다.

순간 B라인 구석진 곳에서 소형차 전조등이 한차례 번쩍거리다 꺼졌다. 금세 울려 퍼지던 그녀의 다급한 구두 소리가 미처 그녀의 차체에 가 닿기 전에 다시 멈추었다.

벽면 바로 옆으로 세워진 대형 세단 한 대가 바로 옆에 세워진 그녀의 프라이드와 거의 접촉하듯 붙어서 발 하나 디딜 틈을 두고 있지 않았다. 일부러 저리 교묘하게 붙여 놓으려 해도 불가능할 것 같은, 얼굴 모를 이의 주차 실력에 세하가 제 입술을 잔망스럽게 깨물었다.

다각, 다각. 몇 발자국 걸어 벽면 측으로 가 보았다. 상대의 운전석은 사람 하나가 오르고 내릴 정도의 공간은 되고도 남았다. 벽면 쪽으로 조금만 더 붙여 주었으면 좋을 것을. 배려 없는 옆 차의 운전자를 원망하며 서하는 앞머리를 쓸어 올렸다. 고가의 수입 차가 다치든 말든 제 차의 문을 확 하고 열어 보려고 해도 발 들일 공간조차 되지 않았다.

긴 한숨을 뱉으며 눈길은 절로 천장 쪽 CCTV를 찾고 있었다. 주차를 이따위로 해 놓는 인간의 문제인지, 갈수록 외관이 커가는 차량이 많아지는 이 시점에도 예전의 좁은 주차 라인을 고수하는 백화점이 문제인지 알 바가 아니었다.

제 편한 쪽으로만 차를 확 붙여 놓은 인간성이 전화번호 따위를 붙여 놓을 리가 하면서도 전면 유리를 열심히 살피는 그녀의 눈에 역시나 어떠한 연락처도 보이지 않았다.

하는 수 없이 휴대폰을 꺼내어 단축 번호를 눌렀다. 여전히 울림만 갈 뿐 응답이 없다. 또 휴대폰을 두고 나가신 건가. 세

번이 울리기 전에 전화를 받는 엄마였다. 길게 한숨을 뿜은 서하가 잠시 망설이다가, 어딘가로 다시 번호를 눌렀다.

얼마 지나지 않아 그녀가 서 있는 지하 3층 주차장까지 차량의 주인을 찾는 9층 방송실의 안내 멘트가 매끄럽게 울려 퍼졌다.

링컨 컨티넨탈. 처음 보는 차량이었다. 높은 주차장 벽 위의 불빛을 우아하게 반사하는 검정 문 루프에 베이지 빛이 감도는 은회색 세단. 차에 관해 잘 알지도, 별 관심도 없는 그녀였지만 멋진 외관에 저도 모르게 힐끔 눈길이 갔다.

공항 국제 청사 매장에서 이곳으로 옮긴 지 한 달. 먼 출퇴근이 여간 곤혹스러운 게 아니었다. 급한 마음에 자주 비워져 있는 이 라인을 간혹 이용했다.

최근 출시 차량 같은데, 설마 임원 중 누군가 차를 바꿨나? 그렇든 말든 이따위로 차를 세워 놓는 건 또 무슨 경우야. 남의 차선까지 넘어 주차하다니.

다시 이마를 짚으며 서하가 다른 팔목에 두른 손목시계에 눈길을 주었다. 방송이 나가고도 10분. 다시 휴대폰을 들어 올리려는 순간, 둔중하게 울려오는 발소리 쪽으로 서하가 고개를 획 하고 돌렸다.

다행히 긴 다리가 뻗어 내는 발소리의 목적지가 그녀의 방향이 맞는지 공작새가 날갯짓을 하듯 차의 사이드 미러가 우아하게 펴지고 전조등이 번쩍거렸다.

바람이 지나가도 이처럼 조용히 스치긴 힘들 터인데 남자는 이쪽이 전혀 보이지 않는지 고갯짓 한 번 없이 차 문의 손잡이를 잡는다.

문이 채 열리기 전에 그녀가 남자의 뒤에 바싹 붙어 섰다.
"이봐요."
서하의 조용한 목소리가 남자를 돌려세웠다. 그뿐, 지극히 다가오는 무심한 눈길에 서하는 잠시 남자를 부른 이유를 잊어버렸다. 익숙지 않았다.
오늘 점심시간만 해도 식당에 가득한 손님으로 인해 너무 바쁜 나머지 먹기에 지나치게 타서 나온 화덕 피자를 두고 직원을 몰아붙이는 그녀의 동료를 말리던 서하였다. 제 스스로 무언가를 따져 본 적이 언제였던가.
"사과나 변명 정도는 해야 할 것 같은데요."
여전히 표정에 별 변화가 없는 남자의 눈길이 조금 아래로 내려왔다.
"한쪽으로만 편협하게 주차해 놓는 이유에 대해서."
지극히 낮고도 침착한, 그리고 화가 날 때의 그녀 특유의 착잡한 말투가 따지기보다는 정말 상대방으로 하여금 정말 그 이유가 궁금한 듯이 들리도록 했다. 그제야 그녀의 얼굴에 그의 눈길이 머물렀다.
빤히 얼굴만 쳐다보면 어쩔 건지. 여전히 입술을 꾹 다물고 있는 남자의 얼굴에 그녀는 들키지 않도록 나직하게 한숨을 뱉었다.
그렇지 않아도 바쁜데 괜히 일을 만들었나? 순간, 조금 후회가 됐다. 그러나 마치 누가 보면 잘못한 사람이 이쪽이라 여길 만큼 마음에 들지 않는 남자의 태도와 표정에 서하가 참고 있던 말을 뱉었다.
"너무 급하다 보면 이렇게 세워 놓을 수는 있어요. 그래도 옆 사람이 급하게 나갈 일이 있을지도 모르는데 연락처라도 남겨 놓는 게 기본이라고 생각하는데요. 개인 신상을 붙여 놓기 싫어 이런 일이 일어났다 치면 적어도 그런 억지 춘향 표정으로 차를 빼는 건 아니죠. 꼭 제가 못 할 부탁이라도 한 사람처럼."

순간 아주 미세했지만 남자의 입꼬리에 비웃음을 담은 듯한 미소가 살짝 걸리는 것 같다가 사라졌다.

"억지 춘향의 사전적인 의미는?"

뭐야. 지금 말장난이라도 쳐 보자는 거야. 게다가 다짜고짜 하대라니.

어떠한 진상 고객을 만나도 웃으며 돌려보내는 특기를 지닌 서하의 인상이 절로 찌푸려졌다. 그건 인터넷에 검색해 보고 어서 차나 빼라고 대꾸하고 싶은 걸 꾹 눌렀다.

"억지 춘향. 원치 않는 일을 어쩔 수 없이 함을 이르는 말이죠. 이런 상황에서 지을……."

"표정 설정 제대로 한 것 같은데."

슬그머니 올라가던 그의 한쪽 눈썹으로 인한 표정 변화 때문이었을까. 조금 전보다 낮아진 남자의 목소리에서 작은 위압을 느낀 서하의 말문이 잠시 막혔다.

"언제 봤다고 자꾸 말을……."

"보아하니 임신한 것 같지는 않고."

남자의 눈이 서하의 잘록한 배 언저리에 머물렀다. 남자의 어이없는 발언과 시선에 서하의 아래턱이 툭 떨어졌다.

"지금 뭐……."

"강서하."

남자의 입에서 흘러나오는 자신의 이름에 서하의 놀란 입이 합죽 닫혔다.
그의 눈이 미처 빼지 못한 그녀의 왼쪽 가슴 언저리 명찰에 가 있었다.
"이 백화점은 일개 매장 점장도 임원 라인을 사용하나?"
혀끝으로 아랫입술을 살짝 축인 서하가 무언가 말을 하려고 입을 달싹거렸다.
"그것도 아니면 이 소형차가 놓인 라인이 여성 배려석?"
남자의 눈길이 다시 한번 서하의 배 언저리로 내려갔다.
"이것 보세요."
"강서하 점장님."
비로소 목소리에 날이 선 서하의 목소리와 달리 남자의 말투가 갑자기 정중해졌다.
"정 바쁘셨으면 다른 방법을 강구해 볼 걸 말입니다."
그러나 반듯한 말본새에 묻어 있는 빈정거림은 뚜렷했다.
"그러면 굳이 입씨름하는 시간까지 낭비할 필요가 없으셨을 텐데. 운적석에만 앉으면 될 것을. 꼭 운전석 문을 열고 타야 하나?"
무슨 말을 하는 건지 알아듣지 못한 서하의 눈이 성큼 커졌다.
"그리고."
낮게 깔리는 목소리에 엄함이 실리나 싶더니 남자의 눈빛이 날카로워졌다.
"어디서건 잘빠진 유니폼과 명찰로 브랜드 홍보하며 돌아다니는 것도 나쁘지 않겠지만 그렇다면 대신 잊진 말아야 하지 않나? 개인 강서하의 감정은 배제할 것. 그런 의미로 오늘 고객 응대는 실격이군."

말을 마친 남자는 뒤도 돌아보지 않고 차에 올라탔다. 그리고 시동이 걸린 차는 매끄럽게 뒤로 빠져나와 주차 라인을 돌았다.

"아니, 뭐 저런……!"

어디선가 들려오는 발소리에 욱 하는 마음에 새어 나오려던 비속어를 삼켰다. 그리고 천천히 가슴팍에 손을 올려 명찰을 떼어 내고 호주머니 안으로 넣으며 아랫입술을 잘근 씹었다.

처음 있는 일이었다. 매장에 도착해서 유니폼을 입는 순간부터 철저히 개인 강서하는 내려놓고 어떤 감정 발산도 자제하는 그녀였다.

스물한 살. 첫 아르바이트로 일했던 명품 가방 매장에서 고객의 발을 밟은 뒤 몇 번이고 고개와 허리를 숙여 사과를 했는데도 불구하고 입꼬리가 올라가 있는 그녀 특유의 표정 때문에 결국 VVIP 진상에게 따귀까지 맞고 잘렸었다.

오랜 시간이 지나도록 잊히지 않는 것은 얼얼했던 뺨이 아니었다.

화장실 한편에서 눈물범벅이 되었던 얼굴. 어설프게 그렸던 아이라인이 녹아 내려 판다를 떠올리게 했던 눈자위. 그 치욕스럽고 서러웠던 기억이 그녀를 오래도록 이 바닥에서 버티게 만들었으며 이른 나이에 점장이라는 자리에 오르도록 했다.

배려라곤 하나 모르는, 제 잘못 돌아볼 줄 모르는 인간에게 들은 말이 틀리지 않았다는 게 씁쓸했다. 어떤 위치로 이곳에서 있든 간에 유니폼 복장의 자신 앞에선 누구나 로티스 엘 고객의 한 사람이다.

직원 한 사람, 한 사람이 브랜드의 움직이는 홍보가 될 수 있도록 최상의 교양과 품격을 유지할 것, 그것을 위해 자신의 관리에 최선을 다할 것을 본사는 교육하고 있었으며 직원들 개개인을 위한 복지와 투자를 위해 어떠한 지원도 아끼지 않았다. 그 덕을 서하 자신이 가장 많이 보고 있었다.

동생인 현민이 경찰서에 있다는, 담임으로부터 걸려 온 전화를 받고 아무래도 이성을 잃은 것 같다.

긴 한숨을 내쉬고 다시 한번 숨을 들이마신 서하가 운전석 문을 열려다 말고 멈칫했다. 다시 돌아 반대편 조수석 쪽으로 천천히 다가갔다.

그녀의 미간이 있는 대로 찌푸려졌다. 오른편에 세워져 있는 다른 차와의 간격은 넓진 않았지만 조수석으로 오를 만했다. 비록 스커트 차림이긴 했지만 보는 사람이 없으니 그 남자에게 던졌던 억지 춘향으로나마 그리 올라탔으면 됐다.

저도 모르게 왜 '억지 춘향'이라는 말이 튀어나왔는지 그제야 깨달았다. 며칠 전 개그 프로를 보고 있던 상아가 춘향의 원래 이름이 억지 춘향이냐고 묻는 바람에 한참을 웃었던 기억이 뇌리를 스쳤다.

지나치게 흰 피부 탓인지 더욱 차갑게 보이던 남자가 그 단어에 얇은 입매를 끌어 올리던 표정이 떠올랐다. 짧은 한숨이 다시 새어 나왔다. 자책 따위 옳지 않다. 이렇든 저렇든 다시 부딪치고 싶지 않은 남자였다.

그런데 왠지 낯설지 않은 이 느낌은 무얼까.

팔꿈치를 운전석 창 밑에 걸친 유진이 엄지로 아래턱을 쓸며 왼쪽 사이드 미러에 눈길을 주었다. 꽤나 약이 올랐는지 차 문을 열고 닫는 여자의 손길이 거칠었다.

그의 입가에서 의미를 알 수 없는 짧은 웃음이 떠올랐다가 사라졌다. 옷도 제대로 갈아입지 않은 걸 보니 꽤나 바쁜 걸음이었던가 보다. 한껏 짜증이 났을 상황임에도 여자의 목소리는 낮고 조용했다.

공항 국제 청사 게이트 앞에서 자신의 휴대폰이 둔탁한 소리를 내며 떨어지는 순간과 마찬가지로 표정은 혼이 나간 듯 온기가 느껴지지 않은 채였지만 말투는 마치 철없는 아이를 가르치듯 조용조용 침착했다. 그런 여자의 표정 변화가 재미있어 말이 길어졌다.

뉴욕에서 론칭한 지 20년 만에 명품 주얼리로 자리 잡은 로티스 엘이었다.

올봄 공항 국제 청사에 입점을 하고, 한 달 전 강남 중심지에 자리 잡은 대형 백화점 베레세르 4층 럭셔리 부티크에 새로운 매장을 오픈함으로써 한국 내 전부 열 곳의 매장을 지니며 홍콩, 싱가폴과 더불어 아시아 지역에서 자리를 잡았다.

그리고 본격적인 중국 진출과 확장을 위해 한국으로 본사 이전을 염두에 두고 유진이 한국으로 날아온 지 한 달 반이었다.

강서하. 나이는 많지 않지만 국내 10개 매장 점장 중 가장 실적이 좋고 VVIP 고객들로부터 좋은 평가를 받고 있는 그녀를 만나려다 헛걸음질 치기를 두 번, 설핏 다음 만남이 기대되는 순간이었다. 그의 얇은 입술 사이로 짧은 실소가 다시 새어 나왔다.

그리고 무엇이 급한지 핸들 옆 시계에 힐긋 시선을 준 그가 힘껏 액셀러레이터를 밟았다.

✣ ✣ ✣

똑. 똑. 조용히 끊어지는 두 번의 노크 소리에 결재란 위로 매끄럽게 굴러가던 명희의 펜이 한순간에 멈추었다. 온다는 연락을 받고, 오전 내내 일이 잡히지 않다가 오후에야 겨우 결재 파일들을 펼쳐 보았다.

닫혀 있던 문이 열리자 그녀의 눈에 감회의 빛이 짧은 순간 일렁이다가 사라졌다. 오래도록 기다린 오늘의 만남에 대한 적절한 인사말을 찾을 수 없는 명희는 그저 입술을 꾹 다물고 젖어 오는 눈가의 시릿함을 참아 냈다.

"잘 계셨습니까."

조용하고도 짧게 내리깔리는 무심한 목소리. 마치 어디 지방이라도 다녀온 듯 짧은 이별을 말하는 무감한 표정은 여전했다.

"얼굴이 많이 상했구나."

떨어져 산 지는 20년이 되었지만 뉴욕에 갈 때마다 유진을 꼭 챙겨 보고 오던 명희였다. 뉴욕에 갈 일이 있다기보다 2년에 한 번은 뉴욕에 갈 일을 만들었다고 보는 게 옳은 말이다. 그런 식으로 오고 간 횟수가 열 손가락이 채 되기도 전에 벌써 장성해 버린 아들이다.

아들. 그래, 이제 정말 내 아들이고자 돌아온 것이리라. 그렇게 믿고 싶었다.

"한 번 안아 줄 것도 아니라면 어서 이리 와 앉아."

걱정과 그리움으로 타들어 갔던 그녀의 마음이 새된 목소리가 되어 나와 버렸다. 그런 자신이 마음에 들지 않는지 명희가 짧은 한숨을 내쉬었다.

그를 끼고 산 시간이라 해 봐야 겨우 2년이었다. 언제나 잘 통제된 감정으로 아랫사람들을 대했고, 누구에게나 다정하되 곁을 주지 않았다.

다른 사람은 몰라도 이 아이에게만은 더욱 그러해야 함을 알면서도 어쩐 일인지 손톱만큼도 마음을 내어 주지 않는 대상에게 이렇듯 허물어져 버리다니. 골수부터 민씨 집안 남자들에게 약하게 태어난 건지, 그런 자신이 못마땅하기 그지없다.

"어떻게 그렇게 무정해? 들어온 지가 언젠데, 이쪽에서 연락을 넣지 않으면……."

명희가 이어 가던 말을 끊고 천천히 입을 다문 뒤 가죽 소파 뒤로 몸을 물렸다. 이런 식으로는 곤란했다. 긴 숨을 천천히 다시 들이마신 명희의 눈빛이 조금 달라졌다.

한동안 말없이 조용히 유진을 바라보는 명희에게서 그제야 BS유통 고명희 대표의 부드러운 카리스마와 절제된 긴장과 여유로움이 묻어 나왔다.

"순서가 잘못됐구나. 너희 어머니는 좀 어떠시니."

"……잘 계십니다."

"어디 계신지 정말 안 가르쳐 줄 마음인 거야?"

"……."

알아보려면 알 수 있는 명희였지만 이렇듯 잊지 않고 돌아와 준 그를 위해서라면 그 마음을 충분히 존중해 주고 싶었다. 얼마 전의 불미스런 사건으로 인해 모든 약속을 되돌릴까 봐 얼마나 전전긍긍했는지 모를 일이다.

"아직 할머니도 안 찾아뵈었다면서."

"회장님, 찾아 뵐 일 없습니다."

"유찬아."

"유진입니다."

들어온 줄 알면서도, 이제껏 일언도 없는 자신의 시모이자 BS 그룹의 진영신 회장과 그 고집을 그대로 물려받은 눈앞에 있는 녀석을 두고 얼마나 힘에 겨운 싸움을 해 나가야 할지 벌써부터 걱정이 되었다.

명희는 다시 새어 나오려는 한숨을 애써 삼켰다.

"잠시 들어온 겁니다."

"무슨 소리니, 그건."

"로티스 엘. 중국 진출과, 본사 이전 문제로 들어왔습니다."

"본사 이전이라면, 어디. 중국으로 말이니."

"……한국으로 옮길 생각입니다."

감추려 해도 명희의 눈빛이 절로 반짝이기 시작했다. 그를 눌러 앉히기 위해 힘쓸 필요가 없어졌다.

"듣던 중 반가운 소리인걸. 그럼 넌 당연히 따라 들어올 일 아니니?"

"뉴욕에서 로티스 진이라는 브랜드 출시 준비 중입니다."

"유찬아."

"유진입니다."

"고집 좀 그만 부려. 그리고 로티스 엘이든, 진이든 정리하고 BS로 들어와. 어떡하려고 일을 크게 벌여. 너, 회장님이 이제껏 말이 없이 지켜만 보고 있는 이유가 뭐라고 생각해?"

"알고 있습니다. 대표님께서 막고 계셨던 거."

"어머니, 그 말이 쉬이 나오지 않는다고 해도 네 입에서 회사

직책 따위로 불리기엔 내가 너무 억울하지 않겠니?"

화가 나지도 않았다. 순간 더 이상 이 녀석을 이리 두어선 안 되겠다는 전의에 가까운 투지가 명희의 마음속에 자리 잡기 시작했다.

"그리고 내가 막고 있었던 것 아니야. 네 엄마 제대로 자립할 때까지였어. 너 두고 보기로 한 게. 그것도 네 연민을 끊어 놓고자 하는 마음에."

마음을 다잡아 보기 무색하게 명희의 입에서 다시금 가느다란 한숨이 묻어 나왔다. 녀석을 마주할 땐 무심함이 방패인 줄 알면서도 넘치는 마음을 어쩔 수 없었다.

"너 대학 졸업하던 때부터 비서실의 최 실장, 뉴욕행이 잦아졌어. 이제껏 잠자코 계셨던 거 보면 네가 어디까지 하는가 싶은 마음이신 거지. 네 엄마 저리 된 거 알면 20년 쌓아 왔던 로티스 엘이든 뭐든 아무것도 아니란 거 거뜬히 보여 주실 분이야."

"더 이상 어린아이 아닙니다."

"알아. 그래서 더 걱정이야. 어린아이 상대로라면 옛날처럼 그저 노기 띤 목소리가 다였겠지만……."

거스르는 이는 누구라도 가차 없는 분이셨다. 그 속이야 어떤지 몰라도 아들을 내치고도 한 점 흔들림 없이 여전히 꼿꼿하고 단호한 진 회장이었다.

그런 분이 유진을 두고 어떤 그림을 그리고 있는지 전혀 짐작도 할 수 없는 명희는 그저 불안하기만 했다. 아주 오래전 이 집안을 뒤덮었던 짙은 먹구름을 생각하면 아직도 밤잠을 설쳤다.

그 불운한 사건 앞에서 가장 상처를 입은 건 어린 유진이었다. 남편 창석이 시숙의 아들인 유진을 양자로 들이자는 말을 꺼내지 않았다면 오히려 명희 자신이 먼저 나섰을 일이었다.

힘들게 자란 만큼 자신이 알고 있는 민씨 집안의 남자 중 어느 누구보다 강직하며 대쪽 같은 성정을 지니고 있을 녀석이었다. 가슴에 잠자고 있는 두 불꽃이 붙는다면 먹구름이 문제가 아니었다. BS그룹 전체가 전복할 일일지도.

진영신 회장이 나서기 전에 얼른 제 품으로 끌어안아야 했다. 천천히 자리에서 일어선 명희가 봉투 하나를 유진의 앞으로 내밀었다.

"뭡니까."

아무것도 필요 없는 아이였다. 어떤 것을 주어도 관심 밖이었다. 방 안에 틀어박혀 고작 뱉는 말이라곤 며칠에 한 번씩 제 어미의 안부를 묻는 것이 다였다. 그때 그를 움직인 단 하나의 대상. 지금이라도 미끼가 될 수 있다면.

"수화, 네가 좀 도와줘야겠다."

유진의 한쪽 눈썹이 힐긋 올라갔다. 희망이 보였다.

"알고 있는지 모르겠다만 에어코리아나, BS와 합자 항공이야."

유진 또한 알고 있었다. 명희의 남편이자 BS산업 대표 창석이 에어코리아나의 공동 대표라는 것을. 또한 수화가 에어코리아나의 상무로 앉아 있다는 것 또한.

"뭐가 좋은지 한사코 항공사로 들어가겠다고 하더니 이유가 있었어."

유진의 미간이 살짝 찌푸려지는 것을 보며 명희는 속으로 살짝 미소를 지었다. 여간해서는 표정에 변화가 없는 녀석이었다.

벌써 귀찮은 일이 생겨 버렸다는 것을 저도 모르게 인정해 버린 것이다.

“코리아나의 김성준 대표도 사람이 좋고 해서, 나 또한 일찌감치 그 아들을 수화 짝으로 생각했는데.”

명희가 잠시 말을 멈추었다. 으레 있는 일이지만 이번만큼은 내키지 않았다. 그저 물 흐르는 대로 지켜보고도 싶었다.

수화만큼은, 아니 눈앞에 있는 유진만큼은 다른 아이들처럼 연애도 하고 다쳐도 보며 서로가 서로를 원하는 동반자를 찾도록 내버려 두고 싶었다.

그런데 입은 그 뜻을 거스르고 있었다.

“어릴 때부터의 꿈을 지키겠다고 코리아나의 기장이 되었다네. 보내 주겠다는 유학도 굳이 마다하고 한서대를 나와서 공군 ROTC를 거쳐 지금은 기장. 내가 봐도 멋있긴 하더라.”

잠자코 듣기만 하는 유진이었다. 그 여유에 명희의 조급증이 조금씩 내려앉으며 집안일을 의논하는 다른 여인네들처럼 말이 길어졌다. 이게 든든한 아들을 둔 다른 여자들의 심정이었구나 싶어 마음이 절로 붕 떴다.

“김 기장이 끝까지 경영에 생각이 없다고 하면 수화가 이어받으면 그만이고 해서 아버지도, 김 대표도 좋아했는데, 여자관계가 좀 복잡해.”

명희는 유진 앞에 내민 봉투를 들어 천천히 내용물을 꺼내 그의 앞으로 다시 내밀었다.

“수화에게 맡기세요.”

“그러고 싶어. 본인이 알아서 한다고도 하고. 한 명이면 그러려니 할 텐데…….”

유진의 속눈썹이 꿈틀거렸다.

"수화가 왠지 속을 앓고 있는 것 같아서 김 대리에게 살짝 지시했는데 이런 복병일 줄이야. 그쪽 집안 체면도 있고 해서 이쪽에서 사람 붙이긴 힘들어."

유진의 두 눈꺼풀이 천천히 위로 올라갔다. 어림도 없다는 표정이었다.

"유찬, 아니, 유진아. 네가 좀 도와줘."

언제나 대처 불가한 분이셨다. 이야기가 길어질 때까지도 설마 했다.

"곤란합니다. 곧 중국으로 넘어가야 하고. 사람 시켜 알아보십시오."

"네 사람이야."

명희의 말뜻을 알아들을 수 없는 유진이 잠시 말을 멈추었다.

"사진 중 한 명은 네 직원이더라고. 로티스 엘. 게다가 얼마 전부터 우리 백화점에 있고. 그저 우연이라기엔 세상이 단순하지 않아."

유진의 손이 천천히 눈앞에 놓인 사진에 가 닿았다.

"김우현이야. 어릴 때 너도 한 번 본 적이 있을 거다만 기억이야 나겠니. 그 인물에, 그 나이에, 여자 있는 게 당연하겠지만 나는 그렇구나. 수화만 아니면 다른 사람에게 너무 깊은 마음이 가 있는 남자를 구태여 꺾어서 잡아 놓고 싶지 않아."

갑자기 분위기가 침잠했다. 서로 말은 안 했지만 동시에 누군가를 떠올리고 있음에 틀림없었다.

"그렇다고 수화 마음을 꺾어 버릴 수도 없고. 대충 보니 김 기장 집안에서는 받아들일 것 같지 않은 상대인 것 같고. 그래서 다 정리될 수 있는 거라면 모른 척하고 싶어. 네가 한 번 알아봐 줘. 부탁한다. 유진아."

캐리어를 끌고 있는 항공사 유니폼의 여자가 마찬가지로 캐리어를 끌고 가는 제복의 남자를 곁눈질하며 입에 미소를 걸고 있는 사진이 먼저 눈에 들어왔다.

그리고 마지막 사진은 잘록한 허리에 유니폼이 잘 어울렸던 여자. 이름이 강서하였다. 설핏 기대되던 만남이 유쾌하지 않은 방향으로 흘러가려는 순간이었다.

⁂ ⁂ ⁂

"아무리 말씀하셔도 안 됩니다."

주니어 은정이 도저히 감당하지 못해 팀장 윤희에게 상황을 맡기고 살짝 비켜서길 20분째였다. 그런데도 차림새 고상한 여자는 막무가내였다.

"너하고 말하기 싫으니까 점장 나오라고 해."

점잖던 말본새가 달라진 지는 오래였다.

"점장님이 나오셔도 마찬가지입니다."

"지금 뭐 하자는 거야? 내 말 못 알아들었어? 나, 이 강남점 오픈하면서 늘 강 점장에게서 구입해 왔어. 그러니 점장하고 이야기하겠다는 거잖아!"

"점장님 지금 업무상 통화……."

"팀장님, 됐어요. 제가 말씀 나누죠."

직원실 문이 열리는 줄도 모르고 있던 윤희의 얼굴에 금세 안도의 표정이 일었지만 원래라면 오프인 서하에게 맡기고 물러서기에 미안한 감이 없지 않았다.

"아, 그래. 드디어 얼굴을 보는군요. 강 점장."

"오셨어요. 정 여사님."

올라간 입꼬리에 힘을 주자 서하의 왼쪽 뺨에 작은 볼우물이 생겼다. 이곳 매장이 오픈한 지 이틀도 되지 않아 개점 소식을 들었다며 며느릿감을 데리고 온 중년 여자는 포스코 등의 대기업에 철강을 납품한다는 어느 중견 기업의 사모쯤 된다고 들었다.

사모. 그 사모님이란 말 때문에 첫날 시니어인 연수는 여자에게 큰 호통을 들었다. 처음엔 왜 그렇게 화를 내나 어안이 벙벙했던 서하는 결국 어이없는 웃음을 꾹 참고 연수를 나무랄 수밖에 없었다.

남편이 대표 이사 된 지가 언제인데 자신에게 스승의 아내에게나 붙이는 단어 따위를 가져다 붙이다니, 직원의 상식 수준이 한참 떨어진다며 교육을 제대로 시키라고 열을 내던 그녀가 현재로선 서하의 1등 매출 고객이었다. 그것도 지난번 고집 피우던 캐럿링을 환불해 갔다면 달라지는 이야기다.

나긋한 목소리로 아래 직원들 앞에서 면을 세워 주고 있지만 언제 그 성정이 드러날지 모를 위인인 걸 잘 아는 서하였다. 그래도 안 되는 건 안 되는 거였다.

"어제 전화 주셨다는 말씀 들었습니다. 그러나 아시다시피 주얼리는 다른 브랜드도 환불은 안 됩니다. 여사님."

미간을 살짝 찌푸린 서하의 반달 모양의 눈썹이 한껏 안타까움을 표하고 있었다. 눈엔 미안한 웃음을 더 담았다. 언제나 친절한 서하였지만 직원 앞에서건 고객들 앞에서건 늘 담백했다.

그런 점장의 말이 오늘은 생크림처럼 더 부드럽고 눈웃음도 평소보다 더했다. 서하의 컨디션이 평소보다 더 좋지 않은 것이다. 윤희는 속으로 혀를 끌끌 찼다.

"이거 말이 다르잖아. 강 점장. 지난번에 뭐라고 그랬어? 다른 건 몰라도 캐럿링은 절대 환불 안 된다고 해서 그 비싼 걸 마음에 안 든다는 딸아이에게 억지로 떠안긴 거 기억 안 나?"

아유, 저 늙은 암고양이 같은 여자가 작정을 했네. 좀 전과 목소리가 확 달라지고 말투가 살살거리는 것이 마음을 단단히 잡수셨어. 소리 질러 봐야 안 된다는 걸 진작 경험했을 테지.

한 걸음 뒤에서 얌전히 듣고 있던 윤희가 입술을 비쭉거리며 돌아섰다.

여자가 서하에게 캐럿링을 구입하던 그날 윤희 역시 다른 고객을 보던 중이었다. 오전에 문을 열자마자 들이닥친 두 모녀가 매장 내의 모든 반지와 시계를 다 착용해 보고 직접 고르고 산 것이었다.

너무 크면 나이 들어 보일 수 있다고 웨딩 링이 아니라면 5부 정도가 어떻겠냐고 권했지만 그 딸이 직접 소장 가치를 운운하며 1캐럿을 골라 갔다.

남편 몰래 사 주는 거라며 결국은 4천만 원을 12개월 할부로 계산한 뒤 딸의 손에 끼워 줘 놓고 사흘이 지나 환불을 요구하고 나섰다.

서하는 새 매장을 오픈하고 긴장이 풀린 탓이라고 했지만 윤희는 단연코 지난번 서하가 몸살로 앓아누운 것이 눈앞의 장본인 때문이라고 생각했다.

돈은 좀 가졌는지 몰라도 입만 열면 운운하는 그 교양이란 것을 눈을 씻고도 찾아볼 수 없는 여자를 장장 일주일 동안 설득하느라 진이 빠진 게 틀림없다고 여겼다.

"그 말은 다른 것은 환불이 된다는 말 아니었어?"

"어떡하죠? 제가 여사님께 실언한 것 같은데요. 시계 역시 환불이 안 됩니다."

"안 되긴 왜 안 돼? 스크래치가 난 걸 애당초 팔긴 왜 파냐고. 글쎄."

"스크래치가 났다고요?"

"여기 봐."

"제가 살펴볼게요."

서하는 윤희가 얼른 건네는 장갑을 끼고 케이스를 받아 열었다. 잠근 버튼에 미세한 흠이 나 있었다.

"혹시 착용 후 테이블 등에 올려놓으신 건 아닐까요?"

"무슨 소릴 하는 거야. 이게 얼마짜리인데 그런 데 올려 둬? 딱 하루 착용하던 그날 벗어서 패브릭이 깔린 시계 보관 진열대에 넣어 놓았는데."

한순간에 여자의 목소리에 짜증이 올랐다.

"죄송합니다. 혹시나 해서 여쭤 본 겁니다."

"그날 같이 사 간 팔찌 신경 쓰느라 제대로 살펴보지 않았더니 이 모양인걸."

"교환해 드리겠습니다."

말도 안 되는 소리였다. 듣고 있기에 부아가 난 윤희가 직원실로 들어가 버렸다. 더 있다간 한마디 해 버릴 것만 같았다. 멀쩡한 시계를 들고간 지 보름이었다. 어디 가서 생색낼 만큼 내고 왔겠지.

"같은 말을 왜 몇 번이나 하게 해. 환불하겠다고."

"새것으로 교환해 드리겠습니다."

"기분 나빠서 착용하기 싫다니까!"

"죄송하지만 다른 디자인으로 교환하시는 건 어떠세요?"

다시 한번 교환을 권유하고 서하가 가만히 입을 다물었다. 안타깝다는 듯 여린 눈망울을 머금은 커다란 눈가에 연한 주름이 잡히려 하고 있다. 여자가 그런 서하를 물끄러미 바라보며 잠시 입을 다물었다.

똑같이 안 된다고 하고 나섰지만 앞서 두 아가씨는 대적하기가 쉬웠다. 5분도 되지 않아 목소리는 기계적으로 변했고, 10분이 지나면서 목소리에 짜증을 섞지 않으려고 안간힘을 썼다.

눈앞에 있는 젊은 점장은 지난번에 지켜봐서 잘 안다. 몇 날 몇 시간을 부딪쳐도 한결같이 부드러운 목소리에 친절한 얼굴로 같은 말을 해 올 것이었다. 시간이 더할수록 감정의 변화 없는 인형처럼 같은 말을 되풀이하는 터에 결국은 힘이 빠져 떨어져 나갈 쪽은 이쪽이리라.

여자의 눈길이 서하의 양 입술 꼬리에 살짝 머물렀다. 늘 웃고 있다고 생각했지만 이제 와 가만히 보니 눈웃음을 그리고 있는 눈꼬리처럼 호를 길게 그리고 있는 입술 끝선 자체가 위로 향해 있었다. 문득 속으로 비웃음을 머금고 있는 건 아닌가 하는 생각에 여자의 기분이 한순간에 나빠졌다.

"딱 떨어지는 가격으로 다른 시계가 있긴 해? 여기 다른 건 몰라도 시계는 영 아닌 것 같아서 다른 브랜드에서 살 거야. 내가 이런 말까지 해야겠어? 유치하게?"

여자의 말투가 빨라지고 갑자기 거칠어졌다.

"제대로 된 쇼퍼가 되어 드리지 못했습니다. 죄송합니다."

"그놈의 죄송하다는 말 이제 좀 집어치우고 해결을 하란 말이야. 강 점장, 나 다시 안 볼 거야? 융통성은 죄다 밥 말아 먹었어?"

더 이상 어찌하나 볼 모양새인지 여자의 목소리가 있는 대로 높아졌다.

"환불해 주시죠. 그 시계."

다른 고객이 있었던가. 놀란 서하의 눈이 소리 나는 쪽으로 향했다. 갈수록 무식하게 변하는 여자에게 집중하느라 매장 한편에 서 있던 은정도 남자가 언제 들어왔는지 알아차리지 못했다.

반대편 진열대에서 고객을 상대하고 물건을 정리하던 연수도 그제야 고개를 들었다. 여자의 큰 목소리에도 평온하던 서하의 눈이 동그래졌다.

뭐라고 입을 살짝 떼려는 순간 기억이 떠올랐다.

다시 부딪치고 싶지 않던 주차장에서의 그 남자. 절로 꿈틀거리려는 입술에 힘을 주고 있느라 어떤 말도 할 수 없었다.

"고객님, 뭐 찾으시는 물건이라도 있으세요?"

눈치가 빠른 은정이 금세 옆으로 다가왔다. 남자가 오른손을 살짝 들어 은정을 제지하고 나서자 그녀는 서하의 눈치를 살피며 한 걸음 뒤로 물러섰다. 갑자기 조용해진 매장 내 분위기가 궁금한 윤희가 여자가 벌써 갔나 싶어 직원실 문을 열고 막 나오는 참이었다.

"죄송합니다. 고객님. 저희 브랜드는 환불 불가입니다."

서하가 남자를 향해 겨우 미소를 건넸지만 눈만은 웃어지지 않았다. 힘이 든다.

“다른 제품으로 교환하신다면 최선을 다해 도와 드릴 겁니다.”

집중하자. 내 상대는 이 여자다.

“융통성 좀 발휘하시죠? 고객 언성을 이렇게 높이게 하고 이익을 본들 로티스 엘의 빛나는 보석들이 제대로 된 가치를 발휘하겠습니까.”

융통성이란 단어에 마침표를 찍듯 똑똑 끊어 말하는 남자, 여자의 지인 같지는 않았다. 이쪽 반응을 보려고 던져 보는 말이 분명했다. 자신을 빤히 쳐다보는 남자의 시선과 입꼬리는 이 상황을 어떻게 극복할 거냐는 듯 무던히 즐거워 보였다.

서하는 보이지 않게 어금니를 살그머니 깨물었다. 판매 입문 초기에 마스터한 인내와 절제가 무던히 흔들리려 했다. 역시 좋은 인연은 아니다.

“환불해 드려요. 대신 그 시계, 내가 사죠. 단 직원가 30% 할인해서.”

생각지도 못한 남자의 발언에 서하의 양 눈꺼풀에 힘이 절로 들어갔다. 그런 서하를 바라보는 남자의 입술이 싱긋 호를 그렸다.

“그럴 순 없습니다. 원하신다면 새 제품을 드리겠습니다.”

이쪽도 싱긋. 서하의 얼굴에 다시 볼우물이 패였다.

“왜요? 이번 달 직원 할인 다 썼나요?”

“하자 있는 제품을 소중한 고객에게 팔 수는 없습니다.”

이젠 눈가에 웃음도 실었다.

“그러게. 왜 처음부터 내겐 하자 있는 제품을 팔았냐고.”

듣도 보도 못한 낯선 남자의 갑작스런 도움으로 어안이 벙벙하던 여자가 밉살스런 목소리로 끼어들었다.

"고객님은 제가 도와 드려야 할 것 같은데요. 점장님은 아직 앞 손님과 말씀이 안 끝나셔서요."

더 지켜볼 수가 없었던 윤희가 유진의 앞으로 나섰다. 감정을 드러내지 않으려 애쓰는 젊은 점장에 비해 나이는 조금 더 들어 보이는 그녀의 두 눈엔 여차하면 힘으로라도 다 쫓아내 버리고 말겠다는 기백이 그대로 묻어나 있었다. 점점 이 상황이 재미있어지는 유진이었다.

"그래요? 그럼 제가 조금 기다리죠."

조금 떨어진 소파로 몸을 돌렸던 그가 막 떼려던 걸음을 멈추고 다시 서하를 돌아보았다.

"원칙도 중요하겠지만 왕인 손님을 이겨 먹으려 해서도 안 될 것 같은데, 안 그래요. 강서하 점장님?"

할 말을 마친 유진이 빙그르 몸을 돌렸다.

"됐어. 오늘은 바빠서 그만 가 봐야 하니까 다시 올게."

여자가 진열대 위에 놓인 숄더백을 챙겨 들었다.

"시계 들고 가셔야죠?"

윤희가 시계 케이스를 들고 진열대를 돌아 나오려 하자 여자가 돌아보았다.

"왜? 들고 다니다가 흠집 나면 또 내 탓하려고?"

눈을 크게 한 번 흘긴 여자가 게이트에서 떨어진 곳에 앉아 있던 유진을 힐긋 쳐다본 뒤 나갔다.

정말 그걸 사겠다고? 날 도우려고 그럴 리는 없고. 괜한 오지랖인 거야? 아니면, 강 점장에게 작업?

차가워 보이긴 하지만 누구 집 자식인지 인물 한번 참 훤하다 싶었다.

"필요한 게 따로 있으신가요? 아니면 시계를 보러 오셨나요?"

두 손을 앞으로 가지런히 모은 서하가 유진의 곁으로 다가갔다.

"점장님. 이 손님 제가 모실게요. 오늘 오프시잖아요. 처리 끝나셨으면 들어가세요."

윤희가 얼른 서하의 곁으로 다가왔다.

"네, 점장님. 몸도 별로 안 좋으시잖아요."

옆으로 살짝 디가와 이야기하는 은정의 말소리가 유진의 귀에도 들렸다. 귀에 대고 속삭이는 것은 그가 보라는 듯 시늉에 불과했다.

전장에 나선 장군을 지키는 가신들과 다를 바 없는 모양새. 이런 팀워크가 오픈 두 달도 되지 않아 베레세르 백화점의 매출을 선두로 잡고 있는 건가. 본부장이 입에 침이 마르게 칭찬하던 강서하의 파워인가.

그의 입에서 절로 헛웃음이 새어 나왔다. 이미 제대로 된 고객으로 보이진 않는가 보다. 어떻게 저 여자와 얼굴을 맞대는 날엔 이렇듯 작은 실소가 나오는지.

"휴무입니까?"

유진이 천천히 자리에서 일어났다. 절로 서하의 고개가 위로 한참 올라갔다.

"괜찮습니다. 도와드리고 나가겠습니다."

"같이 나가죠. 옷 갈아입고."

나란히 선 세 여자의 눈이 동시에 동그래졌다.

이게 무슨 상황이람? 매장 내에선 감추려 노력하지만 마음의 말이 그대로 얼굴로 나타나는 윤희였다.

너무 놀란 나머지 무방비해져 버린 그녀의 고개가 두 사람을 번갈아 쳐다보느라 바빴다.

"고객들과 바깥에서 시간을 나누지 않습니다."

여전히 풀리지 않는 잘 그린 듯한 그녀의 입 모양새. 저걸 한 번 무너뜨려 보고 싶다. 유진의 고개가 왼쪽으로 갸웃거리는 것이 확연히 짓궂어졌다.

"고객이 아니라면?"

"고객이 아니라면 마주할 이유도 없습니다."

윤희가 크게 고개를 주억거리다 정신을 차렸다. 아니, 내가 지금 뭘 하고 있는 거야.

"섭섭한데요. 번번이 도움을 준 상대에게 하는 말치고."

진짜 아는 사이였어?

유진에게서 서하 쪽으로 고개를 돌리던 윤희가 매장으로 들어오는 손님을 발견했다. 미간을 찌푸린 채 서하에게 작게 귓속말을 했다. 속눈썹이 크게 떨리는 서하의 눈길을 따라 유진의 시선도 함께했다. 매장에 들어와서 처음 본 그녀의 표정 변화였다. 그곳에 그 남자, 김우현이 있었다.

"손님, 죄송하지만 별 용건이 없으시다면……."

유진이 성큼 자리에서 일어났다. 아쉽지만 퇴장할 때인가.

"자리 한번 같이하기 참 어렵네요. 번번이 헛걸음치게 한 대가 톡톡히 받을 겁니다. 그럼 또 봐요. 강서하 씨."

장신의 남자가 나가는 것이 들어올 때와 마찬가지로 바람처럼 가벼웠다.

또 봐요. 그 단어가 현실이 될까 두렵다. 있는 곳이 뻔히 노출된 마당에도 영영 마주치지 않았음 싶었다. 길게 내쉰 숨 끝에 서하의 눈이 윤희와 마주했다. 둘이 동시에 어깨가 으쓱. 간단한 몸짓에 모든 뜻을 주고받았다.

이곳으로 옮겨 오면서 윤희를 데리고 온 것은 서하였다. 스물세 살, 주니어 시절의 팀장 언니였다. 일이 싫다고 이 나라, 저 나라 자유롭게 떠다니던 그녀가 다시 이 업계로 들어온 지 1년. 프레디에서 일하던 그녀를 설득하고 설득했다. 덕분에 로티스엘이 베레세르의 굴러온 호박이 되었다고 서하는 믿었다.

직원실에 들어간 서하가 나오길 멀건이 기다리는 우현을 바라보며 윤희가 들리지 않게 혀를 찼다.

지난번에 와서 한참을 기다리다 결국은 만나지 못하고 간 남자였다. 오픈하고 정신없는 탓에 제대로 물어보지도 못했지만 분위기만 봐도 뻔했다.

매달리는 남자와 도망가려는 여자. 싱글 35년 차인 그녀의 입장에선 그것마저도 부러웠다.

❖ ❖ ❖

조용히 세워져 있던 세단의 차 문이 거친 소리를 내며 닫혔다. 끝 간 데 없이 소리를 높여 가던 진상 고객에도 여전히 조용한 목소리와 부드러운 표정으로 교환을 권하던 여자였다.

주차장에서의 일을 기억하고 놀리는 말인 줄 뻔히 알 텐데도 자신을 잃지 않고 한 점 흐트러짐 없이 명찰의 직분을 수행하던 여자가 한순간에 표정이 흔들렸다.

그 표정의 변화가 못마땅한 유진이었다. 마치 김우현만이 사람 취급을 받고 있는 듯했다.

이런 기분 자체가 불쾌한 듯 유진이 거칠게 시동을 거는 순간 휴대폰 진동이 울렸다. 준하였다.

"왜?"

—왜라는 소리가 나와?

"운전 중이야. 짧게 말해."

—나 지금 친구가 아니라, 네 변호사 자격으로 전화한 거야.

"로티스 엘의 변호사겠지."

—잘 알고 계시네. 회사 변호사를 왜 사적으로 돌려?

버럭 하는 소리에 유진이 귀에서 잠시 휴대폰을 뗐다. 잠잠한 상대편이 주먹을 불끈 쥐고 허공에 날리고 있음이 안 봐도 뻔했다.

"부탁한 건, 좀 알아봤어?"

—야, 네가 언제 부탁했어. 봉투 하나만 던져 주었지. 도대체 이런 고급 인력을……. 됐고. 한쪽은 오래됐고, 한쪽은 만난 지 일 년도 안 됐나?

"둘 다 현재 진행 중이고?"

—에어코리아나 승무원은 오래된 연인? 같은 일을 하다 보니 정이 들었나? 그럼, 아쉽게도 우리 직원은 바람? 아님, 섹파?

"섹파?"

—이거 왜 이래, 못 알아듣는 척은. 섹스 파트너. 아, 너 알고 있었어? 강서하란 여자 우리 로티스 직원이야. 얼마 전까지 공항 면세에서 있었나 봐. 거기서 오다 가다 눈 맞은 거 아닐까?

섹스 파트너라. 그 상대를 두고 그런 표정이 지어질까.

매장을 나오면서 얼핏 본 우현의 어두운 낯빛을 떠올렸다.

"소설 쓰지 말고 제대로 알아봐. 진짜가 누군지."

—인마, 말이 되는 소리를 해라. 남자의 속마음이 진짜 어딘지 무슨 수로 조사해? 대놓고 묻지 않는 이상. 결국 남아 있는 쪽이지. 둘 다 재미 보려고 만나는 걸 수도 있고. 양쪽 다 김우현이 데리고 살 여자는 못 되던데? 그런 집안 자식이 왜 비행기를 타는지 몰라.

"끊어. 경찰들 보여."

—나 내일 중국 들어가야 해. 마저 들어.

"사무실 들어가는 중이야. 그리로 와. 지사장, 본부장도 대신 호출해 주고."

휴대폰의 통화 버튼을 종료하는 순간에서야 기억이 떠올랐다.

김우현. 국제 청사 로티스 매장에서 잠깐 스친 적이 있던 제복의 남자라는 걸.

그때 역시 남자의 얼굴엔 뭐라고 꼬집어 내기 힘든 많은 감정이 묻어 있었다.

3화

도파민, 그리고 페닐에틸아민

April Snow

서하의 소형 프라이드가 미끄러지듯 센츄리 빌딩 주차장으로 들어섰다.

장거리 출퇴근이 무리인지 계속 나아지지 않는 컨디션에 어쩔 수 없이 회사와 가까운 윤희 집에서 얼마간 신세를 지고 있었다. 그러다 보니 오늘 입고 나올 옷이 마땅치 않아, 잠시 인천 집에 들렀다 오느라 늦어 버렸다.

딱 한 번 본 적 있는 지사장의 전화를 받은지라 적잖이 놀란 서하는 액셀만 내리 밟았다. 퇴근 무렵이 아니다 보니 당연히 지하 1층엔 주차 자리가 없었다. 지하 2층도 마찬가지인지 한 바퀴 돌아 나오려는 찰나, 멀지 않은 곳에 빈자리가 하나 보였다.

오랜 애마였던 서하의 프라이드가 후방 주차를 위해 대각선으로 몸을 쭉 뺐다. 너무 많이 지나쳤나? 하고 백미러를 보는 순간이었다.

언제 따라왔는지 기척도 없던 세단 한 대가 스르르 하고 한 방에 전방 주차로 밀고 들어가 자리를 차지해 버렸다.

흔하지 않은 차종이었다. 가만, 어딘지 모르게 익숙했다.

설마, 아니겠지. 가볍게 고개를 가로저으며 서하는 다시 약간 후진을 한 뒤 라인을 다시 돌았다. 지하 3층으로 내려가야 하나 망설이는데 다행히 차 한 대가 빠져나갔다.

약속 시간 5분 전. 20층까지 여유가 없었다. 스커트에 신발이 어울리지 않는다며 자신의 신발장에서 꺼내 준 윤희의 신발이 어색하고 불편했지만 엘리베이터를 붙잡기 위해 뛰는 수밖에.

"감사합니다."

열린 문이 반가워 후다닥 올라탄 뒤 입으로 인사를 내뱉는 둥 마는 둥 20층을 눌렀다. 잇따라 누군가 서하의 어깨 너머로 긴 팔을 뻗어 21층을 눌렀다.

정면을 바라보며 바로 섰던 서하가 엘리베이터 문에 비친 남자의 실루엣을 보고 저도 모르게 뒤로 돌아보았다.

헉, 하고 숨을 들이마시며 드러난 난감한 표정을 숨기지 못한 채 얼른 고개를 바로 했다.

"초면도 아닌데 이대로 무시하면 어색하지 않나?"

"그렇다고 아는 척할 사이도 아니잖아요. 그리고 왜 자꾸 반말이세요, 너무 무례한 것 아니에요?"

여전히 등을 돌린 채였다.

"올렸다 내렸다 하면 더 혼란스러울까 봐. 일관성을 두는 게 그쪽이 편할 텐데."

"그래? 그럼 우리 말 트면 되겠다. 언제 또 볼지 모르겠지만."

서하가 비스듬히 몸을 돌려 똑바로 유진을 바라보았다. 이렇게 훅 치고 들어가면 놀랄 만도 한데. 눈썹 하나 까딱하지 않는 그를 보며 서하는 도리어 불쾌해졌다.

"우리? 하긴 네 번의 만남이면 우리라고 해도 별 무리는 없겠지."

"왜, 놀랬니? 안 됐다. 오늘은 왕 신분이 아니라서."

유니폼을 벗었다 이건가. 매사 진지한 스타일인가 했더니, 이럴 땐 당돌해도 보이고. 작은 실소가 유진의 입에서 미세하게 새어 나왔다.

"오늘은 인간미가 넘치는데? 나쁘지 않아. 강서하 씨, 건투를 빌어."

비릿한 미소만 입가에 걸렸을 뿐 완벽한 포커페이스의 남자. 서하는 괜히 자신의 입만 버렸다고 생각했다.

딩, 하는 소리와 함께 열리는 엘리베이터 뒤로 그의 목소리가 낮게 들려왔다.

네 번이라. 백화점 주차장. 매장. 그리고 오늘.

또 언제였지? 여기서 일하는 걸까? 백화점이랑 멀지도 않네. 아, 정말 또 만나면 어쩔 거냐고.

2013호, 로티스 엘의 한국 지사 사무실 앞에 선 서하는 다시 진중한 얼굴로 돌아왔다.

✣ ✣ ✣

"도대체 무슨 생각이야? 왜 갑자기 지사장을 중국으로 보내겠다는 거야?"

"내가 못 가니까."

"글쎄. 왜 네가 못 가냐고."

준하는 묻는 바를 알면서 뻔한 대답을 해 오는 그를 한 대 쳐 주고 싶은 심정이었다. 사드 문제로 중국 내에서 제대로 서는 한국 기업이 없었다. 거점이 뉴욕이긴 하지만 로티스 엘의 메인 디자이너와 대표가 한국인이라는 사실이 알려진 지 오래였다.

겨우 뚫은 입점이었다. 그것을 위해 들어간 돈이 만만치가 않았다.

"당분간 여기 있을 생각이야."

"왜 생각이 바뀌었냐고 묻고 있잖아."

준하는 차마 BS그룹과 관련 있냐고 묻지 못했다. 그 집안을 외면한다고 해도, 그와 관련된 이야기에 치를 떤다고 해도 준하는 언젠가 유진을 그곳으로 보내야만 하는 일이 아닐까 하는 생각을 떨치지 못했다. 그래서 로티스 엘에 관한 모든 일을 자신에게 전임하듯 맡겨 놓는 게 아닌가 하는 짐작도.

"중국 사정 뻔히 알잖아."

준하가 딴청을 하는 유진의 데스크 위를 소리 나게 두드렸다.

"그래서 널 같이 보내잖아."

"중국으로도 안 간다면 뉴욕으로 가든지."

"뉴욕이 무슨 걱정이야. 나 없어도 잘 돌아가는데. 게다가 김 본부장이면 여기서도 뉴욕 잘 컨트롤할 거야."

"그럼 국내는?"

"그래서 지금 직원 하나 면접 보고 있는 거잖아."

유진이 귀찮은 듯 검지로 책상으로 톡톡 두드렸다. 아래층에서 대충 이야기가 끝날 시간이 되어 갔다.

"그 직원이 왜 하필 강서하야? 이거 무슨 각본이냐고."

"각본은 무슨. 처음부터 국내 매장 관리직으로 본부장이 추천

한 사람이 강 점장이었어."

"다른 인력 대체했잖아. 베레세르점 키운다고."

"거긴 걱정 안 해도 되겠더라고."

유진은 두 눈에 활활 하고 불꽃이 일던 여전사, 윤희를 떠올렸다. 백화점 매장이 면세점 이하 다른 매장과 다른 점을 간과했다. 주 고객임을 강조하며 진드기같이 구는 진상 고객이 더 많을 수 있다는 사실을.

브랜드 이미지 생각하며 모든 것을 맞추어 주는 영업. 노 땡큐였다. 버릴 고객은 과감히 버려도 상관없었다. 고품격 주얼리였다. 그에 어울리는 사람을 빛내고 싶을 뿐이었다.

"너, 도대체……."

유진의 데스크 위에 놓인 전화벨 소리가 준하의 목소리를 삼켰다.

"계약서 준비해서 너도 내려와."

아무런 소리도 들리지 않았다. 준하의 주먹이 자신의 머리 뒤에서 헛스윙을 하고 있는 게 느껴졌다.

딸깍. 등 뒤로 들려오는 문소리에 서하가 깊은숨을 들이마셨다.

로티스 엘의 디자이너와 CEO가 한국인이라는 것은 입사 초기 교육을 받으며 들은 바가 있었다. 그 순간 얼마나 감격을 했는지. 오늘 그를 만날 수 있다니. 한국에 들어왔다는 소리는 금시초문이었다. 하긴 일개 매장 직원이 알 턱이 없는 일이었다.

학교를 그만둔 뒤 어느 유명 브랜드의 가방 매장에서 일하던 서하가 앞날을 막막해하자 윤희가 보석 감정사 자격증을 준비하길 권유해 왔다.

이 업계에 있는 이상 보탬이 되었으면 되었지 쓸 일 없이 묵혀지지 않을 거라는 그녀의 말을 흘려듣지 않길 잘했다고 여긴 순간이기도 했다.

세계인의 손에, 목에 걸려 있는 보석들이 왠지 한국을 나타내는 훈장같이 느껴지는 뿌듯함을 지니며 지난 4년간 열심히 일해 왔다. 덕분에 오늘과 같은 날이 주어졌다. 매장 관리직이라니. 게다가 어쩌면 이곳이 곧 로티스 엘 본사로 등극할지 모른다니.

그런 거창한 꿈이 아니라 하더라도, 퉁퉁 붓는 다리를 보며 마음 아파하는 엄마가 얼마나 좋아할지. 그것만으로 마음이 벅찼다.

"강서하 씨. 대표님이십니다."

"네."

자리에서 일어선 서하가 천천히 몸을 돌렸다. 순간, 툭 하고 떨어지는 아래턱을 급하게 다물었지만 절로 떨어지는 시선과 쿵 하고 울리는 심장 소리는 어쩔 수 없었다.

베일에 감싸여 있던 로티스 엘의 대표가 이렇게 젊은 사람이었다니. 그건 그렇다 쳐도 이 남자여서는 안 되는 거야. 서하는 낭패감에 질끈 감기려는 두 눈 속의 흔들리는 눈동자를 겨우 수습하여 적당한 곳에 시선을 두었다.

몇 초 사이에 다채롭게 변하는 그녀의 표정을 보며 유진은 피식 터져 나오려는 웃음을 거두었다. 가만히 의자를 빼고 먼저 앉았다.

"소개는 본부장이 대신 한 것 같고, 앉으시죠?"

서하에게 자리를 권한 유진이 본부장에게 고개를 까닥거렸다. 조용히 문을 밀고 나가는 본부장을 느끼고도 서하는 제자리에서 꼼작도 하지 못했다.

"너무 그럴 것까지 없지 않나? 와서 앉죠? 역시 오르락내리락하는 말투 때문에 어지러운 건가?"

말투에 놀림이 다시 묻어났다.

"아닙니다."

서하가 유진이 앉은 우측 옆의 의자를 빼고 얌전히 앉았다. 그리고 한동안 말없이 앉아 있는 유진을 긴장한 채로 슬쩍 쳐다보았다. 아마도 손에 들려 있는 것은 이력서이리라. 발가벗겨진 기분.

이 업계로 들어온 이후 가장 높은 직책 앞이었다. 그런데, 왜 이토록 자존심이 상해 오는 것일까. 전국 매장 점장들이 이 순간의 이야기를 듣는다면 황홀한 눈빛을 반짝일 것인 분명한 일인데.

"서른한 살에 스토어 매니저. 승진이 상당히 빨랐군요. 무슨 비결이라도 있었습니까."

"제가 대표님께 묻고 싶은 말입니다. 빨리 내치시려고 이리 급하게 올리시는지."

비아냥거림이 아니었다. 늘 서하가 궁금해하던 사실이었다.

"해가 다르게 직책을 바꿔 주시는 바람에 어지러웠습니다. 더 갈 곳도 없는 것 같아 불안했고요."

"글쎄. 매장 인사까지 관여하지 못해서 그건 알 수가 없고. 나름 본부장 눈에 든 비결이 있겠죠."

"몰랐습니다. 로티스 엘은 한 사람 눈에만 들면 고속 승진할 수 있다는 사실을요. 그 방법을 알았다면 다리가 붓도록 일하지 않았을 텐데 말입니다."

"불쾌했나요?"

"불쾌하라고 하신 말씀이셨다면."

섹스 파트너. 여자를 볼 때마다 함께 떠오르는 준하의 말이 떨쳐지지 않았다. 도도한 자존심에 그런 이름으로 살 여자로는 보이지 않는데.

유진이 천천히 이력서를 데스크 위에 내려놓았다. 이런 것 따위가 아니라도 이미 들어 알고 있었다.

보석 감정사 자격증에, 영어, 중국어, 일본어 능통. 젊은 나이에도 불구하고 적게는 여덟 명, 많게는 열다섯 명의 아래 직원을 아우르는 조용한 리더십. 2년 전 뉴욕에서 열렸던 워크숍에서 아시아 지역 세션에서 가장 주목받던 대상이라는 것도.

지난 4년 동안 매해 날아오던 세계 각 지역의 매장 영업 보고서에서 그녀의 이름은 두드려졌다. 고졸 학력 따위는 덮인 지 오래였다. 때문에 날아오자마자 그녀의 얼굴을 보고 싶었다.

일찌감치 국내 매장 관리자로 그녀를 두려고 생각했다. 생각지도 못한 에피소드가 이상한 인연을 만들었다.

"불쾌했다면 이해해요. 직접 면접은 처음이라. 그런데 원래 전투적인가? 사뭇 이미지가 다릅니다."

"전투적이기보다 솔직했을 뿐입니다."

역시 당돌한 걸로. 유진이 회의용 테이블에서 일어나 모니터가 있는 데스크 앞으로 향했다.

"나에 대한 악감정은 아닙니까? 그렇다면 내가 너무 억울할 것 같은데. 틀린 말 한 적은 없어서 말입니다."

반박할 수 없는 말이었다. 처음 베레세르 주차장에서도, 얼마 전 매장 내에서도 로티스 대표라면 충분히 할 수 있는 말들이었다. 왜 처음부터 신분을 알리지 않았냐고 가당치 않은 물음을 할 수도 없는 상황이다.

서하의 고개가 앞으로 살짝 떨어졌다. 왠지 그 모습이 마음이 들지 않는 유진이었다.

"사적인 감정으로 사무실 출근 못 하겠다 하시는 건 아니겠죠?"

"절대, 그럴 리가요."

서하가 한순간에 번쩍 고개를 치켜들었다. 눈빛이 반짝였다. 또 한 번 유진이 웃음을 삼켰다. 그런 자신을 발견하자 유진은 괜히 입안이 까슬거렸다. 못마땅한 듯이 데스크 위의 인터폰을 들고 호출 버튼을 눌렀다.

"당분간 본부장이 나를 도와 현재 메인인 뉴욕과 다른 매장을 관할해야 해서 국내 매장은 강서하 점장, 아니 강서하 리테일 매니저가 맡아야 한다는 이야기 들었나요."

"네? 리테일 매니저라 하면……."

똑. 짧은 노크 소리가 들리더니 한 남자가 불쑥 문을 열고 들어오는 바람에 서하의 목소리가 잠겼다.

"인사해요. 여긴 로티스 엘 전무 이사이자 변호사."

"김준하입니다."

"강서하입니다."

쌍꺼풀이 진한 남자의 눈이 크고 동그랬다. 그 눈이 한순간에 서하를 훑어 내렸다.

"……잘 부탁드립니다."

무안한 마음에 서하가 얼른 덧붙였다.

"아, 죄송합니다. 생각보다 미인이라서요."

서하의 눈이 살짝 커졌다.

"쓸데없는 소리 하지 말고. 연봉 및 계약 내용 확인시키고 작성해."

"강서하 리테일 매니저님. 한국 직책으로는 부장이라고 해야겠지만, 아직 한국 사무실 규모가 작으니까 과장급이 적당하겠습니다. 앞으로 제가 잘 부탁드립니다."

준하가 서하에게 작은 고갯짓을 해 보인 후 유진에게 못마땅한 눈짓을 보내고 말을 이었다.

"한자리에 대표 이사, 전무 이사가 다 모이다 보니 별것 아닌 회사로 보이지만, 우리 브랜드 기업에 대해선 누구보다 잘 아실 테고 뉴욕 본사 과장급과 동등한 수준의 파격적인 대우입니다. 그쪽에서 알면 난리 날 겁니다. 아마."

"일은 더 많을지 몰라."

불퉁한 유진의 한마디가 끼어들었다.

"출퇴근이 매장과 많이 다를 겁니다."

"네, 괜찮습니다."

"지사장님은 곧 중국으로 가실 예정이라 갑자기 변한 업무 체계 때문에 야근을 밥 먹듯이 할지도 모르고요."

"김준하."

유진이 펼치려던 노트북을 탁 하고 소리 나게 덮었다.

"그럴싸한 겉모습에 현혹당하지 마십시오. 성격은 아주 좋지 못한 표본입니다. 앞에 계시는 대표님 말입니다."

"너 지금 뭐 하자는 거야?"

"뭐, 이미 임자 있는 몸이니 알아서 처신하실 겁니다."

"그만두지 못해?"

기어이 유진이 자리를 떨치고 일어났다.

"왜, 내가 못할 말이라도 했어?"

"너까지 애들 말장난에 휘둘릴 필요 없잖아."

"시끄러우니까 나가서 계약서 훑어보시죠. 따라와요."

준하가 펼쳐져 있던 서류를 들고 넓은 테이블 정면에 있는 소규모의 회의실 쪽으로 들어가 버렸다. 그는 둘러봐도 노란 머리밖에 없던 뉴욕에서 유진의 유일한 한국인 친구였다.

로티스 림, 유진의 생모인 임수연의 미국식 이름을 따 만든 브랜드 로티스 엘. 그녀와 유진이 이만큼 성공할 수 있었던 것에는 수연의 친구인 준하 모친의 헌신적인 도움이 있었기 때문이었다.

수연이 뉴욕으로 가고 1년 후 남편과 이혼한 그녀는 정신적으로 육체적으로 제자리를 찾지 못한 수연을 돌보기 위해, 싫다는 아들을 데리고 막무가내로 뉴욕으로 갔다.

물론 준하는 스무 살이 되자 바로 귀국해서 국내 대학에 들어가 법학을 전공했지만 아들보다 수연과 유진을 위하여 사는 모친 때문에 1년의 반은 뉴욕에서 지낼 수밖에 없었다. 유진과 20여 년을 형제처럼 붙어 있어 온 준하였다.

알아봐 달라고 던져 준 봉투 안에 있던 여자가 같은 사무실에 있다. 물론, 조사 끝에 BS그룹의 고명희 대표와 민수화가 중심에 있는 것은 알게 되었지만 이렇게까지 할 일은 아니었다.

사람 관계에 있어 누구보다 기계적인 유진이었다. 마땅치도 개운치도 않은 기분을 어찌할 수가 없다.

드르륵. 어디선가 휴대폰의 진동 소리가 들려왔다. 유진 자신의 것은 상의 포켓에 들어 있었다.

고개를 돌려 보니 좀 전 준하와 함께 나간 강서하가 앉아 있던 자리의 테이블 위에 돌돌거리며 울림을 알리는 휴대폰이 보였다. 발신자는 '우현 선배'였다. 언젠가부터 여자의 뒤로 항상 따라붙는 이름이다.

"선배?"

유진이 성큼 자신이 앉아 있던 자리로 가서 이력서를 다시 읽어 내렸다.

한서대학교 항공 정비과 입학, 이듬해 자퇴.

김우현과 같은 학교 동문이었던가.

역삼동 사무실로 출근하고 벌써 열흘이 지났다. 매장 일보다 수월하겠다는 주변 지인들의 생각이 여지없이 잘못되었음을 아는 이는 오로지 서하 자신뿐이었다.

한 해를 시작하면서 여주에서 공항 면세점으로, 다시 백화점으로, 그리고 한국 지사 사무실로. 변화무쌍한 1년이었다.

이른 조와 늦은 조로 나뉘었던 매장 출근과 다르게 매일 8시 30분까지 가야 하는 출근 시간에는 조금 익숙해졌다.

그러나 한 달 공휴일 수에 연가를 보태어 이삼일, 적어도 사나흘 만에 하루 쉬던 것이 꼬박 주 5일을 일하게 된 상황에는 몸이 아직 따라 주지 못했다.

9시가 정시 출근이었지만 사무실에 하루라도 빨리 업무를 익히고 싶은 서하는 30분은 일찍 출근했다. 그러다 보니 어쩔 수 없이 여전히 윤희의 집에 머무르고 있었다.

연일 잔업으로 밤늦게 퇴근을 하던 서하가 오늘은 옷가지를 챙길 겸 인천 집에 들를 생각으로 모처럼 일찍 가방을 챙겼다.

"웬일이야?"

본부장이 퇴근 시간을 맞추어 일어서는 서하를 신기한 듯 바라보았다.

"죄송합니다. 오늘은 먼저 나가 보겠습니다."

"죄송은 무슨. 그러다 몸살 날까 봐 내심 걱정이었는데."

서하가 콧등에 주름을 지우며 미안한 낯빛을 지었다.

"그러게 말입니다. 칼퇴근하는 제가 몸 둘 바를 모를 지경이었는데요. 그런데 정말 데이트라도 있으세요?"

정 대리도 자리를 정리하며 말을 보탰다.

원래 매장 관리직으로 들어왔던 정현수 대리는 서하보다 나이가 많았지만 경력이 적었다.

그러다 보니 전국 매장이 돌아가는 상황을 한눈에 파악하지 못했고, 대부분이 여성인 로티스 엘의 직원들을 관리하는 게 녹록지 않았는지 본인의 자리에 더 높은 직책으로 서하가 들어왔음에도 드러내 놓고 반가워하는 눈치였다.

자연스럽게 그는 젊은 CEO의 비서 일을 맡게 되면서 신명 나 보였다. 그도 그럴 것이 뉴욕 본사의 일을 대부분 이쪽으로 끌어와야 하는 현 상황에서 그곳에서 대학을 나온 자신이 꽤나 보람되게 느껴졌을 것이다. 일은 누구보다 열성적으로 하는 정 대리는 출퇴근 시간만은 칼같이 지켰다.

"대표님 돌아오시기 전에 땡땡이도 좀 쳐 보려고요."

서하가 비어 있는 대표실을 향해 눈웃음을 날리며 답했다.

"땡땡이는요. 벌써 퇴근 시간 3분 지나고 있습니다."

책상 위에 놓인 노트북의 로그아웃 소리가 들리기 무섭게 정 대리도 서둘러 자리에서 일어섰다.

"본부장님은 퇴근 안 하세요?"

"얼른들 가. 나는 팩스 한 장 보내고 갈 테니."

"그럼, 먼저 가 보겠습니다."

서하는 로티스 엘의 대표 로티스 진이라는 미국식 이름을 가진 그의 이름이 임유진이라는 것을 얼마 전에야 알았다. 되묻는 서하에게 본부장은 그저 '몰랐어?' 하는 표정이 다였다.

그 임유진을 사무실에서 본 것은 3일이 다였다. 중국에 잠깐 다니러 간다고 하는 것 같더니, 점심시간 정 대리 말로는 사흘 전에 뉴욕으로 날아갔다며 '올 때가 됐는데' 라고 했다.

동에 번쩍 서에 번쩍하는 그를 오래도록 안 봤으면 하는 게 서하의 솔직한 심정이지만 듣기로 이번에 다녀오면 쉬이 나갈 것 같지 않았다.

그가 말했듯 악감정 따위가 있어서가 아니라 원래 그런 사람인지, 아니면 첫 만남이 어그러진 탓인지 자신을 대하는 그의 태도에 호의는커녕 다분히 악의가 섞여 보였다.

아니, 그것도 자주 접촉이 있는 경우에나 하는 말일 것이다. 자신을 완전히 낯선 타인 대하듯 했다.

어쩌다가 본부장을 대신해 보고 사항을 들고 대표실을 들어갈 때면 자신을 향해 고개 한 번 들어 주지 않는 그의 앞에 서 있는 몇 초가 서하는 그렇게 머쓱할 수가 없었다. 그리고 한결같이 차가운 목소리로 뱉어 오는 '나가 보세요' 라는 말이 너무

언짢고 서운했다.

서하가 걷던 발걸음을 갑자기 멈추었다.

사람은 역시 환경의 동물인가. 별별 진상 고객을 다 겪어 놓고 왜 이러는 거야. 도대체 뭘 기대하는 건데. 저 남자는 대표야, 매장에서 일했다면 평생 만날 일조차 없었을 사람이라고. 아니야, 그래도 한 사무실에서 일하게 됐으면 적어도 눈길 한 번은 줘야 하는 거 아닌가?

스스로에게 답을 구하면서도 역시 그가 문제라는 듯 고개를 끄덕이려는 순간, 거리 행인의 우산이 그녀의 우산을 툭 하고 건드렸다. 두둑 하고 떨어지는 차가운 물방울이 서하의 이마에 떨어졌다.

그제야 서하는 자신이 거리 한가운데 서 있는 것을 알아차렸다.

늦가을로 달리는 시기에 비가 잦았다. 무릎을 약간 덮는 스커트 아래로 드러난 다리에 튀어 오르는 추적거림이 차가움을 넘어 시리기까지 했다.

엘리베이터에서 내려 사무실이 있는 건물을 막 벗어나려는데 휴대폰에서 진동이 울렸다. 며칠째 무시했던 발신자의 전화를 오늘만큼은 도저히 외면할 수 없었다.

약속한 카페 앞, 사위는 벌써 까맣게 어두워져 있었다. 창밖에서 바라보니 그는 벌써 와 있다. 낯익은 등이 오늘따라 유난히 쓸쓸해 보였다.

쩌렁하고 울리는 문소리를 듣고 그가 고개를 돌렸다. 늦지 않은 것 같은데 기다렸나. 이렇듯 문이 열릴 때마다 돌아본 건가. 희미하게 웃어 오는 그의 얼굴에 못난 심장은 아직도 조용하진 않다.

"오랜만이다."

정확히 한 달 하고도 보름 만이었다. 한껏 수척해진 그의 얼굴이 서하의 마음을 건드렸다.

"영영 안 만나 주는 줄 알았어."

"나오면 안 되는 건데."

서하가 점점 작아지는 자신의 목소리를 입술로 닫아 막아 버렸다.

"서하야."

이렇게 보면 다시 시작해야 하는데. 하루, 이틀, 그리고 사흘. 한 달 반 동안 열심히 잊어 가는 중이었다. 그것이 한순간에 무너졌다.

"네가 안 보기로 하면 그냥 끝인 거야? 내 마음은 어떻게 해."

"더 할 말 없어요. 선배. 그날 말했던 게 다예요."

"네 아이, 한번 만나 보면 안 될까."

"우현 선배."

서하의 눈과 입이 동시에 커졌다.

"내가 뭐라고, 우리가 뭐였다고 이렇게까지 해요."

서하답지 않은 큰 목소리에 그의 두 눈도 설핏 커졌다. 그러나 다가온 직원의 얼굴을 올려다보는 그의 표정은 금세 제자리를 찾아 갔다. 그저 해 보는 말이 아니었나 보다.

"카페 라테?"

서하는 대답 대신 그저 옅은 숨을 내쉬며 창밖으로 고개를 돌렸다.

"카페 라테, 그리고 아메리카노 한 잔 가져다 줘요."

창밖 카페 앞 거리에서 트렌치코트 아랫단이 다 젖은 여자가 택시를 잡느라 고생하고 있었다.

"우리가 뭐였던 게 중요한 거니? 내 마음이 온통 네게로 가 있는데."

길지 않았지만 알고 있던 마음이었다. 충분히 느끼게 해 준 그였다. 태어나 누군가에게 이토록 존중받아 본 적이 있던가, 소중하게 여겨진 적이 있었던가 매 순간 생각했다.

차를 마실 때도, 식사를 할 때도, 함께 길을 걸을 때도 언제나 그의 주변엔 아무것도 없는 듯, 느껴지지 않는 듯 오로지 자신에게 집중해 주던 그였다. 함께한 시간들이 불꽃이었다면 온 숨을 몰아 불어 꺼 버리면 그만인 것을, 온몸을 감싸 줄 듯했던 따스함의 온기들을 어떻게 떨쳐야 하나.

"함께 보냈던 지난 7개월이 다였다고 생각하지 마. 너 말없이 학교 떠나고 보지 못하던 10년 동안도, 여전히 내 마음에 있었어."

급해지는 마음을 추스르려는 듯 우현이 잠시 입을 닫았다. 그리고 조심스럽게 다시 말문을 열었다.

"찾는 것도 지치고, 어쩌면 너를 다시 볼 수 없을지 모르겠다는 사실을 인정해 가고, 언젠가부터 네 옆에 누가 있을까 상상하기 시작했지. 그 긴 시간 동안 어떻게 네가 혼자이기를 바랐겠어. 다시 만난 것만도……."

목이 잠기는지 우현이 다시 입을 다물었다. 유혹적인 말이었다.

과연 이 말들을 다 잊을 수가 있을지. 보지 못하는 동안, 만나지 못하는 동안 그는 혼자서 나의 지난 시간을 정리하고 있었나. 창에 떨어진 물방울이 모여 누군가의 눈물처럼 주룩 흘러내렸다.

서하는 무거운 두 눈꺼풀을 들고 싶지 않았다. 그사이 직원이 다가와 두 사람 앞에 커피 두 잔을 내려놓고 자리를 떴다. 서하가 고개를 돌려 앞에 놓인 카페 라테를 한참 바라보았다.

“대학 다닐 때, 돈이 별로 없었어요. 그래서 자판기 커피 한 잔도 제대로 못 마셨죠. 학교 갈 차비가 없어 친구를 집까지 부른 적도 있어요. 그렇게 학교까지 가면 밥을 사주는 선배들이 있었어요.”

매번 얻어먹는 게 미안해 한 번은 먹었다고 거짓말을 한 적이 있었다. 그때 우현은 그녀의 팔을 잡아채어 기어코 학교 식당까지 데려가 그의 앞에 앉히며 말했다.

“너처럼 마른 애는 하루 네 끼도 부족해.”

혼자 먹기 싫어 절 데려간 건지는 몰라도 못 이긴 척 함께했던 그 밥심으로 집까지 걸어오기도 했다. 그날을 떠올리는 서하의 입꼬리가 서글프게 내려앉았다.

그렇게까지 힘든지 우현은 몰랐었다. 어느 날 캠퍼스 안에서 그녀가 사라지고서야 짐작만 할 뿐이었다.

“선배가 한 번씩 데려가 준 카페가, 그곳에서 파는 여러 종류의 커피가 그렇게 생소할 수가 없었어요. 언제나 에스프레소만 시키던 선배가 날 위해 주문해 주던 커피 이름을 잊지 않으려고 애썼죠.”

그 시간에 머무르는 듯 아득한 시선으로 잔을 내려다보던 서하가 두 손으로 잔을 감쌌다. 손바닥으로 전해져 오는 온기에 그녀의 얼었던 표정이 조금 녹아내렸다.

“선배를 만나고 온 날은 잠을 못 잤어요. 그땐, 선배와 함께 보낸 시간이 너무 두근거려서, 설레서라고 막연히 생각했어요.”

아무리 노력해도 잠이 들지 않는 날은 불이 꺼진 아빠의 방에 살그머니 들어가 라디오를 몰래 들고 나왔다. 지금도 그때 듣던 음악 프로의 노래가 흘러나오면 저도 모르게 일손을 멈추고 귓가에 꽂히는 음률을 따라 그 시절로 돌아가곤 했다.

“그런데 여전히 그래요. 그때 익혔던 커피들을 어쩌다 한 잔씩 내려 마실 때면 지금도 잠을 이루지 못해요.”

서하의 입가로 씁쓸한 웃음이 머물다가 사라졌다.

“지금 와 생각하면 잠을 이루지 못했던 그날들의 이유가 익숙지 않은 커피 때문이 아니었나 싶어요.”

커피 잔을 쥐었다 폈다 하는 모양새가 마실까 말까 망설이는 듯 보였다.

“익숙지 않았던 카페 분위기. 그리고 날 아껴 주던 사람들. 모든 게 꿈만 같은 시간이었어요. 사회에 나와 보니 더욱. 그 시절에 비하면 저 지금 굉장히 출세했네요.”

“거짓말하지 마. 의연한 척도 하지 말고. 내가 이렇게 힘든데 너라고 괜찮을 수 있겠니.”

정말 아픈 곳을 콕 찔린 듯 서하가 입을 앙다물었다.

“말해 봐. 지난 한 달 반 동안, 내 생각 안 났어? 커피를 안 마시고도 잠을 잘 잤냐고. 혹시 이러다 정말 이대로 내게서 연락이라도 끊어질까 봐 걱정 안 했어?”

"당연히 생각났죠. 그러나 열심히 잊어 가고 있는 중이에요."
"굳이 잊어야 하는 이유가 뭐야?"
"사랑하지 않아서겠죠."
서하는 표정만으로도 그의 심장 떨어지는 소리가 들리는 듯했다. 코끝이 시큰거리기 전에 다시 입을 열었다.
"그럼에도, 모든 것을 감내할 만큼 사랑하지 않는 이유. 선배보다 저 자신을 훨씬 아끼는 게 이유예요."
"네가 그렇게 말할수록 나는 더 놓을 수가 없어. 착하고 순하기만 하다고 여겼던 네게 이런 모진 구석도 있다는 걸 알고 나니, 더 궁금해져. 많은 시간 많은 날들을 함께하면서 너의 구석구석을 더 알고 싶고, 더 품고 싶다고."
참 괜찮은 선배였다고, 10여 년 만에 만난 당신은 정말 괜찮은 남자였다고, 실은 이 커피 잔처럼 꼭 쥐고 놓치고 싶지 않다고 서하는 말하지 못했다. 자신의 마음을 있는 대로 드러내는 그의 처지가 부럽고도 얄미웠다.
"왜 이렇게 잔인해. 종일토록 네 생각만 하도록 만들어 놓고 10년 전과 마찬가지로 이번에도 내 일상에서 덜컥 빠져나가려고 그래."
그만하라고, 선배에게서 들은 말들이 꿈속에서도, 다른 사람들과의 대화 속에서도 종일 따라다닌다고 역시 말하지 못했다. 얄미운 그가 애처로워 서하는 제 마음이 애끓는 줄도 몰랐다.

❈ ❈ ❈

뉴욕에서 12시간을 날아와 저녁 무렵 인천 공항에 도착했다.

게이트를 나서는 순간 중국에 있는 준하로부터 걸려 온 전화를 받았다.

중국으로 떠날 때보다 상황이 더 나빠졌다는 소리를 듣고 있기엔 피곤이 지나쳤다. 관련 자료를 사무실로 보내라고 이른 뒤 택시에 몸을 실었다.

당분간의 거처로 사용하고 있는 사무실 한 층 위인 21층 오피스텔로 돌아와 대충 샤워를 하고 훑어본 내용이 생각보다 더 좋지 않다. 쾅. 유진이 읽어 내리던 팩스의 내용물을 데스크 위로 소리 나게 집어던졌다.

그때 준하로부터 다시 전화가 걸려 왔다.

—읽어 봤어?

"로얄 측에선 뭐라고 해? 쇼핑몰이 완전 분해인 거야? 아니면 배당 주식 챙겨서 몸만 빠져나가는 거야?"

로얄 인터내셔널 플라자. 중국에서 10년 넘게 버텨 왔던 한국 쇼핑몰이었다. 내달부터 로티스 엘이 입점하기로 한 중국 상류층 고객을 타깃으로 한 대형 플라자였다.

그곳은 상하이에서 가장 매출이 좋은 자리였다. 한국 쇼핑몰이긴 하지만 중국 내 주주도 많았기에 손실이 클 텐데도 중국 정부의 강경책을 비켜나지 못한 듯했다.

인테리어뿐 아니라 이미 서른 명의 직원들 교육도 끝내 놓은 상태였다. 세계 곳곳의 어느 매장보다 가장 큰 규모였다. 준비 경비가 만만치 않게 들어간 사업이었다. 계약에 없던 일이라 로얄 측에서 위약금을 어떻게 제시해 오든 간에 손해는 고스란히 이쪽 몫이었다.

—그 큰 쇼핑몰을 내리면 지하상가까지 도시를 재설계해야

할걸.

말하는 모양새가 뭔가 알고 있는 눈치다. 뭐가 있기에 스스로 불지 않는 거야. 유진이 미간을 살짝 찌푸렸다.

"어디야, 인수받는 곳이? 일본? 아니면 중국 내 유통인 거야?"

설마 이 시기에 한국의 다른 기업이 발을 뻗치고 들어갈 수는 없을 터였다.

"설마 국내 기업이야?"

건너편의 침묵이 길어졌다. 설마.

"김준하."

—짐작대로야. BS유통.

유진이 어금니를 꽉 깨물었다. 오랫동안 쌓아 왔던 BS그룹 진영신 회장의 중국 밀어주기 프로젝트가 이럴 때 빛을 발하는 건가.

—불운한 소식은 하필 BS플라자도, 베레세르도 아닌 BS몰이라는 거지. 중저가 브랜드로 다시 그림을 짤지 간판만 바꾸고 그대로 갈지는 알 수 없고. 중국과 BS 쪽 협약 상황 빼돌린다고 힘들었다. 자료는 이제 막 다시 넣었어. 그리고 유진이 너…….

준하의 말이 계속 이어지고 있는 걸 알면서도 유진은 휴대폰의 통화 종료 버튼을 눌렀다.

팩스가 있는 아래층 사무실로 가기 위해 오피스텔을 나섰다. 1층에 내려가 있는 엘리베이터를 기다리지 못해 비상구를 이용했다.

BS유통은 자신에게 언제나 호의적인 호적상 어머니인 고명희 여사가 대표로 있었다. 그럼에도 준하가 불운하다고 말하는 이유를 유진 역시 알고 있었다.

고명희 대표가 에어코리아나 주식을 상장하면서 유상증자를 받은 대가로 BS몰의 일부를 내놓았다는 사실을. BS몰의 가장 많은 주를 그 집안의 누가 들고 있느냐가 문제였다.

최대 주주가 권력 행사를 하느냐에 따라 입점하는 일이 결코 쉽지 않을 수도 있었다. 그렇다고 고명희 대표가 전적으로 자신의 편이 되어 줄 것인지 확신할 수도 없었다. 이참에 자신의 밑으로 들어오라고 할 것이 분명했다.

하, 저도 모르게 어떻게든 BS몰로 입점할 것을 궁리하다니. 이대로 그 집안과 엮여야만 하는 건가.

유진은 넓은 철책 사무실 문 앞에 도착해서 도어록을 누르러던 손을 거두고 출입 카드를 꺼내 들었다. 문이 열리는 순간 환하게 켜져 있는 사무실 전경에 두 눈꺼풀이 빠르게 치켜 올라갔다.

시간이 몇 시인데, 아직 퇴근 안 한 사람이 있었나. 몇 발자국 움직이지 않아 유진이 발걸음을 멈추었다.

조금 떨어진 곳에 서하가 자신의 책상 앞에서 의자에 올린 두 다리를 팔로 감싸 안은 채 조용히 앉아 있었다. 유진이 두 팔을 꼰 채 정 대리의 책상 옆 가벽에 가만히 기대어 섰다.

꼼짝도 않고 있는 그녀의 뒷모습에 설마 울고 있는 건가, 하고 여기는 순간 그녀의 팔이 책상 앞으로 쭉 뻗어 나갔다.

꿀꺽, 들이마시는 소리가 나더니 연이어 탁 하고 머그컵 내려지는 소리가 들렸다.

그리고 그 옆으로 보이는 건…… 동동주 병?

유진의 눈이 금세 싸늘해졌다. 다시 뻗어 나오는 손이 책상을 탁탁 치는 것 같더니 무언가를 입안으로 한 점 집어넣고 있었다.

설마 파전은 아니겠지? 꿀꺽 다시 머그컵에 든 걸 들이마시나 싶더니 이번엔 오른손이 책상 밑으로 쭉 뻗었다. 마개를 따지 않은 새 동동주 병이 책상 위로 나타났다. 열심히 돌려 보지만 매끄러운 손이 쉬이 마개를 따지 못하는 듯했다.

같은 자세로 의자의 방향을 빙그르 옆으로 돌린 서하가 3단 서류함에 올려진 사각 티슈에 손을 뻗으려는 순간 두 사람의 눈이 마주쳤다.

헉, 하고 놀란 그녀의 왼쪽 다리가 바닥으로 후딱 내려왔다. 너무 빠르게 오른 다리를 내리려 한 탓일까. 갑작스럽게 의자의 바퀴가 뒤로 움직여 버려 일어서려던 그녀가 휘청거렸다. 이미 움직이고 있던 유진의 손이 그녀를 잡아 주었다.

윗니로 아랫입술을 꽉 깨물고 두 눈을 질끈 감아 본들, 부끄러움을 모면할 수 있는 상황이 아니었다. 만날 때마다 새로운 모습을 보여 주는 여자였다.

"감사합니다."

목소리는 기어들었지만 획 돌린 그녀의 등에는 왠지 당당함이 묻어 있다.

그런 서하를 유진은 가만히 바라만 보았다.

"왜 오신 티를 안 내시는 겁니까. 대표님은?"

서하가 다시 그를 향해 마주 서 두 눈을 똑바로 마주했다. 사무실로 옮겨 온 후 유진의 앞에서 쥐죽은 듯 몸을 사리던 여자가 자신의 그의 시선을 겁내지 않고 받아 내고 있었다.

"대표로 보이는 걸 보니, 아직 안 취한 것도 같은데."

지나치게 끝을 느릿하게 빼는 말투. 어쩐지 거슬리는 서하였다.

"그렇다고 내가 야단맞을 타이밍도 아닌 것 같고, 취했습니까?"

"취하긴요. 쪽팔리니까 그렇습니다."

"강서하 씬 쪽팔리면 도리어 큰소리치는 타입인가 보죠?"

그러게, 왜 당신 앞에 선 자주 쪽팔리는지. 수습 못 할 소리는 왜 자꾸 튀어 나오는 건지.

서하가 난감함에 아랫입술을 자근자근 씹어 댔다.

"할 말 있어요?"

오르락내리락하면 어지러울 거라더니 사무실 출근 이레, 유진의 계속된 정중한 말투가 서하는 심히 불편했다. 하대를 해 올 때보다 훨씬 먼 곳에 있는 사람 같았다.

서하가 천천히 고개를 가로저었다. 유진이 팩스기를 향해 발을 떼는 순간이었다.

"저도 누군가에게 존중받는 사람입니다."

고개를 돌리는 유진의 표정이 '그래서?' 라고 묻고 있었다.

"대표님, 제가 이곳에 온 이후엔 그저 길 지나치던 분이실 때보다 저를 더 사람 취급하지 않으시는 것 같습니다."

"길 지나치던 분? 내가 그저 행인이었던 적이 있었던가요?"

"왜요? 백화점 주차장에서도, 매장에서도……."

아, 이미 알고 있었나. 내가 누군지? 혹시 날 찾아왔던 거였어?

그러고 보니 분명 번번이 헛걸음이라고 말했던 것도 같다. 서하가 다시 두 눈을 질끈 감으며 화끈거리는 얼굴을 살며시 왼쪽으로 돌렸다.

“아무래도 취한 것 같은데…….”

“네, 취했습니다.”

내일 아침 면죄부를 받으려면 취한 사람이 되는 게 낫다.

“그만 들어가 봐요.”

서하는 그대로 사무실을 나가 버리는 그의 등을 멍한 시선으로 바라보며 한동안 그 자리에 서 있었다.

우현과 헤어지고 그대로 윤희의 집으로 들어갈 수가 없었다. 그녀를 붙잡고 펑펑 울어 버릴 것만 같았다.

그녀보다 조금은 멀고, 조금 전 눈앞에 있던 남자보다는 가까운, 그런 사람이 필요한 날이었다.

그저 말없이 술잔을 가득 채워 주는 사람. 그런 사람을 잃고 와서 그런 사람을 찾고 있었다.

결국 서하는 빈 병과 마개를 열지 못한 새 병을 함께 가방에 찔러 넣은 후 그대로 사무실을 나왔다. 21층에 잠시 멈추었던 엘리베이터가 다시 내려와 서하의 앞에서 열렸다. 문 안쪽에 유진이 서 있었다.

절로 또 몸이 꾸벅. 좀 전에 하도 놀란 탓에 새삼 놀라지도 않았다. 가만히 그가 내리길 기다렸지만 그는 오히려 닫히려는 문을 잡고 그녀가 오르기를 기다렸다. 목적지가 지하 주차장인가 보다.

엘리베이터에 오르는 그녀의 몸짓이 유진의 눈에 위태로워 보였다. 다행히 1층을 누르는 걸 보니 차는 두고 갈 모양이라고 짐작했다.

딩, 하고 엘리베이터가 멈추자 다시 비틀. 유진이 가느다란 한숨을 내쉬었다.

여자의 생각지도 못한 말에 가져오려던 팩스를 깜박하고 오피스텔로 올라가 버렸다. 그녀를 뒤따라 내릴 생각은 없었는데 어느덧 뒤를 따라 걷고 있는 자신을 알아차렸다.

비는 그쳤지만 가로등 불빛에 여전히 안개비가 흩날리는 게 보였다. 어두운 밤거리에 우산을 걸치고 가는 이는 그녀뿐이었다.

뒤따라 걷던 그의 발걸음이 멈추었다. 잘 걸어간다고 생각했던 서하가 보도블록 한편에 가만히 쪼그리고 앉았다.

유진은 눈앞의 저 여자가 지난 몇 달간 보아 왔던 그 강서하인가 싶었다. 자꾸 마음을 건드려 오는 여자가 불편하다. 그런 생각은 점점 짜증이 되어 올라왔다.

성큼 서하의 곁으로 걸어간 유진이 그녀의 손목을 잡아 일으켰다. 동그란 눈에 물기는 한가득이었지만 다행히 울고 있지는 않았다.

서하는 아무런 불평 없이 유진이 이끄는 대로 따라 걸었다.

그가 데리고 간 곳은 얼마 떨어지지 않은 편의점이었다. 이미 위치를 알고 있었는지 냉장고로 성큼 걸어가서 무언가를 꺼내 계산을 치른 유진이 들고 있던 것을 그녀의 손에 쥐여 주었다. 숙취 해소제였다.

물끄러미 그것을 보고 서 있는 서하가 답답했는지 그녀의 손에 있는 음료를 들고 병마개를 따서 다시 건넸다.

"이거 말고 필요한 게 따로 있거든요."

"술은 안 돼."

유진을 향해 빤히 바라보는 시선이 어떻게 알았냐고 묻고 있었다.

"마셔."

왜 자신은 이 남자의 하대가 불쾌하지 않고 오히려 편하게 느껴지는 걸까. 그 마음이 서하를 용감하게 만들었다.

"술 취한 건 아니지만 깨고 싶지는 않습니다."

"어서 마시지."

이번엔 순순히 받아 마셨다.

"집이 어디야?"

"안 데려다줘도 됩니다."

"데려다준다고 안 했어."

서하가 꾸벅 고개를 숙였다. 편의점 문 쪽으로 향하는 그녀의 팔목을 유진이 다시 잡았다. 그리고 서하가 걷던 방향으로 그녀를 이끌고 다시 걸었다.

옅은 안개비에 그의 어깨도 서하의 어깨도 젖기 시작했다.

얼마를 걸었을까. 직진이었던 보도블록이 건널목을 만났다. 빨간불. 발걸음을 멈추려던 그녀의 발걸음이 그를 따라 다시 움직였다.

어? 여기서 건너야 하는데? 아닌가? 서하가 어지러운 시야를 들고 주변을 두리번거렸다. 처음부터 목적지가 따로 있었는지 그는 왼쪽으로 돌아 걸었다.

얼마 가지 않아 종로 빈대떡이라는 상호가 어울리지도 않는 화려한 간판에 적혀 있는 가게 앞에서 그의 발걸음이 멈췄다.

"사무실에서 못 마신 딱 한 병만이야."

정말 그는 동동주를 한 병만 주문했다. 그것에 비해 안주는 많았다. 뒤늦게 서하는 유진이 아직 저녁도 못 먹었단 사실을 알아챘다.

"사무실에서 술 마신다고 야단 안 치세요?"

유진은 말없이 서하의 빈 잔에 동동주만 가득 채웠다.

"대표님, 왜 비 오는 날, 막걸리와 빈대떡을 먹어야 하는지 아세요?"

역시나 대답이 없다. 이렇게 말이 적은 남자였나. 잘도 나를 이겨 먹더니.

그 순간 그녀는 다시 깨달았다. 지금 자신에겐 잔을 채워 줄 사람이 아니라 말상대가 필요하다는 것을. 울 수 없으니, 입김에라도 가슴의 갑갑함을 쏟아 내고 싶은지도.

"대표님, 그거 아세요? 뇌에서 분비되는 기분을 좋게 하는 세로토닌이라는 물질이 비 오는 날에는 줄어든대요. 아, 일조량이 적은 밤에도. 대신 우울하게 만드는 멜라토닌은 더 분비된대요. 걔네들, 주인 허락도 없이 너무 제멋대로라고 생각지 않으세요?"

종알거리던 서하가 젓가락을 들어 빈대떡 접시를 톡톡 두드리며 심드렁하게 말을 이었다.

"차라리 반대면 좋을 텐데. 할 일이 산더미 같은 낮보다 오히려 깜깜한 밤이 더 힘든데. 온통 한 가지 생각 때문에 힘든데."

마치 자신의 입을 막으려는 듯 서하가 빈대떡 한 점을 뜯어 입으로 쏙 넣었다.

"그런데 그 세로토닌에 필요한 게 뭔지 가르쳐 드려요? 탄수화물이래요. 그래서 다들 오늘같이 비가 오는 날에는 빈대떡을 먹나 봐요. 더불어 막걸리도요. 자요. 대표님도 탕만 드시지 말고 드셔 보세요. 오늘 많이 우울해 보이시는데."

서하가 젓가락으로 빈대떡 한 점을 찢어 그의 입술 앞으로 쑥 내밀었다.

유진이 그런 서하의 팔을 옆으로 밀쳐 냈다. 이렇게 말이 많은 여자였던가. 짐작하건대 내일이면 이 여자는 자신의 얼굴을 제대로 못 쳐다보리라고 유진은 확신했다.

"아, 대표님은 미국에서 자라셨으니 이런 것 안 드시는구나. 죄송합니다."

"먹어."

"네?"

"빈대떡 먹는다고. 단지 우울하지 않을 뿐이야. 이런 재미있는 광경을 감상하는데 우울할 일이 있겠어?"

무슨 뜻인지 알아차리지 못했는지 서하의 동그란 눈이 깜박거렸다.

"저, 안 취했습니다."

볼통한 입술로 고집 부리는 서하의 빈 잔을 유진이 다시 채웠다. 마지막 잔임을 아는지 그녀는 좀 전처럼 벌컥 들이키지 않았다.

"우울한 이유는?"

"아까 설명했잖아요. 비의 작용이라고."

"그렇게 이야기하면 비만 억울하겠지. 실연이라도 당했어?"

"아, 대표님 입에서 그런 고리타분한 질문이 나오다니, 실망입니다."

"눈앞에 앉아 있는 사람 수준에 맞추었을 뿐이야. 하는 꼴이 딱인데."

서하가 마지막 잔의 반을 마셨다.

"제가 얼마나 모진 사람인데요. 순둥이인 줄 알았는데 모질대요. 나도 처음 알았어요. 내가 그렇게 모진지……. 잡고 싶었는데."

서하의 남은 잔을 유진이 비웠다.

"아플 것 같아서 버렸더니, 기쁨도 함께 사라져 버렸어요. 괜찮을 줄 알았는데……."

무언가 아쉬운지 서하가 고개를 돌려 빈 동동주 병을 바라보았다. 유진은 그 눈길을 모른 척했다. 흐릿한 눈빛은 벌써 위험하고도 남았다.

"시간이 많이 지나면 간혹 얼굴이라도 보고 지낼 수 있을 거라 생각했는데, 결국 끝이라 생각 못 해서 쉽게 끝을 말할 수 있었나 봐요."

왜 이래, 정말. 얼마나 친하다고 막 쏟아 내는 거야. 이 사람 앞에선 늘 내가 아닌 듯해.

차라리 윤희 앞인 게 나을 뻔했다. 서하가 킁 하는 소리를 내며 훈훈한 실내 기온에 흘러내리려던 맑은 콧물을 닦아 낸 후 테이블 옆 휴지통에 던지듯 넣었다.

"매일 조금씩 잊어 가는 중이라 여겼는데. 오늘 보니까 아니었어요. 노력한다고 되는 일이. 얼굴을 보는 순간 모든 게 제자리였어. 이젠 진짜 보면 안 될 것 같아요. 남자이기 이전에 좋은 선배였는데……. 그런데 또 영원히 못 본다 생각하니까, 씨, 이럴 줄 알았으면 키스라도 맘껏 해 볼걸."

거침이 없는 건지. 맹한 건지. 유진은 황당함에서 어이없음으로, 이제는 그저 헛웃음만 새어 나왔다.

이런 여잘 두고 섹스 파트너를 운운하다니. 김준하, 너도 참.

듣다 못한 유진의 입에서 툭 하고 한마디가 떨어졌다.

"시시해."

"뭐가요? 지금 나 비웃는 거예요?"

서하가 손에 쥐고 있던 젓가락을 탁, 소리 나게 내려놓았다.

"음, 시시해. 사랑 타령. 우울한 핑계로 멜라토닌을 대는 사람이 사랑이 그저 도파민과 페닐에틸아민의 작용에 지나지 않는다는 걸 왜 모르지?"

"우와, 삭막하다. 우리 대표님. 사랑을 그렇게 생각하고 계셨어요?"

"알았으면 일어나. 더 들어 주기 힘들어."

유진이 서하의 가방을 챙겨 들었다. 가만히 따라나서던 서하가 빠른 두 걸음으로 그를 딱 막아섰다.

"정말 그 도파민하고 페닐 어쩌고 하는 것만 어떻게 하면 괜찮아질까요?"

지나치게 진지한 서하의 눈을 마주한 유진이 작은 한숨을 내쉬었다.

"그래."

계속 말려드는 자신에게 화가 나려던 순간이었다.

"잠시만요. 대표님은 정말 사랑을 그렇게 생각하세요?"

서 있기 버거운 듯 비틀거림을 겨우 참는 듯했지만 눈망울은 또렷했다. 유진의 입에서 알아듣기도 힘들 만큼 낮은 목소리가 흘러나왔다.

"뇌의 물질 작용에 일어나는 순간적인 감정. 그걸 빌미 삼아 평생 서로의 목덜미를 잡으려는 것……. 사람들은 흔히들 사랑이라 칭하더군."

도대체 뭘 하고 선 건지, 유진이 눈앞에서 자신을 빤히 바라보며 서 있는 서하를 지나쳐 보도블록을 내려와 지나가는 택시를 세웠다.

서하는 뒷좌석 차 문을 열고 서 있는 유진의 손에서 천천히 가방을 건네받았다.

긴 하루의 막이 내리려는 순간, 벌써부터 다가올 내일에 대한 걱정이 시작되었다. 지금의 상상보다 훨씬 더 부끄러울 터였다.

꾸벅, 천천히 배꼽 인사를 건넨 서하가 택시에 올라탔다. 기사에게 목적지를 말하고 힐긋 창밖을 보니 차가 출발도 하기 전에 유진은 벌써 저만치 걷고 있는 게 보였다.

과한 친절을 받은 날이었다.

그리고 가방에서 휴대폰을 꺼내 인터넷 창을 열었다.

도파민, 그리고 페닐에틸아민.

4화

✷

두 여자

April Snow

세상 사람들 말치고 틀린 것은 없었다.

다음 날, 서하는 눈을 뜨는 순간부터 말 많은 동동주 뒤끝의 위력을 온몸으로 실감했다.

윤희가 몇 번이나 방문을 노크하며 출근 준비를 하라고 깨워 와도 도저히 방을 나설 수가 없었다. 일어서려고만 하면 방의 가구들이 빙그르 도는 게 놀이터의 회전 놀이기구를 타고 있는 것 같았다.

간신히 샤워를 끝내고 윤희가 회사 앞까지 태워 준 덕에 겨우 출근은 했지만 오전 회의가 어떻게 진행되고 있는지도 알 수 없었다. 가누기 힘든 몸이야 둘째 치고 서하는 까맣게 잊고 싶은 지난밤의 생생한 기억이 더 견딜 수 없었다.

대각선으로 앉아 있는 유진을 신경 쓸 컨디션도 못 되었지만 그는 전혀 기억에도 없다는 듯 평소보다 더 무감한 눈빛을 보였다. 오전에도 식사를 건너뛰고 점심시간이 되어서도 아무것도 입에 대기 힘들었다.

하지만 유진과 본부장이 함께 식사를 하러 나가고, 혼자 남은 정 대리를 위해 어쩔 수 없이 속을 조금 채우고 났더니 그나마 정신이 차려졌다. 그러나 여전히 지끈거리는 두통으로 이맛살을 찌푸리고 있을 때 사무실 문이 벌컥 열렸다.

본부장을 멍한 시선으로 바라보고 있는 서하의 눈이 뒤따라오는 유진의 눈과 그대로 일직선이 되었다.

그녀가 미처 피할 사이도 없이 유진의 무심한 눈이 먼저 비켜 갔다. 서하는 작은 한숨을 쉬고 일어서 탕비실에 들어가 아침에 못 챙긴 커피를 내려서 들고 나왔다.

"고마워요. 강 과장."

"네? 아, 네."

서하는 여전히 과장이라는 호칭이 어색했다. 그것을 아는지 본부장 영섭이 그녀의 얼굴을 보며 부드러운 미소를 보였다.

"컨디션이 안 좋아 보이는데, 몸살이야?"

"아, 아니에요."

급히 부정하고 나서는 그녀의 얼굴이 살짝 붉어졌다.

"쉬엄쉬엄해, 무리하지 말고. 남들은 본부에서 일한다고 부러워하겠지만 신경 쓸 일이 많아서 매장 일보다 힘들 거야."

"전혀 그렇지 않습니다. 저는 여기가 훨씬 좋아요."

"왜, 연봉이 많아서?"

영섭이 유진의 방에서 들고 나온 서류를 보다 말고 사뭇 진지하게 물어 왔다.

"물론 매장 일도 재미있는 일이 많았지만, 왠지 그땐 강서하는 없는 것 같았어요."

영섭이 가만히 서하를 바라다보며 눈으로 그 뜻을 물었다.

"매장에선 늘 제 감정을 죽이고만 지냈던 것 같아요. 특히나 매니저 달고부터는 스텝들에게조차 그러다 보니 간혹 갖는 사석도 즐겁진 않았습니다."

서하가 잠시 입을 다물었다가 다시 천천히 말문을 열었다.

"처음엔 제대로 아는 것도 없으면서 곳곳의 매장을 관리하는 게 조금 두려웠지만 로티스 엘에 대해 하나하나 배워 가는 것이 즐거워요. 그리고 아무리 바빠도 따스한 차 한 잔 나누어 마실 시간이 있어 좋습니다. 게다가 본부장님도 잘해 주시고, 정 대리도 재미있고."

그리고 유진. 이건 문제였다. 서하는 저도 모르게 혀끝으로 아랫입술을 살짝 쓸었다.

"죄송합니다. 다들 정신없이 바쁜데 혼자 안일한……."

"아닙니다. 저도 사회 물 먹고 나서 요즘처럼 신명 나는 때가 없습니다. 게다가 이런 황홀한 커피를 뽑아 주시는 윗분이라니 왕 캡입니다."

정 대리가 앉은 자리에서 척 하고 엄지를 들어 보였다.

벌떡 일어나 자신의 찻잔을 들고 영섭이 서하의 곁으로 다가왔다.

"그러게 말이야. 강 과장 커피 내리는 솜씨가 좋아. 대표님은 한 잔 가져다 드렸어?"

서하의 눈이 설핏 커졌다. 생각을 못 한 건 아니지만 들어갈 용기를 내지 못했다.

"한 잔 가져다 드리고 와. 할 이야기 있어."

"네."

유진의 긴 출장 기간 동안 서하는 썰렁하던 탕비실에 여러 가지 차 도구를 준비해 놓았다.

그리고 지난밤 그렇게 보기는 했지만, 출장 후 첫 출근을 한 그였다.

서하는 유진의 것으로 지정해 놓은 순백의 머그잔에 삼분의 이 정도로 커피를 채우고 탕비실을 나왔다. 그의 방문 앞에 선 서하가 깊은숨을 두어 번 들이마셨다.

그래, 따지고 보면 실수라고 할 것도 없어. 물론 사무실에서 술을 마시고 있었던 건 잘못한 일이지만 업무 외 시간이었고, 그리고 술집에선…….

서하가 고개를 세차게 흔들었다. 생각하면 뭐 해. 맞을 매는 빨리 맞는 게 좋지. 눈도장 한 번 찍고 나면 시간에 맡기고 잊을 일이었다.

똑똑 하고 두드렸지만 듣지 못했는지 아무런 답이 없었다. 서하는 다시 한번 노크 소리를 낸 후 문을 살며시 열고 들어갔다.

블라인드 사이로 언뜻 비친 그는 서류에 몰두하고 있었으니 못 들을 수도 있었다. 지나치게 집중한 탓인지, 아니면 이미 상대가 누군지 아는 것인지, 그는 미동도 없었다.

조용히 다가간 서하가 그의 데스크 한편에 조심스럽게 커피를 내려놓자 유진의 고개가 천천히 그녀에게로 향했다.

"뭡니까."

"커피입니다. 식사하시고 커피 한 잔 안 드신 것 같아서 가져왔습니다."

뻔히 커피인 줄 알면서 묻는 그의 질문에 서하는 뭐라고 답을 해야 할지 몰랐다.

"점심 식사 후엔 커피 마시지 않습니다."

"아, 네."

어젯밤 함께 있었던 남자가 눈앞의 사람이 맞는지. 다시 돌아온 지나치게 정중한 말투에 이미 무안해져 있던 서하의 입이 한 일자가 되었다.

"그런데, 왜 강서하 씨가 이런 심부름까지 하죠?"

"심부름이 아니라, 커피가 맛있게 내려져서 한 잔 드시라고 가져왔습니다."

"앞으로 이런 것까지 신경 쓰지 않아도 됩니다. 나가 보세요."

"……네."

그저 무심한 눈빛만이 아니었다. 차가움이 뚝뚝 떨어지는 유진의 말투에 당황한 서하가 황급히 등을 돌렸다.

들어올 때와 비교도 되지 않는 빠른 걸음으로 문 앞으로 다가간 서하가 손잡이를 돌리려던 손을 멈추었다. 그리고 무언가 결심한 듯 뒤로 획 돌아섰다.

"그러면 저는 무엇으로 대표님께 답례를 하면 좋을지 묻고 싶습니다."

유진이 다시 고개를 천천히 들어 올렸다. 무슨 말을 하고 싶으냐는 듯 그의 시선이 그녀의 눈을 빤히 쳐다보았다.

"대표님은 동동주도 사 주시고, 빈대떡도 사 주시고, 택시까지. 신경 안 써 주셔도 되는 호의 베풀어 주셨는데, 저는 커피 한 잔도 못 내려 드리니 드리는 말씀입니다."

강서하, 너 제대로 미쳤구나. 학교 때 버릇 그대로 나왔어.

꼭 술 잘 마시고 사고는 다음 날 친다니까. 이건 누가 뭐라고 해도 물에 빠진 사람 건져 줬더니 보따리 내놓으라는 거야. 응? 아직 술이 덜 깬 건 알겠는데 이건 아니라고.

그렇게 생각하면서도 서하의 입은 멈춰지지 않았다.

"알아요. 대표님은 사랑도 뇌 호르몬 작용에 지나지 않는다고 생각하시는 분이시라는 거."

유진이 오른손에 들고 있던 펜을 서류 더미 위에 천천히 내려놓았다. 온전히 그녀를 향한 몸체의 앉은키가 꽤 컸다.

서서히 위압감이 몰려오는 서하였다. 그러나 이렇게 마무리할 수는 없었다.

"하지만 저희들은 한 회사에서 가족 이상으로 매일, 긴 시간 얼굴 맞대며 살아야 하는……."

뭐지? 동료? 그건 아니잖아. 갑자기 서하는 몇 초간 말문이 막혔다.

"……살아야 합니다."

난감한 입술이 어이없게 말을 마무리하자 그녀의 눈에 절로 낭패감이 서렸다. 그러나 눈앞에 있는 대표라는 남자는 아무런 말이 없었다. 계속해 보라는 것이었다.

"그냥 아무런 사심 없는 커피 한 잔 가져다 드리면, 그저 고맙다 해 주시면 안 됩니까?"

여전히 무반응이었다.

"죄송합니다."

새빨개진 그녀의 고개가 아래로 푹 떨어졌다. 그대로 허리를 숙여 인사를 하고 몸을 돌렸다. 이유 없이 눈물이 나올 것 같은 순간이었다.

"귀찮을 텐데?"

지나치게 낮은 목소리가 조용히 울려 퍼졌다. 무슨 말인지 알아들을 수가 없었다.

"네?"

"커피 생각날 때마다 부탁하면 강서하 씨 꽤 귀찮을 거라고. 본업이 안 될지도 모를 만……."

"괜찮습니다. 아."

재빠른 대답이 상사의 말을 끊어 버리자 서하는 급하게 두 입술을 합죽 다물었다.

"알았어요. 그럼. 그렇게 하도록 하죠."

"네?"

"커피 생각날 때 강서하 씨에게 부탁하겠다고."

"아, 네."

"나가 봐요. 그만."

"네."

금세 그녀의 목소리가 밝아지고 입꼬리는 위로 올라갔다. 후회는 탕비실에 들어서는 순간부터였다. 새카맣게 기억 못 하는 척을 하려 했는데, 지난밤을 모조리 기억하고 있다고 자진 납세를 하고 말았다.

그래도 서하는 요 며칠 가슴을 덮고 있던 어두운 구름이 걷히는 듯 기분이 조금 맑아졌다.

스스로가 유치한 줄 알면서도 유진이 커피를 거부한 이유가 자신이 귀찮을까 봐 챙겨 준 게 아닌가 싶어 마음이 벅찼다.

병이었다. 친구들께, 선생님께, 고객들께, 그리고 이젠 로티스 엘의 대표에게 인정받고 싶은 몹쓸 병.

유진의 긴 손가락이 서하가 놓고 간 커피 잔에 가 닿았다.

향과 맛이 적당하게 우러난 것이 나쁘지 않았다. 아무런 무늬 없는 새하얀 컵도 마음에 들었다.

컵의 손잡이를 잡고 엄지로 잔을 쓸었다. 잔의 온기가 손바닥 전체로 느껴졌다.

BS몰의 최대 주주는 진영신 회장의 장녀이자 베레세르 호텔 대표, 혈연으로 따지면 자신의 고모인 민진숙이었다.

민 대표가 들고 있던 에어코리아나의 지분을 넘기고 대신 BS몰의 지분을 받은 것으로 되어 있었다. 명희가 두 번째이긴 했지만 다음으로 지분이 많은 진영신 회장이 명희의 손을 들어 주지 않을 터였다.

유진은 다시 한번 커피 한 모금을 입에 머금으며 자리에서 일어나 창을 향해 몸을 돌렸다. 천천히 삼킨 액체의 따스함이 식도를 따라 흐르자 명치에 걸려 있던 갑갑함이 따라 내려가는 것 같았다.

무슨 그림을 그리고 있는지 점심 식사 무렵 이제껏 잠자코 있던 진 회장의 비서실로부터 연락을 받았다. 혈관을 따라 구석구석 흐르던 불쾌감이 말초 신경을 자극할 때 방문을 두드리는 노크 소리가 들렸다.

대답이 없으면 적당히 물러가면 될 것을. 보지 않아도 주인의 눈치를 살피는 어린 강아지처럼 동그랗게 뜬 눈을 한 채로 조심스럽게 들어오는 여자의 발소리가 들렸다.

지난밤 한 짓이 있으니 아침에 눈을 뜬 순간 무던히 부끄러웠을 것이다.

피해 갈 수 있으면 피해 가고 싶었을 것이다. 오전 회의 중에도 이름이 호명될 때마다 긴장인지 부끄러움인지 흠칫거리는 모습이 역력했다.

어렵게 방문을 열었음을 알면서도 극도로 예민해진 신경이 그녀에게로 화살이 되어 날아갔다.

죄송합니다, 하고 돌아서는 목소리에 물기가 묻어 있었다. 모른 척해야 앞으로 성가신 일이 덜 하리라는 것을 알면서도 마음하고 다른 말이 그녀를 돌려세우고 말았다.

유진이 뱉어 낸 옅은 숨이 맞은편 창에 하얗게 서렸다.

"본부장님. 하실 말씀은……."

대표실을 나온 서하는 한결 가벼워진 마음으로 조금 전 영섭의 하려던 말을 물었다.

"다음 주부터 바빠?"

"월말이라 각 매장 영업 실적 보고 통계도 내야 하고, 점장들 워크숍 계획 일정 및 장소도 알아봐야 하는데, 무슨 일 있으십니까. 제가 뭐 도울 일이라도 있나요?"

"갑자기 뉴욕 출장이 잡혔어. 대표님 중국 건 때문에 바쁘신데, 이번엔 정 대리를 같이 데리고 가야 해서. 대표님, 사무실에 있다 보면 어쩔 수 없이 강 과장이 좀 도와야 할 일이 있을 거야. 좀 전에 말씀 없으셨어?"

"네."

당연히 도와야 할 일이었다. 다만, 문제는 그와 단둘이 남는다는 거였다.

"죄송합니다."

미안해하면서도 첫 해외 출장에 대한 설렘을 감출 수 없는지 쑥스러움이 묻은 미소를 머금고 정 대리가 두 사람의 곁으로 다가왔다.

"별말씀을. 놀러 가는 것도 아닌데요."

"근데, 과장님. 이것 보셨어요? 곧 출시될 브레이슬릿 디자인?"

"와."

컬러 인쇄로 출력된 팔찌 디자인을 건네받은 서하의 입에서 절로 감탄사가 새어 나왔다.

연꽃 문양 버클에 얇은 메탈 고리를 걸도록 되어 있는, 하나의 링으로 이루어진 팔찌였다. 잘 세공된 연꽃 옆에 작게 박혀 있는 다이아의 반짝임이 모든 단조로움을 잊어버리게 하는 모던하면서도 클래식한 다자인이었다.

화이트는 세련된 멋이, 로즈 골드는 차분한 품격이 느껴졌다. 실물로 보면 훨씬 아름다울 듯했다. 지난여름 대세를 이루었던 가죽 매듭 팔찌에 결코 뒤지지 않을 반응이 예상되었다.

"메탈 연꽃이라는 게 전혀 믿기지 않아요."

형형색색의 많은 연꽃 디자인을 보아 왔지만 메탈로 세공된 연꽃은 처음 보는 것 같았다.

처음 로티스 엘에 입사를 하고 교육 마지막 날 로티스 림이 젊은 날 뉴욕으로 날아가 보석 디자이너로 데뷔한 임수연의 연꽃을 뜻하는 영어식 이름이라는 것을 알게 되었다.

자연히 로티스의 CEO가 로티스 림, 임수연의 남편일 거라 생각했다. 그래서 처음 대표로 유진을 소개받았을 때 지나치게 젊은 그를 보고 더욱 놀랐는지도 몰랐다.

"뭔가 이미지나 느낌이 조금 달라요. 꽃문양도요."

끝이 좀 더 날카로워져서인지 꽃잎의 수도 많아 보였다.

"역시 예리하시죠. 우리 과장님."

"뭐예요? 뭔가 있으면 제게 당연히 알려 주셔야죠?"

본부장을 향한 정 대리의 의미심장한 눈빛을 알아차리며 서하가 물었다.

"디자이너가 달라요?"

"맞춰 보세요."

"설마, 대표님?"

"네?"

현수가 호탕하게 웃었다. 어느 기사에서 로티스 엘 CEO도 디자이너 출신이라고 읽은 기억이 났지만 그게 주얼리인지는 정확하지 않았다.

"레나 장."

"네?"

"로티스 엘의 메인 디자이너이자 대표님의 피앙세라는 소문이 있죠."

서하의 놀란 눈이 깜박거렸다. 유진이 '임자 있는 몸'이라고 알려 주던 까칠한 목소리가 떠올랐다. 그 상대가 메인 디자이너라니.

"뭐, 항간에는 피앙세는 사실이 아니다, 두 사람은 그저 동료 사이라는 말도 있지만. 남녀 사이는 모르는 일 아니겠어요?"

"그런데 디자이너는 왜 바뀌었어요?"

"글쎄요. 그건 저도……."

"정 대리, 너무 나가면 그 자리에서 잘릴지도 몰라."

자리에서 일어난 영섭이 정 대리의 어깨를 툭 하고 가볍게 두

드린 뒤 유진의 방으로 들어갔다.

"이제 더 이상 아는 것도 없습니다."

정 대리가 변명이라도 하는 듯 영섭의 등 뒤로 답을 날렸다.

"뉴욕 사무실 비서 말로는 끝내주는 미인이라 하더라고요. 카리스마 또한 상당하고. 제 눈으로 확인하고 와서 말씀드릴게요."

레나. 이름 또한 매혹적이라는 의미를 담고 있었다. 입을 살짝 가리며 너스레를 떠는 현수를 보며 서하는 그때서야 그가 유진의 비서임을 제대로 인지했다.

"근데 언제 돌아오세요?"

답을 위한 질문이 아니었는지 서하의 힘없는 질문이 공중에서 부서진 채 영섭에게 날아가지 못했다.

서하의 입술을 비집고 가느다란 한숨이 새어 나왔다. 인력이 하나둘 채워질 계획으로 미리 자리하고 있는 빈 책상이 오늘따라 사무실을 더 휑하게 보이게 했다.

⁜ ⁜ ⁜

지끈거리는 머리가 잠결에도 심상치 않았다. 살짝 몸을 뒤척이던 우현의 속눈썹이 꿈틀거렸다.

얇게 뜨인 시야로 들어오는 침실의 분위기. 우현이 벌떡 상체를 일으켰다. 자신을 향해 모로 누운 채 잠들어 있는 유라의 드러난 어깨를 바라보는 그의 양 미간이 있는 대로 구겨졌다.

제기랄. 받아들이기 힘든 눈앞의 상황에 절로 욕지기가 올라왔다. 어떻게 이리로 왔는지. 그녀를 안은 기억이 전혀 나지 않았다. 조금이라도 의식이 있었다면 설사 그녀를 안았다고 해도 나란히 잠들었을 리 없었다.

모든 것이 자신의 탓인 걸 잘 알았다. 그러나 스스로가 용서되지 않는 만큼 이 상황에 동참한 그녀가 원망스러웠다. 분명히 끝내겠다고 말을 했다. 그리고 두 달이 넘도록 찾은 적이 없었다.

두 달. 불과 캘린더 두 장 너머의 일들이라기엔 유라와의 시간들은 까마득한 과거 속의 기억처럼 낯설었다.

서하. 이 순간에도 가슴을 둔탁하게 내리치는 이름.

아이를 볼 수 있느냐는 말을 내뱉은 날을 끝으로 얼굴을 보여주지 않는 그녀를 머릿속에서 그리던 하루와 같은 시간의 길이라는 게 믿기지 않았다. 하루에 몇 번이고 도어록이 열리길 기다리고 있었을 유라의 심정이 어쩌면 별반 다르지 않았을지도.

그러나 사랑이란 자신의 감정만을 합리화시키는 지극히 이기적인 형상을 갖춘 것이다. 언젠가부터 유라 앞에서 느끼는 스스로에 대한 혐오감을 그녀의 지겨운 집착에 대한 미움으로 극복하려는 자신을 직면하는 순간이었다.

확 하고 시트를 걷어 제치며 일어서는 우현의 손끝에 묻은 짜증이 유라의 의식도 함께 깨웠다.

그녀의 벗은 어깨에 와 닿는 방안의 공기가 너무도 서늘했다. 아무것도 걸치지 않고 욕실로 들어가는 그의 잘빠진 뒷모습에서 뿜어져 나오는 화가 고스란히 드러났다.

유라 역시 알고 있었다. 지난밤 침실을 꽉 채웠던 열기가 사그라지고 나면 남는 것은 깊은 모멸감뿐일 거라는 것을.

그럼에도 허리에 수건을 두른 몸에서 떨어지는 물방울에조차 아직 화기를 묻히고 있는 그를 보는 순간 유라는 더 이상 참을 수 없었다.

"화를 내는 이유가 뭐죠?"

우현은 묵묵부답인 채로 바닥에 떨어진 옷가지를 챙겨 들었다.

"날 찾은 자신에게 화가 나나요? 아니면, 아직도 나를 원하는 그 욕정이 화가 나나요?"

"널 찾은 것도, 그 욕정도 내가 원한 것이 아니야. 그저 술이 원인이었을 뿐이야."

아직도 더 아플 게 남았던가. 비릿한 그의 웃음이 칼날이 되어 그녀의 심장을 날카롭게 베어 내렸다.

적어도 그녀가 아는 김우현은 이런 남자가 아니었다. 마지막이 집을 나가던 그 순간에 자신의 어깨 위로 놓이려다 만 멈칫거리던 그의 손을 유라 역시 알고 있었다. 잔인하지도 모질지도 못한 남자였다.

"그렇게 말하면 좀 나아요? 한 번도 아니고, 두 번씩이나 미친 듯이 날 올라타 놓고선. 만족감에 신음하던 그 남자는 도대체 누굴까요?"

"도대체 누구인지는 내가 묻고 싶은 말이야."

어느새 옷차림을 끝낸 그가 천천히 유라를 돌아다보았다. 지난밤 술에 정신을 놓고 이곳으로 들이닥칠 때도 반듯하게 매여 있던 그의 넥타이 매듭이 지금은 셔츠 두 번째 단추 아래로 느슨하게 늘어져 있었다.

"누군지 모르겠지만 아마도 그 순간엔 거리의 어느 여자라도 상관없었을 것 같은데."

의미 없는 대화를 나누는 이 순간조차 떠나지 않고 가슴을 조여 오는 단 하나의 실체, 서하가 아니라면 한낱 욕정 따위 어디다 뿌린들 무슨 상관일까.

우현은 화장대 위에 놓인 상의를 들고 침실 문을 향해 성큼 걸었다.

"아무리 그래도 당신, 강서하하고 안 돼요."

역시. 강서하라는 이름 하나에 그대로 굳은 채로 서 버리는 우현의 등을 바라보던 유라가 두 눈을 꼭 감았다. 그의 상의 재킷이 바닥으로 툭 소리를 내며 떨어졌다.

우현이 천천히 몸을 돌렸다. 그저 쌀쌀맞았던 그의 표정은 어느새 딱딱하게 굳어 있었다.

"무슨 말이야."

"무슨 말일까요?"

"어떻게 네 입에서 서하 이름이 나와?"

급할 게 없는 듯 느릿한 동작으로 침대에서 빠져나온 유라가 가운을 걸쳐 입고 화장대 의자 앞에 앉았다.

"묻고 있잖아."

입술을 꾹 다문 채 큰 브러시로 긴 웨이브 머리를 빗어 내리는 유라의 모습을 인내로 지켜보던 우현이 으르렁거리듯 낮게 중얼거렸다.

"말 그대로예요. 당신하고 강서하는 안 된다고."

"네가 어떻게 서하……. 너, 이제껏 서하가 어디서 뭘 하는지 알고 있었던 거야?"

높아졌던 그의 목소리 톤이 충격을 받은 듯 툭 떨어졌다.

브러시를 화장대 제자리에 올려놓은 유라가 의자에서 일어서 우현을 마주했다.

“지금 와서 그게 중요한가요?”

ROTC 4학년 재학 시절, 꽃샘추위가 채 가시지 않은 이른 봄날. 갓 2학년이 된 서하가 잘 아는 후배라며 동아리실에 데려온 여학생이 유라였다.

어쩔 수 없이 학점 관리는 해도 영어에 별 취미가 없다며 동아리에 가입은 하지 않았지만 간혹 놀러 오던 유라는 동아리 남학생들에게 인기가 있었다.

항공관광과답게 예쁘장한 미모도 한몫했지만 역시나 동아리에서 없어서는 안 되는 서하가 데려온 후배라는 이유가 가장 컸다.

우현의 관심도 마찬가지였다. 동아리 내 직속 후배 이름도 제대로 기억하지 못하면서 유라의 이름을 잊지 않은 것은 오로지 서하에 대한 마음 때문이었다.

그리고 늦은 봄, 갑자기 서하가 보이지 않았다. 학과 사무실에서 알아본 학적에조차 그녀의 주소가 제대로 되어 있지 않았다.

언젠가 구내식당에서 서하와 함께 식사를 한 유라를 기억하고 항공관광과로 달려가 그녀를 찾았다. 그때 유라는 고개를 절레절레 저으며 본인 역시 연락이 되지 않는다고 했다.

그 1년, 서하의 연락처를 구하기 위해 무던히 유라를 찾았다. 도대체 어디로 사라져 버린 걸까, 유라와 밤늦게까지 술잔을 기울이며 서하에게로 향하는 애틋함을 달랬다.

공군에 입대하고 힘겨운 훈련 속에서도 그녀를 잊지 못할 때 면회를 왔던 유라가 도움이 되었다.

차츰 안정을 찾고 있던 어느 날에야 더 이상 유라가 면회를 오지 않고 있다는 것을 깨달았다. 그리고 서하를 가슴에 묻어가며 유라도 까마득히 잊었다.

에어코리아나에 들어와 첫 비행이 있던 날. 기내에서 완벽한 화장에 비슷한 헤어, 똑같은 유니폼을 입고 있는 승무원들 사이에서 유라를 한눈에 알아보지 못했다. 악수를 건네는 그녀의 가슴팍 명찰을 보는 순간 그녀의 이름 위에 겹쳐 보이는 강서하라는 이름이 함께 살아났다.

긴 비행을 마치고 이국땅, 호텔 라운지에서 오랜 회포를 나누며 일어설 때 즈음에야 혹시나 하고 물었던 그녀의 소식에 대한 유라의 답은 여전히 한결같았다.

“강서하는 죽어도 당신에게 가지 않을 거예요.”

“무슨 뜻이야.”

강서하에게만은 당신을 뺏기지 않을 거예요. 내가 그렇게 되도록 두지 않을 거예요.

마음에서 회오리치는 말을 삼키는 유라의 목울대가 울렁거렸다.

“미혼모라는 것쯤은 내게 문제가 되지 않아.”

유라의 두 눈꺼풀이 위로 빠르게 올라갔다. 제대로 들어 놓고도 그 말뜻을 헤아리려는 듯 놀란 눈동자가 요동쳤다.

역시나 그걸 두고 한 말이었던가.

허세를 부리듯 한껏 여유로움이 묻어나던 유라를 제자리에서 굳은 채 서서 바라보던 우현이 비릿한 미소와 서늘한 목소리로 입을 열었다.

“언제부터 연락이 되었는지, 아니면 처음부터 서하가 어디 있는 줄 알고 있었는지는 몰라도 덕분에 사람에 대한 그리움이 뭔지 제대로 가르쳐 준 걸 고맙게 생각할게."

우현이 유라의 화장대 위에 올려 둔 상의를 다시 집어 들었다.

❉ ❉ ❉

오후 3시. 유진은 약속 시간에 꼭 맞추어 진 회장의 비서실로 들어섰다.

자리에서 일어서 유진을 향해 정중히 인사를 한 최 실장은 직접 유진의 도착을 알린 후 그를 위해 비서실 안쪽으로 난 회장실 문을 열어 주었다.

진 회장께 결재 파일을 받아 한 걸음 물러서던 김 비서가 방을 나서며 유진을 향해 깊은 묵례를 해 보였다.

로얄 플라자 입점 건만 아니면 무시하고 말 전화였다. 자신을 맞이하는 비서실의 환대와 친숙함이 마땅치가 않았지만 그의 얼굴에선 아무 감정도 드러나지 않았다.

진 회장이 보고서를 한쪽으로 밀어 놓으며 유진을 향해 고개를 들었다. 왼팔에 외투를 걸친 채 윈도우 체크 패턴의 브라운 그레이 슈트를 입고 있는 그는 사진에서의 모습보다 더 컸다.

역시 피는 속일 수 없는 게지.

진 회장은 제 보호막 아래서 자란 다른 외손들에게서 볼 수 없는 고고한 기운을 그에게서 읽어 냈다.

"왔구나."

유진은 그제야 대답 없이 고개를 숙여 보였다.

잊을 만하면 경제 잡지 면면에서 건재함을 알려 오던 얼굴이었다. 풍채 좋았던 몸은 살이 많이 내렸고 그래서인지 그녀의 얼굴은 더욱 근엄하게 보였다.

여전히 차갑고 메마른 눈매였지만 늘어난 주름은 날카로운 기운을 다소 덮고 있었다.

세월은 누구도 비껴가지 않는 것인가. 어린 날, 바라보기조차 힘든 거대한 산이었다. 여전히 기척도 않고 자신을 바라보던 매서운 눈매에서 유진은 그저 노파의 기운만 느껴졌다.

진 회장이 자리에서 천천히 일어나 짙은 브라운색 소파에 앉았다. 뒤를 따라 유진이 앉는 순간 들어올 때 보이지 않던 여비서가 차 두 잔을 조용히 내려놓고 문을 향해 돌아섰다.

"너무 어둡군."

여비서가 누른 전동 키가 블라인드를 올리자 LED로 밝혀진 실내에 주홍빛 햇살이 안으로 스며들었다.

이곳에 들어서는 사람들은 먼저 주눅부터 들었다. 그게 비록 제 손으로 키운 딸들과, 한솥밥을 먹은 지 서른 해를 넘어가는 사위들이라 할지라도.

그럼에도 굽힘없이 자신의 시선을 그대로 받아 내는 싸늘한 눈동자가 진 회장은 못마땅하면서도 그 기운이 나쁘지 않았다.

얼굴은 무심해 보이지만 그 마음 안에 누구도 걷잡을 수가 없는 회오리가 있다는 걸 진 회장은 잘 알았다. 두 눈을 부릅뜨고 삼키고 삼켰을 어린 날의 울분 또한. 그것이 밖으로 드러날 때 저리도 무심히 드러난다는 걸 긴 인생 살아 봐서 잘 알았다.

"유능한 아랫사람을 뒀더구나."

"준하는 제 아랫사람이 아닙니다."

알아내느라 힘들었다고 준하가 공치사를 해 댔지만 진 회장이 의도한 느슨한 보안이 아니었다면 자국 기업을 내치고 들어가는 로얄 인수 건을 알아낼 리는 만무한 일었다.

"그 마음으로 키워 놓았으면 로티스 엘을 내주는 거야 아깝지 않을 테고."

유진의 한쪽 입가가 비릿하게 움직였다.

"아닐 테면 아무리 친구라고 해도 회사 재무를 전적으로 맡길 리는 없었을 거 아니냐."

역시 만만한 산은 아니었던가.

"그만하고 네가 있어야 할 자리로 돌아와."

"제가 있어야 할 자리라, 어디를 두고 말하는지 알아들을 수가 없습니다."

"내 밑으로 들어오는 것이 싫다면, 명희가 손을 내밀 때 잡아."

"대표님 밑이, 곧 회장님 밑 아니겠습니까."

"네 입으로 말했다. 네 엄마, 네가 필요하지 않을 때가 되면 돌아오겠다고."

"어미가 자식이 필요치 않을 때란 언제입니까. 아, 회장님은 자식도 손익 계산 기준을 두고 품는다는 건 모르지 않습니다만."

"언젠가는 돌아올 곳이야."

유진이 천천히 손을 뻗어 찻잔에 손을 댔다.

"처음부터 탐탁지 않았던 놈. 이제 와 이러시는 이유, 알 수 없습니다."

"뛰쳐나간 건 너다. 어린놈이 일 낼 것 같아서 두고 본 것뿐이다."

"더 아픈 손가락도 잘라 내신 분입니다."

짧은 침묵이 일었다. 그러나 진 회장의 표정엔 어떠한 변화도 엿보이지 않았다.

"솔직해지시지요. 다른 성을 단 이에게 BS 내어 주기 싫은 욕심 아니겠습니까."

곤란했다. 이제 와 혈연이란 이름으로, 회환이라는 이름으로 세월을 되돌리려 하다니. 절대 이해해 줄 수도 용납해 줄 수도 없었다.

"그게 욕심이더냐."

"한 평생을 BS를 위해 다 내어 놓은 그들입니다."

"누릴 만큼 누렸고, 줄 만큼 줄 게야."

"수화가 남자였다면 저 같은 것은 돌아보지도 않았겠지요."

"그릇은 따로 있어. 소꿉장난 같은 장사가 재미있어 뻗대는 거냐."

"로티스 엘. 그 길이 있었기에 살아 내셨습니다."

"들고 들어와. 계열 회사로 키워 줄 테니."

유진이 짧은 헛웃음을 터트렸다.

"어머니의 이름입니다. 그런데 그 어머닐 산송장으로 만들어 놓은 BS로 밀어 넣어라 말씀입니까."

"브랜드 명맥이라도 유지시키고 싶다면 어떤 줄이라도 잡아야 할 테지."

"마음대로 해 보시죠. 모든 것을 무로 돌리는 한이 있어도 그렇게는 못 합니다."

유진의 서늘한 눈매를 바라보는 진 회장의 눈빛조차 녹록치가 않았다.

고개 한 번 숙이지 않고 그대로 방을 나서는 그의 뒷모습을 바라보는 진 회장의 입가로 작은 한숨이 새어 나왔다.

❈ ❈ ❈

어느새 유진의 잔이 또 비었다. 술병이 난 모친을 곁에 둔 그는 평소 먼저 술을 찾는 일이 거의 없었다.

준하는 유진의 잔에 술을 채우면서 무슨 일인지 묻지 않고 눈치만 살폈다.

"고 대표님 일이라고 생각해. BS 밑이라고 생각하지 말고."

결국은 유진이 BS유통에 관여하기로 했다. 어떤 직책으로 들어가, 어떤 일부터 손을 뻗칠지 모르나, 고명희 대표의 손을 잡기로 했다.

로티스 엘을 위한 일이었는지, 중국 진출 건부터 사사건건 가로막고 나서는 진 회장에 맞서기 위한 초기 전선인지, 그것도 아니면 언젠가는 완전히 그 집 사람이 되기 위함인지 알 수는 없으나 준하는 유진이 오늘 이러는 이유를 고 대표와의 만남에 두고 있었다.

"어떻게, 당분간 로티스는 신경 쓸 수 있겠어? 새로 론칭할 브랜드는 잠시 보류야?"

"그럴 일 없어."

"그럴 일 없다니?"

"네가 더 바빠질 거야."

입으로 가져가려던 잔을 내려놓는 준하의 눈이 혹시나 하는 의구심으로 커졌다.

"너 데리고 들어간다고 했어."

"이건 또 무슨 소리야."

묻는 말에 이렇다 할 대답 없이 유진은 가만히 술잔만 기울이고 있었다.

"베레세르 상무 자리 어때?"

"그걸 말이라고 해? 현 베레세르 백화점 상무는? BS그룹 안진용 부회장 쪽 사람이라며?"

손에 들고 있던 술을 한입에 털어 넣고 준하가 버럭 고함을 질렀다.

"그러니 자르겠다는 거겠지."

준하의 큰 눈 속 두 눈동자가 요란하게 굴러갔다.

"민창석 대표 위암 재발."

"작은 아버님이? 고 대표님 속이 타시겠군."

유진이 또 한 잔을 비웠다.

"그래서 이렇게 마시는 거야? 그래도 혈연이라고 정은 있어?"

흠. 작은 헛웃음이 공허하게 테이블 위로 퍼졌다.

"정이랄 게 있나. 그게 뭔지, 어떤 색깔인지, 연민하고 어떻게 다른지 친부모에게서도 제대로 못 느낀 걸."

"그런데 갑자기 술은 왜?"

"좀 피곤해서."

준하가 눈을 가늘게 뜨고 유진을 바라보았다.

"그럼, 내가 정리해 볼게. 그러니까 민수화하고 김우현하고 결혼시켜서 코리아나 항공을 맡기고, 민창석 대표가 맡던 자리는 자신이 커버하고, 본인이 하던 유통 쪽으로 너를 키워 보겠다는 거군."

유진이 아몬드를 하나 집어 물었다.

"정말 그게 다야? 우리 고 대표님, 예전부터 야망이 만만치 않았던 분이신 것 같던데. 정말 이대로 안진용 총괄 부회장에게 BS를 홀러덩 넘기고 마려나?"

능글스럽게 말을 마친 준하가 다시 유진의 눈치를 살짝 살피며 말을 이었다.

"아쉽지 않을까. 아무리 사랑을 좇아 차남인 민창석 대표와 결혼을 했다고 해도 원래라면 큰며느리가 됐어야 했던 분. BS 안주인 자리는 그때 물 건너갔다고 여겼더니 생각지도 못하게 적손인 네가 자기 호적 밑에 떡 허니 올려진 거야. 하긴, 사람이라면 탐이 나지. 다른 곳도 아니라 사위 군에게 넘겨야 할 판인데."

들리는지 마는지 바텐더 어깨 너머로 가 있는 그의 눈빛엔 초점이 없었다.

"너는 내가 속물이라고 할지 모르겠지만, 그래, 이 BS그룹 내가 가져야겠다."

진 회장과 만난 직후의 유진을 제 사무실에 불러들인 명희는 평소와 달랐다.

처음엔 자신의 숙부이자 그의 남편 창석이 병원으로부터 다시 위암 재발이라는 통고를 받고 불안해서 그러나 보다 했다.

그러나 얼마 지나지 않아 그녀에게선 유진에게 모가 아니면 도라도 어떤 확답을 받고 말겠다는 굳은 의지가 엿보였다.

"안진용 부회장, 결코 만만한 사람 아니야. 그걸 알고 계시기에 너를 세워 견제 세력을 만드시겠다는 게 회장님 뜻이지."

"그렇다고 저에게 모든 걸 주실 분도 아니시죠."

"그러실 테지. BS는 회장님의 삶, 그 자체시니까. 그러나 앞으로의 그룹 주인은 누가 뭐라고 해도 너야. 네가 싸워 갖겠다면 나는 전력을 다해 도와줄 생각이야. 그런데, 네가 그러고 있으니 나라도 나설 수밖에 없어. 나는 이 BS를 너에게 넘겨줘야 하는 숙제를 가지고 있어."

다급함에 절로 말이 빨라지는 것이 못마땅한지 명희가 잠시 말을 끊었다.

그리고 자세를 조금 편하게 한 뒤 천천히 말을 이었다.

"네 엄마에게 진 빚을 그렇게라도 갚고 싶어. 결정을 해 줘야겠어. 그렇지 않으면 나는 회장님을 도와서 너의 엄마의 분신인 로티스 엘을 무로 돌리는 수밖에 없어."

여전히 묵묵부답인 유진을 안타까운 듯 바라보던 명희가 다시 한번 입을 열었다.

"유진아, 제발 나의 말을 들어줘. 너희 숙부를 봐서라도."

4년 전 위 절제 수술을 받고 다시 재발하여 병석에 누운 자신의 양부이자 숙부인 창석의 이야기가 나오자 무심하던 유진의 얼굴이 다소 침잠했다. 그것을 모르지 않는 명희의 목소리에는 간절함이 배어들었다.

"그 사람은 이쪽 일에 전혀 관심 없던 사람이야. 오로지 지금까지 버틴 건, 네가 돌아오면 돌려줄 그 기반 만든다고 이날 이때까지 BS를 위해서 일했어. 나는 너희 부모 덕에 사랑도 이루었고, BS를 이만큼 가졌으니 더 바랄 것도 없어."

"고 대표, 네가 지주 회사인 BS홀딩스 주식 꽤 들고 있는 거 알고 있어?"

"몰라."

"아직, 고 대표도 안 믿는 모양이구나."

"믿어."

준하가 고개를 들어 유진을 바라보았다.

믿었다. 그녀의 진심만큼은.

믿을 수 없는 것은 자신이었다. 싸울 준비가 되어 있는지. 싸울 마음이 있는지.

BS그룹 따위는 관심이 없었다. 그러나 제대로 알게 해 주고 싶기는 했다.

한평생, 자식까지 버려 가면서 지켜야 했던 것들이 한낱 허상 덩어리라는 것들을.

"김우현은 어때? 신유라 아직 만나고 있어?"

"심어 논 사람 말에 의하면 최근에는 그 여자 집 근처에 얼씬도 안 한다고 하더군. 회사에도 휴직계를 낸 상황이고."

"휴직?"

"음. 그리고……."

"그리고?"

준하는 며칠 전 우리 건물 지하 주차장에서 우현을 얼핏 본 것 같다는 소리를 주워 담았다.

"강서하 씨 가족 관계 조사 끝났어. 너 들으면 또 놀랄 소식 있다. 오늘은 머리 복잡하니까, 내일 사무실 들어가면."

"네가 보기엔 어때? 김우현. 수화하고 괜찮겠어?"

다시 술잔으로 뻗던 손을 멈추고 유진이 준하를 바라보았다.

"그쪽 동네가 다 그런 식이지, 뭐. 갖고 있는 것 견주고 맞춰서 하는데, 민 상무가 그 정도 마음에 담고 있으면 된 거지. 넌 뭐가 걸리는데?"

"괜찮겠니? 아버지 재수술 날짜 잡기 전에 혼담 넣어 볼까 생각하는데."

명희의 말과 동시에 대표님은 사랑을 안 믿느냐고 묻던 여자의 파리하게 떨리는 속눈썹이 떠나지 않는 건 왜일까.

정말, 김우현을 다른 사람에게 보내도 그 여자는 괜찮은 걸까.

독주도 제 힘을 발휘 못 하는 밤이었다.

❈ ❈ ❈

탕비실에서 커피를 내리며 서하는 그제야 작은 숨을 제대로 몰아쉬었다. 늘어날지도 모를 식구를 위해 사 두었던 머그컵을 꺼내어 준하의 것도 준비했다.

면접 날 잠시 본 그의 귀국이 그렇게 반가울 수가 없었다.

본부장과 정 대리가 뉴욕으로 떠나고 넓은 사무실에서 유진과 둘이서 얼음판 위를 걷는 듯 조심히 지내고 있던 나날이었다.

하루 커피 두 잔을 부탁하고, 간간히 들어온 팩스를 전달할 일 말고는 접촉할 일도 없었지만 블라인드 창을 넘어 언뜻 보여 오는 모습만으로 서하에게 있어 그 존재감은 막대했다.

어느덧 그것도 적응이 되고, 대표실을 들어서면 유일하게 듣던 나가 보라는 말이 고맙다는 말로 변해 가는 시간이었다.

그런데 무슨 일인지 어제 오후, 잠시 외출을 하고 와서는 무언가가 달랐다.

딱히 말이 오고 가지 않던 사이었지만 왠지 모를 기운에 말 한마디 건넬 수 없었다. 오전만 해도 커피를 내려놓고 금세 몸을 돌리지 않았다면 예의 싸늘한 '나가 봐요'가 또 입에서 쏟아져 나올 표정이었다.

커피 두 잔을 들고 막 대표실 문 앞으로 다가서던 서하의 눈이 동그래졌다.

조용하기만 하던 방에서 준하의 웃음소리가 새어 나오고 블라인드 틈으로 유진의 피식 올라간 입꼬리를 보았다. 무뚝뚝한 사람의 짧게 피었다 사라진 입꼬리 미소가 앙다물려 있던 연꽃이 터지듯 싱그러웠다.

저도 모르게 서하의 양 입꼬리가 부드럽게 올라갔다.

무슨 일인지 모르겠지만 로티스 엘엔 좋은 일만 있기를, 진심으로 바랐다.

"강서하 씨, 무슨 좋은 일 있어요? 표정이 좋아 보여요."

"네?"

유진의 앞으로 먼저 잔을 내려놓고 준하의 앞으로도 잔을 내리던 서하가 동그래진 눈을 들었다.

"들어올 때 짓던 해사한 표정, 막 피어난 연꽃처럼, 예뻤습니다."

연꽃이라는 말에 서하가 작은 소리를 내며 웃었다. 이번엔 유진도 고개를 들어 서하를 바라보았다.

"어어, 이거 뭐야? 서하 씨. 정말 무슨 좋은 일 있어요?"

준하가 서하에게서 고개를 돌려 유진을 바라보았다.

"이상한데? 임 대표가 아랫사람에게 그다지 잘해 주는 타입은 아닐 텐데?"

"좋아서요."

"네?"

"막 피어난 연꽃, 왠지 최고의 찬사 같아요."

"아아, 난 또. 나보고 하는 소리인가 했지."

"엄청 좋죠. 전무님."

"네?"

"전무님 오시니까, 사무실 분위기가 살아나는데."

"다르게 말하면 임 대표와 둘이 있는 게 죽을 맛이었다? 어이 되었던 제 진가를 알아 주셔서 영광입니다."

준하가 큰 포즈로 마치 중세 기사인 양 흉내를 내며 장난스러운 인사를 건넸다.

"그렇다고 전무님께 불만이 없는 건 아니에요."

"아, 제가 서하 씨 섭섭하게 해 드린 건 뭘까. 사무실 도착한 지 몇 시간 되지도 않아서, 혹시 출장 선물?"

"됐어요. 직책 따위 뭐가 중요하겠어요. 어차피 강서하 씨, 강서하 씨. 하루에도 몇 번이나 꼬박 들어 오던 말이었는데 전무님께 몇 번 더 듣는다고 기분이 달라지겠어요? 그저 못마땅한 대로 살죠."

"아, 그게."

"그렇다고 저 역시 미스터 김, 하고 부르지 않을 테니 굳이 한국 문화에 익숙해지라고는 말씀 안 드릴게요."

쿡, 가만히 듣고 있던 유진이 작은 웃음을 터트렸다. 준하를 향해 있던 뽀로통한 입술의 서하가 유진을 향해 고개를 획 돌렸다.

처음 듣는 웃음소리였다. 귀에 닿는 소리가 바람에 사각거리는 나뭇잎 소리를 닮았다.

"강서하 과장, 내 실책인 걸 인정할게요. 못마땅했으면 진작 이야기하지. 왜 에둘러 그곳에다 쏟아부어요."

"그렇지? 지금 이거, 나 들으라고 하는 구박 아니지?"

과장스런 준하의 울상에 서하는 긴 미소를 보이고 등을 돌렸다.

"비행기 태웠다 금세 낙하시켜 놓고 어딜 도망가요."

"말씀들 나누세요."

다시 한번 짧은 미소를 건네고 조용히 방을 나서는 서하의 뒤로 준하의 시선이 따라붙었다.

"매력 있어."

"이리 와서 하던 이야기나 마저 해."

유진이 준하의 긴 시선을 잡아끌었다.

"못 느껴?"

"쓸데없는 이야기 거두고."

"아니면, 느끼면서 모른 척하는 거야?"

"너……."

유진이 결재 파일을 덮었다.

"강서하, 신유라 자매란다."

5화

사랑을 말하다

April Snow

딩동.

가뭇한 의식을 파고드는 초인종 소리에 그녀의 몸이 살짝 뒤척였다.

결국 잠을 깨워 놓고 마는 벨 소리에 유라는 미간을 찌푸리며 팔 하나를 이마 위로 올려놓았다. 목울대를 울리며 삼켜지는 침을 따라 속이 울렁거렸다. 그것보다 두통이 더 문제였다.

짜증스레 벌떡 몸을 일으키고 급하게 침대 옆 협탁 위로 몸과 고개를 내밀었다. 먹은 것이 없으니 게워 낼 것도 없는데 속이 말이 아니었다. 얼른 몸을 움직여야 했다.

벨 소리가 한 번 더 집 안을 울린다면 모든 울분과 짜증이 현관 밖 대상에게로 쏠릴 것 같았다.

보지 않아도 뻔했다. 이 오피스텔을 드나드는 이는 둘이었다. 벨을 울리는 사람은 한 사람뿐이었다.

디잉.

다시 벨이 울리려는 동시에 문이 벌컥 열렸다.

"그냥 열고 들어오면 되잖아."

정순이 멍한 얼굴로 한동안 유라의 얼굴을 쳐다보다가 현관 안으로 들어섰다.

"언제는 연락 없이 그냥 들어왔다고 화를 내더니."

그땐 일주일이 멀다 하고 우현이 드나들던 때였다. 정순이 양손 무겁게 들고 있는 쇼핑백을 거들어 들 생각도 않으며 유라가 거친 한숨을 내쉬고 거실 안으로 먼저 몸을 돌렸다.

"너, 얼굴이 왜 그래? 울었어?"

"왜 왔어?"

"왜긴. 네 얼굴 본 지 오래됐고, 반찬도 다 떨어졌겠다 싶어서."

묻는 말에 대답 대신 되묻는 딸이 덧정 없었지만 용건이 용건이니만큼 정순은 최대한 살갑게 말했다.

"흥. 잘도 그렇겠다. 왜? 현민이 또 사고 쳤어?"

"너는 어떻게……."

매사에 정감이라고 없는 딸이었다. 그런 건 알고 있었지만 지하철에서 내려 무거운 걸 들고 한참이나 걸어온, 게다가 거의 한 달 만에 보는 어미에게 말본새가 해도 너무했다.

뭐라고 한 마디 내뱉으려던 정순이 그저 입술을 꾹 다물었다. 그렇지 않아도 현민이 문제이긴 했다.

"아니면? 어디 또 몸이라도 안 좋아?"

들고 온 반찬을 냉장고에 가지런히 넣어 놓고 일어서던 정순이 이맛살을 찌푸리자 그제야 유라의 눈이 얼마 전에 수술을 받은 모친의 무릎을 향해 가 닿았다.

"무릎은 괜찮아? 수술받기 전보다 걷기 편해?"

"수술받기 전과 어떻게 비교를 해? 그땐 일어서 나가지도 못했는데. 네 언니 덕분에……."

"또 나온다. 강서하 예찬론. 그런 말 할 거면 그만 가 봐. 나 피곤해. 보다시피 컨디션이 별로야."

"왜, 어디 아파?"

놀란 정순의 눈이 유라를 다시 살폈다. 조금 마른 것도 같고 무엇보다 현관에서부터 달라 보이던 부어 있는 얼굴이 마음에 걸렸다.

"새벽에 들어왔어. 더 쉬어야 해."

"그래."

"무슨 일이야. 무릎도 아직 시원치 않을 텐데 여기까지 저 많은 걸 들고 온 이유. 얼른 말해."

사내 이상으로 대가 세고 괄괄한 정순이었다. 그런 모친이 들어올 때부터 지나치게 저자세인 것이 분명 무언가 요구 사항이 있었다. 또 빠듯한 생활비 타령을 할 게 뻔했다.

서하 성격에 아픈 엄마를 이리로 보낼 만큼 힘들게 하지 않는 걸 알고 있지만 언제나 같이 사는 큰딸이 애잔해질 때면 제 권리를 요구하듯 자신에게 당당하게 자식의 의무를 늘어놓고 가던 정순이었다.

"너 집으로 들어오면 안 되겠니?"

유라의 날카로운 눈이 정순을 향해 급히 날아갔다. 집에 들른 지 좀 되었으니 늘 드리던 용돈에 몇 푼 더 얹으면 되겠거니 했던 유라의 목소리가 절로 올라갔다.

"무슨 소리야?"

"곧 현민이 대학 들어가면 등록금도 준비해야 하고……."

"현민이 등록금이 필요한데 내가 왜 집으로……."

더없이 높아져 가던 유라의 목소리가 뚝 하고 끊어졌다. 너무 어이없으니 말이 제대로 이어지지 않았다.

"설마 지금 현민이 등록금 내라는 말을 그런 식으로 하고 있는 거야? 없으면 오피스텔이라도 빼라고? 그깟 등록금 몇 푼 한다고 여길 넘봐? 그리고 그 잘난 강서하는 뭐 하고 지 동생 등록금 하나 준비도 안 해 뒀어?"

"네 언니가 왜 그 생각을 안 했겠니? 번번한 제 옷 한 벌……."

"제발!"

날카롭게 찢어지는 소리가 두 사람이 서 있던 좁은 거실에 거칠게 울려 퍼졌다. 지나치게 큰 소리에 정순의 눈이 흠칫 커진 채 유라의 얼굴을 멀거니 바라보았다.

"그딴 소리 이제 지겹다 못해 넌더리가 나."

다시 버럭 소리를 내지른 유라가 천천히 몸을 돌려 정수기에서 다시 물 한 잔을 받았다.

"현민이가 아르바이트하는 곳에서 작은 문제를 일으켰어. 아마 그때 합의금이 등록금으로 모아 놓은 게 아닌가 싶다. 서하가 말은 안 해도 내 눈치가 그런 것 같더라. 그것보다, 네 언니 강남으로 회사 옮겼어. 아무래도 방을 얻어야 할 것 같아. 출퇴근이 고단한지 계속 몸살이야."

정순을 향해 획 돌아보는 유라의 입에서 헛웃음이 절로 나왔다.

"그런데?"

"집에서 너무 멀잖니."

매장을 옮겼다고? 언제? 공항 근처는 얼씬도 하지 말라고 할 때는 들은 척을 않더니, 이제 와서 왜?

유라가 소리 나게 콧방귀를 뀌었다.

"그래서?"

"공항까지 엎어지면 코 닿을 데잖아. 네가 들어와."

"엄마, 정말 내 엄마 맞아?"

손에 들고 있던 잔을 내려놓는 유라의 목소리에서 힘이 확 빠져나갔다.

"너, 무슨 말이 하고 싶은지 아는데……."

톤이 조금 올라가던 정순이 가만히 입을 다물었다.

"이 오피스텔 얻을 때 서하가 반이나 해 줬잖아."

"그동안 내가 집에 보탠 생활비는 얼마인데?"

"그래, 말마따나 너는 보탰지. 네 언니 월급은 우리 집 생활비로 죄다 들어가, 이것아."

"내 생활비야? 지 동생 돌보느라 쓰는 생활비를 나보고 왜? 나야 엄마 때문에……."

"지 동생?"

정순이 드디어 냉장고 주변을 닦으려고 집어 들었던 걸레를 탁 하고 소리 나게 내려놓았다.

"네 동생은 아니야? 응? 성이 다르면 네 동생이 아니냐고? 너, 지금 그게 엄마 앞에서 할 소리야?"

"됐어, 그만해."

속에서 뭔가 울컥 올라오는지 유라가 얼른 개수대 앞으로 몸을 움직였다.

"뭘 그만해? 제 엄마 배 속으로 낳은 동생이 제 동생이 아니라는데 어떻게 그만해? 이 철딱서니 없는 것아. 나잇살을 먹고도 어떻게 그렇게 안 변해?"

"그러게 누가 재혼 같은 거 해서 이렇게 고생하래?"

올라오는 신물을 꾹 참으며 유라가 다시 버럭 고함을 질렀다.

"서하 아빠하고 서하 아니었으면 너하고 나하고 이러고 사는 게 가당키나……."

급기야 유라가 입을 틀어막고 욕실로 뛰는 바람에 정순의 말이 끊어졌다. 진작 식탁 위에 비워져 있는 위스키 병을 본 정순이었다. 그것으로도 모자라 싱크대 밑 구석진 곳에 빈병이 하나 둘이 아니었다.

제 속에서 나온 물건이 맞나 싶을 만큼 말은 매정하게 해도 제 앞가림은 반듯이 하는 딸이라고 여겼다.

미혼모로 아이를 낳고 혼자서 벌어먹고 사느라 정순은 이리저리 이웃들에게 자주 유라를 맡길 수밖에 없었다. 그래서인지 눈치는 빤해도 사람의 정이 뭔지 제대로 못 배운 유라가 아픈 손가락이었다.

그래도 어릴 땐 서하만큼은 아니었지만 공부도 꽤나 했고 집에서와는 달리 학교에서는 칭찬 받는 모범생에 속했다. 나가서 혼자 살아도 집 안 정돈 또한 야무지고 깔끔했다. 몇 번을 와도 술병을 발견한 것은 처음이었다.

무슨 일이 있긴 한 모양인데, 아무리 그래도 제 동생들을 두고 저리 모질게 뱉어 내다니. 이리 나올 걸 알면서도 최근 다시 악몽에 시달리는 큰딸을 안쓰럽게 여기다 못해 여기를 찾은 제 잘못이었다.

조용히 현관문을 나서는 정순은 가슴속에 아픈 자리로 박혀 있는 제 딸 때문에 눈에 밟히는 서하의 고단함을 알고도 모르는 척해야 하는 제 처지가 한없이 서글펴졌다.

❈ ❈ ❈

"매장 관리 건은 강 과장 업무 아닙니까."

"그렇긴 한데……."

서하는 유진이 뭐가 문제냐는 듯 제 얼굴을 빤히 바라봐 오자 자신이 가 봐야 말이 통할 같지 않다는 말이 차마 나오지 않았다.

지난주 인천 공항 공사 면세 사업부로부터 다음 달 있을 계약 갱신 협의에서 단독 매장을 내어 놓고 해외 잡화 공동 매장으로 입점해 달라는 뜻을 전해 받았다.

연간 매출이 다른 단독 매장 브랜드를 훨씬 웃돌고 있는 시점에서 무슨 말이냐고 단순히 받아 넘기려 하자 철수 건을 내세우고 나왔다. 어찌나 강경한 태도로 몰아붙여 오는지 이쪽의 황당함은 제대로 알리지도 못했다.

"한국 공사가 아니라 공항 면세 사업부에서 연락이 왔다는 것도 이해가 안 되네."

읽고 있던 신문을 내려놓으며 준하가 거들었다.

"우리가 있던 매장으로 들어올 브랜드는 뭔지 물어봤어요?"

"네, 그런데 그건 차후 일이라면서 말씀해 주시지 않았어요."

"주류와 담배일 리는 없을 테고, 화장품이나 향수면 BS면세, 해외 잡화 쪽이면 한국 관광 공사라는 말인데?"

"네?"

"우리 쫓아내려고 수작 부리는 곳 말이에요."

커다랗게 뜨인 서하의 눈 아래 눈꺼풀이 빠르게 파닥거리는 것을 준하가 빙그레 웃으면서 바라보았다.

"너무 걱정 말아요. 제가 또 우리 로티스의 담당 변호사 아닙니까. 그쪽에서 무슨 무리한 요구를 하고 있는지 서류 준비해 줄 테니까 가서 던져 주고 오세요."

"쫓아내다니요?"

"연 매출이 다른 단독 매장 두 배를 웃도는데 공동 매장으로 들어가라니, 이쪽에서 당당히 거절할 걸 알고 나오는 수작 아닙니까."

"그러니까. 왜요?"

"관광 공사에 속해 있는 매장을 공항 공사 쪽에서 연락을 해서 압박을 해 온다는 건, 필시 외부 압력이 있었다는 말이겠죠?"

준하가 손에 쥐고 있던 신문을 유진의 데스크 위에 소리 나게 내려놓았다.

"진 회장, 며칠 전 만났을 때 뭐라고 하시던?"

"네가 다녀와."

"어딜?"

"공항."

유진이 노트북을 접고 일어섰다.

"나 지금 베레세르 들어가야 해."

데스크 왼쪽 옷걸이로 다가가던 유진이 준하를 돌아보았다.

"고 대표님 호출."

고개를 돌리던 유진과 눈빛이 마주치자 서하가 흠칫 긴장을 했다. 그리고 저도 모르게 얼른 큰 소리로 말문을 열었다.

"제가 다녀올게요. 가만히 당하고만 있을 수는 없잖아요. 전무님, 서류 주시면 계약 갱신 요건 꼼꼼히 살펴볼게요."

그러라는 것인지, 아닌지 서하는 옷걸이에 걸린 코트를 가지고 방을 성큼 나서는 유진의 등을 바라보며 가느다란 한숨을 뱉었다. 매장 관리를 맡은 후 처음 직면하는 난국이었다.

처음부터 공항 면세 입점 계약서를 제대로 읽어 놓았더라면 지난번 전화 통화 때 제대로 반문이라도 해 봤을 텐데, 그저 직원 관리와 매장 매출만 신경 썼던 자신의 부족함이었다.

"너무 신경 쓰지 말아요. 강 과장 때문에 그런 것 아니에요. 요즘, 로티스 엘 창설 이래 최대의 난제에 부딪혀 있는 상황이라."

"무슨……."

물으려던 서하가 입을 닫았다. 최근 중국 매장 개장 건이 순조롭게 풀리지 않고 있다는 것은 감으로 알고 있었다. 더 묻고 싶었지만 우선은 공항을 다녀오는 게 급했다. 그게 자신이 도울 수 있는 최선이었다.

벌써 노트북 앞으로 다가가 서류를 준비하고 있는 준하를 뒤로하고 찻잔을 거두어 탕비실로 옮겨 두고는 책상에 펼쳐진 파일들을 대충 마무리했다.

❈ ❈ ❈

"바쁜데 일어나 볼게."

"계속 자리에 없다고 전화 연결 안 시켜 준다면서요."

"음, 사무실로 바로 가 보려고."

연정이 서하와 아쉬운 얼굴로 인사를 하는 사이 매장으로 손님이 들어섰다. 서하가 작은 입모양으로 '다음에 서울에서 한번 봐' 하고 인사를 한 뒤 로비로 나섰다.

1년도 안 되게 근무하던 곳이었지만 제 집을 온 듯 그리운 곳이었다. 있을 당시엔 답답함에 적응을 못 했지만, 돌이켜 보니 군데군데 봄빛 같은 추억이 묻어 있었다.

열심히 고객을 받은 후 지친 숨을 몰아 내쉬며 고개를 드는 곳에 놓여 있던 햇살 닮은 미소. 밤늦은 시간, 매장 진열을 끝내고 소파에 털썩 주저앉는 코끝으로 다가오던 은은한 향기.

때를 놓쳐 점심 대신 들이키던 우유 앞으로 밀어 주던 작은 롤 케이크. 이마에 땀을 흘리며 리무진 버스를 기다리고 있을 때 얼굴 앞으로 내밀어지던 시원한 손 선풍기 바람. 그리고 찬란했던 웃음.

서하가 가만히 고개를 흔들었다. 우현의 생각이 이곳까지 또 따라왔다. 아니, 그 사람이 있는 곳에 내가 서 있다. 사무실로 일터를 옮기고 감사한 삶이 더 고맙게 느껴지는 시간들이었다.

그러나 본부장과 정 대리가 뉴욕 출장을 가고 혼자 있는 때가 많아지자 조금씩 잊어 간다고 생각한 기억들이 다시 제 살을 파먹고 있었다.

잘 잊어 가고 있다고, 잊었다고 생각했는데. 아니, 생각난다고 해서 잊지 못했다고 할 수는 없다. 그저 한동안 내 안을 차지했던 사람에 대한 습관적인 영상일 뿐이야.

서하는 걷던 발걸음을 멈추고 차분히 숨을 들이마셨다. 그리고 손에 들린 서류를 내려다보며 다부지게 입술을 앙다물었다.

달라진 눈빛과 힘찬 발걸음으로 다시 한 발을 내딛는 순간, 서하의 입술 양 끝이 맥없이 풀어지고 그녀의 손에 들려 있던 서류가 툭 하고 소리를 내며 땅으로 떨어졌다. 그와 동시에 맞은편에서 캐리어를 끌고 오던 제복 차림의 우현 역시 제자리에 우뚝 멈추었다.

조금 전에 애써 지워 버린 영상이 눈앞에 실재해 있자 서하는 저도 모르게 고개를 돌려 버렸다. 그 외면이 우현의 얼굴에 그림자를 만들었다.

아무것도 모른 채 마찬가지로 캐리어를 끌고 종종걸음 치며 그를 뒤따르려던 유라가 그제야 그를 따라잡았다 생각하며 한숨을 돌리고 그의 옷자락을 잡아왔다.

"우현 씨, 잠시만……."

몇 마디 말을 건네기도 전에 맞은편에 멍하니 서 있는 서하를 발견한 유라의 입술이 그대로 닫혔다.

"유라야."

서로 맞닿은 서하와 유라의 동그란 두 눈동자 중 유라의 것이 먼저 비켜 나갔다.

"본부까지는 무슨 일이야. 매장 나왔다 들른 거니?"

"아, 네……."

우현의 말에 겨우 답을 한 서하의 멍한 시선이 그의 소맷자락을 잡고 있는 유라의 손에 가 머물렀다.

에어코리아나. 두 사람이 같은 비행기를 타고 있었구나. 왜 그 생각을 한 번도 하지 못했을까. 두 사람이 동문이라는 걸.

짧은 찰나, 서하의 기억이 긴 세월의 물길을 건너 아득한 곳으로 흘러들어 갔다.

"유라야."

"서하야……."

"선배."

누군가 불쑥 세 사람의 앞으로 몸을 굽히고 바닥에 떨어진 서류 봉투를 집어 올렸다. 그 바람에 서로가 서로를 부르던 세 사람의 말문이 동시에 닫혔다.

"전화는 왜 안 받지."

갑자기 나타난 유진의 얼굴에 여전히 놀란 시선을 박은 채로 서하는 가방 안으로 한 손을 넣고 휴대폰을 꺼내 들었다. 낯선 번호로 두 통의 부재중 전화가 들어와 있었다.

"그게……."

그럴 이유가 없는데, 아랫입술이 떨려 와 서하는 말을 잇지 못했다.

"볼일 끝났으면 갑시다."

마음속 깊숙한 곳을 모두 훑어 내릴 듯 빤히 마주해 오는 유진의 눈동자를 보며 그저 고개만 끄덕거렸다.

유진이 맞은편에서 물끄러미 자신들을 쳐다보고 있는 두 사람에게 짧은 목례를 하며 서하를 돌려세워 그녀가 오던 반대 방향으로 에스코트했다.

"저, 본부 들어가 봐야……."

"그쪽은 이야기 끝났어요."

"네?"

"서하야."

돌아서 가는 두 사람을 우현이 불러 세웠다.

"여기까지 왔는데, 잠시 시간 좀 내 주면 안 되겠니."

우현이 그제야 자신의 팔을 붙잡고 있는 유라의 팔을 떼어 내며 두 사람의 앞으로 한 걸음 내디뎠다.

유진이 한 걸음 먼저 돌아서 우현을 마주했다.

"곤란한데요."

그리고 그의 제복 왼편에 붙은 배지를 훑은 후 천천히 내뱉었다.

"강서하 씨 시간은 제게 권한이 있어서 말입니다. 김우현 기장님."

서늘하게 느껴질 만큼 정중한 답변을 끝낸 유진이 일부러 의식한 듯 유라에게 시선을 한 번 던진 뒤 서하의 팔에 걸려 있던 그녀의 코트를 자연스럽게 받아 들었다.

서하는 어떻게 공항 청사를 빠져나와 서울까지 들어왔는지 기억에 없었다. 유진이 누군가와 통화를 주고받는 목소리에 의식을 차리고 보니 주변의 차들은 퇴근 무렵의 교통 정체로 서행을 하고 있었고 그의 차는 강남 한복판에서 신호 대기에 걸려 있는 중이었다.

청사를 나설 때 볼을 에던 칼바람에 대한 기억으로 그의 차가 지하 주차장이 아니라 지상 주차장에 있었다는 사실을 떠올렸다. 그리고 그녀의 어깨에 코트를 걸쳐 줄 때서야 그가 자신의 옷을 들고 있었다는 것에도 마음이 쓰였다.

매장 재계약 건에 대해 아무것도 묻지 못하고 그저 우현을 바라보던 유라의 눈빛만을 되새기느라 서울로 돌아오는 내내 그가 자신에게 아무것도 물어보지 않고 있다는 사실도 알아차리지 못했다.

"어디서 내려 주면 됩니까?"

"대표님은요?"

"난 회사."

"저도 회사로 들어가겠습니다."

"무슨 일이 더 남았나요?"

"재계약 건에 대해서 아무것도……."

"그건 이제 김 전무가 알아서 할 거니까 신경 안 써도 돼요. 알다시피 강서하 씨, 아니, 강 과장이 나서서 해결될 일이 아니었으니까."

서하가 더 이상 아무런 말이 없자 유진이 그녀를 향해 돌아보았다.

"내비 찍어요. 바로 데려다줄 테니까."

"그러실 필요 없습니다."

"화났나요?"

"왜 그렇게 생각하시는데요."

서하가 저도 모르게 퉁명하게 말을 뱉어 놓고는 아차 싶은 마음에 아랫입술을 살짝 깨물었다. 무어라고 한 마디 할 만도 한데, 유진이 아무런 말이 없자 더 난감했다.

"글쎄, 이젠 음색만으로 알아차릴 만큼 된 건지도."

"죄송합니다."

"바쁜 일이 아니면 내일 마무리하도록 하죠."

"왜요? 지난번처럼 사무실에서 또 술이라도 마실까 봐 겁나세요?"

번지수를 잘못 찾았다는 걸 스스로도 알고 있으면서도 통제가 되지 않았다. 그것을 아는지 이번에도 유진은 아무런 말이 없었다.

서하가 고개를 떨치고 오른손 엄지로 왼쪽 엄지만 꾹꾹 눌러 댔다. 차는 건물의 주차장으로 들어가지 않고 로비 정문에서 멈추었다. 조수석 문을 열고 내린 서하가 다시 문을 닫고 고개를 꾸벅 숙였다.

'감사합니다' 라는 말이 목구멍에 걸려서 나오지 않는다. 처음부터 자신을 공항에 보내지 않았으면 좋았을 거란 생각은 하지도 않았다.

절묘한 타이밍으로 우현과 유라 앞에서 허리를 숙여 서류를 줍지 않게 해 준 것이 고마웠고, 더 이상 어색한 말의 주고받음 없이 그 자리에 떠나게 해 준 것이 고마웠다.

그럼에도, 회사 앞에 덩그러니 혼자 남겨 두고 주차장으로 들어가 버리는 그가 얄미웠다. 누구냐고 한 번쯤은 물어봐 주었으면 좋을 뻔했다. 그러면 주책을 떨었던 그 밤처럼 또 막걸리 타령을 했을지도 모를 일이지만.

볼일 끝났으면 가자고 건네 오던 부드러운 목소리. 그 순간 자신의 얇은 캐시미어 니트 어깻죽지 위로 느껴졌던 작은 토닥거림이 아직도 등 뒤에 따스한 온기를 띠며 남아 있는 듯했다.

그 손길에 힘을 얻어 그 미묘하고도 불편한 분위기 속에서 스스럼없이 등을 돌릴 수 있었다. 흔하지 않은 그의 친절에 과욕을 부려 보고도 싶었다. 그만큼 부끄럽기도 했다.

⁜ ⁜ ⁜

서하를 내려 주고 오피스텔로 올라온 유진은 커피 한 잔을 내려 놓고 거실 전면 유리의 블라인드를 걷어 올렸다.
어둠이 내리깔리는 도로변에 주홍빛 불빛이 불꽃처럼 피어나고 있었다. 교통 체증으로 인해 깜빡이는 후미등의 빨간 불빛조차도 곧 그 기세에 동참할 시간이었다.

"브랜드 명맥이라도 유지시키고 싶다면 어떤 줄이라도 잡아야 할 테지."

나이가 들어 기운이 쇠하다 보니 너구리 쪽을 선택하기로 한 건지, 진 회장은 유진과 이야기를 마무리할 무렵 미리 불러 놓은 수화를 회장실로 들였다.
오랜만에 만난 수화는 모친인 고명희 대표를 닮아 단아하면서도 우아한 미인이 되어 있었다.

"많이 자랐다."

다소곳이 앉아 환한 미소로 지나간 시간을 대신하는 그녀에게 겨우 건넨 말 앞에서 수화가 작은 소리를 내며 웃었다.

"한참 늦은 인사예요. 이제 시집 갈 나이가 된걸요."

진 회장 특유의 기운과 고 대표의 강단을 그대로 물려받은 듯한 그녀였지만 누군가를 마음에 품고 있는 여인답게 그녀의 얼굴엔 순한 사랑의 기운이 묻어 있었다.

"오빤 제 생각대로 멋진 남자가 되었네요."

어린 날 갑자기 생긴 오빠가 좋다며 가는 곳마다 옷자락을 부여잡고 놓지 않았던 기억을 잊지 않았는지 그를 향한 눈빛은 여전히 맑고 호의적이었다.

유진은 그 순수한 마음조차도 진 회장의 공간이라는 이유로 부담스러웠다. 명함을 건네고 일어서긴 했지만 그 눈빛을 물리치고 쫓기듯 일어선 것이 못내 마음에 남았다.

수화에겐 누가 뭐라고 해도 마음의 빚이 있었다. 그런 수화에게 김우현은 가당치가 않은 남자였다.

"강서하, 신유라 자매란다."

"그래서, 김우현은 알고 있었던 거야?"

"김우현이 알고 있다면 천하의 나쁜 놈. 모른다면? 스스로 비련의 주인공이라고 여기겠지."

서하와 유라, 두 사람이 자매라는 준하의 말을 듣고 유진은 입술 끝에 걸리는 조소를 감추지 못했다.

"몰라도 좋은 놈은 못 돼."

"왜? 따지고 보면 김우현이 잘못한 게 뭐 있나?"

유진의 불편한 심기를 아는지 모르는지 준하의 말은 계속 이어졌다.

"사랑의 유통 기한이 3년이라고 하잖아. 결혼을 한 것도 아니고 다른 여자에게 마음이 갈 수도 있지."

모르긴 해도 마음에 여러 사람을 담을 수 있는 여자는 아닌 것 같았다. 그런 여자가 사랑의 유통 기한을 받아들일 수나 있을까.

마치 제 슬픔을 삼키듯 술잔을 급하게 들이키던 서하의 붉어진 양 볼을 떠올리는 유진의 입안이 이유 없이 까슬거렸다.

"게다가 허튼짓하겠다고 기웃거린 것도 아니고, 애타게 그리웠던 여자를 다시 만났는데, 그걸 어떻게 뿌리쳐? 설사 와이프가 있다 한들 그냥 못 지나치지."

"애타게 그리워했다고 누가 그래?"

건조한 유진의 말이 준하의 말을 가로막았다.

"두 사람 같은 학교 동문이었다고 하잖아. 딱 그림 나오지 않아?"

"세 사람 모두 같은 대학 출신이야."

"강서하 씨, 2학년 봄에 자퇴했어. 신유라와 김우현은 그 뒤도 같은 학교를 다녔고. 그런데 아무 일 없다가 김우현이 에어코리아나 들어가면서 그곳에서 두 사람의 만남이 시작되었지. 공식화된 연애도 아니고, 모종의 만남으로 말이야."

또 무슨 소설을 쓰는 건가 하는 표정으로 유진은 아무 말 없이 그저 준하의 얼굴을 바라보고만 있었다.

"그런, 김우현이 오랫동안 연락이 끊어졌던 강서하 씨가 공항 면세 매장에 출근하게 되면서부터 뻔질나게 출국장 면세 파트를 드나들었어. 이번엔 다른 사람들 눈 따윈 의식도 하지 않고 말이야. 김우현의 마음이 명확하게 드러나지 않아?"

이런 설명까지 해 주어야 하는 자신이 한심하다는 듯 준하의 못마땅한 눈길이 유진을 얼굴을 쓸고 내렸다.

"그런데 알고 보니 두 사람은 자매였다? 친자매는 아니었지만. 미지수는 신유라 마음이군. 아니, 아니지. 제일 극명하게 드러나는 게 신유라 마음인가. 김우현 마음을 모르진 않았을 테니."

준하가 슬쩍 유진의 눈치를 살피며 말을 이었다.

"아, 그런데 왜 이 복잡한 관계에 우리 민수화 상무가 껴 있냐 말이지. 능력 되겠다, 미모 되겠다. 다 차치하고 BS 공주님이 말이야. 더 나은 혼처 찾는 게 낫지 않겠어? 김우현은 강 과장에게 넘기고."

"강서하는 김우현 정리했어."

"네가 그걸 어떻게 알아?"

말은 이미 끝났다는 여자의 얼굴치고 지나치게 어두웠다. 인사가 끝났으면 그만 가자고 돌려세우는 품에서 작은 떨림이 전해져 왔다. 아마도 자신의 동생이 그와 아는 관계라는 사실도 오늘 처음 안 모양이었다.

미친놈. 유진은 다른 여자에게 옷자락을 부여잡힌 것도 모른 채 한 여자에게 얼빠진 시선을 던지는 김우현의 정신 상태가 못내 궁금했다. 미친놈이 아닐 수가 없다.

주방으로 간 유진은 어느새 내려진 커피에 정수기의 미온수를 타서 단번에 비워 버렸다. 술이 갈급했으나 밤새 검토해야 할 서류가 있었다. 뉴욕에서 건네받은 새 디자인들도 살펴보아야 했다.

벽에 걸린 시계를 보니 벌써 8시가 다 되었다. 미처 벗지 못한 와이셔츠 차림으로 유진은 오피스텔을 나왔다. 사무실 불은 켜져 있었으나 아무도 없었다. 강서하의 책상은 깨끗했다. 그녀의 자리를 지나쳐 유진이 대표실로 들어가려는 순간이었다.

와장창 하고 무언가 내려앉은 소리에 유진이 얼른 주변을 돌아보았지만 어디서 들린 소리인지 명확히 알 수가 없었다.

그 순간 다시 쨍강 하고 그릇 깨지는 소리가 들려왔다. 유진이 서둘러 탕비실 문을 열었다.

"아."

갑자기 열리는 문을 향해 이미 놀라 있던 서하가 눈을 치켜뜬 채 고개를 돌렸다. 그녀의 놀란 눈보다 유진의 놀란 눈썹이 더 크게 움찔거렸다. 하얀 행주로 감싼 그녀의 손에서 피가 흘러내리고 있었다.

"저, 그게."

"움직이지 말아요."

그녀의 굽 낮은 슬리퍼 주변으로 찻주전자가 박살이 나 있었다. 유진이 다가가 그녀가 움켜잡고 있는 행주를 살며시 펼쳐 보았다. 왼손의 엄지와 검지, 그리고 손바닥이 약간 찢어져 있었다. 싱크대에 하얀색 머그컵이 깨져 있었다.

"별거 아니에요."

"깨진 걸 맨손으로 잡으면 어떻게 합니까."

바닥에도 핏자국이 나 있었다. 유진이 천천히 무릎을 굽혀 서하의 다리를 살폈다. 다기 주전자가 깨지면서 파편에 서하의 종아리가 베였는지 그곳에서 피가 흐르고 있었다.

"가만히 있어요."

유진이 싱크대 선반에 올려져 있는 사용하지 않은 깨끗한 면 행주를 서하의 종아리에 대고 목에 감고 있던 스카프를 풀어 질끈 묶었다.

그리고 또 다른 행주로 손을 지혈한 후 탕비실 한편에 놓인 빗자루로 서하가 나갈 수 있도록 큰 파편을 대충 쓸어 주었다.

"감사합니다."

"강 과장이 사 놓은 비상약으로 소독하고 붙여 준 게 그 정도로 감사할 일인가."

탕비실에서 나와 내내 말이 없던 유진이 서하의 세 번째 감사의 인사말에 쌀쌀맞게 대꾸했다.

"……."

"차라리 사무실에서 술을 마시라고 하는 편이 나았겠군. 탕비실의 컵을 다 깨 버릴 줄 알았다면."

"화나셨어요?"

"왜 그렇게 생각하는 거지?"

다시 이어지는 유진의 냉랭한 말투. 게다가 최근 들어 말은 놓은 적도 없던 그였다.

"저도 이제 음색만 들어도 알 수……."

"마음에 들었거든, 흰색 머그컵. 일부러 내 것만 집어 던졌나? 결국 내가 처리할 일을 강 과장 보냈다고?"

서하가 눈을 껌뻑거리며 고개를 잘래잘래 흔들었다.

"똑같은 것으로 사 놓도록 해요."

서하가 고개를 크게 끄덕거렸다.

"그리고 지난번에 내가 샀으니까, 오늘은 강 과장이 사."

"네?"

"배 안 고파요?"

"고픕니다."

"그럼, 빨리 일어나요."

사무실을 나선 두 사람은 결국 늦은 시간 탓에 문을 연 밥집을 찾지 못하고 지난 번 갔던 빈대떡 집으로 들어갔다.

모듬전을 시킨 그는 두부전 두 장과 명태전 하나를 먹고는 거의 손을 대지 않았다. 그에 비해 서하는 해물빈대떡 한 장을 깨끗이 비웠다.

먹는 것에 열중할 수밖에 없었다. 차 안에선 왜 물어 주질 않나 해 놓고서는 이젠 혹여나 낮에 있었던 이야기가 나올까 노심초사했다.

탐탁지 않아 하는 유진의 시선을 모른 척 시켜 놓은 동동주에는 날이 차서 그런지 손이 가지 않았다.

"대표님은 원래 소식하세요?"

"왜?"

"거의 안 드셔서요."

서하가 마주해 오는 유진의 눈을 보고 방긋이 웃었다.

"저녁은 거의 안 먹어."

"대표님, 소맥이 뭔지 아세요?"

"알아."

서하가 싱긋 웃었다.

"한잔해도 될까요?"

"이건?"

유진의 눈길이 동동주를 향했다.

"그건 제가 소맥 한 잔 하고 처리하겠습니다."

"그 부담스러운 웃음만 먼저 처리한다면."

"네!"

큰 소리로 대답하는 그녀의 얼굴에 화들짝 웃음이 묻어났다. 능청스런 그녀의 모습에 어이없어하는 유진의 얼굴을 모른 척 서하가 앞에 놓인 잔들을 자신의 앞으로 끌어 모았다.

두 개의 소주잔을 잘 겹쳐 양을 맞춘 소주를 맥주잔에 붓고, 거기에 적당한 맥주를 따른 서하가 깨끗한 수저로 맥주잔을 탁 하고 소리 나게 치자 거품이 먹음직스럽게 올라왔다.

어이없는 눈빛으로 그 광경을 지켜보던 유진이 그 잔을 자신의 앞에 가져다 놓았다. 서하의 양 눈꺼풀이 치켜 올라갔다.

"설마, 스스로 마시려고 그런 정성을 쏟지 않았을 텐데?"

서하가 고개를 주억거린 후, 그대로 새로 한 잔을 만들었다. 유진이 먼저 자신의 잔을 들어 서하의 잔에 부딪치고 그대로 들이켰다.

그 모습을 가만히 지켜볼 뿐 서하는 입도 대지 않고 있었다.

"왜?"

"……좋아서요."

유진의 눈썹이 꿈틀거렸다.

"이제 진짜 제가 로티스 엘 사원이 된 것 같아서요."

무슨 시답지 않은 소리냐는 듯 유진이 대꾸 없이 젓가락을 들어, 가지 부침개를 하나 집었다.

"대표님이 정 대리 부르듯 강 과장, 강 과장 하는 소리도 듣기 좋고. 말씀도 막 하시니 좋고."

"언제는 존중받고 싶다더니."

"네?"

"'저도 누군가에게는 존중받는 사람입니다' 라고 그랬던 것 같은데. 청개구리 띠야?"

무슨 말이냐는 듯 크게 뜨였던 서하의 두 눈이 지난번 사무실의 일을 기억해 내고 제자리를 찾았다. 벌어졌던 입도 천천히 다문 채 고개를 끄덕거렸다. 그 표정을 본 유진이 못마땅한 듯 빤히 바라다보았다.

"대표님, 뒤끝도 있으십니다."

"뒤끝도?"

"성격만 있으신 줄 알았습니다."

말을 마친 서하가 잔을 들어 한 번에 마셨다.

"죄송합니다. 제가 잠시 버릇이 없었습니다."

"키스도 제대로 못 해 본 사이라면서 그렇게 미련이 남아?"

컥. 서하는 바닥에 남아 있던 한 모금의 맥주를 제대로 삼키지 못했다. 혹시나 나오지 않을까 조바심쳤던 낮의 일이 언급되었다.

"아니면, 그래서 더 미련이 남는 건가?"

"대표님!"

"강 과장이 내게 직접 고백한 내용 아니었나?"

끙. 시선을 둘 곳 없는 서하가 호박전을 하나 쿡 찔러 입에 넣고 오물거렸다.

그러는 사이 유진이 자신의 잔에 소주와 맥주를 섞고 있는 것이 눈에 들어왔다.

"미련 있다고 한 적 없습니다."

"그런데 왜 로티스 살림은 다 때려 부수지? 그 남자에게 던지고 싶었어?"

"대표님!"

"어디 안 가, 그만 불러."

유진이 천천히 새로 만든 잔을 서하의 앞으로 내밀고, 주인을 불러 동동주 그릇은 치우게 했다.

"단, 오늘은 취하면 해고야."

"생각지도 못한 곳에서 봐서 놀랐을 뿐이에요. 그리고……."

유라의 얼굴을 떠올리자 저도 모르게 인상이 굳어지는 걸 느끼며 서하가 얼른 시선을 내리깔았다.

"그새 다른 여자가 옆에 서 있을 줄은 몰랐다?"

모른 척 아무런 답을 하지 않은 채 서하가 천천히, 정성스레 잔을 만들어 유진의 앞으로 건네주었다.

"언제 소맥 처음 드셔 보셨어요?"

"뉴욕에서. 준하가 오늘의 강서하처럼 실연을 당하고 처음 만들어 줬지."

강서하. 아무런 호칭도 붙이지 않는 이름 앞에 아주 짧은 찰나의 공백이 주어졌다.

그걸 알아차리지 못한 서하는 그저 이름이 불리는 순간, 그 정감에 마음이 설레었다. 한 걸음. 아니, 두 걸음 로티스 엘 안으로 쑥 걸어 들어온 느낌이었다.

"그 사람은 좋은 여자 만나야 돼요."

"그런 강서하 씬 어떤 의미에서 좋은 여자가 못 되지?"

테이블 아래로 시선을 떨구고 있던 서하가 천천히 고개를 들었다.

"보낸 남자 미련 두지 말고, 나랑 만나 보는 건 어때?"

"미련 없다니……."

짜증스레 입을 열던 서하가 유진의 끝말을 듣고 저도 모르게 잔을 탁 하고 소리 나게 내려놓았다.

"그렇게 놀랄 일이야?"

농담인지, 진심인지 알 수 없는 유진의 말에 서하의 당황한 입만 벙긋 열리다 닫혔다.

얼마 지나지 않아 서하의 입에서 차분한 목소리가 새어 나왔다.

"대표님, 임자 있는 몸이라면서요."

"나도 좋은 놈이 못 되거든. 그럼 안 되나?"

"그걸 말이라고 하세요?"

"여자, 남자 만나는데 꼭 사랑이 전제야?"

"지금 저 가지고 장난하세요?"

서하의 목소리 톤이 단번에 변했다.

"됐어. 흥분하지 마."

유진이 잔을 들어 입을 적시듯 소맥을 한 모금 마셨다.

"오직 한 상대에게만 마음을 주고, 그 전제는 사랑. 완성은 결혼인 연애관이라 이거지. 너무 고리타분한데."

하. 서하의 입에서 황당한 헛웃음이 절로 새어 나왔다.

"저, 놀리신 거네요?"

"그래 보여?"

"한 사람만을 사랑하고, 그 사람과 영원을 약속……."

말을 하다 보니 제가 생각해도 고리타분하게 여겨졌는지 서하가 한순간에 입을 다물었다.

"김우현. 현재 임자 없고, 서로 마음 있었고, 문제 되는 건 뭐야?"

뭐가 문제인지 새삼 생각이라도 해 내려는 듯 잔만 내려다보고 있던 서하가 천천히 몸을 바로 폈다.

그리고 말간 눈으로 앞에 앉아 있는 유진의 얼굴을 빤히 바라보았다.

단순한 호기심인지 아니면 또 자신의 마음을 떠보는 건지 알 수 없는 그의 얼굴은 그저 무덤해 보였다. 어떤 감정도 묻어나지 않는 얼굴을 보니 세상 어떤 것도 문제가 되지 않을 것 같았다. 그러니 정말로 궁금해졌다.

"미혼모, 어떻게 생각하세요?"

그의 표정이 사뭇 흔들렸다.

"대표님은 괜찮으세요?"

아니. 정확히 말하면 무슨 말을 들은 건가, 제대로 들은 건 맞나, 하고 그의 눈썹이 흠칫거렸다.

"설마, 저 해고하시는 건 아니시겠죠?"

얇아진 그의 눈매가 꿈틀거리는 것을 보며 생각했다.

세상에서 가장 소중한 것들이 사랑의 불필요 조건이 될 수 있음을.

새삼스러울 것 없는 현실이 갑자기 잔혹하게 느껴졌다.

취하지도 말라고 하니, 술값이 아까운 날이었다.

✻ ✻ ✻

키보드를 매끄럽게 두드리던 소리가 갑자기 멈췄다. 그러자 정적뿐인 사무실 공간이 가느다란 한숨 소리만으로 채워졌다.

타닥, 탁. 천천히 다시 이어지던 소리가 얼마 지나지 않아 또 멈추었다.

긴 목은 빼지 못하고 대표실 쪽을 향해 눈길만 힐긋 주다 만 서하가 도저히 안 되겠는지 자리를 털고 일어났다.

탕비실에 들어가 미지근한 온수 한 잔을 받아 마시고 서서 점심을 먹고 돌아오는 길에 건물 옆 카페에서 사 온 깨끗한 잔 두 개를 초점 없는 시선으로 바라보았다.

빈 사무실이 걱정되어 서둘러 들어왔더니 그사이 대표실은 불이 밝혀지고 블라인드도 올라가 있었다.

지난 주말엔 얼른 월요일이 와서 얼굴을 한 번 보고 말면 편하겠다고 여겼지만 막상 닥치고 보니 서하는 유진의 얼굴을 어떻게 봐야 할지 난감했다.

준하가 오지 않는 이상은 저곳에 불려 갈 일은 없을 것 같았다. 두 개 중 무늬 없는 흰색 잔을 골라 식초를 부어 깨끗이 씻었다.

지난번 깬 것보다 약간 큰 크기라 커피의 양을 조금 적게 부었다. 그래도 미처 마시지 못한 커피는 남으리라. 일정한 온도

가 지나면 마시지 않는 그였다.

조용히 두 번의 노크 소리를 낸 후 조심스레 문을 열고 들어가 그의 데스크 옆으로 가 닿을 때까지도, 그의 왼쪽 한편에 조심스레 잔을 놓을 때까지도 절실한 눈 마주침은 이루어지지 않았다. 등 뒤로 날아오던 의례적인 고맙다는 말도 없었다.

디자인을 검토할 때의 그는 오로지 그림 속에 자신을 쏟아부을 듯 집중한다는 것을 알면서도 서하는 왠지 거부당하는 느낌을 지울 수가 없었다.

오후 3시가 넘어 늦은 출근을 한 준하가 커피를 부탁해 왔다. 그때도 눈길 한 번을 받지 못하자 서하의 신경은 팽팽하게 부풀어 오른 풍선의 고무처럼 극도로 얇아졌다.

삐. 갑작스럽게 울리는 팩스 신호음에 놀란 서하가 저도 모르게 굳은 상태로 고개를 번쩍 들었다. 그 바람에 대각선 거리의 대표실에서 블라인드를 내리고 있던 유진과 눈이 마주쳤다.

서하는 유진의 표정을 살피기도 전에 고개를 피해 버리고는 금방 후회를 했다. 이렇게 바보 같을 수가. 머리라도 한 대 쥐어박고 싶은 순간 준하가 대표실에서 나왔다.

"힘들어요?"

팩스의 첫 페이지를 훑다 말고 준하가 서하를 지그시 내려다보았다. 왠지 조금 다른 느낌.

"네?"

"강서하, 아차. 죄송. 강 과장님, 갈수록 얼굴이 수척해지는 듯해서요."

"아닌데요? 여기 근무 좋습니다. 갑자기 편해져서 그런가? 그리고 편하신 대로 부르세요. '님' 자까지 붙여 부르니……."

작은 웃음으로 마무리하려는 서하를 보며 준하가 의외라는 듯 눈을 크게 굴렸다.

"편해요?"

"네?"

준하가 엄지손가락을 세워 그의 어깨 너머로 대표실을 가리키자 서하가 더 큰 웃음을 보였다.

"뉴욕 사무실은 저 녀석 없어서 아주 살판났는데, 대신 서하 씨가 죽을 판인지 알았죠."

"왜요?"

"모른 척하기는. 숨 막히는 성격이잖아. 저 녀석. 여러모로."

"아니에요."

"아니기는. 서하 씨 저기 들어올 때 표정은 늘 죽상이던데?"

"아, 그건."

"그건?"

준하가 다음 말을 기다렸다.

"그러네요. 숨 막히긴 하네요. 저 공간이."

"저 공간이?"

또 묘한 표정. 오늘따라 준하마저 이상해 보였다.

"안 넘어갑니다. 전무님도 결국 대표님 편이잖아요."

"아닌데? 난, 강서하 씨 편인데."

"전무님이 대표님하고 저하고 편 가르시는 것 같은데요?"

"하하. 아닙니다. 내가 서하 씨 편 하고 싶어서 그러지. 그런데 이건 뭐예요?"

"아, 안 돼요."

준하가 서하의 책상 오른편에 펼쳐져 있던 작은 스케치북을 살펴보자 서하가 얼른 뺏으려 달려들었다.

"이거."

두 걸음 뒤로 물러나 살펴보던 준하가 놀란 눈빛을 띠며 눈으로 물었다.

"그냥, 낙서 삼아 그려 봤어요."

"학교 다닐 때 그림 배웠어요?"

"아니요."

"아."

고졸. 한서대학 항공정비학과 중퇴.

머릿속에 낱낱이 들어 있던 이력이 준하의 머리에 떠올랐다. 그러나 선의 터치가 정교하고, 몽글몽글한 꽃잎들이 겹쳐져 있는 방식이 독특했다. 초보 이상이었다.

"그래도 못 하는 건 없었어요."

"네?"

"그림, 운동. 뭐든지. 아, 노래 빼고요."

서하의 진지한 표정과 어울리지 않는 능청스런 말에 준하의 입에서 결국 유쾌한 웃음소리가 터져 나왔다.

"이리 주세요. 그냥 지난번 정 대리가 보여 준 연꽃 문양들이 하도 예뻐서 그런지 뇌리에서 잘 사라지지 않아서 그려 본 거예요."

"좋군요."

"그런 소리 하지 마세요. 디자이너가 보면 욕할 거예요."

"좀 독특한 분위기인데, 이거 연꽃 맞아요?"

준하가 노트를 찬찬히 들여다보며 물었다.

"연꽃 나무예요."

"연꽃 나무?"

"바다의 신 포세이돈의 딸인 로티스 님프 신화 아시잖아요."

"그래요. 로터스. 즉 연꽃으로 변한 로티스 요정. 우리 브랜드의 상징 아닙니까."

준하가 진지하게 들어 주자 서하는 부끄러움을 잠시 내려놓았다.

"프리아포스를 피해 도망간 로티스 요정이 변한 건 나무였대요. 그런데 우리가 아는 로터스는 나무가 아니잖아요. 제 생각에 신화 속의 로터스는 연꽃 나무로 연못에 흔히 보이는 것들과 좀 달랐을 것 같아요."

"음. 그래서 연꽃 나무일 거다. 독창적인 발상인데요?"

"아니에요. 인터넷에서 언뜻 읽은 기억이 나서요."

"그럼, 이 그림도?"

"그건 제가 그냥 상상으로."

그림을 들여다보는 준하의 눈빛이 묘하게 달라졌다.

"본격적으로 한번 해 봐요. 보석 디자인."

실없는 소리를 들은 듯, 서하가 준하의 손에서 스케치북을 뺏듯이 낚아채서 서랍 속으로 밀어 넣으며 그저 부끄러움의 미소만 지었다.

"중국 건 제대로 해결되면 식사 한번 해요. 같이."

준하가 다시 엄지를 세워 어깨 너머 대표실로 가리켰다.

"네, 바쁘신데 가 보세요."

"다음 주에 두 사람 오면 서하 씨 더 바빠질 겁니다. 부산 벡스코에서 열릴 국제 보석 박람회에 우리 로티스도 참가할 겁니다. 물론, 뉴욕 사무실에서 직접 주관하겠지만."

"알겠습니다."

화장실도 한 번 안 가나. 준하가 사무실을 나가고도 한 시간. 어쩐 일인지 유진은 대표실에서 하루 종일 꼼짝도 하지 않았다.

언제나 퇴근 시간을 한참 지나고서 사무실을 나가는 서하였지만 오늘은 5분 전부터 가방을 챙겨 놓았다. 비록 벽을 하나 두기는 했지만 한순간이라도 더 같이 있으면 얇아진 신경을 주체할 수 없을 듯했다.

말끔히 주변을 정리하고 핸드백을 책상에 올려놓은 서하가 천천히 일어나 대표실 문을 두드렸다. 역시나 아무런 답이 없다. 무언가 스케치를 하고 있는지 연필 사각거리는 소리가 작은 공간을 가득 메우고 있었다.

퇴근을 알리러 들어갔지만 아무 말도 못 하고 준하의 컵만 들고 나왔다.

나오는 문을 열다 흠칫거리며 작은 소리로 필요한 것 없냐고 물었다. 역시 반응은 없었다. 가슴 밑바닥에서 무언가 울컥 올라오는 소리가 들렸다.

서하는 꿈틀거리는 입술을 살며시 깨물었다. 준하의 컵을 깨끗이 씻어 놓고 가방을 집어 들었다. 그리고 사무실 문을 향하던 발길을 갑자기 돌려 다시 대표실로 들어갔다.

책상에 다가가지 못한 어정쩡한 거리에서 발걸음을 멈추었다.

"저……, 퇴근하겠습니다."

여전히 연필만 긋는 그였다. 꼭 다문 입술 사이로 빠져나오지 못한 풍선의 공기가 작은 콧바람 소리를 내며 새어 나왔다.

탄식을 닮은 한숨 소리는 크지 않았지만 지나친 공간의 적요를 뚫고 둥실 떠올랐다. 조심스럽게 들어오던 몸놀림과 다르게 서하가 획 하고 몸을 돌렸다.

그녀의 손이 문손잡이를 돌렸다.

쾅. 조금 열리려던 문이 서하의 어깨 너머로 불쑥 튀어나온 긴 팔에 의해 큰 소리를 내며 닫혔다. 헉, 하고 놀란 서하가 숨을 힘껏 들이쉬며 몸을 돌렸다.

“폭탄은 내가 맞은 것 같은데…….”

“뭐, 뭐가요.”

좁은 간격, 갑작스런 상황에 긴장한 서하가 말까지 더듬었다.

“왜 강서하 씨가 심란해할까?”

“그런 적 없습니다.”

말은 야무지게 뱉어도 눈길은 절로 바닥으로 내려 깔렸다.

“내내 눈치 보고, 흠칫거리고, 아닌가?”

“……아니에요.”

겨우 새초롬한 한마디를 던져 놓고 입술을 꾹 다문 서하가 고개를 돌렸다. 코끝에 와 닿을 듯 가까이 있는 그의 가슴팍이 부담스럽다.

“종일 앉았다, 일어섰다. 하루 종일 내뿜는 한숨 소리에 집중을 할 수 있어야지.”

“잘만 하셔 놓…….”

울컥 올라오려는 물기를 삼키고 서하가 오른팔로 그의 왼팔을 살그머니 걷어 내렸다.

“치워 주세요.”

그대로 몸을 돌린 그가 데스크를 향해 성큼 걸어가 서랍을 열었다. 끊은 지 한참인 담배가 있을 리 없었다.

다시 돌아보는 그의 목소리에 한가득 짜증이 묻어났다.

"그럴 걸 왜 터트려? 그래 놓고 혼자 일어나 가 버리면 어쩌자고? 그날, 강서하 씨가 사기로 한 거 아니었나?"

서랍 문이 쾅 하는 소리를 내면서 닫혔다.

"죄송합니다."

무엇을 사과하고 있는지, 제대로 된 사과인지도 모른 채 서하가 불안한 목소리를 낮게 뱉어 냈다.

언제나 쌀쌀하게 느껴질 만큼 침착하던 그였다. 생경한 그의 고조된 목소리에 어찌할 바를 몰랐다.

"상관없어."

던지듯 뱉어 오는 한마디. 그 말의 의미를 알아들을 수 없는 서하가 가만히 유진을 바라다보았다.

"로티스 엘은 사원의 능력을 살 뿐이야. 신상 따위는 관여치 않는다고."

뜻을 알아차린 서하의 얼굴이 한순간에 안도의 표정으로 변했다. 짧은 침묵을 두고 서하의 입술이 떨리듯 열렸다.

"대표님은요?"

옷걸이에서 윗주머니를 뒤지던 유진이 손길을 멈추고 서하를 천천히 서하를 바라보았다.

"로티스 엘 입장이 아니라 대표님은 어떠세요? 사랑을 믿지 않는 분이니, 여자의 조건, 처한 상황 이런 것이 중요하겠죠?"

"왜? 마음이 바뀌었나? 나랑 만나 보기로?"

"무슨……, 그런 말이 아니잖아요."

서하의 표정이 확 달아올랐다.

"어떻게 쏟아 내는 소리마다 어지러워."

유진이 소파에 가서 털썩 주저앉았다.

"아무 곳에나 신변 늘어놓는 게 특기야? 회사 대표쯤 되면 어려울 만도 한데, 도대체가."

"어려워요. 무지."

"무지? 신빙성 없어."

유진이 피곤한 듯 소파 깊숙이 몸을 묻고 이마에 팔을 올렸다.

"커피나 한 잔 주고 퇴근해."

"네? 아, 네."

얼른 몸을 돌려 방문을 나서는 그녀의 걸음이 들어올 때와 달리 사뿐히 날아가는 나비와 같았다. 그 모습을 보니 피식 웃음이 안 날 수가 없었다.

아는지 모르는지 눈 코 입만이 붙어 있는 듯 사무적이었던 그 얼굴에 날이 갈수록 그녀의 생각이 고스란히 드러나고 있었다. 나쁘지 않은 변화다.

그러나 어느덧 그것들과 무관하지 않고 반응을 해 가는 자신의 신경이 지독히 귀찮다.

"……좋아서요."

유진의 눈썹이 꿈틀거렸다.

"이제 진짜 제가 로티스 엘 사원이 된 것 같아서요."

살포시 웃으며 뭉클함을 묻혀 내던 목소리가 그의 가슴 한 자락을 건드린 밤이었다.

그 밤의 폭탄 같은 선언이 종일 손에 아무 일도 잡히지 않게 했다.

연애조차 사랑이 전제여야 하는 여자. 그런 여자의 아이.

그것 또한 사랑의 결실이었을까, 알고 싶지 않은 사실이 궁금해졌다.

6화

닿을 수 없는 사람

April Snow

들어서는 현관에서부터 집 안의 소란이 그대로 들려왔다.

유라가 다녀가는 날은 늘 있는 일이라 새삼스러울 것 없었지만 상아의 울음소리가 평소와 다름을 느낀 서하는 신발을 벗는 둥 마는 둥 급하게 거실로 들어섰다.

"상아야."

"엄마!"

서하의 목소리를 듣자 상아는 더 큰 울음소리를 내며 그녀에게 달려들었다.

"엄마? 이건 또 무슨 말이야?"

"유라야."

서하가 눈살을 찌푸리며 유라를 나무랐다.

"상아야, 할머니는 어디 가셨니?"

"내가 집에 얼마 만에 오는 거라고 그사이 족보가 이상해졌어?"

"신유라."

"왜? 강서하."

서하가 정색을 하고 그녀의 이름을 부르자 유라 역시 콧방귀를 뀌며 대꾸했다.

"이모, 나빠. 언니에게 강서하가 뭐야. 못된 어른이야."

"요게 말하는 거 하고는."

유라가 상아의 머리를 쥐어박자 거실은 아이의 울음소리로 더 시끄러워졌다.

"그만두지 못해? 아직 제대로 영글지도 않은 아이 머리는 왜 쥐어박아? 상아야. 괜찮아. 울지 마."

"하, 아주 무섭네. 네가 자꾸 이러니까, 애 버릇이 나빠지는 거잖아."

"엄마가 왜? 현민 오빠가 나 미운 건 모두 유라 이모 닮았다고 그랬는데."

"이모? 점점. 아, 엄마든 언니든 시끄러우니까, 너 방에 들어가 있어. 서하랑 할 말 있으니까."

"싫어."

서하가 긴 한숨을 뿜으며 유라와 상아를 차례로 바라보았다.

왜 만나기만 하면 싸우는 건지. 저한테야 그렇다고 쳐도 상아에게 조금만 곁을 주면 좋을 텐데.

마음은 그렇지 않을 텐데 늘그막에 하는 정순의 고생이 속상해 그러는 건지 서하는 어린 상아에게 쌀쌀맞은 유라가 늘 아쉬웠다.

"상아, 밥 먹었어?"

"응."

"그럼, 잠시 할머니 방 가서 놀고 있을래? 이야기 끝나면 아이스크림 줄 테니까."

"알았어."

서하의 얼굴이 평소보다 좋지 않은 걸 아는지 상아는 별 투정 없이 정순의 방으로 들어갔다. 욕실에 가서 손을 씻고 나오니 유라는 이미 거실에서 보이지 않았다.

일주일 만에 오는 집이었다. 빨랫거리를 세탁기에 넣어 놓고 방으로 들어오기 무섭게 침대에 걸터앉아 있던 유라가 벌떡 일어섰다.

"왜, 여태 아무 소리가 없어?"

"뭘?"

가만히 서서 자신의 눈치만 살피는 유라를 두고 서하가 다시 등을 돌려 방을 나오려고 했다.

"어디 가?"

"보일러. 꺼 놨더니 춥네."

정순이 담근 모과차 두 잔을 타서 서하가 방에 들어왔다. 어느새 마음을 가라 앉혔는지 유라는 화장대 의자에서 앉아 창밖으로 멍한 시선을 두고 있었다.

"우현 선배와 만나는 거 알고 있었어."

서하를 돌아다보는 유라의 표정에 그늘이 드리워졌다.

"그래……."

"안 물어?"

"뭘?"

"궁금한 거 있을 거잖아. 우현 선배하고 나."

"궁금해야 하니?"

"언제나 잘난 척이지."

침대 끝에 앉아 있던 서하가 말없이 일어나 입고 있던 스커트 안으로 편한 바지를 끼어 입고 스커트를 벗었다.

"대학 동문이잖아, 두 사람. 그 생각을 미처 못 했어. 바보같이. 아니면 진작 물어봤을 텐데."

그 시절. 그 생각을 했을 때는 묻지 못했다.

캠퍼스에서 선배를 간혹 보는지. 선배가 잘 지내고 있는지.

"뭘 묻고 싶었는데?"

서하는 말없이 유라에게 등을 돌리고 입고 있던 스웨터를 벗었다.

백옥같이 하얗다. 저 살결을 김우현은 만져 봤을까.

스스로의 생각이 못마땅한 유라가 이맛살을 찌푸리며 고개를 창이 있는 쪽을 향해 다시 돌렸다.

"만난 지 3년 됐어."

우현이 에어코리아나에 들어간 지 3년 차라는 걸 서하도 들어 알고 있었다.

"정리하자고 했어. 나는 그럴 수 없다고 했고."

서하가 들고 있던 카디건이 바닥으로 툭 소리를 내며 떨어졌다.

그런 만남이었던 건가. 다시 선배를 만나고서는 유라를 까맣게 잊고 있었다. 두 사람만의 이야기가 있을 거라고, 거기까지 미처 생각해 본 적은 없었다.

"학교 다닐 때부터 선배가 언니 좋아하는 것 알고 있었어. 그런데 나도 어쩔 수 없었어."

서하가 급하게 들이마시는 숨소리가 한순간 방 안을 울렸다가 조용히 사라졌다.

언니라는 소리를 죽기보다 싫어하던 그녀였다. 학년은 한 해 차이가 났지만 나이로 치면 두 살 어린 유라였다.

자매로 관계가 맺어지고 꼭 1년이 지나고서야 유라에게 처음으로 언니라는 말을 들었다. 아버지 재현은 야간 정비 당직으로, 정순은 조리사로 일하던 회사의 큰 행사 준비로 밤늦도록 돌아오지 않던 날, 열에 들뜬 유라가 서하를 불러 깨웠다.

"언니, 나 아파."

그렇게 20여 년의 세월 동안 몸이 아플 때, 죽도록 사는 게 고단할 때야 자신을 내려놓고 언니, 하고 불러 오던 유라였다. 그것도 상아가 태어난 이후로는 그 말조차 상아에게 물려줘 버렸는지 한 번도 불러 오지 않던 호칭이었다.

"선배를 만나고 태어나 처음으로 외롭지가 않았어. 아니, 어쩌면 외로움을 벗어나 보려고 우현 선배를 사랑을 했던 건지도……."

언제나 유라가 자신에게 말을 해 올 때 메마른 겨울 나뭇가지 잎사귀가 바삭거리던 소리가 났다. 그런 그녀의 입에서 나오는 우현의 이름엔 풀잎에 매달린 이슬방울처럼 촉촉함이 묻어 있었다.

"아빠나 엄마 모두 언니뿐이었어. 심지어 어렸던 현민이조차. 소외감에 치를 떨 때 선배를 만났어. 선배가 내게 주던 관심은 언니가 소개한 후배이기 때문이란 걸 알고 있었어. 그저 친절할 뿐이었는데, 그래도 난 그 웃음이 너무 좋았어."

"민수화 상무라는 사람이 나를 찾아왔었어."

서하의 입에서 흘러나온 지극히 낮고도 담담한 목소리가 유라의 이어지던 말을 가로막았다. 짧은 침묵이었다.

"그래서 포기하는 거야?"

유라 역시 그녀의 존재를 모르지 않았다. 그렇다면 유라를 위해 해 줄 말은 없었다.

"……그냥 내려놓는 거야."

"뭘?"

"선배를 향하려던 내 마음."

"아직……."

서하의 말이 마치기 무섭게 급하게 입을 열던 유라가 천천히 숨을 가다듬고 다시 물었다.

"좋아하는 마음은 아니었던 거야?"

어두웠던 유라의 눈망울에 새 기운이 조금씩 일어나기 시작했다. 뭐라고 형언할 수 없는 쓸쓸함이 서하의 가슴 전체로 알싸하게 퍼져 나갔다.

"바보가 따로 없네."

자신이 듣고 싶은 말을 바로 들켜 버린 사람처럼 유라가 한마디를 툭 내뱉고 입술을 살짝 깨물었다.

언제나 좋고 싫음이 드러나고 자신의 감정에 솔직한 그녀였다. 그런 동생이 서하는 결코 밉지 않았다.

"내 사람이 아니야."

"그런 게 처음부터 정해져 있어? 설마, 선배 말처럼 상아 때문인 건 아니겠지?"

"그 이유 때문이면 안 되는 거니?"

버럭 소리 높인 유라와 달리 너무도 서늘한 물음.

예상치 못한 말이었는지 유라의 얼굴이 한순간에 굳었다.

"내게 하고 싶은 말이 뭐야?"

"상아가 아니면, 그 집안이 가당키나 하겠니?"

말려도 소용없을 유라였다. 그러나 가만히 있을 수도 없었다.

"그 대단한 집안의 선배가 널 사랑한다고 하잖아. 사랑에 저 자신을 던질 줄도 모르는 바보 같은 너를."

저도 모르게 큰 소리를 낸 스스로가 못마땅한 듯 유라가 눈을 한 번 질끈 감았다 떴다. 그리고 소리를 낮추어 작게 말을 이었다.

"10년을 사랑했어. 그리고 3년, 내 모든 것을 던졌어. 그런데도 내 사랑은 부도덕해 보였어. 그의 마음이 내게 와 있지 않다는 이유로. 그런데 정말 묻고 싶어, 정말 내 사랑은 부도덕한 거야? 그로 꽉 차 있는 내 마음이 왜?"

서하 역시 듣고 있기가 힘이 드는 듯 눈을 낮게 내리떴다.

차라리 소리를 지르면 좋을 텐데. 유라의 물기 먹은 목소리가 아픈 자신의 마음보다 견딜 수 없어 고개를 돌려 외면해 버렸다.

우현과 제대로 된 인사도 나누지 못하고 학교를 떠나던 늦은 봄부터 여름까지 거리의 모든 이들이 반팔과 민소매를 입고 다녀도 서하는 저체온증으로 인해 긴 옷을 걸치고 다녀야 했다.

외로울 틈이 없었다. 늘 아픈 아빠와 고생하는 엄마, 그리고 어린 동생들에 대한 고단하고 쓸쓸한 책임감에 외로움이 들어올 틈이 없었다. 사랑이라는 이름이 집착의 날개를 달고 날아올 틈 또한.

"겨우 그뿐인걸, 그것밖에 안 되는 네 마음이 뭐가 겁이 나서, 두 사람이 우연히 마주치기라도 할까 봐 불안에 떨었을까. 이럴 거면서 넌 왜 그 사람 마음만 헤집어 놓은 거야."

기어이 눈물을 보이고 마는 유라를 더 두고 볼 수가 없어 서하는 방을 나와 버렸다.

그러게. 왜 다시 만났을까.

왜 학교를 떠나던 해의 추웠던 봄을 보상이라도 해 주듯 봄 닮은 시간들을 다시 주셨을까.

정순의 방에 깔린 작은 요에 몸을 뒤집고 잠들어 있는 상아의 이맛머리를 가만히 쓸어내리는 서하의 두 볼 위로도 눈물 한 줄기가 흘러내렸다.

한편으로 유라가 부러웠다.

언제나 저 자신을 모두 던질 줄 아는 그녀의 사랑이. 그녀의 용기가.

⁂ ⁂ ⁂

이른 오전에 준하가 사무실로 나왔다. 그리고 함께 점심 식사를 하자며 서하에게 별 약속이 있느냐고 물어 왔다. 전국 매장의 점장들에게서 받은 디자인별 매출 분석을 끝낼 즈음 대표실에서 유진과 준하가 함께 나왔다.

준하가 데리고 간 '토모'라는 정통 일식점의 분위기는 고급스러우면서도 정갈했다.

"어때요. 괜찮아요?"

코스를 마음대로 주문한 게 걸렸는지 준하가 말없이 먹고 있는 서하에게 눈길을 주었다.

"네, 맛있어요. 자주 오시는 곳이에요?"

가게를 들어설 때 사장과 나누는 인사가 처음 같아 보이지 않았다.

"한번 나오면 길게 못 있다 돌아가니까 괜찮은 집 몇 군데 알아 놓고 그곳만 가게 되죠. 이번에 와서는 처음이네요."

식사를 시작하고 얼마 있지 않아 서하는 최근 난제를 보이던 중국 진출 건이 어느 정도 물고가 트이고 있음을 알아차렸다. 그게 오늘따라 준하가 유독 기분이 좋아 보이는 이유인가 하고 생각했다.

유진은 어느 때처럼 별말이 없었지만 빈대떡을 먹었을 때와 달리 가리지 않고 잘 먹었다.

체격에 비해 먹성이 좋은 준하가 중간중간 던지는 농담 때문에 분위기는 유쾌했다. 덕분에 서하 역시 사무실을 나설 때의 불편한 마음을 날리고 부지런히 먹었다.

처음엔 개개인 앞으로 나오는 음식의 양을 보고 우습게 여겨지던 음식 코스가 끝없이 이어져 얼마 지나지 않아 배가 불러왔다.

신선한 연어와 참치를 보고 절로 상아가 떠올랐다. 평소 회를 잘 먹지 않는 상아는 마트에만 가면 꼭 연어를 사 달라고 졸라, 언젠가 보너스를 타면 양껏 먹여 주겠다고 해 놓고는 아직도 제대로 사 주지를 못했다.

준하가 두껍게 썰린 연어를 한 점 덜어 서하의 접시에 놓았다. 서하가 흠칫 놀라 고개를 들었다.

"연어 안 먹어요?"

"아니에요. 좋아해요."

"근데, 바라만 보고 있어요. 좋아하면 얼른 먹지 않고."

"아, 연어만 좋아하는 사람이 생각이 나서."

"허어, 누구실까. 맛있는 것 앞에서는 사랑하는 사람을 떠올린다고 하던데."

서하가 빙긋 웃음을 날리고 연어를 와사비에 찍어 입에 넣었다.

"맛있네요."

"어? 말씀 안 해 주실 겁니까."

"맞아요. 사랑하는 사람."

서하의 입매가 자연스럽게 부드러워졌다. 사람 마음이 요상하게도 상아에게 엄마라는 호칭을 허락한 순간 마음이 더 깊어지고, 상아 생각이 늘었다.

"어어? 유진이, 너 들었어? 지금 하는 발언? 사랑하는 사람이래."

"시끄러. 입으로는 먹는 일만 해."

"안 궁금해? 강서하 씨 올라간 입꼬리 좀 봐."

"항상 올라가 있는 입꼬리를 새삼스럽게."

"항상?"

준하가 젓가락질을 하다 말고 서하의 입매를 빤히 바라다보았다.

"그만하세요, 전무님."

서하가 무안함에 눈살을 찌푸렸다.

"아, 그러네. 잠깐, 지금 웃고 있는 거 아닌 거 확실하죠?"

서하가 눈을 살짝 흘기고 준하의 질문을 무시했다.

"음. 나는 이제야 알아차렸는데. 늘 대표실에만 박혀 있는 줄 알았는데 우리 서하 씨 얼굴을 언제 그렇게 열심히 봤을까."

"전무님! 자꾸……."

서하가 들고 있던 젓가락을 놓고 준하를 나무라는 순간 옷걸이에 걸려 있는 코트 어디선가에서 휴대폰 진동 소리가 울려왔다.

"잠시만요."

준하가 급히 호주머니를 뒤졌지만 그의 것이 아니었다. 유진은 아예 무음으로 해 놓았는지 돌아볼 생각을 하지 않았다.

그러자 준하가 서하의 코트에서 그녀의 휴대 전화기를 꺼내왔다.

"현민?"

"아. 동생이에요."

서하가 얼른 전화를 받아 방을 나가려고 등을 돌렸다.

"여기서 해요. 밖은 추워."

"응, 현민아. 왜? 누나 식사 중인데……."

서하가 작은 목소리로 전화를 받으며 눈짓으로 두 사람에게 양해를 구했다.

"뭐? 엄마가 왜?"

다급한 서하의 목소리에 유진과 준하가 동시에 젓가락을 내리고 그녀에게 시선을 주었다.

"지금 갈게. 어느 병원인데?"

서하가 저도 모르게 자리에서 일어났다.

"당장 큰 병원으로?"

유진이 서하에게 손을 뻗어 전화기를 달라는 시늉을 했다.

동그란 눈이 그저 멍하니 바라보고 있자 자리에서 일어난 그가 서하의 손에서 휴대 전화기를 직접 가져갔다.

"다친 부위는?"

서하가 당황한 채 어리둥절해하자, 준하가 괜찮다고 손짓으로 그녀를 달랬다.

"앰뷸런스 내 달라고 해서 서울 예인 병원으로 모셔 와. 그곳에서 누나와 기다리고 있을 테니까. 혹시 앰뷸런스 대여 안 된다고 하면 다시 전화하고."

통화 종료 버튼을 누른 후 휴대폰을 서하에게 건넨 유진이 준하를 돌아보았다.

"알았어. 전화 넣어 놓을게. 서하 씨, 어머님 성함은요?"

"예? 아, 신정순입니다."

"어떻게 다친 겁니까."

"아킬레스가 끊어졌다는군. 당장 수술하라고 하는 모양이야."

유진이 대신 대답했다.

"어디서 출발합니까."

"부평 병원이요."

"걱정하지 말아요. 예인 병원, 임 대표 어머니 친정입니다. 바로 일어나죠. 전 사무실에 들러야 하는데, 서하 씨 차 회사에 있어요?"

"택시로 갈게요. 요즘 차가 말을 안 들어서."

오래된 차가 집에 일주일째 방치되고 있는 중이었다.

"나가."

옷걸이에서 서하의 코트까지 챙긴 유진이 먼저 방을 나섰다. 조수석에 올라타고 얼마 지나지 않아 서하가 현민에게 전화를 걸었다. 무슨 일인지 오늘 상아도 어린이집에 가지 않았던 이유로 함께 타고 있다고 했다.

열아홉. 완전히 어린아이라고만 생각했던 현민의 목소리는 침착했다. 전화를 끊자 이유도 없이 눈물이 볼을 타고 흘렀다. 유진이 눈치챌까 서하는 고개를 돌려 조수석 밖을 바라다보았다.

“아킬레스가 다쳐도 나중에 걷는 것 문제없으시겠죠?”

“지장 없어.”

“나이 있으신 분이 받으실 수 있는 수술일까요?”

“괜찮아. 근육 속에 숨어 있는 아킬레스만 빨리 찾는다면.”

“못 찾으면요?”

걱정에 유진에게 고개를 획 돌린 서하의 얼굴에 또르르 다시 눈물 한 방울이 흘러내렸다.

“그럴 일은 없어.”

너무도 단호한 말에 다른 질문이 쏙 들어갔다.

“동생들 걱정할 거야.”

유진의 말뜻을 알아차린 서하가 얼른 눈물을 훔쳤다. 병원에 도착하고 정순이 수술실에 들어가기까지 30분, 모든 것이 순식간에 진행되었다.

서하가 원무과에서 이름을 이야기하자 준비되어 있던 수술동의서에 금방 사인을 요구해 왔다. 연대 보증인 란에는 유진이 사인을 했다.

정형외과장이 직접 수술에 나선다고 했다. 서하를 보자 울기부터 하던 상아는 정순이 수술실로 들어가고 얼마 지나지 않아 수술 대기실 소파에서 몸을 쪼그리고 잠이 들었다.

점심을 먹고 아르바이트를 가려는 현민의 식사를 차려 주려고 정순이 식탁 의자를 딛고 올라 싱크대 위 찬장에서 큰 쟁반을 꺼내고 내려오다가 일어난 사고라고 했다.

바닥으로 발을 내려딛는 순간, 한쪽 발목에 무리하게 체중이 실렸는지 왼쪽 발뒤꿈치에 묵직한 통증과 함께 다리 근육 신경 전체가 타는 느낌을 받고 그대로 주저앉았다고.

링거를 꽂고 앰뷸런스 침대에 누워 병원에 도착한 정순은 놀란 탓인지, 약에 취한 탓인지 비몽사몽의 상태였다.

급한 와중에 맡길 곳이 없어 같이 왔더니 이렇게 성가시다며 의자에 누워 있는 상아를 쳐다보며 현민이 투덜거렸다.

"너 아르바이트 한참 늦었겠다. 이제 누나가 알아서 할 테니까 가 봐도 돼."

어린 상아까지 옆에 두고, 정순이 수술실에서 나오면 손이 많이 갈 거라 여겼는지 현민이 걱정스런 눈으로 서하를 올려다보았다.

"내가 함께 있을 테니 가도 돼."

병원에 들어서면서부터 모든 것을 알아서 처리해 주던 사람이 누나의 회사 대표라는 말을 듣고 현민은 고개를 꾸벅 숙여 인사했다.

망설이는 눈길로 유진을 올려다본 현민이 다시 한번 고개를 숙이고 몸을 돌렸다.

"아, 현민아, 차비 있니."

쓸데없는 걱정을 한다는 듯 서하를 작게 흘겨보며 현민이 또한 번 유진에게 묵례를 했다.

앞서 인사가 감사의 뜻이었다면 이번엔 누나에 대한 걱정이 엿보였는지 유진이 손을 들어 인사를 받았다.

"우리 현민이가 대표님, 되게 고마운가 봐요. 넙죽넙죽 인사를 잘하는 애가 아닌데."

유진이 가만히 서하 얼굴을 바라보았다.

"보기와는 다르게 낯가림도 많고, 수줍음도 많거든요."

"누나를 안 닮았나 보네."

무슨 말이냐는 듯 서하의 눈썹이 깜박거렸다.

"강서하 씨처럼 내 앞에서 자기 할 말 다 하는 사람 못 봤거든."

"제가요?"

"아니야?"

"제가 제 할 말 다 한다고요? 대표님께?"

"왜? 그러고도 못 한 말이 있어?"

"사람을 어떻게……."

"엄마."

소파 한편에서 유진의 코트를 덮고 자던 상아가 눈을 비비며 일어났다.

"아, 상아, 깼어?"

상아가 말없이 고개를 끄덕였다. 병원을 들어서면서는 정신이 없어 알아차리지 못했던 낯선 남자의 존재가 어색했는지 상아는 서하의 모직 원피스 자락을 잡고 얼굴을 숨겼다.

"상아, 인사해. 엄마 회사 대표님."

상아는 고개만 빼꼼 내밀어 인사를 하고 다시 숨어 버렸다.

"얘는 또 왜 이래. 다부진 우리 상아가 왜 이렇게 부끄러워할까요?"

"얼굴을 보여 줘야 아저씨도 인사하지."

그의 부드러운 목소리를 듣고 그제야 상아가 서하의 앞으로 나섰다. 유진이 무릎을 꿇고 손을 바지에 문지른 후 상아에게 내밀었다.

"아저씨 이름은 임유진. 아가씨는?"

"강상아."

"반가워."

"나도 반가워요."

상아가 부끄러움이 묻은 말투로 또박또박 천천히 대답했다.

"꼬마 아가씨, 미인이야."

"아저씨도 잘생겼어요."

그 말만 남겨 놓고 상아가 얼른 또 서하의 뒤에 숨었다. 그리고 서하의 치맛자락을 당기며 귓속말로 무언가 소곤거렸다.

"직접 물어봐."

"……사장님이세요?"

망설이던 상아가 유진에게 조심스럽게 물었다.

"그렇지, 아마?"

상아의 얼굴에서 언뜻 실망감을 엿본 유진이 물었다.

"왜?"

"사장님보다 회장님이 더 높은 거라던데……."

"더 높은 분 만나면 할 말 있어?"

상아가 가만히 고개를 끄덕였다.

"말해 봐. 우리 회사는 사장이 제일 높은 사람이니까."

"진짜요?"

유진이 가만히 고개를 끄덕였다.

"엄마 회사, 우리 집 근처로 이사 오면 안 돼요?"

상아의 말에 당황한 서하가 유진을 바라보았다.

"회사가 멀어서 집에 자주 못 와요. 그리고 자주 아파요, 우리 엄마. 힘이 들어서."

유진이 서하를 물끄러미 바라보았다.

"아니야. 상아야. 엄마가 아직 적응이 안 돼서……."

난감한 서하가 유진과 상아를 번갈아 보며 변명을 해 댔다.

"할머니가 그랬어. 엄마가 힘들고 피곤해서 밤에 자꾸 나쁜 꿈을 꾼다고."

"아저씨가 미처 몰랐구나. 음, 회사가 이사를 가든지, 상아가 이사를 오든지. 아저씨가 고민을 해 봐야겠네."

"정말요?"

유진이 다정한 미소로 고개를 끄덕였다.

"저보고 예쁘다고 해서 하는 말 아니고요. 아저씨, 정말 잘생겼어요."

입가에 함박웃음을 걸고 제가 한 말이 부끄러운지 상아가 얼른 또 서하의 스커트 자락을 붙잡고 숨었다.

유진의 유쾌한 웃음소리가 수술실 복도의 찬 공기를 훈훈하게 했다. 생소한 그의 모습이 낯설어 서하는 고개를 들지 못하고 상아의 정수리만 쓰다듬어 내렸다.

수술은 세 시간 만에 성공적으로 끝났다. 근육 속으로 튕겨 숨어 버린 아킬레스를 찾아내느라 애를 먹었다고 했다.

서하가 한사코 괜찮다고 만류하는데도 불구하고 그사이 어디서 간병인을 구했는지 큰 규모의 병원답게 세련된 유니폼을 입은 간병인이 정순의 병실에 짐을 풀었다.

대신 정순이 마취에서 깨어나 안정을 찾을 때까지만 1인실에 있겠다는 서하의 뜻을 받아들이기로 했다.

유진이 받아들이기로 했다기보다 원무과에 서 있는 그의 등 뒤에서 서하가 혼자 선언했다고 하는 것이 옳은 말일 것이다.

서하는 상아 때문에 하는 수 없이 정순이 깨어나는 것을 보지 못하고 유진의 차에 올라탔다. 가는 동안 상아는 꼼짝없이 뒷좌석 서하의 품에 잠이 들어 있었다. 서하의 집에 도착하도록 유진은 한 마디 말이 없었다.

늦은 밤, 집 앞 골목까지 빽빽이 주차되어 있는 차들 때문에 유진은 50여 미터 아래에 차를 세워야 했다. 먼저 내린 유진이 상아를 안아 들고 골목길을 걸어 3층 서하의 집까지 계단을 올랐다.

그때서야 종일토록 전하지 못한 고마운 마음과 미안함에 서하는 몸 둘 바를 몰랐다. 차라도 한 잔 건네야 하는 건가 망설여졌지만 시간은 벌써 밤 10시가 넘었고, 초라한 집 안도 신경이 쓰였다.

상아를 눕히고 서하가 천천히 유진을 따라 계단을 내려갔다. 그만 올라가라는 그의 말에도 도저히 그냥 돌아서기가 미안해 차가 있는 골목까지 천천히 따라 걸었다.

"상아 데리고 출근해도 돼."

"네?"

"회사, 나올 수 있겠어?"

"당연히 나가야죠. 20분 거리에 이모님 있어요. 상아는 거기다 당분간 부탁드리려고요."

"다행이야."

정말 그 걱정이라도 한 건지 말과 함께 안도의 빛이 보이는 그의 표정을 접하는 순간, 서하의 마음 한구석으로부터 뭐라고 설명할 수 없는 알싸한 기운이 올라왔다.

"오후에 출발하니까, 병원 들렀다가 천천히 나와."

그제야 내일 1박 2일 일정으로 유진과 준하의 중국행 항공권 티켓팅을 해 준 기억이 떠올랐다.

"알아서 하겠습니다. 고맙습니다."

늦은 감사의 인사를 꺼내는 서하의 고개가 절로 숙여졌다. 찬 바람이 볼을 스쳐 갈 뿐 돌아오는 말이 없자 서하가 가만히 고개를 들었다.

그의 차 바로 옆에 세워진 가로등 불빛을 그대로 품은 그의 눈빛이 자신을 내려다보고 있었다.

톡톡. 어느새 올라온 그의 손이 서하의 오른쪽 어깨를 가볍게 두드려 왔다. 두꺼운 코트 탓에 느껴질 리 없는 그 손길의 온기가 봄빛 아지랑이보다 나른한 기운을 품으며 가슴 안으로 파고들었다.

말없이 돌아서 차에 올라타는 그에게 허리를 숙여 인사를 했다. 시동과 동시에 전방 라이트가 켜졌다.

서하가 급하게 차 문을 두드렸다. 차창이 스스로 내려지자 서하가 저도 모르게 큰 목소리로 말을 했다.

"들어가셔서 아무리 늦어도 뭐 좀 챙겨 드셔야 해요."

상아가 배가 고프다고 보채자 유진이 수술실 복도를 지키고 있을 테니 얼른 식사를 하고 오라고 일렀다. 서하와 상아가 식당에서 올라오고 정순이 수술실에서 바로 나오는 바람에 유진이 저녁을 놓쳤다는 사실을 그제야 떠올렸다.

무감한 그의 눈이 서하의 얼굴만 빤히 바라보았다.

"저녁, 많이 안 드시는 건 알지만 아예 안 드시면 안 돼요."

"이리 와 봐."

유진이 창문을 쑥 내리고 서하에게 손짓을 했다.

"네?"

무방비한 서하가 내려진 창 안으로 고개를 가져다 붙였다.

쭉 뻗어 나온 유진의 긴팔, 그의 엄지가 서하의 미간을 부드럽게 문질렀다.

"하루 사이에 팍 늙었어. 챙겨 먹을 테니, 인상 펴."

서하가 급히 몸을 빼다 차창 윗부분에 머리를 콩 하고 박았다.

"아."

"저런, 겨우 펴 준 주름이 더 크게 잡혔다."

"얼른 가세요."

온 얼굴로 인상을 찌푸리며 서하가 차 문을 살짝 두드렸다. 스르륵 닫히는 창문 사이로 그의 웃음소리가 낮게 새어 나왔다.

스산한 골목길에 선 서하의 하얀 입김이 그의 차 뒤꽁무니를 한참 따라갔다.

⁂ ⁂ ⁂

텅 빈 사무실. 점심시간이 한참 지나서야 싸 온 도시락의 뚜껑을 연 서하는 어느새 식어 버린 밥과 반찬을 반도 뜨지 못하고 다시 닫았다. 예전에 쓰던 보온 도시락이 집 안 어딘가 있을 터였는데, 찾을 틈도, 생각도 못 했다.

탕비실에 들어가 커피를 내렸다. 잔에 붓고 보니 역시 남은 커피가 지나치게 많다.

하루 한 잔, 그것도 점심 식사 후가 아니면 마시지 않는 커피를 언제나처럼 갑자기 사무실 문을 열고 들어설지 모를 유진의 것까지 같이 내렸음을 그제야 알아차렸다.

정순이 병원에 입원한 지 5일째. 정순의 막냇동생인 정희가 정이 많은 사람이라 마음이 놓이면서도 어린이집에도 가지 못하고 종일 집에 있어야 하는 상아가 마음에 쓰여 퇴근 시간이 되기 무섭게 사무실을 나서고 있었다.

곧장 병원으로 가서 정순의 얼굴을 보고 정희의 집으로 가서 상아를 데려와 집에서 같이 잤다. 그리고 아침이면 정희가 상아를 데리러 왔다.

교통 체증으로 인한 출퇴근 왕복 시간이 거의 3시간 가까이 되는 일상에서 지난 일주일의 상황은 무던히 서하를 지치게 했다. 그런 사정을 뻔히 알고 있는 정순은 2주는 입원을 하고 있어야 된다는 의사의 말을 무시하고 결국 주말인 내일 오전에 퇴원을 하겠다고 선언을 했다.

당분간 자신이 정순의 집으로 들어와 함께 상아를 돌볼 테니 걱정 말고 회사 일을 보라는 정희의 말이 일단 서하를 한시름 놓게 했다.

그렇게 생겨난 마음의 빈틈 안으로 1박 예정으로 떠난 후 무슨 일인지 몇 주가 되도록 아직 아무런 연락도 없는 유진에 대한 걱정이 들어오기 시작했다.

그러다 어제 뉴욕에 있는 정 대리로부터 준하는 벌써 그곳에가 있고, 유진은 아직 중국에 있다는 사실을 들었다.

"정말 너무하는 거 아냐?"

싱크대 개수대에 남은 커피를 쏟아붓는 서하의 입에서 말이 불퉁하게 흘러나왔다. 사무실로 전화 한 통 없는 유진보다 그것을 섭섭해하는 스스로가 더 못마땅했다.

왜 이래, 진짜.

텅 빈 사무실의 적막함 때문인지, 묻혀 버린 존재감 때문인지 이유를 알 수 없는 우울감에 서하는 자신이 마시던 커피마저 개수대에 부어 버리고 자리로 돌아와 의자에 털썩 주저앉았다.

서하의 검지와 중지가 골목길에서 그의 손길이 닿았던 미간을 살그머니 쓸어내렸다.

그러곤 이내 조금은 달랐던 그날 밤 그의 모습을 지워 내려는 듯 거칠게 사무실 전화기를 집어 올렸다. 토요일 퇴원을 앞두고 되도록 금요일 오후까지 정산을 해 달라는 원무과의 요청을 해결하기 위해 한국 통신에 전화를 걸어 자신의 휴대폰과 사무실 전화를 연결시킨 후 사무실을 나섰다.

퇴근 정체가 없는 시간대라 생각보다 일찍 병원에 도착한 서하는 병실로 바로 가려던 마음을 바꾸어 원무과로 발걸음을 틀었다.

순서 대기표를 향해 뻗던 서하의 손이 낯선 옷차림이지만 익숙한 기운이 느껴지는 남자의 모습에 주춤거리듯 멈추었다. 사무실을 나설 때의 캐시미어 코트 차림이 아니라 양털 깃이 멋스럽게 목둘레를 감싼 무스탕을 입고 있었지만 분명히 유진이었다.

일이 끝나고 여행이라도 하고 온 건가. 심통맞은 생각에 눈살을 살짝 찌푸리려는 찰나 갑자기 돌아서는 그와 눈이 마주쳤다.

당황스러움에 얼른 시선을 떨어뜨린 서하는 언제나 무감하던 유진의 얼굴이 만들어 낸 표정 변화를 미처 알아차리지 못했다.

"잘 다녀오셨어요?"

언제 들어온 걸까. 들어왔으면 바로 사무실로 전화 한 통화 주면 안 되나.

"엄마가 내일 퇴원이라, 오늘까지 병원비 정산해야 한다고 해서……."

작은 고갯짓으로 인사를 대신하는 유진을 향해 저도 모르게 이른 퇴근의 변명을 늘어놓다 말고 서하가 입술을 다물어 버렸다. 그리고 그를 지나쳐 원무과 앞으로 다가섰다.

"403호실 신정순 환자 퇴원 정산 부탁드립니다."

"신정순 환자요? 이제 막 정산 끝났는데요?"

원무과 데스크 앞의 직원이 눈앞의 서하를 비껴 뒤쪽에 서 있는 유진을 향해 턱짓을 해 보였다. 뒤를 돌아 유진을 바라보는 그녀의 표정에 황당함이 묻어났다.

"대표님, 저희 엄마 병원비 내셨어요?"

"아니."

유진이 다시 원무과로 몸을 돌리려는 서하의 팔을 잡아 돌려 세웠다.

"내가 낸 게 아니라 회사가 냈어."

무슨. 서하가 한순간에 눈썹을 치켜떴다.

"올 한 해는 매장 옮겨 다닌다고 복지비 제대로 쓰지도 못했지?"

"그래도 이건……."

"대충 하고 밥이나 먹지? 기내식 별로라서 굶었어."

그의 옆으로 작은 캐리어가 놓여 있었다.

"이리로 바로 오신 거예요?"

"응."

"왜요?"

"어머니 내일 퇴원하신다면서?"

유진이 한 손을 들어 입을 떼려는 서하의 말을 막았다.

"병문안. 수술실 들어가는 날, 눈도 못 마주쳤어."

"이렇게까지……."

"나 좀 피곤한데."

그러고 보니 그의 턱 주변이 가뭇해 보였다.

"텅 빈 사무실을 몇 주나 지키면서 몇 사람분으로 일했잖아. 더한 것을 받아도 충분해. 게다가 전화 한 통화면 병원비 안 내도 되는 곳이야. 여기."

그가 몸을 돌려 병실로 올라가는 엘리베이터를 향해 걸었다. 제자리에서 얼떨떨하게 서 있던 서하가 빠른 걸음으로 그의 캐리어를 잡았다.

"식사부터 하세요."

유진이 말없이 서하를 내려다보았다.

"저도 배고파요."

병원에서 큰길 건너에 있는 한식당으로 들어간 그는 정말 시장했던 듯 말없이 먹는 것에만 집중했다.

술집이 아닌 조용하게 밀폐된 곳이라 그런지, 일주일 만에 얼굴을 봐서 그런지 서하는 처음이 아닌데도 그와 둘이 마주하고 있는 것이 불편하고 어색했다.

그런 그녀와 달리 유진은 제 속도를 유지하며 소리 없이 밥공기를 비워 가고 있었다.

"밥값 낼 의향은 없어. 아까우면 먹지."

"……네."

그래도 시원찮아 보였는지 그가 수저를 내려놓고 의자 등받이에 팔꿈치를 걸친 채로 서하를 지그시 바라보았다. 그의 시선까지 받고 보니 밥이 더 넘어가지 않는 서하였다.

"집에서 출퇴근했어?"

"네."

서하가 가만히 고개를 끄덕거렸다.

"준하 들어오면 직원 한 사람 더 들일 거야."

"그러지 않으셔도……."

"당신 때문 아니야. 두 사람 뉴욕에서 돌아오면 일이 더 많아질 거야. 그리고."

유진이 잠시 말을 멈추고 서하의 눈에 시선을 잠깐 멈춘 뒤 말을 이었다.

"꼬맹이 말대로 회사 근처로 집을 옮기는 건 어때?"

급하게 올라간 서하의 눈꺼풀 속 눈동자가 당황스러움으로 흔들리다가 곧 제자리를 찾았다.

"형편상 곤란하면 남들 많이 한다는 직원 대출 같은 거 있잖아."

"말씀만 고맙게 받겠습니다."

지금 살고 있는 작은 빌라도 대출이 남은 상태였다. 또한 현민이 부지런히 아르바이트를 하고 있긴 하지만 앞으로 대학 등록금이다, 용돈이다 예년보다 많은 지출이 예상되었다.

다행히 사무실로 들어와 연봉이 상승됐지만 더 이상 무리를 하고 싶지 않았다.

"일찍 그만둘 생각인가?"

"네?"

"능력 부족하지 않겠다. 더 좋은 회사로 옮기지 않는다면 퇴사하는 날까지 천천히 갚으면 별 무리도 없을 것 같은데."

유진이 하고 싶은 말이 무엇인지 서하도 모르지 않았다.

"지금 받고 있는 직원 복지만으로 충분합니다."

"그럼 더 이상 얼굴 살 내리지 마. 신경 쓰이니까."

"네?"

제 할 만만 끝낸 유진이 자리에서 바로 일어섰다. 병원까지 몇 분 되지 않는 거리가 말 한 마디 건넬 수 없도록 풍겨 오는 그의 냉랭함에 한참이나 멀게 느껴졌다.

무슨 실수라도 한 건가. 신호를 기다리며 슬쩍 올려다보니 유진의 시선은 한참 먼 곳에 가 있었다.

괜한 걱정이었는지 공항에서 바로 오는 길이라 복장이 불량하다며 정순에게 건네는 인사는 정중하고 부드러웠다. 그리고 몸조심하라는 당부와 함께 작은 봉투를 내밀고서 바로 병실을 나섰다.

"대표님, 잠깐만요."

벌써 4층 복도 끝을 돌아 성큼 걸어가는 그를 서하가 불러 세웠다. 정순을 향하던 따듯한 눈빛은 사라져 버리고 싸늘한 그의 눈초리에 서하의 몸이 흠칫 굳어졌다.

유진의 시선이 자신의 손에 들린 봉투를 향하고 있음을 알아차리자 말이 더 나오지 않았다.

"병원비만으로 충분합니다."

서하가 두 손으로 공손히 작은 봉투를 내밀었다. 뭐라고 말을 꺼내려던 유진이 작은 숨을 들이마시는 게 보였다.

"다들 병문안을 오면 이렇게 한다고 하던데."

오전 뉴욕에 있는 준하로부터 전화를 받았다.

서하의 모친이 퇴원을 고집한다고 병원 측으로부터 연락이 왔었다고. 알아서 하겠다는 유진의 말에 전화기 저편에서 잠시 침묵을 지키던 준하가 덧붙였다. 쓸데없는 인사 말고 현금이 최고라고.

"그래도 이건 너무 많습니다."

유진의 눈매가 더욱 매서워졌다.

"강서하 씨. 아니, 강서하 과장."

"네?"

"당신은 내가 뭐로 보이지?"

위아래로 빠르게 오르내리는 두 눈꺼풀에 서하의 당황스러움이 고스란히 묻어났다.

"뭐로 보이냐고."

"저희 로티스 엘의 대표님이십니다."

"그렇지. 당신이 근무하고 있는 곳의 상관. 어쩌면 얼굴 한 번 볼 일이 생길까 말까 했을지도 모를, 맨 위에 있는 최고 상사."

서하의 명치 중간에서 뜨끔하기도 하고, 따끔하기도 한 무언가가 저릿하게 치고 올라왔다.

"얼마를 넣었으면 강서하 씨 자존심이 덜 상했을까."

가슴 한가운데를 치던 감정 덩어리가 얼굴까지 올라와 화끈거렸다.

"그 전에 한 회사 대표 자존심도 생각해 줘야 하지 않나."

두 사람의 눈이 일직선을 이루었다. 피할 수도 마주할 수도 없는 서하의 눈동자가 심하게 물결쳤다.

올 한 해 동과 서로, 또 남으로 이리저리 내몰릴 땐 사실 조금 짜증이 나기도 했다. 그러나 그 고생 끝에 생각지도 못한 곳에 앉게 되었다.

주기만 했던 인생에 겨우 받는 일이 생기다 보니 익숙하지가 않았다. 한편으로 고마우면서도 부담스러운 이 마음을 어떻게 표현해야 할지 몰랐다.

"아니면, 그 안에 다른 마음이라도 넣었을까 봐 부담스러워?"

"네?"

다시 파닥이며 오르는 속눈썹. 요동치는 눈동자. 바싹 긴장해 있는 서하를 느끼며 유진이 작은 한숨을 쉬고는 그 시선을 천천히 외면했다.

"그쯤하고 어머니께 들어가 봐요."

몸을 돌리는 그에게서 고단함이 물씬 풍겨 왔다. 마침 당도한 엘리베이터에 따라 오르려는 서하를 유진이 한 손을 들어 막았다.

병원 앞 로비에 세워진 빈 택시에 오른 유진이 뒷좌석 의자 깊숙이 몸을 묻었다.

현금이 최고라며 다음 주 뉴욕에서 들어오면 특별 보너스를 지급하겠다고 준하가 말을 해 왔다. 알아서 하겠다는 유진의 말

끝을 잡아 길어지는 준하의 전화를 일방적으로 끊고 이곳으로 달려왔다.

"다른 마음이라도 넣었을까 봐 부담스러워?"

정작 저 자신에게 던져야 할 말이었다. 짜증스레 뻗어 나간 유진의 손이 택시 창문을 조금 내렸다.

새어 들어오는 매서운 강바람이 머리를 식혀 주기에는 역부족이었다.

"맨 위에 있는 최고 상사."

그가 탄 엘리베이터 문이 닫히자, 조용한 병원 로비에 울려 퍼지던 유진의 말이 서하의 귓속으로 다시 파고들었다.

그의 말대로였다.

어쩌다 한 사무실에서 이렇듯 얼굴을 보며 지내고 있지만 로티스 엘에 근무하는 내내 단 한 번 가 닿을 수 없을지도 모를 라인이었다.

뭐로 보이냐는 그의 말에 한순간 할 말을 잃었다. 놀란 정순이 건넨 봉투 속의 금액을 본 순간, 면접 당일 그의 손에 들린 이력서를 볼 때와 같은 느낌이었다.

그는 얼굴도 제대로 바라볼 수 없는 자리에 있는 회사의 대표였다. 베풀어 주는 배려에 건드려질 것은 허접한 자존심이 아니었다.

그런데 도대체 왜…….

"애, 서하야."

"응?"

다소 큰 정순의 목소리에 놀라 뒤돌아보았다.

어느새 나온 정순이 목발을 짚고 병실 문 앞에까지 나와 있었다.

"무슨 생각을 그렇게 하고 있어?"

"아, 엄마. 다리도 불편한데 왜 나와 있어요?"

"정수기 물 좀 받으려고."

"들어가요. 내가 떠올게."

정순을 부축해 병실 침대로 모신 후, 서하가 냉장고 위에 놓인 물통을 챙길 때였다.

"그런데, 참. 고명희 대표가 누구니?"

"고명희 대표요?"

서하가 낯선 이름에 고개를 돌려 정순을 바라보았다.

"응, 어제 저녁에 과장님 회진 때, 고명희 대표님과 어떻게 아는 사이냐고 정중히 물으셨어. 그저 너희 회사 대표 이름인가 했는데."

"글쎄."

문득 유진의 어머니 성함인가 한 서하의 고개가 갸웃거렸다. 그날 분명 준하가 예인 병원이 유진의 어머니 친정이라고 했을 때 무심코 넘어갔지만, 유진의 어머니는 디자이너 로티스 림으로 알고 있었다.

"그래서 뭐라고 말씀하셨어요?"

"모른다고 했지. 그러니까 따님이 혹시나 BS그룹 다니느냐고."

"BS그룹? 아."

그제야 베레세르 백화점 대표 이름이 떠오르면서 서하의 고개가 더욱 갸웃거렸다.

"어떻든 간에, 여러모로 대우 잘 받는다는 생각 했어. 간호사들도 다들 친절하고. 간병인 말이 이곳 신경외과 과장에게 수술받으려면 몇 달을 기다려야 하는데, 백이 든든해서 좋겠다고 그러는데, 모른 척 인사만 받았지. 하여간 네 사장님께 고맙다고 다시 말씀드려."

"……네."

"유라, 이것은 제 어미가 이러고 있는 건 아는지 모르는지 연락 한 번을 없어."

"아마 비행 나갔으면 현민이 메시지 못 봤을 거야. 게다가 국제선 한 번 타고 나갔다 오면 며칠은 힘들어하잖아요."

"그게 무슨 고생이라고. 저 하나 챙기면 되면서."

정순이 말을 하다 말고 서하의 얼굴을 물끄러미 바라다보았다.

"너 요즘 살이 더 빠졌구나. 얼굴이 한참 축났어."

"그래? 에이, 빠지긴 뭐가. 빠졌으면 턱선이 더 살았을 텐데."

서하가 모른 척 병실 한편에 붙어 있는 거울에 얼굴을 보는 둥 마는 둥 하며 너스레를 떨었다.

"왜 아니야. 올 한 해 계속 회사 매장 옮긴다고 힘들어했으면서. 나까지 이러고 있으니 네 얼굴이 많이 안됐어. 이것아. 얼굴 살은 더 빠지면 못써. 젊은 애가."

"더 이상 얼굴 살 내리지 마. 신경 쓰이니까."

다시 유진의 목소리가 귓가에서 소곤거렸다.

"이번 주말부터는 제대로 네 거처 알아보고. 듣고 있어?"

"응? 아, 내가 알아서 할게요."

"뭘 알아서 해. 벌써 몇 달째야."

"아, 참 물. 얼른 받아 올게."

서하가 잊고 있던 물이 그제야 생각난 듯 물병을 들고 얼른 병실을 나왔다.

5층 로비 끝에 있는 보호자 간이식당 정수기 밑에 세워 놓은 물병에 물이 차길 기다리며 서하가 창가에 바싹 붙었다.

누군가 열어 놓은 창문 틈으로 새어 들어온 밤바람이 실내의 건조한 히터 바람을 단번에 삼켰다.

"다른 마음이라도 넣었을까 봐 부담스러워?"

또, 또. 서하가 고개를 세차도록 가로저었다. 한 주 내내 언제 올까 기다린 마음에 물이 들었나.

잠깐. 기다려? 대표님을?

"어머."

바닥으로 퉁 하고 떨어지는 물병 소리가 서하의 의식을 되돌려 놓았다. 어느새 정수기 앞 바닥이 물로 가득했다.

"이러면 사람들 미끄러울 텐데."

"아, 제가 얼른 닦을게요."

마침 들어오시던 중년 아저씨 한 분이 못마땅한 듯 내뱉는 소리에 서하는 빠른 걸음으로 대걸레를 가지러 화장실로 향했다.

등 뒤에서 바닥에 떨어진 플라스틱 물병을 대신 줍는 아저씨의 혀 차는 소리가 간이식당을 메웠다.

7화

*

어려운 그 말

April Snow

“역시 좋아. 뉴욕에서도 강 과장 커피 생각나서 얼른 들어오고 싶더라니까.”

잔을 코끝까지 가져다 대고 향기를 음미하던 영섭이 고마움을 표했다.

커피 맛을 잘 모르니 배운 기술대로 내려도 그게 잘 내려진 것인지 아닌지 모르는 서하였다.

그러나 즐겁고 기쁜 마음으로 내린 커피였다. 모두들 모인 사무실 분위기가 그렇게 좋을 수가 없었다. 본부장 영섭의 말이 그저 하는 너스레라고 하더라도 듣기 좋았다.

“감사합니다, 과장님. 저 역시 이 커피가 그리웠습니다.”

“커피만요?”

정 대리를 향해 장난기 어린 미소를 보이며 서하가 물었다.

“에이, 그럴 리가 있겠습니까. 우리 친절하고 다정하신 과장님 생각이 얼마나 간절했는데요.”

"어허, 그래? 뉴욕 사무실에 처음 들어가는 순간, 이게 무슨 꽃밭인가 싶어 입이 귓가에 걸린 사람이 누구더라?"

훑어보던 서류에 열심히 무언가를 적어 내려가던 영섭이 고개를 들어 정 대리를 놀렸다.

"아, 본부장님도. 그거야 문화 충격 때문에 그런 것 아닙니다. 색색의 헤어에, 다채로운 키와 몸매들. 그런데 그게 며칠도 못 간 것 아시지 않습니까. 어휴, 그 각양각색의 아가씨들에게 기 눌린 것 생각하면."

정 대리가 다시 생각하고 싶지 않다는 듯 고개를 절레절레 저었다.

"예술 하는 사람들이라 그런지, 디자인부가 제일 강렬하던데요. 성격들이."

"자네가 부드럽고 유약해서 그런 거야. 정 대리 다시 봤어. 회화도 능숙하고 한 사람 한 사람 비위도 잘 맞추던데."

"제가 유약하다니요. 본부장님도 보셨잖아요. 레나 장의 그 성질을."

"왜? 넘쳐 나는 카리스마가 멋있다고 그러더니."

"그거야 앞에다 대놓고 어쩔 수 없으……. 아, 됐습니다."

정 대리가 더 말해 봐야 피곤하기만 할 뿐이라는 듯 입을 닫았다.

"레나 장이라면 지난번 말씀하셨던 새로 바뀐……."

"네. 한국식 이름 장도유. 로티스 엘의 메인 디자이너이자 디렉터."

"국제 보석 박람회에 참가할 보석 몇 점 봤어요. 그분 디자인 너무 아름답던데요?"

"그럼요. 어디 그뿐이겠습니까. 얼굴도, 몸매도 아름답죠."

무언가 한껏 꼬인 말투로 정 대리가 영섭을 바라보며 동조를 구했지만 그는 어깨를 으쓱거리며 낸들 아냐는 뜻을 전해 왔다.

"왜, 본부장님도 보셨지 않습니까. 대표님과 연락 안 된다고 내게 퍼붓던 그 성질을."

정 대리가 갑자기 버럭 하고 소리를 지르는 통에 빈 잔을 들고 탕비실로 들어가려던 서하가 놀라서 뒤를 돌아보였다.

"그리고, 박람회 디자인을 제가 백시켰습니까. 대표님이 시켰지? 전 전달책일 뿐이라고요."

영섭의 맞장구가 없자 정 대리의 목소리는 누그러들 줄 모르고 더 높이 솟았다.

"아니, 도대체 그 앵두같이 작은 입술에서 나오는 소리가 왜 그렇게 커?"

"언제는 차라리 소리 지르는 게 낫다더니."

"완전히 여우 같은 눈매에, 가지각색의 아이섀도를 발라서는 호랑이인지 여우인지 구분도 안 되는 얼굴로 요렇게 째려보는데 차라리 말이 낫지 않아요. 그럼?"

정 대리가 눈의 흰자위를 드러내고 두 눈망울을 코 가운데로 모아 보이자, 영락없이 TV 드라마에서나 볼 수 있는 구미호 분장을 한 여배우의 얼굴이 떠올랐다.

서하가 엉거주춤한 상태로 풋 하고 웃어 버리자 들고 있던 쟁반 위의 잔이 달각거렸다.

"어어, 조심, 조심."

언제 들어왔는지 등 뒤에서 준하가 위태로운 쟁반을 잡아 주었다.

"정 대리, 나 레나 편인 거 알지? 지금 한 말 그대로 일러 준다."

"아, 전무님. 안 됩니다."

"디자이너 입장에서는 화가 날 만하지. 다른 것은 다 통과시키면서 로티스 엘 부스 선두에 둘 메인 보석 디자인만 결정을 안 해 주니."

"그건 알지만."

"호랑이라고 그랬어? 여우라고 그랬어?"

"아, 왜 이러십니까. 전무님까지."

정말 큰일이라도 난 듯 정 대리가 자리에서 벌떡 일어나 준하에게 매달리듯 엉겨 붙었다.

"그럼, 커피 한 잔 내려와."

"제가 해 드릴게요."

서하가 웃으며 조용히 나섰다.

"강 과장님은 저랑 이야기 좀 하시고요."

어떻게 하겠냐는 듯 준하가 정 대리의 얼굴을 빤히 바라보았다.

"에이. 전무님. 일부러 저 벌주시려고 그러시죠? 지난번 뉴욕 오피스텔에서 제가 내린 커피 맛없다고 구박하셨잖아요."

"그러니까 제대로 내려 와."

준하가 얼른 들어가라는 듯 턱으로 탕비실을 가리켰다. 서하가 들고 있던 쟁반을 받아 들고 탕비실로 들어가는 정 대리를 바라보는 준하의 얼굴에 장난기가 다분히 묻어 있었다.

"고심 꽤나 하겠군."

서하가 고운 눈을 동그랗게 뜨고 준하를 바라보았다.

“커피 맛이 다 같은 게 아니라는 걸 저 친구가 내린 커피를 마셔 보고 알았거든요.”

“네. 그런데 하실 말씀은…….”

“혼자 국내 매장 관리하신다고 바쁘죠?”

“아뇨. 즐거워요.”

“정말 즐겁기만 하겠어? 어제 출근하고 깜짝 놀랐다니까. 매장뿐 아니라 뉴욕에서 메신저로 대충 물어본 뉴욕 일들까지 자료 조사 완벽하게 해 놓았더라고. 혹시 사무실에서 숙박한 거 아냐?”

준하가 서하의 얼굴을 말없이 바라보았다.

“내가 한결 수월하긴 한데, 강 과장 저 얼굴 상한 것 좀 봐.”

“아니에요.”

빤히 바라보는 준하를 향해 서하가 별거 아니라는 듯 손사래를 쳤다.

“우리 강 과장님 걱정하는 사람이 많아서, 비행기 안에서 국내 매장 내 직원들 이력서 좀 훑어봤습니다. 신입 사원은 일 가르치기 더 힘들 것 같아서요. 이번 주 내로 사람 하나 붙여 드릴게요.”

“그래? 그거 잘됐다.”

영섭이 큰 소리로 반가움을 표했다.

“안 그러셔도…….”

“앞으로 더 바빠질 겁니다. 부서도 나누어야 하고, 직원도 더 늘려 갈 거고. 그리고 이거.”

준하가 하얀색 봉투를 한 장 내밀었다.

“뭐예요?”

봉투를 열어 보니 베레세르 백화점 오픈 30주년 기념 파티 초대장이었다.

"나는 장모님 칠순 잔치 때문에 못 가."

보지 않아도 무엇인지 아는지 영섭이 제 자리에서 다시 끼어들었다.

"보십시오. 모두들 강 과장님 위하는 척하지만, 결국은 요즘 사무실이 과장님 아니면 안 되게 돌아가고 있지요?"

탕비실에서 커피 한 잔을 들고 나오며 정 대리가 대화로 끼어들었다.

"제가 참석하라고요?"

"사무실 직원 모두."

"그런데 저도 집에 내려가야 해서요."

2주 전 정 대리의 아버지가 작은 수술을 받고 입원해 있다는 사실을 서하도 알고 있었다. 지난 주말에야 한국에 들어왔으니 그사이 지방 본가에 내려가 볼 사이도 없었을 것이다.

이쪽도 결국 어쩔 수 없는 상황이었다.

정 대리가 준하에게 내미는 커피를 본 서하의 눈썹이 꿈틀거렸다.

"아, 이게 뭐야? 에스프레소야. 사약이야? 커피 양이랑 물의 비율 가르쳐 줬잖아."

아니나 다를까 한 모금 입에 댄 준하의 한껏 찌푸려진 얼굴을 보며 서하가 저도 모르게 소리를 내고 웃어 버렸다.

"그러게, 과장님께 내려 달라고 하시지."

"시끄러. 이제 내 입 뭐로 닫을 거야."

"모르겠습니다."

"모르긴. 다음 달에 레나 날아오면 그대로 일러바칠 거야."

"예? 다음 달에 한국에 들어와요? 아."

무슨 일인지 알아차린 정 대리의 표정이 굳어져 버렸다. 무슨 일인지는 몰라도 뉴욕에서 제대로 시달렸나 보다고 서하는 생각했다.

"전무님은요?"

"왜요? 저는 안 갔으면 합니까?"

"당연히 같이 갔으면 해서지요."

"왜요? 둘이서 가면 불편해요?"

준하의 엄지손가락이 역시나 유진의 방을 가리켰다.

"아니요. 전무님과 단둘이 갔으면 해서요."

돌아온 대답을 들은 준하의 눈이 한순간에 화들짝 커졌다.

"하하하. 알았어요. 안 놀릴게요. 그러니 서하 씨도 저 살 떨리게 하지 마세요."

"장난 아닌데요. 전무님과 대표님 두 분이서 가시면 안 되나요?"

"네?"

"늘 말로 밀리면서 항상 먼저 거십니까. 전무님은."

영섭이 정말 알다가도 모르겠다는 듯 준하에게 안타까운 표정을 날리며 결재 파일을 들고 대표실로 향했다.

"어쩌죠? 사실 제가 일이 있어서 간다 해도 늦게라야 갈 수 있는데. 그렇다고 대표 혼자 보낼 수도 없고. 유진이 참석해 봐야 로티스 엘 자격으로 생각 않을 텐데. 이러다 매장 빼는 수 있습니다. 본부장님 어떻게 하실 겁니까."

그제야 난감한 듯 준하가 영섭을 불러 세웠다.

"무슨 일인지 모르겠지만, 강 과장 무조건 참석이야. 그날 입을 드레스 비용 백지 수표로 결재 올릴 거야. 예쁘게 가."

영섭이 대표실 문 앞에서 결재 판을 흔들어 보였다.

"그런 자리 처음이라서……."

"왜요? 로티스 엘 미팅 마지막 날 하는 파티보다 규모도 훨씬 작아요. 게다가 이번은 그저 축하 손님일 뿐이니까 자리만 채우면 됩니다."

"전무님. 들어오셔야 할 것 같습니다."

대표실 문이 열리고 영섭이 준하를 불렀다.

"그럼, 그렇게 알고. 파이팅."

준하가 한쪽 눈으로 찡긋 윙크를 날리고 대표실로 들어갔다. 그런 준하를 멍하니 바라보고 있는데, 책상 위 서하의 휴대폰이 드륵 하고 도착한 메시지를 알려 왔다.

〈오늘 시간 좀 내 줄 수 있겠어?〉

유라였다.

서하의 방에서 우현을 향한 자신의 마음을 드러내 놓고 꼭 한 달 만이었다.

오늘은 내일 있을 각 매장 직원들 교육 준비로 어려우니 내일 보자는 답신에 밤늦도록 답이 없었다.

엘리베이터에 올라 21층 버튼을 누른 서하가 손목에 찬 얇은

메탈 시계를 보았다.

7시 5분 전. 지금 출발해도 한참 늦은 시간이었다. 초청장에 쓰인 기념행사는 7시였다.

상아와 목욕을 다녀오니 직접 집으로 데리러 오겠다던 유진이 갑자기 일이 생겼다며 사무실까지 와 줄 수 있겠냐고 연락을 해 왔다.

환한 대낮에 좁은 골목길과 사는 모양새를 보여 주기 싫던 서하는 오히려 다행이다 싶었다. 평소와 다른 복장에 비싼 택시 요금을 치르고 긴 거리를 달려와 그가 말한 시간에 정확히 회사 로비에 도착했다.

20층 사무실까지 올라가야 하는 번거로움이 싫어 메시지로 도착을 알리자 오피스텔까지 올라오라고 바로 전화가 왔다. 사무실에서 기다리겠다는 말도 꺼내기 전에 전화는 끊어졌다.

딩동.

올라오는 시간을 예상하고 있었는지 벨 소리가 울리자 바로 문이 열렸다.

아직 제대로 준비가 되지 않은 듯 편한 차림으로 서 있는 그의 복장에, 역시나 단정했지만 평소와 다른 서하의 분위기에 두 사람 사이로 짧은 침묵이 돌았다.

"15분."

그 한마디를 남기고 유진이 거실로 몸을 돌렸다.

"어디 편찮으세요?"

유진의 낯빛이 어딘가 달라 보였다. 서하의 말이 들리지 않는지, 듣고도 모른 척을 하는 건지 아무런 대답도 없이 그는 침실 안쪽으로 사라져 버렸다.

욕실에서 들려오는 세찬 물소리만이 실내의 정적을 깨고, 유리로 이뤄진 한쪽 벽면으로 한강의 야경이 펼쳐지고 있었다.

열린 문 사이로 드러난 깔끔한 침실과 대조적으로 침대 위의 시트는 정돈되지 않은 채였다.

설마 이제 일어난 건가? 정말 어디 몸이라도 안 좋은 거야?

걱정스런 마음으로 주방으로 시선을 돌렸더니 식사를 한 흔적도 보이지 않았다. 어제 분명히 사무실에서 퇴근을 했으니 그 사이 뉴욕을 날아갔다 온 것도 아닐 텐데.

각 사무실로 사용되는 20층까지와 공간 평수가 다르게 설계가 된 오피스텔은 생각보다 넓었다.

그러나 그 어느 곳에도 앉지 못하고 이곳저곳으로 서하의 바쁜 시선만 움직이고 있을 때 그가 욕실에서 나왔는지 침실 안쪽에서 헤어드라이어 돌아가는 소리가 들려왔다. 연이어 붙박이장이 열렸다 닫히는 소리도.

주방에 들어가 직접 차라도 끓여야 하나 망설이고 있는데 와이셔츠 차림의 유진이 침실에서 모습을 드러냈다.

"기다리게 할 생각은 없었는데."

"괜찮습니다. 단지, 기념행사에 늦어……."

"상관없어. 알 만한 사람들 나와서 차례로 떠드는 소리, 지겨울 뿐이야."

침실 입구에서 유진이 서하를 지그시 바라보자 서하의 얼굴에 당혹감이 떠올랐다.

"본부장이 백지 수표로 결재 올렸던데?"

"아, 뭘 골라야 될지 몰라서."

역시 예리한 그의 눈에는 새 옷으로 보이지 않나 보다. 홍콩 미팅 후 세계 점장들 간담회에서, 뉴욕 워크숍에서 딱 두 번 입은 드레스였다.

"별로예요?"

회사 체면 운운하던 준하의 말 때문이 아니라 본의 아니게 파트너로 참석하게 되면서 그에게 누가 될까 염려스러웠다. 아직 셔츠 차림일 뿐인데도 평소와 다르게 빗어 올린 헤어스타일만으로 그는 훨씬 분위기 있어 보였다.

"한때 이름 있는 퍼스널 쇼퍼였던 사람이 겸손은."

다시 침실로 들어서는 유진의 등을 바라보며 서하가 눈을 동그랗게 치켜떴다. 어디서 누가에게 들었을까. 이력서에 적어 넣지 않은 짧은 경력이었다.

놀란 눈이 제자리에 갈 사이도 없이 유진이 거실로 나왔다. 주방으로 가는가 싶던 그가 갑자기 등 뒤에 서자 서하의 몸은 절로 경직되었다.

"가만히 있어 봐."

직사각형의 케이스를 연 유진이 서하에게 목걸이를 걸어 주고 그녀의 앞에 섰다.

목에 걸린 목걸이를 감상하는 것인지, 아니면 목걸이 하나로 달라진 분위기를 느끼려는지 조금씩 얇아지는 그의 눈매와 달라져 가는 눈빛이 부담스러워 서하는 얼른 유진을 비껴 그의 등 뒤에 있는 거실 유리 전면에 자신을 비춰 보았다.

검정 드레스 위의 깨끗한 다이아가 거실 불빛을 받아 아름답게 반짝이고 있었다. 목덜미에 다시 와 닿는 그의 차가운 손길에 서하가 흠칫거렸다.

원래 걸고 온 작은 사파이어가 박힌 14K 목걸이를 천천히 뺀 유진이 그것을 다이아 목걸이가 담겨 있던 케이스에 넣고 그녀에게 건넸다.

"아니에요. 클러치 속에 넣어 놓으면 돼요."

아무 생각도 없이 케이스를 건네받은 서하가 그것을 열어 자신의 목걸이를 빼려고 하자 유진이 서하의 손에서 다시 케이스 뺏어 들었다.

그리고 서하의 손목을 잡고 현관 입구의 대형 거울 앞에 세웠다.

거실 유리가 제대로 보여 주지 못한 목걸이의 아름다움이 한눈에 드러났다. 맞추어 입은 것도 아닌 드레스의 목선과 작은 왕관을 연상시키는 여러 크기의 다이아가 박힌 목걸이가 너무도 잘 어울렸다.

단순한 디자인의 드레스가 큰 연꽃에 박힌 다이아의 화려함을 적당히 감싸 안았고 다채롭게 발하는 다이아의 빛이 벨벳의 윤기를 더욱 도드라지게 했다.

"예뻐."

두근. 낮게 내리깔리는 유진의 목소리에 반응하는 자신의 심장 소리에 놀란 서하가 몰래 숨을 들이마셨다. 어찌 할 바를 모르는 손이 천천히 연꽃 문양의 다이아 테두리를 만지작거리며 겨우 입을 열었다.

"처음 보는 디자인이에요."

"로티스 림의 마지막 디자인이야. 시판할 생각은 없어."

"그런 걸 제가 어떻게……."

서하가 빠르게 고개를 돌려 유진을 올려다보았다.

"그렇다고 잠들어 있기엔 아깝잖아."

그의 두 손이 여전히 거울 앞에 서 있는 서하의 어깨로 가만히 올라왔다. 두 사람의 눈이 자연스럽게 마주했다.

쿵쿵. 조금 전까지만 해도 칠부 소매 밑으로 드러난 맨살에 느껴지던 한기가 모두 날아가 버리고 온몸이 뜨거워지려는 순간, 그가 몸을 돌려 침실로 들어가 버렸다.

현관 입구에서 거실로 올라서는 서하의 두 다리가 조금씩 떨렸다.

큰 키만으로 좌중을 압도할 것 같은 유진이 검정색 턱시도를 걸치고 나오자 서하는 시선을 어디에 둬야 할지 몰랐다. 그렇다고 절로 커지는 눈을 모른 척하기에도 내숭이었다.

"우리 대표님, 최고로 멋있어요."

서하가 엄지를 척 하고 세웠다.

"겨우 이 정도 가지고 최고라는 말을 붙이면 곤란한데?"

피식. 짧은 웃음을 보인 그가 서하의 손에 다시 무언가를 내밀었다.

"이건 직접 할 수 있지?"

작은 다이아인가 싶어 들어 보니, 아주 정밀하게 세공된 연꽃 한 송이로 이루어진 이어링이었다. 목걸이와 같은 문양이었다. 그렇지 않아도 목걸이에 어울리지 않는 진주 귀걸이를 빼 버려야 하나 여기던 참이었다.

긴 머리를 뒤로 넘겨 하나로 묶은 헤어. 장칙 핀조차 다이아로 장식된 이어링이 그녀의 하얀 목선을 더욱 우아하게 만들었다.

오피스텔을 나와 유진의 차에 올라탄 지 15분. 두 블록만 돌면 내릴 즈음에야 서하는 그의 달라진 숨소리를 알아차렸다.

"괜찮으세요?"

앞만 보고 운전을 하던 유진의 고개를 돌려 그녀를 바라다보았다.

"컨디션, 안 좋아 보여요."

"괜찮아."

짧은 그의 한마디에서 느껴지는 숨결이 뜨거웠다.

"사람 많은 곳 가면 더 힘드실 텐데."

"기념행사 거의 끝났을 거야. 칵테일파티에 잠깐 얼굴만 비치고 오면 돼."

돌려보내야 하는 게 아닌가 여기면서도 서하는 혼자 가겠다는 말이 도저히 나오지 않았다.

"송윤희 씨도 아마 참석했을 거야."

선뜻 무슨 말인지 몰랐던 서하가 금방 본인이 나오면서 베레세르 매장 점장으로 승격된 윤희를 떠올렸다.

"언니도요?"

"이번 달 백화점 실적 10위권 안에 든 매장 점장들에게도 초대장 보낸다고 들었어."

"대단해요."

"실제로 강서하가 이뤄 놓고 나온 거 아냐?"

"겨우 두 달이었는걸요. 그리고 로티스 엘이 대단한 거죠."

"더 정확히 말하면?"

빤히 바라다보는 유진의 질문에 답을 모르지 않을 텐데 하는 표정이 묻어 있었다.

"물론, 대단한 임유진 대표님 때문이고요."

"눈치가 빨라 더 좋군."

눈가와 입매에 동시에 떠오른 유진의 부드러운 미소. 순간 서하는 어쩌면 그도 유라와 같은 성향의 사람일지 모르겠다고 생각했다.

싸늘함과 날카로움이라는 포장지로 둘러싸인 유라. 제 몸이 아프면 그때서야 그 포장지의 무게조차 버거운지 모든 걸 내려놓고 자신의 품으로 파고들던 아이.

팽팽하게 부푼 풍선이 빵 하고 터지는 순간, 제가 가진 모든 탄력을 잃고 바닥으로 툭 하고 나가떨어져 버리는 것처럼 순하게 자신의 품으로 파고드는 유라를 접할 때면 그녀에게 느끼던 모든 섭섭함이 한순간에 애잔함으로 바뀌어 버리고 말았다.

그 역시 유라처럼 두꺼운 갑옷으로 자신을 무장하고 있는 것은 아닐까. 문득 든 유라 생각에 서하는 훈훈했던 차내 공기가 갑자기 답답하게 느껴졌다.

우현에 대한 마음은 어느 정도 정리가 된 건가. 그녀의 메시지가 있던 날, 퇴근하자마자 몇 번이나 전화를 걸어 보았지만 연결이 되지 않았다.

"다 왔어. 내리지."

백화점 9층 대행사장에 도착하니 그의 말처럼 기념행사는 끝나고 칵테일파티가 막 시작되고 있었다.

생각보다 볼일이 일찍 끝났는지 마침 앞서 들어선 준하가 들고 온 칵테일로 서하는 낯선 분위기에 대한 긴장감을 풀어 냈다. 무슨 일인지 준하가 유진의 귀에 대고 작은 귓속말을 하자, 그의 어두운 낯빛이 더 굳어졌다.

"전무님."

유진의 컨디션을 알리려고 부르는 서하의 목소리를 듣지 못한 준하가 그의 옆으로 지나치던 여인을 불러 세웠다.

"이쪽도 좀 봐 주시고 가시지요."

"김 전무님."

드레스의 뒷자태가 아름다운 그녀, 한 번 본 얼굴이지만 잊히지 않는 얼굴, 민수화였다.

"……여기에서 뵙는군요."

그녀도 서하를 알아보았다. 준하의 얼굴에서 아차 하고 곤혹스러운 표정이 스쳐 지났다.

서하가 말없이 고개만 약간 숙여 눈인사를 했다.

"공항에서 보이지 않는다 했는데, 이곳 매장으로 옮겼나요?"

"아, 민 상무, 우리 강 과장님하고 구면인가 보군요."

우리 강 과장? 민수화가 준하를 바라보았다.

"강서하 씨 우리 사무실로 옮겨 온 지 좀 됐어."

"사무실이라면, 오빠!"

준하가 고개를 빛보다 빠르게 위아래로 끄덕거리는 찰나, 잠시 자리를 떴던 유진이 자리로 돌아왔다. 그의 옆에 윤희가 함께 서 있었다.

"여기 있었네."

"언니 온다는 소리 들었어."

자연스럽게 유진과 준하, 그리고 수화가 대화 속으로 빠져들었고, 한 걸음 떨어져 윤희와 서하가 말을 나누었다. 순간 수화의 입에서 나온 오빠라는 말이 서하의 시선을 계속 그들 쪽으로 끌어들였다.

"구면이야, 저 여자?"

"응?"

윤희가 턱짓으로 수화를 가리켰다.

"고 대표님 딸."

"고명희 대표 딸?"

윤희가 말 대신 고개를 끄덕거렸다.

아, 그래서 유진에게 오빠라고 그랬구나. 예인 대학병원. 유진의 어머니. 민수화. 로티스 림과 고명희 대표가 친인척 간인가?

그들에게 다시 시선을 돌려 보니 어디론가 다들 자리를 뜨고 없었다. 윤희가 팔꿈치로 서하의 팔을 툭 쳤다.

"응?"

서하의 표정이 한순간에 굳어 버렸다. 우현이 한 번도 보지 못한 깨끗한 슈트 차림으로 눈앞에 서 있었다.

그가 여길 왜? 민수화 파트너?

결국 그렇게 되는 건가…….

마주 보고만 서서 10초가 10분이 된 듯 여겨지는 때 우현이 서하의 팔을 잡고 어디론가 이끌었다. 중앙 샐러드 바를 지나 입구 쪽 대형 얼음 조각상까지 따라온 서하가 우현의 팔을 치웠다.

아직 파티가 끝이 나려면 멀었고, 올 사람은 거의 왔는지 지나치는 사람은 별로 없었다. 그를 따라 파티장을 나가 버리면 말이 길어질 것 같았다.

"이야기 좀 하자."

"여기서 해요."

이야기 좀 하자던 우현이 가만히 서서 서하의 얼굴만 바라보았다.
누군가 출입구에서 파티장 안으로 쑥 들어서자 겨우 벌어지려던 그의 입술이 다시 움찔거리며 닫혔다.
"앞으로는 귀찮게 하고 싶어도 할 수 없을지 몰라."
얼마나 흐뭇한 사람이었는데. 귀찮다니.
서하는 말을 뱉지 못하고 핏기 없는 입술을 꾹 다물었다. 그리고 사람들 지나침이 별로 없는 화장실 반대편으로 다가가 사용 정지된 에스컬레이터 왼쪽 벽면으로 붙어 섰다.
우현의 시선이 그녀의 아름다운 목선에 가 머물렀다.
"사무실 근무는 좋아? 매장보다 조금 편하니?"
"동행한 사람이 있어요. 빨리 들어가 봐야 해요."
"로티스 엘 대표, 임유진?"
아래로 떨어져 있던 그녀의 긴 속눈썹이 공작새의 날갯짓처럼 위로 활짝 치켜 올랐다.
"선배는요? 민 상무님과 함께 왔나요?"
묻고 싶지도, 알 필요도 없는 질문이었다. 그저 대화를 빨리 끝내고 싶었다.
"부모님 모시고. 오래전부터 집안끼리 왕래하는 사이야."
"그렇다면 여기 이러고 있으면 더 좋지 않아요."
"왜?"
"몰라서 묻는 말 아니잖아요. 이런 모습……."
"나는 분명히 괜찮다고 말했어. 아무도 상관없어."
역시, 그는 유라에게 더 이상의 시간을 주지 않았던가.
"유라는요?"
"유라는 좋은 후배였어. 널 만나고 정리했고."

서하가 헛웃음을 내뱉었다. 그런 서하가 낯선지 우현의 얼굴에 당혹감이 일었다.

"말없이 학교 떠난 너 찾는다고 제정신이 아니었어. 그때 유라가 많이 위로가 됐어."

듣고 싶지 않은, 알고 싶지 않은 이야기가 이제야 긴 세월을 건너고야 다시 시작되고 있었다.

"선배……."

"유라에겐 미안한 일이지만 너를 아는, 네 이름을 아는 누구라도 붙잡고 너의 기억을 붙잡지 않으면 숨이 쉬어지지 않았어. 내 마음에 네가 그렇게 깊이 들어와 있는 줄 뒤늦게 알아차린 그 자체도 용서가 안 됐어."

단 한 번도, 단 한 마디도 없던 유라를 지금 와서 원망할 수 없다.

"군에 있을 때 유라와 자연스럽게 연락이 끊어졌는데, 회사에 들어와서 그 애를 보는 순간 마음에 묻었다고 생각했던 너를 다시 떠올렸어. 늘 그 애와 있으면서도 너를 찾았어. 유라가 너와 연락이 되는 줄은 생각지도 못했어. 그럴 자격이 없는데도, 그 애가 원망스러워."

"그만해요. 선배. 유라와 선배의 이야기. 제가 들을 필요도, 알 필요도 없어요. 그러나 이 한마디는 해야겠어요. 두 사람의 역사를 볼 때 지금 선배가 붙잡고 이야기할 대상은 제가 아니라 유라예요."

"나는 널 놓을 수 없어. 어떻게 온 길인데."

"유라를 놓겠다는 사람이 어떻게 나를 못 놓는다고 말을 해요? 유라……. 제 동생이에요."

우현의 단호하던 눈빛이 한순간에 흔들렸다.

"무슨……!"

"20년을 함께 자랐어요."

"알아듣게 말해."

"아버지가 유라 엄마와 재혼을 하셨어요. 그 아이와 제 핏줄을 반씩 지니고 있는 동생도 있어요."

반듯한 그의 얼굴이 무너져 내렸다. 떨리는 우현의 손이 한쪽 벽을 짚었다.

"선배가 말하는 사랑을 나는 이해할 수 없어요."

한 마디, 한 마디가 그를 넘어뜨릴 걸 알지만 이유 없는 억울함이 그를 붙잡고 있었다.

"그런 식으로 말하지 마. 네 마음으로 내 마음까지 우습게 만들지 말라고."

한결같이 다감하고 솜털같이 부드러웠던 남자가 짐승처럼 으르렁거렸다. 그러나 상처 난 그 마음을 쓸어 주는 건 이제 자신의 할 일이 아니었다.

"그리워할 수도 없게 해 줘서 감사해요. 먼저 갈게요."

구태여 하지 않아도 될 말은 그를 베어 내기 위해서가 아니라 아련했던 그 기억을 자르기 위해 스스로에게 한 말이었다.

우현에게서 몸을 돌려 두어 걸음 내딛던 서하가 발걸음을 멈추었다. 10층에서 내려오는 길인지 멈춰진 에스컬레이터 두 계단 위에서 가만히 내려다보고 있는 수화와 눈이 마주쳤다.

다각다각. 단지 단 두 걸음뿐인 그녀의 높은 힐 소리에서 묻어나는 도도함이 저를 비웃는 것 같았다.

"죄송해요. 일부러 엿들으려고 한 건 아니에요."

"들어 민수화 씨께 손해인 이야기, 사과라면 제가 해야죠. 공공장소였어요."

수화의 눈썹이 바싹 치켜 올라가더니 입꼬리가 재미있다는 듯 둥글게 올라갔다.

"음. 나쁘지 않네요. 강서하 씨 이런 반응. 지난번 꼬박꼬박 불러 오는 호칭 마음에 들지 않았거든요."

서하는 면세 매장으로 찾아온 수화에게 꼬박꼬박 민 상무님이라고 불렀다. 그날 수화는 스스로가 남자 하나에 매달려 공과 사도 구분 못 하는 못난 여자로 느껴져 묘하게 불쾌했다.

뭐라고 말을 하려던 서하가 수화의 뒤를 따라 내려오던 남자의 기척을 느끼고 입을 다물었다. 그리고 등 뒤로 와 꽂히는 유진의 시선을 고스란히 느끼며 파티장이 아니라 엘리베이터 쪽을 향해 걸었다.

멍한 정신으로 1층에서 올라오는 엘리베이터를 기다리고 있는데, 무언가가 그녀의 어깨 위로 툭 하고 떨어졌다. 유진의 재킷이었다.

"주차장에서 기다려. 코트 들고 올 테니까."

언제나 우현을 만나고 돌아오는 끝에 그가 서 있다.

어깨에 걸쳐진 그의 상의를 벗어 내려놓아 둘 곳을 찾아 두리번거리던 서하의 눈이 파티장 입구에서 양 호주머니에 손을 찔러 넣은 채 가만히 그녀를 바라보고 서 있던 유진의 것과 딱 마주쳤다.

서하는 유진에게 쏟아 냈던 모든 말들이 그와 자신이 서 있는 백화점 로비 바닥에 알알이 굴러다니는 것 같아 그를 마주하고 서 있기가 버거웠다.

"비싼 거야. 더러운 곳에 던져 놓기만 해. 그대로 해고해 버릴 테니까."

유치한 유진의 발언에 서하의 아랫입술이 살짝 벌어졌다.

❈ ❈ ❈

"술 필요해?"

차가 달린 지 20여 분만에 유진이 한 말이었다. 조수석 창밖으로 한강 가로등 불빛을 바라보던 서하가 그를 향해 고개를 돌렸다.

피식 하고 저도 모르게 도톰한 입술 사이로 실웃음이 새어 나오려 했다. 어느새 그도 자신에게 조금은 길들여진 걸까.

운전을 하고 있는 그의 옆모습을 바라보며 서하는 이 남자가 대표실을 지키고 있는 그 남자가 맞나 하고 생각했다.

"민수화 상무님하고는 어떤 사이인지 물어봐도 돼요?"

짧은 침묵이 차 안으로 감돌았다. 괜히 물었나 하는 순간 천천히 그의 입이 벌어졌다.

"……동생."

오빠라고 부르던 기억이 떠올랐다.

"입양됐어. 그 집에."

입양?

"그렇게 볼 거 없어."

저도 모르게 고개를 빠르게 돌려 유진의 옆모습을 바라보던 서하가 천천히 시선을 떨어뜨렸다.

"부모가 누군지도 모르는 천애 고아는 아니니까 불쌍해할 것도 없고."

아무런 말도 못 하고 제 엄지손톱만 꾹꾹 누르고 있는 서하를 곁눈질하던 유진이 피식하고 짧은 헛웃음을 내뱉었다.

"알고 있는지 모르지만 로티스 림이 내 친어머니고."

아버지. 사랑을 위해 모든 것을 버렸다가 현실 앞에서 무너진 그 사람에 대해선 언급하고 싶지도 않았다.

"아니면 그 당혹스런 표정은 수화 때문에?"

"그런지도 모르고……."

"너무 많은 말을 했다?"

유진이 서하가 하고 싶은 말을 마무리했다.

"내가 수화의 오빠라는 사실이 그쪽에 무슨 영향이라도 미지나?"

서하가 가만히 고개를 가로저었다.

"힘들어?"

뭐가? 하고 서하의 눈이 물었다.

"잊었다 생각하다가도, 얼굴만 보면 모든 게 제자리라며?"

알아. 당신 사업가지만 그림 그리는, 예술 하는 사람인 거 안다고. 그러니 제발 그런 쓸데없이 디테일한 건 좀 잊어버리면 안 되니?

버럭 소리가 지르고 싶었다.

"사람은 사람으로 잊는 거라던데."

점점. 하고 싶은 말이 무언지, 서하는 어이없는 얼굴로 앞만 보고 달리는 그의 얼굴을 빤히 주시했다.

"만나 보자는 말, 아직 유효해."

"도대체……."

장난도 한두 번이지.

"대표님, 무슨 마음으로 계속 그런 말씀 하시는지 모르겠는데요."

"강서하 씨는 사람으로 사람을 잊는, 그런 스타일이 아닌가?"

"대표님 임자는 어쩌시고요?"

"나랑 결혼이라도 할 생각이야?"

장난에 또 말려든 거야? 하. 콧방귀에 가까운 서하의 헛웃음이 조용한 차 안에 다소 크게 울렸다.

"세상에 믿을……."

"믿을 놈 하나도 없어."

열이 덜 뻗쳤는지 차마, '놈' 소리는 입 밖으로 나오지 않는데 그가 이번에도 서하의 할 말을 대신했다.

"김우현 같은 녀석과 한 과로 취급당하기에 다소 억울하지만 맞는 말이야. 세상에 믿을 놈은 없어."

"대표님이 우현 선배에 대해 뭘 얼마나 안다고 그러세요?"

아, 왜 여기서 큰소리가 나는 거야. 서하가 힐긋 올라가는 그의 한쪽 눈썹을 보고 바로 톤을 낮추었다.

"얼마나 더 알아야 되지?"

유라 이야기까지 들렸던 걸까. 설마. 그를 향하던 시선을 거두고 서하 역시 정면만 주시했다.

"그분과 결혼하실 거 아니세요?"

"얼굴도 안 본 상대가 계속 신경 쓰여? 하긴, 겁쟁이에, 도망가는 게 특기니까."

"도망가긴 내가 언제 도망갔다고 그래요?"

"이 추위에 옷도 팽개치고 너 아니면 안 되겠다고 다 죽어 가는 얼굴로 말하는 남자에게서 도망쳐 나왔잖아."

"도망은 무슨. 아무리 좋아한다고 한들, 누울 자릴 보고 다리를 뻗어야죠."

대체 이런 실랑이를 해서 얻는 게 뭐야. 서하는 갑자기 온몸의 힘이 빠져나가는 듯했다.

"그러니까, 겁쟁이라고 하잖아."

"저라고 늘 겁쟁이겠어요? 결국은 그만큼밖에 안 되는 마음이었겠죠."

"진정한 사랑은 아니었다?"

미쳤지. 왜 사무실에서 동동주를 마셔 가지고는.

"그러는 대표님은 뭐예요? 저랑 결혼 전에 한번 놀아 보자는 건가요?"

지친 마음이 필터 작용을 꺼 버렸는지 여과 없이 말이 나와 버렸다.

"그렇게 들려?"

"순 바람둥이. 하긴, 사랑 따윈 안 믿는다고 하셨으니까."

"안 믿는다고 했나. 뇌의 작용이라고 했지. 기억력이 형편없어."

그게 그거지. 소리가 되어 나오지 않은 투덜거림이 서하의 입 모양에 그대로 드러났다.

"그럼 그분과 결혼하려는 이유는 뭔데요?"

"상아 아버지는 얼마나 사랑했기에."

사랑의 정의를 두고 토론이라도 하듯 열을 올리던 서하의 얼굴이 한순간에 굳어져 갔다.

조용해진 그녀를 유진이 돌아보았다. 무언가 못 한 말이 있어

실룩거리는가 여겼던 입술이 사실은 떨리고 있었다.

그렇게 침묵한 채로 서하의 집에 도착했다.

"조심히 들어가세요."

데려다주셔서 감사하다는 말을 남기고 등을 돌리는 서하를 잠시 바라보고 유진이 시동을 걸었다.

큰길가로 나온 그의 차가 다시 멈추었다.

"우현 선배에 대해 뭘 얼마나 안다고 그러세요."

그를 감싸기 위해 한순간에 변해 오는 목소리가 마음에 들지 않았다.

사랑을 두고 늘 진지한 여자.

얼마나 사랑했기에 미혼모의 길까지 선택한 건지. 몰아치듯 입 밖으로 꺼낼 생각은 없었는데, 상처를 건드린 건가.

핸들을 내리치는 불끈 쥔 그의 주먹은 가벼웠지만 마음 안에 차고 들어오는 그녀에 대한 무방비한 마음은 한없이 무거웠다.

✣ ✣ ✣

저녁 7시. 서울역에서 집이 아니라 사무실 방향 지하철을 기다리는 서하에게 부산으로 함께 출장을 다녀온 본부장이 회사에 지극정성이라며 입을 뗐다.

지난밤 낯선 호텔에서 잠을 설치는 바람에 피곤하긴 했지만 갑자기 잡힌 출장이라 회사 근처에서 만나기로 한 유라와의 약속을 미처 취소하지 못했다.

서하가 카페에 도착하고 얼마 지나지 않아 유라 역시 공항에서 바로 오는 것인지 캐리어를 끌고 카페로 들어섰다.

그사이 눈에 띄게 살이 빠지고 초췌해진 유라와의 30분도 되지 않는 만남이 결국 서하를 또 집이 아니라 사무실로 향하게 했다.

늦은 시간이라 사무실은 비어 있었다. 지난주부터 대리 발령을 받고 이곳으로 출근을 한 이후 계속 야근을 하던 연정도 오늘은 이미 퇴근을 하고 없었다.

준하는 국내 매장 관리직으로 한 사람을 더 뽑는 일에 두 사람의 이력서를 내밀며 서하에게 마지막 결정권을 주었다. 공항 매장에서 함께 일하며 쌓은 개인 친분으로 연정을 정한 것은 아니었다.

다른 한 사람은 경력과 실적이 연정보다 좋았으나 각 매장의 점장들과 소통을 자주 해야 하는 점에서 팀장 경력이 있는 연정이 더 적합할 것으로 여겨졌다.

준하는 서하보다 나이가 더 많은 연정이 괜찮겠냐고 걱정하듯 물어 왔으나 언제나 공사 구분과 회사 내 위계질서를 철저히 지키는 연정이었다.

어제만 해도 갑자기 부산으로 출장을 내려가야 하는 자신의 일을 대신해 그녀 혼자 밤늦도록 사무실에 남아 일처리를 하고 돌아갔다고 들었다.

정 대리는 6시가 되면 칼같이 사무실을 나가 근처 피트니스 클럽에서 운동을 했다.

그나마 유진이 대표실에 상주하고 있을 땐 눈치라도 보는 것 같더니 최근 무슨 일인지 유진이 시간의 대중없이 출근을 하고 있는 이후부터 정 대리의 자유로움은 더해졌다.

뉴욕과 중국, 양쪽으로 오가며 바쁜가 싶었던 유진은 준하와 본부장의 대화로 미루어 짐작건대 사무실로 나오지 않는 날은 다른 곳으로 출근을 하는 것 같았다.

이틀에 한 번, 어쩔 땐 사흘에 한 번 꼴로 나타나는 그를 보며 바로 위 오피스텔에서 머물고 있으면서 오다 가다 매일 한 번씩 들르는 일이 그리 어려운 일인가 혼자 못마땅하기도 하다가 탕비실 진열대 위에 사용되지 못하고 그대로 올려져 있는 그의 컵을 바라볼 땐 묘한 섭섭함을 느끼기도 했다.

그런 본인의 마음이 낯설어 서하는 막상 유진이 온 날은 연정에게 대표실로 커피를 들고 가게 했다. 그의 얼굴을 제대로 보지 못한 게 벌써 일주일째였다.

팔꿈치를 괴고 깍지를 낀 손등에 이마를 묻은 서하가 가느다란 한숨을 내뱉었다.

싸늘한 사무실의 공기를 이기려 탕비실에서 내려 온 차를 바라보며 불현듯 떠오른 유진에 대한 생각을 지워 내자 이번엔 유라의 얼굴이 눈앞에 어른거렸다.

"한 번만 만나게 해 줘. 네가 연락하면 나와 줄 거야. 이대로 그 사람을 민 상무에게 보낼 수는 없어."

뚝뚝 떨어지는 유라의 눈물 앞에서 마음이 흔들리지 않는 건 아니었지만 더 이상 그에게 상처를 줄 수는 없었다.

"날 위해서가 아니야, 이대로 가 버린다면 그 사람 언젠가 분명 후회할 거야. 마지막이라도 좋아. 그러니까 한 번은, 한 번은 더 만나야 해."

"만나지 않는 이유가 있겠지. 선배 뜻도 존중해 줘. 유라야."

해 줄 수 있는 말은 그게 다였다.

"왜 나는 안 돼? 차라리 너 때문에 그런 거라면 이해는 하겠어. 그 사람, 민 상무 사랑해서 가는 거 아니잖아. 사랑하지도 않는 사람에게 가는 거라면 나는 왜 안 되는 거야. 그렇게 오래도록 나와 살을 부대끼며 만나 놓고 나는 왜 안 되냐고!"

유라의 울부짖음 앞에서 보이지 못한 눈물이 이제야 볼을 타고 흘러내렸다. 서하가 자리에서 일어서며 턱까지 흘러내린 눈물을 닦아 내는 순간, 무슨 소리가 들려와 고개를 획 돌려 실내를 둘러보았다.

8시를 넘어서고 있었다. 아직 경비원이 순찰을 돌 시간은 아니었다. 책상 위로 아무렇게나 올려놓은 코트를 의자 등받이에 걸친 후 서하가 책상 맨 위 서랍을 열었다.

서류철 뒤로 밀려 있는 작은 상자를 꺼내어 대표실로 향했다. 미처 돌려주지 못한 로티스 림의 마지막 목걸이였다.

노크를 하기 위해 습관상 올라가던 손을 내리고 조심스럽게 문을 열었다.

한 걸음 들어서려던 서하가 어두운 공간에서 들려오는 미세한 소리에 놀라 외마디 비명을 내며 제자리에 멈춰 섰다.

새어 들어가는 불빛의 끝에 이번엔 무언가 꿈틀대는 것이 보이자 심장이 얼어붙는 듯 놀란 서하가 저도 모르게 뒤로 한 보 물러났다.

그때 소파 안쪽에서 다시 작은 소리가 들려왔다. 조심스레 벽을 더듬어 실내등을 밝히니 구두를 신은 긴 다리가 가장 먼저 눈에 들어왔다.

대표님? 언제부터 계셨지? 바닥으로 꺼질 듯 내려앉는 서하의 숨소리 뒤로 이어지는 그의 신음 소리. 그의 이마에 올려져 있던 팔이 툭 하고 소파 밑으로 떨어졌다.

"대표님."

빠른 걸음으로 다가간 서하가 유진을 조심스럽게 불렀다. 흠칫거리듯 반응하는 그의 얼굴. 그러나 이마에 땀방울이 송골송골 맺힌 그의 눈은 쉽사리 뜨이지 않았다.

악몽이라도 꾸는 건가.

"대표님, 일어나 보세요."

꿈에서 무엇을 조우하고 있는지 쉴 새 없이 파닥거리고 있는 그의 속눈썹이 안쓰러웠다. 관자놀이를 타고 흘러내린 땀방울이 귀밑으로 툭 떨어졌다.

데스크로 급히 달려간 서하가 티슈를 여러 장 뽑아 와서 땀을 닦아 주었다. 그리고 그의 팔을 잡고 살며시 흔들었다.

"괜찮아요. 꿈이에요."

파르르 떨리는 얼굴. 보고 있기에도 힘든 그 몸짓에 서하가 그의 가슴팍 위에 가만히 손을 올리고 나머지 한 손으로 팔을 잡고 세차게 흔들었다.

"눈만 뜨면 끝이에요, 대표님. 어서요. 제 목소리 따라 일어나세요."

한순간에 뜨인 유진의 눈을 따라 서하의 눈도 단번에 커졌다.

"정신이 드세요?"

눈동자를 꽉 채운 동공이 좁아졌다 넓어지기를 반복했다.

"저예요. 강서하."

톡톡. 서하의 손이 열에 들뜬 유진의 가슴팍을 천천히 토닥거렸다. 티슈로 이마를 다시 한번 닦아 내고, 그의 팔을 쓰다듬어 내렸다.

"나쁜 꿈이라도 꾸셨나 봐요. 금방 괜찮아지실 거예요."

유진의 손이 규칙적으로 천천히 토닥거리고 있는 서하의 손목을 잡잡아 내렸다. 그리고 그 반동으로 몸을 일으켜 소파에 앉았다.

빠른 동작에 어지러웠는지 그가 서하의 오른쪽 어깨에 쓰러지듯 기댔다. 서하는 꼼짝도 하지 못하고 그저 숨을 죽인 채 그가 진정되길 기다렸다.

그가 내뱉는 깊은숨이 서하의 귀밑 머리카락을 날렸다. 엉거주춤하던 서하의 손이 이번엔 유진의 등을 다시 토닥토닥 두드렸다.

공항에서, 집 앞 골목길에서 그가 해 주었던 토닥임이었다.

"잊었어? 나 임자 있는 거?"

허스키하게 갈라져 나오는 낮은 목소리에 서하의 손이 떨어져 나갔다

"기억하고 있어요."

"그런데?"

소파 깊숙이 몸을 기댄 유진은 여전히 몸을 가누기 힘든지 등받이에 머리를 기댔다.

"임자 있으니까 이러죠. 아니면 흑심 품을까 봐 어림도 없죠. 쓸데없는 소리 하시는 것 보니, 이제 괜찮으신가 봐요."

레나 장이 그의 피앙세라는 소문이 말 그대로 확실하지 않은 이야기라고 해도 신경이 쓰이지 않을 수는 없었다.

서하가 소파 곁에서 떨어지며 천천히 일어섰다.

"안 괜찮아."

"안 괜찮아도 일어나 올라가세요. 신경 쓰여요."

"신경 쓰여?"

"늦은 시간에 대표 이사가 소파에 누워 끙끙거리고 있는데 신경 안 쓰이는 직원이 어디 있어요."

서하가 등을 돌리는 찰나 유진이 빠르게 몸을 일으켜 그녀의 팔목을 잡아당겼다. 생각지도 못한 행동에 그만 서하가 그의 가슴 앞으로 쓰러졌다.

재빨리 고개를 드는 서하의 입술에 그의 입술이 순식간에 맞닿았다가 떨어졌다. 의도적이라 하기엔 너무도 짧고, 우연이라 하기엔 절묘한 조준이었다.

자리에서 벌떡 일어난 서하의 얼굴에 당황함이 역력히 떠올랐다.

"흑심 안 품을 테니까, 위로해 주려면 제대로 해."

지나치게 뜨거운 그의 입술에 놀랐을 뿐이라고 생각하기엔 서하의 눈동자가 심하게 흔들렸다.

"나 나쁜 남자인 건가."

"지독히 나쁜 놈이죠."

서하가 한 발 뒤로 물러섰다.

"불쾌했어?"

서하는 그렇다고 즉각 대답 못 하는 제 마음이 미웠다.

자신의 밑바닥까지 들여다볼 것 같은 그의 짙은 눈빛만 외면했다.

"대표님, 정말 왜 이러세요? 왜 자꾸 사람 마음을 가지고 노세요?"

풀썩. 일어서려던 유진이 다시 자리에 주저앉았다. 그리고 한 손으로 머리를 짚었다.

"아. 괜찮으세요? 병원 가 봐야 되는 거 아니에요?"

유진이 자신의 이마로 빠르게 뻗어 오는 서하의 손목을 잡아챘다.

"내 손이 내 말을 안 듣고 자꾸 너에게로 가. 그런데…… 그렇게 무방비한 상태로 눈앞에 있으면 어떻게 해. 하, 정말 나쁜 놈이군. 안 되겠다. 그만 나가 봐."

유진이 잡고 있던 서하의 손을 뿌리치듯 내려놓았다.

"저 좋다는 말을 이렇게 어렵게 하고 있는 거예요?"

"나……."

"그래요. 임자 있는 놈이죠."

서하가 유진의 말을 가로챘다.

그 소문이 사실이냐고 묻고 싶었지만 마음과 다르게 입 밖으론 다른 말이 툭 튀어나왔다.

"그런데?"

"제대로 고백하시면 뻥 차 드릴게요. 그러면 정신 차리시겠죠."

"그렇지. 강서하, 그거 잘하지?"

서하의 꾹 다물린 입술이 꿈틀거렸다.

"아쉽지 않겠어?"

"아쉽기만 하겠어요?"

뭐라고 하는 거야. 강서하, 너. 미쳤니?

"이리 와."

"가라면서요."

"좋아."

빠르게 치켜뜨인 서하의 두 눈이 유진의 뜨거운 눈빛을 피하지 못했다.

"좋아해."

몽글거리며 올라오는 이상한 기운이 한없이 불안했다.

"그러니까 이리 와. 한 번만 안아 보자."

제정신이 아닌 거야. 그래, 저 이마의 땀 좀 봐. 그는 아픈 사람이야.

그 순간 서하는 눈물범벅이던 유라의 얼굴이 떠올랐다.

안타깝기보다 부러웠던 그녀의 젖은 얼굴.

온몸을, 온 마음을 던질 수 있는 사랑에 대한 그녀의 자세가. 그리고 용기가.

한 번만, 등 한 번만 토닥여 주는 거야. 천천히 다가와 안는 서하를 유진이 한 품에 감싸 안았다. 마치 어미 새가 새끼를 품듯.

왜 네 곁에만 있으면 마음이 이렇게 허물어지는 걸까.

그 이유가 뭘까.

가만히 안겨 있던 서하가 조심스레 그의 등을 감쌌다. 땀에 젖어 있는 유진의 등 위로 놓이는 서하의 손이 가늘게 떨리고 있었다.

얼른 옷을 갈아입어야 할 텐데. 가만히 미동 없던 그가 천천히 입술을 붙여 왔다.

그의 혀는 입술보다 더 뜨거웠다. 담담하게 받아들인 입술이 한순간에 가슴을 요동치게 만들었다.

홧홧한 가슴. 쉬이 잊히지 않을 밤이었다.

8화

*

가족

April Snow

다음 날, 서하는 평소보다 약간 늦게 사무실에 도착했다. 본부장 영섭은 벌써 출근해 있었고 정 대리는 언제나처럼 9시 정각에 사무실로 들어섰다.

환경이 바뀌고 무리가 되었는지 감기 기운이 있는 연정은 점심이 다 되어서야 출근을 했다. 사무실 문이 열릴 때마다 서하는 찌릿하고 손등을 타고 흐르는 긴장감을 숨길 수 없었다.

지난밤, 악몽으로 열에 들떠 있던 그를 그저 서늘한 몸으로 감싸 주고자 했던 자신의 의미 없던 행동이 날이 밝아 오자 하나의 사건이 되어 마음을 눌러 왔다.

서하는 저도 모르게 오른손을 들어 목 뒷덜미에 가져다 댔다. 그가 머리를 묻은 채 뿜어 내던 열감이 아직도 손바닥에 전해져 오는 듯, 절로 가빠지려는 숨을 몰래 삼켰다.

유진의 얼굴을 어떻게 봐야 할지 모를 난감함에 출근길 그녀의 발걸음은 더디고 더뎠다. 다행인지 그는 퇴근 시간이 다 되어 가도록 사무실에 나타나지 않았다.

마음이 평정될 시간을 번 듯했지만, 혹 그가 자신을 피하는 게 아닐까 하는 조바심이 서하의 마음을 묵직하게 만들었다.

"과장님, 전화 좀 받아 주십시오."

비어 있던 대표실에 결재 파일을 올려 두고 나오던 정 대리가 자신의 책상에서 울리고 있는 전화를 손짓했다.

"네. 로티스 엘 한국 지사, 강서하입니다."

퍼뜩 정신을 차린 서하가 손을 뻗어 전화를 받았다.

"네? 민유찬 씨요?"

상대가 찾고 있는 낯선 이름에 서하의 시선이 멀뚱하게 정 대리를 향해 날아갔다. 정 대리의 표정을 보니 그도 처음 듣는 듯했다.

"대표님은 자리에 안 계십니다."

낯선 이름을 찾던 여자가 이번엔 유진을 찾았다.

"아닙니다. 오늘 나오시지 않았습니다. ……네."

수화기를 내려놓는 서하의 고개가 갸웃거렸다.

"어디라는데요?"

"어, 그게 BS……."

"유진이, 아니, 임 대표 사무실에 있습니까."

사무실 문이 벌컥 열리며 들어서는 준하의 목소리에 안에 있던 세 사람이 동시에 돌아다보았다.

"아직 안 나오셨습니다."

서하가 다소 놀란 얼굴로 자리에서 일어났다.

"아니, 저쪽으로도 안 갔고, 오피스텔에도 없고, 도대체 어디로 사라진 거야."

저쪽? 조금 전 전화를 걸어 온 BS유통을 말하는 건가.

서하의 고개가 더 갸웃거렸다.

"연락은 따로 없었어요?"

"네. 조금 전, 대표님을 찾는 전화는 있었습니다."

그의 행적을 모르는 것이 마치 제 탓이라도 되는 듯 정 대리가 긴장을 드러낸 채 대답했다.

"임 대표를 찾았다고요? 어디랍니까."

"처음엔 민유찬이라는 분을 찾았어요. 그런 분 안 계시다고 하니까, 대표님 안 계시냐고. BS유통 비서실이라고 메시지 남겼습니다."

그리고 나흘이 지난 어제서야 정 대리가 뉴욕에 있는 그로부터 전화 한 통을 받았다.

서하의 무거웠던 마음은 점점 묘한 불쾌감으로 변해 갔다. 로티스 엘의 대표가 본사인 뉴욕 사무실로 날아가는 것은 당연한 일이었다.

기껏해야 성인 남녀의 흔한 키스 한 번으로 그가 일부러 그 먼 곳까지 피해 버릴 이유가 없는데도 서하는 마음 밑바닥으로부터 올라오는 모멸감을 어쩔 수 없었다.

한번 시작된 생각은 점차 그녀를 갉아먹기 시작했다. 그리고 생각하고 싶지 않은 까마득한 옛일이 되어 버린 대학 신입생 시절이 떠올랐다.

붓글씨 동아리에 들었던 서하는 꽃이 만발한 5월, 동아리 방에서 곧 있을 대학 축제에 전시할 작품을 쓰느라 몇 날 며칠을 밤늦도록 작업을 했다.

그러던 어느 날, 선배 한 명이 출출하다며 야식을 사 왔다. 조금씩 나누어 마시던 맥주에 흥이 올라 거하게 술판이 이어졌고 서하는 그날 처음으로 술에 취했다.

다음 날 눈을 뜨는 순간, 어떻게 집으로 돌아왔는지는 전혀 기억나지 않는 채 다소 싸늘했던 빈 동아리실에서 따스하게 다가왔던 한 선배의 손이 떠올랐다. 그리고 키스를 하려고 덤볐던 선배를 있는 힘껏 밀어내던 당혹스런 기억이 남아 있었다.

동아리에 입부하며 가장 먼저 알게 된, 느낌이 나쁘지 않았던 3학년 예비역 선배의 따뜻했던 손을 자신이 맞잡았는지는 생각나지 않았다.

그 후, 선배는 부딪칠 때마다 먼저 눈길을 피했다. 뭘 어떻게 해야 할지 모르는 건 마찬가지였지만 좋은 선배와 동아리를 잃지 않으려 애써 태연한 척 무던히 노력했다. 그럴 때마다 외면하는 선배의 싸늘한 얼굴에서 그건 단지 쑥스러움이 주는 거리감이 아닌 걸 알아차렸다.

우울하기 그지없었던 그해 봄의 축제를 서하는 아직도 잊지 않았다. 동아리를 나와 한동안 항로를 잃은 기러기처럼 캠퍼스를 배회하던 서하가 다시 찾아 들어간 영어 동아리는 뒤늦게 들어온 그녀를 푸근하게 품어 주었다.

그곳에서 우현을 알게 되고 아팠던 기억을 잊어 갔다. 돌아보면 그 시절 서예 동아리에서의 작은 일이 우현에게 편하게 다가가고 싶었던 마음을 주춤거리게 했을지도 몰랐다.

스스로에게 주눅이 들어 그와 둘이 해 본 것이라고 기껏 해야 학생 식당에서의 식사와 그가 데리고 가 주던 카페에서 차를 나누어 마신 일 정도였다. 영문 타임지 발표회 날 등의 뒤풀이에서 기분 좋게 술이 오른 그가 집에라도 데려다주려 하면 놀라

도망치기 바빴다.

우현. 그의 이름을 떠올리던 서하의 눈망울이 잠깐 커지는가 싶더니 바람 빠진 풍선처럼 스르르 죽어 들었다. 얼마 전까지 자신을 한없이 무기력하게 만들었던 남자의 이름이 이렇게 무의미하게 느껴지다니.

서하는 영글지도 못하고 져 버린 마음들이 새삼 서글펐다. 그와 동시에 명치끝에서부터 차오르는 다른 이유의 갑갑함에 숨이 꽉 막혀 들었다. 요 며칠 자신의 뇌리에 꽉 차 있는 한 이름이 그 원인임을 알아차리며 당황한 듯 자리에서 벌떡 일어섰다.

연정은 대구 매장에 내려가고 본부장은 잠시 외출을 한 탓에 혼자 남은 정 대리만이 그런 서하를 멀뚱히 바라보았다. 아무것도 아니라는 듯 서하가 가볍게 손을 흔들어 주고는 탕비실에서 물 한 잔을 마시고 나왔다.

터져 버린 둑 사이로 끝없이 흘러내리는 물처럼 한번 시작된 그에 관한 생각이 아무리 떨쳐 내려고 해도 사라지지 않는다. 맞은편 벽에 걸린 시계를 바라보니 퇴근까지 아직 한 시간이나 남아 있었다.

심장에 모인 피가 한꺼번에 위로 몰린 듯 얼굴이 달아오른 서하가 조퇴를 결심하고 책상의 삼단 서랍 중 가장 아랫단을 열었다. 클러치를 꺼내고 서랍을 닫으려던 손길이 멈칫거리며 다시 서랍을 당겨 안으로 밀려 들어간 남색 케이스에 팔을 뻗어 꺼냈다.

이걸 돌려주러 들어갔던 밤. 자신의 두근거리는 심장 소리에 아무것도 느끼지 못했다고 생각했지만 뜨거웠던 입맞춤은 오래도록 잔상을 남겨 놓았다. 정신이 없어 미처 전하지 못한 케이스를 들고 일어섰다.

며칠 동안 드나듦이 없던 대표실 문을 열자 코끝으로 그의 체취가 고스란히 느껴졌다. 블라인드를 걷어 창문을 약간 열어 두고 데스크의 맨 위 서랍을 열었다. 잠금도 되어 있지 않은 새 서랍장이 무슨 일인지 끼익 소리를 내며 잘 열리지 않았다.

다시 한번 힘껏 열었더니 너무도 쉽게 열리는 서랍 덕에 엉덩방아를 찧을 뻔했다.

거의 비어 있던 서랍 속의 서류 몇 장이 흩어지고 노란색 대봉투의 내용물이 쑥 밀려 나왔다. 책상 옆에 몸을 쪼그리고 앉아 반쯤 빠져나온 사진 한 장을 봉투에 제대로 넣어 두려던 서하가 굳은 얼굴로 벌떡 일어섰다.

기장 제복을 입은 남자는 분명 우현이었고, 그 옆에 서 있는 여자는 유라였다.

서하의 빠른 손이 봉투 속 다른 내용물을 꺼냈다.

또 다른 사진 한 장. 로티스 엘 유니폼을 입은 자신의 모습이었다.

사진 하단에 찍힌 날짜를 확인한 서하의 얼굴이 싸늘히 식어 들어 가는 동시에 들고 있던 봉투를 바닥으로 떨어뜨렸다. 언제 문이 열렸는지 소파 뒤편으로 걸어 들어오던 준하가 서하의 텅 빈 동공을 마주하고 발걸음을 멈추었다.

"무슨 일이에요?"

바닥으로 떨어져 내리는 사진 한 장. 그것을 향해 가는 준하의 당황한 눈빛을 확인하고 서하가 빠른 걸음으로 대표실을 나왔다.

"정 대리. 나 먼저 퇴근할게요."

"네? 아, 네."

뒤도 돌아보지 않고 기계적으로 사무실을 나서는 서하의 등 뒤로 정 대리의 의아한 시선이 따라갔다.

✻ ✻ ✻

서하의 얼굴 낯빛이 한층 흐려졌다. 어떻게 된 것인지 독감도 아니라는 아이의 열이 이틀째 내릴 생각을 않고 있었다.

"방에 가서 한숨 자. 어제 밤에 잠시 눈도 못 부쳤잖아."

허벅지까지 감아 올린 깁스는 풀었지만 아직 반깁스를 한 정순이 목발을 짚고 안방에서 나왔다.

"괜찮아, 엄마. 나올 것 없어."

"이러다 너까지 병난다."

정순의 거동이 편해질 때까지 집안일을 도와주려 잠시 들어와 지내던 정희는 며칠 전 독감 판정을 받고 격리차 본인의 집에 가 있었다. 그래서 한 집에 머물렀던 상아도 집 앞 병원에서 검사를 했더니 다행히 독감은 아니라고 했다.

"회사도 며칠째 못 나가고 어떻게 해?"

"괜찮아."

도망치듯 사무실을 나오고 사흘째였다. 이틀 전, 서하는 상아의 감기를 이유로 본부장에게 연가를 신청했다. 아무 생각 없이 뛰쳐나오긴 했지만, 결근까지 하게 될 줄 몰랐다.

그날 사무실에서 집으로 돌아오기까지의 긴 거리 동안 머릿속을 헤집던 생각들에 대한 정리를 할 사이도 없이 다리가 불편한 정순과 감기가 떨어지지 않는 상아 때문에 서하의 몸은 한순간도 쉬지 못하고 움직이고 있었다.

불운한 상황이 서하에겐 약간 도움이 되었다. 사회생활을 시작한 이래로 개인 사정으로 단 하루도 결근을 해 본 적이 없었다. 어쩔 수 없는 상황이긴 했지만 평소라면 간병인을 두고서라도 어떻게든 출근했을지도 모를 서하였다.

대야에 다시 찬물을 받아 욕실에서 나오는데 테이블에 올려진 서하의 휴대폰이 진동했다.

액정에 떠오른 낯선 번호를 그냥 지나쳐 상아의 방으로 들어가려던 빠른 걸음이 잠시 주춤거렸다. 눈에 들어온 끝 네 자리가 언젠가 본 듯도 했다.

상아의 몸을 닦아 내고 옷을 갈아입힌 후 다시 온도를 재어보았다. 37.9도로 다행히 더 오르지 않은 채였다. 서하는 욕실로 가서 대야의 물을 비우고 정순의 저녁을 준비하기 위해 주방으로 들어섰다.

막 6시를 지나고 있었다. 최고 매출 베레세르 점장과 최저 매출 대구 지점 점장의 간담회 일정이 잡힌 날이었다. 연정이 별 무리 없이 진행했을 줄 알면서도 서하의 의식은 하루 종일 사무실 일정을 따라가고 있었다.

"계속 울리네."

정순이 사골국과 김장 김치 몇 종류만으로 이루어진 간단한 식탁 앞에 앉으며 서하의 휴대폰을 내밀었다.

다져 놓은 파를 정순의 사발에 넣은 서하가 맞은편에 앉았다.

"넌?"

"아직 생각 없어."

"상아 깨면 또 보챌지도 모르는데, 지금 먹어 둬."

“얼른 먹고 약 먹어. 사골국 지겹지? 내일은 우거지라도 넣고 끓여 줄게.”

“됐어. 이러다가 너 잡겠다. 정희 열은 잡혔다니까, 내일부터 마스크 끼고서라도 오라고 할게. 다리가 불편해서 그렇지 상아 하나 정도는 내가 볼 수 있어.”

한 수저 뜨다 말고 정순이 그새 까칠해진 서하의 얼굴을 걱정스레 바라보았다.

이럴 때마다 정순은 유라가 그리 야속할 수 없다. 진심으로 드는 원망과 완전히 미워지지도 않는 양 갈래 마음에 속만 답답해 왔다.

“그야말로 됐네요. 회사는 나 아니어도 잘 돌아가요. 그러니까, 엄마는 입맛 없어도 많이 먹고 씩씩하게 다시 걸을 생각만 해요.”

“왜? 무슨 일 있어?”

휴대폰 메시지를 읽어 내려가던 서하가 하던 말을 잠시 끊자 정순이 걱정스레 물었다.

“아니, 회사 일. 잠시 답 좀 하고 올게.”

방으로 들어와 단 한 줄밖에 되지 않는 메시지를 한 글자씩 다시 읽었다.

〈8시경 집 앞 도착.〉

발신자 이름이 찍혀 있지 않아도 유진임을 단번에 알아차릴 수 있었다. 낯설지 않던 번호는 역시 그의 것이었다.

8시가 되기까지 40분이 남아 있었다. 탁상시계를 힐긋거리는 눈과 달리 마음은 이미 나가지 않은 것으로 결정되어 있었다.

상아를 깨워 일으켜 억지로 죽 몇 술과 약을 먹이고 방에 돌아오니 정확히 8시에 그에게서 전화가 걸려 와 있었다. 창가로 가서 커튼을 열어 얼핏 밖을 살폈지만 창가 위치에서는 그의 차가 보이지 않았다.

9월 14일. 그날의 사진 속 자신은 그를 알지 못했다.

그는 자신을 알고 있었다.

유라도, 우현 선배도. 어쩌면 자신이 알지 못하던 그들의 관계까지도.

사무실 발령을 위해 이력을 조사할 수도 있다고 최대한 스스로를 납득시키고 다독거렸다. 그러나 나란히 서 있는 유라와 우현의 모습이 그것을 막고 나섰다.

몇 번이나 '도대체 왜?'라는 의문을 반복하면서도 그를 이해하고자 했다. 민 상무를 떠올리기 전까지는 그래도 실낱같은 희망을 부여잡았다. 무엇을 붙잡고 싶은 건지도 모른 채.

"얘, 서하야."

"응?"

정순의 목소리에 묻어 있는 다급함에 서하는 며칠 동안 계속 머릿속을 돌고 도는 생각의 도가니에서 빠져나왔다.

"아무래도 상아 숨소리가 이상하구나."

정순이 한 손으로 벽을 짚으며 절룩거리는 걸음으로 상아의 방에서 나왔다.

"네?"

급히 들어가 상아의 귀에 체온계를 넣었다. 분명 해열제를 같이 먹였는데도 열은 다시 오르고 있었다.

이미 39도를 넘고 있었다. 심상치가 않다. 서하가 방에 들어가 다급한 동작으로 패딩을 껴입고 나왔다.

"엄마, 택시 좀 불러 줘."

헉헉거리며 내뿜는 어린 상아의 열기에 서하는 정신이 아득해지는 것을 느끼며 상아를 담요로 둘둘 말아 등에 업었다. 걱정스런 마음에 왈칵 눈물이 쏟아져 내릴 것 같았지만 정순의 앞이었다.

"골목은 벗어나야겠다. 10분 후에 온대."

"엄마, 상아 마스크 좀."

운동화를 구겨 신던 서하가 뒤를 돌아보며 말했다. 밤바람이 찼지만 아이가 열이 있어 담요로 한 번 더 덮어 씌워야 할지 알 수가 없었다.

아이를 업고 무슨 정신으로 내려갔는지 3층의 계단을 정신없이 뛰어 내렸다.

축 늘어져 오는 상아의 무게를 감당하기 힘들었지만 서하의 발걸음은 한달음이었다. 헉헉대는 숨소리가 상아의 것인지, 자신의 것인지 알 수 없는 상태로 골목을 뛰어내리는데 갑자기 눈앞이 확 밝아져 왔다.

눈부심에 서하가 눈살을 찌푸리며 고개를 돌렸다. 10년을 살아온 동네였다. 골목 한편으로 몸을 붙이고 전방 라이트를 피해 눈을 감듯이 뜨고 계속 걸었다.

"아."

누군가 팔을 낚아채는 바람에 놀란 서하가 비틀거렸다. 그때 뻗어 나온 남자의 긴 팔이 서하와 뒤에 업힌 상아까지 감쌌다. 무슨 일이 일어났는지 알아차릴 사이도 없이 남자의 손에 상아가 옮겨졌다.

당황한 서하의 시선 속으로 상아를 안아 든 유진의 뒷모습이 들어왔다. 정신을 수습했을 때 상아는 이미 유진의 차 뒤편에 누워 있었다.

서하는 경황없이 뒷좌석에 올라타서 상아의 머리를 제 허벅지에 눕히고 담요를 목까지 끌어당겨 덮어 주었다.

"덮지 마. 그리고 상아 상의 지퍼 내려."

유진에게 건네받은 손수건으로 상아의 얼굴의 땀을 닦아 내는 서하의 볼 위로 기어코 눈물 한 줄이 타고 내렸다.

"언제부터 그래?"

"며칠 됐어요."

"병원은?"

"어제 다녀왔어요. 독감도 아니라는데, 이상하게 해열제가 안 들어요."

"상아, 안전벨트 매 줘."

말을 끝내기 무섭게 유진은 무섭도록 차의 속도를 높이고 준하에게 전화를 걸었다.

"나야. 병원에 전화 좀 넣어 놔. 여섯 살 여아. 해열제 먹였는데 열이 안 내려."

전화기를 조수석에 던져 놓은 유진이 뒷좌석을 돌아보았다. 서하가 눈물이 범벅인 채로 상아의 땀을 닦아 내고 있었다.

밤 10시가 가까워 오는 고속도로의 한산함 속에서 140km의 세단이 매끄럽게 달렸다. 유진의 차가 병원 로비에 도착하자 미리 준비되어 있던 이동식 침대가 한순간에 응급실로 사라져 갔다.

미처 마음을 따라가지 못한 뜀박질에 서하가 기어코 넘어졌다. 유진의 두 손이 그녀를 일으켜 세웠다.

“이젠 의사들이 알아서 해 줄 거야. 침착해.”

찬 바람에 말랐던 눈물 자국 위로 굵은 물방울이 다시 흘러내렸다. 동공이 다 풀린 서하의 눈을 바라보는 유진의 미간이 살짝 구겨졌다.

“정신 차려.”

어깨를 둘러 한쪽 팔을 잡아 오는 그의 단단한 손에 의지해 서하는 간신히 응급실에 도착했다.

이것저것 물어 오는 의사의 말에 어떻게 대답했는지 기억도 없었다. 그사이 상아는 검사실로 들어가 한 시간이 넘도록 나오지 않았다.

응급실 바로 앞 간이 의자에 앉아 손톱이 파고들도록 두 손을 맞잡은 채 고개를 숙이고 있는 서하의 앞으로 유진이 무릎을 굽히고 앉았다. 바지를 걷어 올리는 그의 차가운 손길에 놀라 서하가 흠칫 고개를 들어올렸다.

악몽 끝에서 자신을 녹일 듯 바라보던 그의 눈이 이 밤, 한없이 깊고도 짙은 빛으로 자신을 바라다보고 있었다.

빠르게 비껴 나는 서하의 눈을 본 유진이 긴 한숨 소리를 내며 자리에서 일어났다. 그리고 응급실에 들어간 지 얼마 되지 않아 젊은 여의사와 함께 다시 나타났다.

“우리 상아는요?”

“곧 검사 끝나 가요. 상처 한 번 보겠습니다.”

바지가 찢어진 것도, 정강이에 상처가 난 것도 몰랐다. 쓰라린 소독약에 서하는 그제야 응급실 로비 앞에서 넘어진 사실을 기억해 냈다.

밤 12시가 다 되어서 상아는 중환자실로 옮겨졌다.

병명은 뇌수막염이었다. 바이러스에 의한 감염인지, 세균성 감염인지 정밀 검사가 결과가 나와 봐야 알 수 있겠다는 말을 남기고 돌아서는 담당의를 서하가 급히 붙잡았다.

“감염 경로에 따라 어떻게 달라지나요?”

담당의가 유진의 눈치를 힐긋 살폈다. 그것이 서하의 불안감을 고조시켰다.

“바이러스 침입에 의한 수막염은 특별한 치료가 없어도 자연적으로 호전될 수도 있지만…….”

“있지만요.”

다급함에 서하의 목소리 톤이 한 번에 올라갔다.

“세균성 수막염인 경우에는…….”

“뜸을 들이는 이유가…… 세균성일 경우가 높다는 건가요?”

서하의 목소리가 땅으로 툭 떨어졌다.

“일단 항생제는 투여해 놓았습니다. 원인 세균이 밝혀지는 대로 차후 최선을 다하겠습니다.”

“설마 잘못될 수도 있다는 말은 아니시죠?”

“잘 이겨 낼 겁니다. 오늘 밤만 버텨 주면.”

다시 의사는 힐긋 유진의 눈치를 보았다. 무언가 잘못되고 있는 게 분명했다.

“강서하.”

서하가 그 자리에 스르르 주저앉았다.

“어떻게, 어떻게…… 이렇게 바보 같을 수가.”

“이럴 때일수록 정신 차려야지.”

"대표님, 우리 상아가 죽을 수도 있대요."

"그런 말 한 적 없어."

서하가 빠르게 고갯짓을 했다.

"저렇게 아픈 애를, 겨우 동네 내과나 데리고 가고 말았어요. 독감이 아니라는 소리에 그냥 안심하고 말아 버렸어요. 흑, 제…… 탓이에요."

"바보 같은 소리 하지 말고 일어나. 들어가서 상아 옆에 있어 줘야지."

그 소리에 서하가 고개를 힘 있게 들어 올리고 옆에 서 있는 의사를 바라보았다. 조금 전 면회 시간이 지나 간호사에 의해 퇴실당한 참이었다.

"저, 그게……."

다시 유진의 눈치를 힐긋 본 의사가 어쩔 수 없다는 듯 말을 이었다.

"잠시만 보고 나오십시오. 결과에 따라 주위 가족분들도 검사를 받으셔야 합니다. 어머니까지 아프시면 아이가 이겨 낼 수가 없으니까, 이해해 주십시오."

고개를 끄덕거리며 벌떡 일어난 서하가 중환자실로 급하게 들어갔다. 상아의 주위로 격리 커튼이 쳐지고 간호사가 나서 곁으로 가려는 서하를 말렸다.

그제야 서하는 의사의 말이 거짓말임을 알았다. 결과는 벌써 나와 있었던 것이다. 서하는 눈물로 가려진 시야와 두꺼운 비닐 덕에 상아를 눈에 제대로 담지도 못하고 나와야 했다.

스치듯 유진을 피해 서하가 향한 곳은 화장실이었다. 30분이 넘도록 서하가 나오지 않자 결국 유진이 여자 화장실로 불쑥 들어섰다.

"강서하."

이름이 불리는 동시에 텅 빈 화장실 한 칸의 문이 열렸다. 아무것도 담기지 않은 그녀의 시선이 이번에도 그를 비껴 나갔다. 이후 중환자실 앞 보호자 대기실에서 꼼짝도 않은 채 고개를 숙이고 있는 그녀에게 유진 역시 어떤 말도 건네지 않았다.

그렇게 앉아 있은 지 세 시간이 지나 새벽 3시가 되어 가는 시간이었다.

"대표님은 이만 들어가세요."

들릴 듯 말 듯한 목소리가 유진의 시선을 잡아끌었다.

"오늘 감사했습니다."

서하가 느린 동작으로 아무 대답도 하지 않는 유진을 향해 고개를 돌렸다.

"이만 들어가서 쉬세요."

오랜만에 제대로 본 그의 얼굴 또한 무척 피곤해 보였고 턱밑에 수염까지 자라 거뭇했다.

"면회 시간 때까지 병실에 올라가 쉬고 있겠다고 하면."

화장실 밖으로 새어 나오던 오열. 그렇게 울던 그녀의 눈빛은 텅 비어 있었다.

오히려 그녀가 세상을 먼저 놓아 버릴 것 같은 막연한 초조함이 유진을 긴장시켰다. 미세하게 고개를 가로젓는 그녀의 얼굴엔 함께 있는 것도 그 어떤 것도 받아들이지 않겠다는 고집이 묻어 있었다.

"상아, 어떻게 되지 않을 거야. 좀 쉬어 두어야 해."

열이 잡힌다고 해도 이후 닥칠지 모를 소아간질과 같은 후유

증에 대한 걱정이 남아 있었다.

담당의가 서하를 만나기 앞서 유진은 이후 일어날지 모를 일에 대해 일단은 입막음을 해 놓은 상태였다.

"큰 병원에 데려갔어야 했어요. 적어도 큰 거리 앞 병원이라도……."

서하가 입술을 질끈 깨물었다. 당신 생각에, 당신 원망에 빠져, 이제 겨우 품어 준 상아를 저렇게 되도록 내버려 두다니.

스스로를 용서 못 하겠다는 듯 서하가 두 눈을 질끈 감고 고개를 돌려 버렸다.

"제발……."

"강서하, 이게 무슨 말이야. 상아가 어디 있다고?"

기어이 감정을 주체하지 못하고 큰 소리를 내며 의자를 박차고 일어서던 서하가 그대로 얼어 버렸다. 그녀를 따라 일어서던 유진의 눈 안으로 두꺼운 코트만 걸친 채 새파랗게 질린 유라의 얼굴이 들어왔다.

"뇌수막염이라니. 상아가 왜?"

"오늘 밤 지켜봐야 된다고……."

"지켜봐야 된다니. 잘못……될 수도 있다는 말이야?"

격양되어 있던 유라의 말투가 돌연 땅으로 툭 떨어지고 양어깨도 힘없이 아래로 떨어져 내렸다.

그 모습을 마주하기 힘든지 서하가 등을 돌려 중환자실을 향했다. 서하의 어깨가 다시 떨리기 시작했다. 유라가 쫓아가 서하의 팔을 붙잡고 돌려세웠다.

"멀쩡하던 애가 갑자기 왜?"

"지난 주말부터 미열이 있긴 했는데……. 이틀 전에 김 내과에서 독감 검사도 했는데……."

서하의 떨리는 입술은 제대로 말을 잇지 못하고 눈빛은 더욱 움츠러들었다.

"김 내과? 며칠째 열이 떨어지지 않는 애를?"

기가 찬다는 듯 유라의 턱이 아래로 툭 떨어지고 서하의 옷자락을 부여잡고 있던 두 손도 떨어져 나갔다.

"오늘 밤만 잘 넘기면, 항생제만 잘 맞으면 괜찮대."

서하는 몇 시간 전, 바닥으로 눈물방울을 뚝뚝 떨어뜨리며 뇌수막염에 대해 열심히 검색한 내용을 상기시키려 애썼다.

"안 맞으면?"

혼잣말하듯 낮게 떨어지는 유라의 목소리가 으르렁거리듯 들려왔다.

"항생제가 안 들으면 어떻게 되냐고?"

입술만 깨물고 서 있는 서하를 향해 악을 쓰듯 내지르는 유라의 목소리가 복도 끝까지 울려 퍼졌다.

"진정해, 유라야. 우리 상아 괜찮을 거야."

"이러려고 엄마 노릇했니? 애를 이 지경으로 만들려고 네가 엄마라고 그랬어?"

겨우 잠재웠던 눈물이 서하의 볼 위로 다시금 타고 내렸다.

"엄마라고 말도 못 하는 내 마음을 너는 알아? 그 어린 거한테 애꿎은 소리만 퍼붓고 있는 내 마음을 네가 아냐고?"

"미안해……."

"왜 울어? 애를 저렇게 만들어 놓고 무슨 울 자격이나 있다고, 네가 왜 울어?"

"잘못했어. 유라야……. 내가 정말 잘못했어. 그러니까 진정하고…….”

정신없이 소리를 지르는 유라의 두 팔을 서하가 붙잡았다. 그 팔을 거칠게 뿌리친 유라가 막무가내로 중환자실로 들어섰다.

안쪽에서 소란과 함께 간호사의 만류 소리가 새어 나왔다.

“내 딸이라고요. 내 딸이 아파 누웠다고요!”

비명에 가까운 유라의 목소리가 중환자실 유리문을 넘어 복도까지 흘러나왔다.

“이거 놔! 글쎄 내가 엄마라고. 내가 엄마인데 왜 얼굴도 못 보게 해!?”

복도를 찢어 놓을 듯 내지르는 소리가 툭 하고 끊어지나 싶더니 한 여자의 울음소리가 중환자실 문을 넘어 들려왔다.

곡을 닮은 유라의 애끊는 울음소리에 서하가 그 자리에 털썩 주저앉았다. 그로부터 30여 분 후 유진은 탈진하듯 앉아 있던 서하를 5층의 빈 병실에 데려와 눕혔다.

까무룩 잠이 든 것인지, 의식을 잃은 것인지, 유진은 숨소리도 들리지 않는 서하의 옆으로 다가가 몸을 숙이고 그녀의 입가로 얼굴을 가져다 대었다.

볼을 미세하게 건드려 오는 그녀의 숨결을 확인하고서야 겨우 고개를 들었다.

“자주 아파요, 우리 엄마. 힘이 들어서.”

서하의 치마 뒷자락에 숨어들던 아이. 그럼에도 한참이나 높이 있는 자신의 눈을 바라보며 제 엄마를 걱정하던 아이.

이 밤, 사경을 헤매는 그 아이보다 맥을 놓고 쓰러져 있는 여자가 걱정되어 제대로 된 숨을 쉴 수 없다.

"미혼모, 어떻게 생각하세요."

본인의 딸도 아니고 그렇다고 이복동생도 아닌, 피 한 방울 섞이지 않은 아이의 엄마를 자처하는 바보 같은 여자의 삶이 화가 나서 견딜 수가 없다.

새벽 5시. 침대 맞은편 의자에 몸을 기대고 있던 유진이 드르륵 하고 열리는 문소리에 잠시 감고 있던 눈을 떴다.

"서하, 우리 언니 가방 어디 있어요?"

"정신없어 못 챙겼나 봅니다."

골목 앞 상아를 업고 정신없이 뛰어 내려오던 그녀는 맨몸이었다. 운동화도 구겨진 채였다.

유라의 영혼 없는 시선이 병실을 한 바퀴 둘러 서하의 패딩에 가 닿았다. 호주머니를 뒤지는 그녀에게 유진이 휴대폰을 내밀었다.

"이거 찾나요?"

중환자실 앞에서 서하가 떨어뜨린 것을 유진이 주워 왔다.

순간 반짝하고 빛나던 유라의 손이 거칠게 그것을 낚아챘다. 어디론가 급하게 버튼을 눌러 가던 그녀의 손가락이 잠시 주춤거렸다.

그러나 이내 무장한 듯 단단한 눈빛으로 마지막 번호를 눌렀다.

—서하니?

놀라움과 걱정이 섞인 남자의 목소리가 휴대폰에서 희미하게 흘러나왔다.

—이렇게 이른 시간에, 무슨 일 있는 거야? 응?

"나야. 신유라. 끊지 마."

한순간에 사라져 버린 상대의 목소리.

"예인 대학병원 중환자실이야."

서하가 바스락거리는 시트 소리를 내며 몸을 일으켰다.

"지금 당장 달려와 줘야겠어. 김우현 씨."

—무슨 일이야. 서하에게 무슨 일…….

우현의 말이 끝나기도 전에 유라가 휴대폰의 통화 종료 버튼을 누르고, 서하의 병상 침대 아래쪽으로 툭 하고 집어 던졌다.

"미안해. 내 전화는 안 받아서."

순식간에 유라의 눈은 병실을 들어올 때와 마찬가지로 빛을 잃어 갔다.

"우현 선배 부른 거야? 왜……?"

유라의 짧은 통화를 어떻게 받아들여야 하는지, 지금 상상하고 있는 것이 맞는지 제대로 된 말을 뱉어 내지 못한 서하의 입술이 마구 떨렸다.

"유라야."

서하가 아무런 반응 없이 병실을 나서는 유라를 급하게 불러 세웠다.

"상아와 둘이 만나게 해 줘."

바로 코앞에서 닫히는 병실 문손잡이를 잡은 채 휘청거리는 서하를 유진이 빠르게 잡아 세웠다.

"왜 아직 여기 계세요?"

"서……."

"왜!"

톤 높은 서하의 목소리가 병실을 울렸다.

"안 보셨으면 좋을 상황에 늘 대표님이 계시는 건데요?"

원망스러움을 가득 담은 서하의 눈이 유진을 뚫어지게 바라보았다.

"난 그래서 다행인데."

짧은 침묵과 함께 흘러나온 유진의 한마디에 서하의 모든 안면 근육이 일그러지듯 구겨졌다.

"왜요? 전해 듣는 것보다 사실감이 있나요?"

"언제나처럼 내게라도 쏟아부어."

서하가 뱉어 내는 헛웃음이 넓은 병실 바닥으로 허탈하게 떨어져 내렸다.

"그동안 재미있으셨나 봐요. 사전 조사에, 실재 탐문에. 어때요? 민수화 상무 짝으로 이제 김우현은 실격인가요?"

"강서하!"

"가 보세요. 대표님 얼굴 더 이상 보고 싶지 않습니다."

서하가 싸늘하게 말을 뱉고 등을 보이며 병실 문으로 향했다. 그런 서하의 팔을 유진이 잡아챘다.

"제발!"

히스테릭하게 내지르는 서하의 목소리에 그녀를 돌려세우려던 유진의 손이 주춤하고 멈추었다.

"……혼자 있게 해 주세요."

"……내가 나갈게. 좀 더 쉬어."

소파에 걸쳐진 재킷을 챙겨 나가는 유진의 처진 어깨 위에 머물던 서하의 시선이 매몰차게 떨어져 나갔다.

❈ ❈ ❈

"무슨 일이에요. 이게 글쎄."

제 일처럼 걱정하며 말을 건네는 연정의 눈꼬리에 눈물 한 방울이 맺혔다.

"어머니 다리도 아직 다 낫지 않으셨다면서……. 과장님."

연정이 걱정으로 빠르게 뱉어 내던 말을 멈추고 조용히 서하를 불렀다.

바쁠 텐데 여기까지 왔냐는 첫 인사 이후 줄곧 말이 없는 서하의 담담해 보이는 표정이 어딘지 위험스러워 보였다. 역시나 혼을 어디다 두었는지 그녀는 아무것도 듣고 있지 않았다.

"과장님."

연정이 서하의 허벅지를 가벼운 손길로 토독 두드리며 재차 불렀다.

"아, 미안."

"아니에요. 병실에서 지새느라 잠도 제대로 못 주무시죠?"

연정이 다정한 눈빛으로 고개를 가로젓고는 화장기 하나 없이 창백한 서하의 얼굴을 지그시 바라보았다.

"힘드셔서 어떻게 해요."

"괜찮아, 어제는 집에서 잤어. 그리고 말 편하게 해도 돼."

"이젠 이게 익숙해요. 매장에 있을 땐 몰랐는데, 본부장님도 계시고 정 대리 보기도 그렇고, 조심해야죠."

"본부장님께 전화를 드려야 되는데, 아직 상아가……."

열만 내리면 될 줄 알았던 상아는 며칠째 혼수상태였다.

다행히 가장 가능성 높은 균을 위해 처치한 항생제가 잘 맞아 중추신경계의 감염은 없을 것으로 보인다고 했지만 계속 지켜봐야 된다고 했다.

"걱정하지 마세요. 대표님께서 당분간 과장님 못 나오실 거라고 말씀하셨어요."

"대표님이?"

그날, 그 골목에서 유진을 못 만났으면 어쩌면 상아의 얼굴을 두 번 다시 못 볼 수도 있었다.

"네, 어제 병원 다녀오시고 그렇게 전달하시던데. 아니에요?"

엄마의 일에, 상아의 일까지 그에겐 갚지 못할 빚이 너무 많았다. 빚이라기에 미안하고 과분할 만큼.

그럼에도 그의 얼굴을 보는 게 쉽지 않았다. 사경을 헤매던, 상아의 친부를 알게 된, 그 기나길었던 하루에 그가 함께 있어 고마웠고 또 비참했다.

병실에서 쫓아낸 다음 날도, 그리고 어제도 그가 병원에 들렀다는 사실은 알고 있었다.

지난밤, 걱정이 태산 같은 정순을 달래느라 그로부터 걸려 온 두 통의 전화를 미처 볼 사이도 없었다. 보았다 한들 모든 것이 귀찮고 무기력했다.

"맞아. 상아 의식 차리면……."

"그럴 것 없어."

"유라야."

유라의 뒤로 작은 짐 가방이 함께했다.

"이제 여긴 내가 지킬 테니까, 회사 출근해."

"아니야. 그럴 것 없어."

"너야말로, 그럴 것 없어."

날카롭게 시작했던 유라의 목소리가 연정을 의식했는지 다소 낮아졌다. 그리고 가방만 그대로 서하의 앞에 두고 중환자실을 향해 발걸음을 옮겼다.

"과장님, 저 이제 그만 가 볼게요."

"미안해. 나 때문에 연정 씨가 더 힘들겠다."

"아니에요. 당분간 정 대리가 일을 도울 거예요."

"정 대리도 바쁠 텐데."

"지금 뉴욕 사무실 업무가 모두 정지 상태가 되어 버렸거든요."

"그게 무슨 말이야?"

의자에서 일어났던 연정이 서하의 팔을 잡고 다시 앉았다.

"있잖아요. 레나 장. 로티스 엘의 메인 디자이너. 현재 행방불명이래요."

서하의 놀란 눈썹이 재빠르게 올라갔다.

"정 대리 말로는 지난주 대표님이 뉴욕에 가셨을 때 두 분이서 크게 싸우신 것 같대요. 대표님 방에서 들리는 레나 장의 목소리가 사무실을 가득 메울 정도였대요. 그쪽 비서분의 정보에 의하면. 그리고 연락 두절."

"박람회는?"

연정이 알 수 없다는 듯 어깨를 으쓱거렸다.

"안 그래도 그것 때문에 연락하다가 알게 된 거예요. 그래서인가? 요즘 대표님이 너무 저기압이라 사무실 분위기 엉망……, 과장님은 전혀 신경 쓸 것 없으세요. 상아만 신경 쓰세요. 이쪽은 저희에게 맡기시고. 이번 달 국내 매출도 나쁘지 않아요."

"그래, 고마워."

서하는 만류하는 연정을 따라 1층 로비까지 따라 내려갔다. 면회 시간까지 30분이 남아 있었다.

처음 상아가 병원에 도착한 날, 유진을 병실에서 쫓아내고 유라를 따라 중환자실로 바로 내려가고 싶었지만 영문도 모른 채 달려올 우현의 얼굴을 볼 자신이 없었다.

그리고 오전 면회 시간, 중환자실 입구에서 격리된 상아의 침상 두 걸음 뒤에서 망연자실하게 서 있는 우현의 모습을 발견하고 다시 발걸음을 돌려야만 했다.

두 사람의 재회는 3년 전이라고 들었다. 상아의 나이 여섯 살. 집에서는 만삭이 되어서야 상아의 존재를 알게 되었고, 제대로 알지 못하는 남자와 하룻밤의 실수라며 더 이상 입을 열지 않던 유라는 닮을 게 없어 어미 팔자를 그대로 닮느냐고 울부짖으며 내리치는 정순의 손길을 피하지 않았다.

결국 유라는 대학 졸업식에 참석할 수 없었다. 어떻게 그 몸으로 실습 과정을 마스터할 수 있었는지, 왜 이제껏 우현에게 사실을 알리지 않았는지 듣고 싶은 말이 많았지만 유라가 먼저 마음을 열 때까지 기다려야 했다.

연정이 버스 정류장을 향해 멀어져 가는 모습을 보며 로비로 들어서던 서하가 다시 돌아 병원 로비를 나섰다.

세상에서 저 혼자 착한 듯 엄마를 자처하고 나서더니 애를 저 지경으로 만들어 놓았냐는 유라의 울부짖음이 아니라도, 죽은 듯 누워 있는 상아의 얼굴이 서하의 마음을 무겁게 짓밟았다. 하루 종일 제 마음을 닮았던 흐릿한 하늘에서 하나둘 날리던 진눈깨비가 제법 큰 눈발로 바뀌었다.

첫눈이었다. 서하는 줄지어 세워진 택시와 장애인 차량 사이를 지나서 물줄기가 끊어진 정원의 분수대 앞으로 다가갔다.

서하의 발걸음 밑으로 겨우내 말라 버린 연갈색 잔디가 바스락거리며 부서지는 소리가 들렸다.

콧속으로 훅 쳐들어오는 차디찬 바람이 혈관을 따라 돌며 전기에 감전된 듯 머리가 띵해졌다. 새하얗게 변하는 의식을 따라 가만히 두 눈을 감았다.

차 소리도, 사람 소리도 그 어느 것 하나 귓가에 닿지 않았다. 오로지 모든 힘을 발끝에 두고, 두 손을 꽉 거머쥐었다.

휘잉, 하고 불어오는 겨울의 칼바람이 빳빳이 서 있는 자신의 번잡함을 모두 쓸어 가기라도 하는 양 그대로 맞고 서 있었다.

순간 양 볼과 코끝을 에는 얼얼한 바람의 감촉에 반하는 부드러움이 갑자기 서하의 목에 와 닿았다. 놀란 두 눈앞에 유진이 자신의 코트를 벗고 있었다.

생경한 걸 대하는 듯 그 모습을 가만히 바라보던 서하가 자신의 어깨에 걸쳐지는 코트에 손을 가져다 대자, 유진이 그 위에 두 손을 얹었다.

그 무거운 힘에 서하의 두 어깨가 힘없이 아래로 축 늘어지자 그가 두 팔을 내렸다. 말없이 바라보고 있는 두 사람의 어깨 위로 눈이 얇게 쌓여 갔다.

"생각하는 대로야."

"내가 무슨 생각을 하는데요."

서하의 한쪽 입술이 비웃듯 작게 일그러졌다.

"어떤 사람인지 곁에 두고 보고 싶었어."

"어떤 사람인지가 아니라 어떤 관계인지, 두고 보고 싶은 게 아니라 염탐하고 싶었던 거겠죠. 여동생 혼담자의 내연의 여자들을."

굳게 다물려 가는 그의 입술. 무언이 뜻하는 바가 긍정이 아니길 바란다면 욕심일까.

스스로 뱉어 놓고도 사실을 받아들이기가 힘든 서하가 그의 시선을 외면했다.

"재미있으셨어요?"

여전히 움직이지 않는 그의 입술이 서하의 심사를 더욱 비틀어 댔다.

"아니, 재미는 없었겠어요. 힘들이지 않아도 술술 불어 대니. 아, 그러고 보니 시시하다고 그랬던가요."

서하의 코끝이 점점 빨개져 갔다. 그곳에 쏠리고 있는 그의 시선을 서하도 알고 있었다.

"어떻게 해 주길 바라지?"

눈도 빨개져 왔다. 추위에 코가 어는 것은 참을 수 있지만 눈자위가 붉어져 오는 것만은 용납되지 않는다.

"제자리로 돌려보내 주세요."

"제자리?"

베레세르 백화점? 공항 매장? 그를 만나기 전? 말해 놓고 보니 서하 자신도 알 수가 없다.

"센츄리 사무실만 아니면 어디든요."

사표를 던지지 못하는 진짜 마음을 알아차리기 두렵다.

"그러면 정말 제자리로 돌아갈 수 있어?"

다시 올려다보는 그의 눈높이가 한참 멀다.

"이미 제자리로 돌아갈 수 없는 내 마음은?"

쩍쩍 갈리듯 새어 나오는 유진의 쉰 목소리에 서하의 마음이 바스락거리는 소리를 내며 부서져 갔다.

"그 사진들을 핑계로, 염탐을 핑계로 강서하란 사람을 옆에 두고 지켜보고 싶었어."

눈앞에 선 순간부터 표정 하나 변함없던, 미동조차 않던 남자의 눈빛이 한순간에 짙어지는 바람에 서하가 외면하듯 고개를 빠르게 돌렸다.

"되돌릴 수만 있다면, 내가 더 그러고 싶다."

뻗어 온 유진의 팔이 서하의 볼을 만지나 했더니 정수리에 쌓인 하얀 눈을 가만히 내리쓸었다. 그리고 두 손을 서하의 머리 위로 들어 작은 우산을 만들었다.

"강서하까지 아프면 곤란하잖아."

예년에 비해 유달리 늦은 눈이었다.

"그래도 반갑다. 너랑 같이 맞이해서."

서하의 고개가 흐르는 눈물을 따라 땅으로 툭 하고 떨어졌다.

더 이상 피할 수 없는 마음이었다.

유진이 그녀의 어깨를 가만히 감싸 안으며 서하의 정수리 위로 턱을 살포시 얹었다. 두 사람을 향해 내리던 첫눈이 유진의 머리 위로 소복이 쌓여 갔다.

12월이 되고서야 내린 첫눈은 그칠 줄을 몰랐다. 서하는 유진의 차가 점점 굵어지는 눈발을 뚫고 병원을 완전히 빠져나가고서야 몸을 돌렸다.

1층 로비로 막 들어서는 순간 상아가 의식을 차렸다는 연락이 왔다. 구두 굽 소리가 요란하도록 뛰어간 중환자실에서 얇게 실눈을 뜬 상아는 서하를 발견하고 마른 입술로 '엄마'를 부르며 작은 손을 내밀어 왔다.

기운이 없어 울지도 못하는 상아의 이마를 쓸어 주며 서하는 눈가로 흘러내리려는 눈물을 급히 훔쳤다. 등을 돌리고 서 있는 유라의 입에서 가느다란 울음소리가 새어 나왔다.

유진의 배려로 미리 준비되어 있던 507호 병실로 올라온 상아는 다시 깊은 잠에 빠져들었다.

서하는 제 아이의 손을 꼭 잡고 몇 시간째 눈을 떼지 않고 있는 유라의 등을 바라보며 유진을 생각했다.

그에게로 향하는 마음으로부터 더 이상 도망가지 않겠다고.

보름 내내 자신을 헤집던 여러 감정들이 한 마음으로 귀결되자 모든 긴장에서 빠져나오듯 몰려오는 나른한 기운에 제대로 앉아 있을 수가 없었다. 소파에 기대어 꾸벅꾸벅 졸고 있는 서하를 유라가 흔들어 깨웠다.

"집에 들어가라니까, 왜 말을 안 들어."

"……유라야."

"누구야, 그 사람."

"누구라니?"

소파가 아니라 상아의 침대 끝에 걸터앉은 유라가 서하를 말없이 내려다보았다.

"로티스 엘, 대표님."

서하가 마른 입술을 혀로 축이며 낮게 중얼거렸다.

"그건 나도 알고 있어."

"상아 업고 뛰어 내려오는데, 집 앞에서 우연히 만나서……."

"회사 대표가 왜 아랫사람의 집까지 찾아왔냐고 물어 줘야 해?"

이번엔 서하가 유라의 얼굴을 가만히 바라보았다.

"됐어, 궁금하지 않아. 단지 이런 배려와 호의, 모른 척 받아도 되는지 신경 쓰일 뿐이야."

"유라야."

"상아, 그 사람 공군에 복역할 때 면회 간 날 생겼어. 술에 취해 인사불성이라 기억이나 하고 있는지 묻지 못했어. 그리고 안 찾아갔으니까."

유라가 곤히 잠들어 있는 상아를 돌아보았다.

"모르지, 꿈속에서는 너라도 품고 있었을지. 술 마시는 내내 네 이야기뿐이었으니까."

그러고는 시트 위로 드러난 상아의 손을 안으로 넣었다.

"우리 상아 불쌍하네. 오히려 네가 엄마인 게 나았을 수도 있겠다."

"그런 소리가 어디 있니?"

"너도 같은 생각에 엄마라고 자처한 거 아냐?"

유라가 빠르게 몸을 돌려 서하를 바라보았다. 혼이 나가 있던 그녀의 눈에 한순간 반짝하고 날카로움이 묻어났다.

"상아, 영민한 아이야. 곧 학교 들어가면 할머니가 엄마가 아니라는 걸 어떻게든 알아차렸을 거야. 벌써부터 어린이집에서 이상한 소리를 듣고 와서 종일 묻고 다녔어."

"가."

"유라……."

"그만 가라고. 내가 있을 거야. 이제 내가 상아 엄마 할 거라고."

높아진 유라의 목소리가 서하의 말을 막았다. 저도 모르게 큰

소리를 내 놓고 상아가 신경 쓰였는지 유라가 상아를 돌아보았다.

한 번도 자신의 감정 앞에 다른 이를 두던 유라가 아니었다. 그런 그녀의 눈이 상아에 대한 걱정으로 두려움에 떨고 있다.

그 순간 서하는 제 마음이 아무리 커 보아야 유라를 따라잡을 수 없음을 알아차렸다.

소파에서 일어선 서하가 침대로 다가가 뒤에서 유라를 두 팔로 안았다.

“무슨 짓이야.”

비틀거리며 거부하는 유라의 허리를 꼭 끌어안은 채 어깨에 얼굴을 묻었다.

“당장 풀지 못해?”

“내가 힘껏 도와줄게. 그동안 혼자 힘들게 해서 미안해, 유라야…….”

“네가 뭔데?!”

말은 여전히 독하게 뿜어져 나왔지만 유라의 목소리가 어느 정도 움츠러들었다.

“네 언니잖아. 가족이잖아.”

“그놈의 가족! 넌 지겹지도 않니?”

힘차게 고개를 가로젓는 서하의 진심이 유라에게 그대로 전해졌다.

“어떻게 지겨워. 엄마도, 너도 없었다면 이 세상에 나뿐이었을 거야. 그렇게 가 버린 아빠가 원망스러울 때도 있지만 가족을 남겨 두고 간 것만은 너무 감사해.”

“맹서하 어디 가겠니.”

학교 다닐 때 자신이 붙여 준 별명을 부르는 유라의 목소리에 물기가 묻어 있었다. 더 이상 거부하지 않는 유라의 얇은 몸을 서하가 뒤에서 더 힘껏 안았다.

중환자실에서 상아의 얼굴을 보고 간 우현은 그 뒤로 한 번도 모습을 보이지 않았다.

그도 시간이 필요할 것은 알고 있었다. 그러나 그에게 향해지는 끝없는 원망은 어쩔 수 없었다.

서하는 상아를 받아들이기로 하는 유라의 큰 용기가 기특하면서도 한편으로 가슴이 먹먹해 왔다.

9화

서로를 바라보다

April Snow

어느새 끝없이 내리던 눈이 그쳤다.

서재 데스크에 앉아 창가를 내려다보고 있는 거리엔 이미 어둠이 진하게 깔려 있었다. 쌓인 채 녹지 않은 거리의 눈 때문에 엉거주춤 달리는 차들의 속도를 따라가는 유진의 텅 빈 동공이 흔들렸다.

유진은 오늘처럼 하얀 눈이 쌓인 뉴욕에서의 첫날 밤을 생각했다.

작은 백팩 하나만을 어깨에 멘 채 대문 앞에 서 있는 유진을 발견한 수연은 그 얼굴에서 누군가의 모습을 찾으려는 듯 초점 없는 눈빛으로 한참이나 그를 바라보고 서 있었다.

아무렇게나 자란 머리카락을 하나로 질끈 묶은 채 술 냄새를 풍기며 유진을 맞았던 수연은 아들이 곁으로 온 지 3일째 되는 날, 대학 선배의 뉴욕 주소 하나만 믿고 짐을 꾸렸다.

괜찮다고, 할머니에게 허락을 받고 온 것이라고 해도 수연은 무언가에 쫓기듯 유진의 손을 붙잡고 미국행 비행기에 올랐다.

엉금엉금 기어가듯 달리고 있는 택시에서 맨해튼의 낯선 밤거리를 바라보던 수연의 두려움에 가득 찬 눈빛과 심하게 떨리던 양어깨를 유진은 아직도 기억에서 떨칠 수 없다. 성현은 마치 짐작이나 하고 있었던 듯 연락도 없이 들이닥친 두 사람을 아무 말 없이 집 안으로 들였다.

한밤의 소란에 잠을 깬 듯 삐거덕거리는 소리를 내며 2층 계단을 내려오던 레나는 유진과 눈이 마주치자 비비던 두 눈을 동그랗게 뜨고 그 자리에서 꼼짝없이 내려다보고 있었다.

대학을 졸업하고 바로 뉴욕으로 유학을 온 성현은 교포 2세인 레나의 엄마를 만나 그곳에서 결혼을 하고 정착을 결심했다. 하지만 행복했던 결혼 생활은 잠깐, 성현의 아내는 레나가 세 돌도 되기 전에 교통사고로 세상을 뜨고 말았다.

사랑하는 사람을 잃은 보상이라도 받듯 성현은 남성복 디자이너로 이름을 알렸고 자신만의 브랜드 정착을 앞두고 있었다. 성현이 군 입대를 앞둔 2학년 재학 시절 미술과 신입생으로 들어왔던 수연은 그의 첫사랑이었다.

휴가를 나와 동기들로부터 그녀가 힘겨운 사랑을 하고 있다는 소식을 전해 듣고 그는 아린 가슴을 달래야 했다.

성현은 아내와 마찬가지로 교통사고로 운명을 달리하기까지 10년의 긴 세월 동안 텅 빈 영혼으로 자신을 찾아온 수연과 유진, 두 모자의 보호자가 되어 주었다.

수연은 성현이 남긴 레나를 딸로 거두고 수제자로 키워 냈다. 수화를 떠올리게 하던 어린 레나의 눈. 단 한 번도 유진에게 오빠라는 말을 하지 않던 그녀는 아빠의 교통사고 소식에 오열하며 그를 오빠라고 불러 왔다.

그 후 자연스레 유진은 그녀의 보호자가 되었다.

"그래서, 그 여자와 결혼이라도 할 거냐고."

벽을 때릴 것 같은 레나의 목소리가 유진의 귓가에 울려 퍼졌다.

"너도 남자니까, 결국 여자에게 끌리기도 하겠지. 그런데 가능하겠어? 그 여자와 남들처럼 평생을 약속하며 제대로 된 가정을 꾸릴 수나 있겠어? 네 마음을 믿을 수 있겠냐고."

누구보다 유진을 잘 아는 레나였다. 그녀가 말하지 않아도, 스스로도 이 열망의 끝을 알 수 없어 불안했다.

그저 타인이었던 강서하, 그녀의 종알거림이 언제부턴가 뇌리에서 온종일 사라지지 않았다. 그의 눈은 그녀의 모습을 따라다녔으며 그의 귀는 그녀의 목소리에 반응해 갔다.

애써 그녀를 차단하듯 사무실 블라인드를 내려 봐도 보이지 않는 만큼 예민해진 신경은 벽을 넘어 강서하라는 여자의 동선만을 짐작해 갔다.

그녀를 향해 타오르던 열망으로 악몽에 시달리던 밤, 한 뼘 앞으로 다가와 있던 서하의 자그마한 얼굴에 결국 참았던 무언가가 터져 버리고 말았다.

말처럼 제대로 버리기나 했는지, 아니면 여전히 다른 남자의 이름을 가슴에 새기고 있는지, 제게는 무심한 그녀의 심장에 이름을 각인시켜 놓기 위해 그 입술을 함락했다.

바보 같은 짓이었다. 다분히 의도적이었던 키스는 사소한 것으로 치부해 버리려던 바람 같은 자신의 마음을 단번에 불보다 뜨거운 것으로 바꾸어 놓았다.

그리고 제 가슴에 절대로 지워지지 않을 것 같은 흔적을 만들었다. 그야말로 의도치 않던 역습이었다.

처음 공항 게이트 앞에서 부딪히지 않았더라면, 주차장에서 그녀의 차를 막지 않았더라면, 한 장의 사진에 무심한 눈길만 주었더라면.

아니, 처음부터 짜인 각본처럼 한 사무실에서 있게 되었다 하더라도, 해사한 얼굴로 물어 오던 그 모습을 무시했더라면 제 심장은 여전히 박제된 채 조용히 잠자고 있었을까.

여자에게 제대로 된 눈길조차 준 적이 없었다. 평생 그렇게 살 거라고 생각했다. 때문에 가족과 다름없는 레나와의 관계를 두고 생긴 그 어떤 엉뚱한 풍문에도 관여치 않았다.

그것이 레나의 집착을 더욱 키워 놓았다면, 바로잡을 이는 다름 아닌 자신이었다. 다른 이가 마음 안에 들어와 있는 이상 레나가 여동생 이상의 선을 넘도록 해서는 안 될 일이었다.

강서하. 종국엔 곁에 둘 수 없게 된다 하더라도 이젠 손을 놓을 수 없다.

베레세르 창립 파티에서 우현과 함께 있는 그녀를 발견한 순간, 이미 차갑게 박제되어 있던 자신의 심장은 미친 듯 뛰기 시작했고, 머리로 피가 솟구쳐 오름을 느꼈다.

그녀의 얼굴이 우현에게 의미 없는 미소라도 한 줄 띠고 있었다면 등을 보이고 있는 수화를 밀어젖히고서라도 두 사람 앞으로 몸을 날려 서하의 팔목을 끌어 나왔을지 몰랐다.

자신이 아닌 다른 남자가 서 있는 것은 용납할 수가 없었다. 그녀의 마음에 제 존재를 심어 놓고 싶은 이기심. 태어나 처음으로 품어 보는 집착과 소유에 유진은 정신이 어질했다.

자신에게 이런 욕망이 숨어 있을 줄 상상도 하지 못했다. 그렇기에 더 안 될 일이라 생각했다.

그러나 아무리 레나의 환영이 톤을 높여 소리를 질러 와도 그녀를 향한 단 하나의 마음은 여러 불필요한 감정의 찌꺼기를 단번에 부식시켜 버렸다.

그녀를 갖고 싶다.

그 사실을 인정해 버리는 순간 유진은 맥이 풀리듯 손발에서 힘이 빠져나가 버렸다.

그때 데스크 위에 둔 휴대폰이 약하게 진동을 울려 댔다. 쭉 나가 뻗은 유진의 팔이 가 닿았다.

〈상아가 의식을 차렸어요.〉

메시지의 발신인을 알아차린 유진이 의자에서 빠르게 몸을 일으켰다.

〈감사합니다. 대표님 덕분이에요.〉
〈어디야?〉

유진이 빠른 속도로 답장을 전송했다.

〈집으로 가려고요. 유라에게 엄마 자리를 내어 줘야 할 것 같아요.〉

다시금 메시지를 보내던 그의 손이 단축 번호를 눌렀다.

거실로 나와 소파에 아무렇게 놓여 있는 무스탕을 집어 들었다. 세 번의 신호음 끝에 서하의 목소리가 들려왔다.

"기다려, 지금 출발할 테니까."

—……네.

급하게 옷을 입던 유진의 팔이 서하의 순한 대답에 툭 하고 떨어졌다.

"도착하면 전화할게. 추운데 나와 있지 말고."

—네.

하지만 역시나 순했던 대답과 달리 서하는 병원 정문 로비 앞에 나와 있었다. 유진이 차에서 내려 조수석의 문을 열어 주었다.

"많이 기다렸어?"

"이제 막 나오는 길이었어요."

"거짓말하면 코가 길어져."

유진이 빨개져 있는 서하의 코끝을 살짝 건드렸다.

"영어로 피노키오 읽었어요?"

"이곳에서 마지막으로 학교를 간 날이 중학교 입학식이었지. 피노키오는 다섯 살 때 읽었어."

"다섯 살 때 한글을 읽었다고 은근 자랑하는 거죠?"

"기본 아닌가? 그러는 강서하는 몇 살에 한글을 읽었어?"

"초등학교 2학년."

유진의 시선이 의외라는 듯 서하의 얼굴에 가 닿았다.

"엄마가 집에 들어오셔서 가장 먼저 이룬 업적이었죠."

반면 서하의 웃음은 해맑았다.

"그해 초등학교를 들어갔던 유라는 일부러 제 앞에서 책을 줄줄 읽어 댔어요. 동생이 우스워할 만한 언니였죠."

서하가 물끄러미 자신을 쳐다보고 있는 유진의 옆얼굴에 가만히 왼손을 가져다 대어 운전석 창을 향해 돌려 주었다.

"그렇게 안 봐도 돼요. 공부는 내가 훨씬 잘했으니까."

"낳아 주신 어머님은?"

"제가 세 살도 안 되서 돌아가셨대요."

유진의 고개가 천천히 다시 서하에게로 돌아갔다.

"그래서 지금 엄마에 대한 기억뿐이에요. 따뜻하고 좋으신 분이죠."

눈 때문에 길이 언 탓인지 조수석 창밖으로 지나가는 차들이 모두 서행을 하고 있었다. 차들의 속도만큼이나 서하의 목소리도 느리고 나른했다.

"저 데려다주고 돌아오면 너무 늦을 것 같아요. 그냥 지하철 타고 가도 되는데."

"간다고 연락드렸어?"

뜻을 쉬이 알아차릴 수 없는 서하는 그저 눈꺼풀만 깜빡였다.

"오피스텔로 갈까?"

아무렇지 않은 듯 질문을 던진 유진이 서하의 대답도 채 듣기 전에 운전석 창 쪽을 향해 고개를 돌려 버렸다.

"……네."

조금씩 물들어 가던 유진의 빨간 귀를 바라보는 서하의 대답은 크고 또렷했다.

"왜 웃어?"

"대표님이 귀여워서요. 아."

옆으로 길게 뻗어 나온 유진의 왼쪽 팔이 서하의 머리를 콩 하고 쥐어박았다.

"내가 뭐로 보여?"

"남자 임유진이요. 음, 자라다 만?"

즉각적인 서하의 대답이 못마땅한 듯 유진이 인상을 잔뜩 찌푸렸다.

"화났어요?"

서하는 오피스텔을 향해 차선을 바꾼 이후, 내내 말이 없는 유진이 신경이 쓰여 견딜 수가 없었다. 선뜻 내뱉은 대답이 잘한 건가, 후회가 되기 시작했다.

그러나 실내로 들어서자 자연스럽게 자신의 코트를 직접 벗기고 가방을 받아 주는 그의 배려가 그녀의 마음을 녹아내리게 했다. 어색할 틈도 없이 유진은 서하를 식탁 앞으로 데리고 가서 편하게 앉을 수 있도록 의자를 빼 주었다.

등받이에 잘 걸쳐 둔 서하의 코트와 달리 유진은 무스탕을 벗어 소파 한쪽에 아무렇게나 던져 놓은 후 맞은편 의자를 빼 앉았다.

"어색해?"

식탁 아래로 떨어져 있던 시선을 얼른 든 서하가 고개를 잘잘 흔들었다.

"바싹 얼었는데."

"아무래도 근접할 수 없는 회사의 최고 상사다 보니까."

언젠가 들었던 말이 여과 없이 그대로 튀어 나왔다.
"강서하도 뒤끝 있네. 아까는 덜 자란 남자라며?"
서하의 시선이 다시 떨어지며 식탁 위에 올려진 제 손톱만 바라보았다.
"뭐 좀 마실까?"
괜찮다고 말하려다 말고 서하가 크게 고개를 끄덕거렸다. 달그락거리는 소리가 들리나 했더니 얼마 지나지 않아 유진이 와인 두 잔을 들고 왔다.
한 번도 보지 못한 커다란 잔에 담긴 와인의 양을 보고 서하의 눈이 동그래졌다.
"일어나기 귀찮아서. 더 이상 주문은 받지 않아."
유진의 눈초리에 처음 보는 초승달을 닮은 웃음이 걸려 있었다. 갑자기 심장이 쿵 하고 내려앉는 소리에 서하는 얼른 잔을 들고 크게 한 모금 마셨다.
"목말랐어?"
서하가 고개를 끄덕거렸다.
"괜찮아요. 와인 마실래요."
그러더니 물을 가지러 가는 유진을 말리고 연거푸 또 한 모금을 마셨다. 유진이 한 손으로 턱을 괸 채 그런 서하를 지그시 바라보았다.
"긴장하지 마. 안 잡아먹어."
"누가 긴장을 한다고 그래요? 상아 때문에 긴장이 풀렸으면 풀렸지."
"알았으니까. 열 올리지 말고."
이어진 그의 웃음소리가 거실 공간을 채우자 서하가 끙 하는 소리를 내며 입술을 다물었다.

"서하야."

식탁 위의 조명 빛을 받아 더욱 매력적으로 보이는 유진의 얇은 입술 선 사이로 새어 나온 한 단어. 낮은 음성이 만든 듣기 좋은 어감에 과연 제 이름이 맞는가 싶어 서하의 긴 속눈썹이 한참을 공중에 떠 있었다.

"널 힘들게 할지도 몰라."

"키스 한 번에 결혼이라도 해 달라며 발목 잡을까 봐 겁나세요?"

고리타분한 여자라고 놀렸던 제 말이 기억났는지 유진의 입술 한쪽이 부드럽게 호를 그렸다.

그러나 눈초리의 웃음은 사라지고 없었다.

"저, 그렇게 고리타분하지 않아요."

"그렇다고 사람을 가볍게 만나는 스타일도 아니지."

"가볍든, 무겁든 서로를 바라보는 마음이면 되지 않나요?"

"서로만 바라볼 것 같은 마음도 시간이 흐르면 이기적으로 변하고 말지. 결국 상대를 상처 입히면서."

"레나 장, 그분 때문에 그러세요?"

일정한 속도를 내며 움직여 내렸던 유진의 눈꺼풀이 한 자리에서 멈추었다.

"레나와 나에 대해 무슨 이야기를 들었지?"

"……레나 장이 대표님의 피앙세라고 들었어요."

"잘못된 소문일 뿐이야."

듣고 싶었던 말이었다. 그럼에도 끝까지 확인하고 싶은 마음은 어쩔 수 없다.

“임자 있는 몸이라고 했잖아요.”

“무슨 일인지 당신을 경계하는 준하를 말리지 않았을 뿐이야. 당신 반응도 궁금했고. 어쩌면 그렇게라도 당신을 향한 내 마음을 무장하고 싶었는지도 모르지.”

그 마음을 무장해제라도 했는지 서하를 바라보는 유진의 얼굴에 다시금 다정한 미소가 떠올랐다.

“레나와 내 사이는 다른 사람들이 생각하는 것과는 조금 달라. 내겐 동생이나 다름없어. 소유욕이 강한 아이라 당분간 골을 내겠지만 곧 괜찮아질 거야.”

“그것 또한 대표님의 이기적인 바람이겠죠.”

자신의 말이 그를 상처 입힐지도 모른다고 생각하면서도 서하는 무심한 그의 표정이 마음에 들지 않았다. 언젠가 그와 자신의 이야기가 될지도 모른다는 생각이 들어 더욱 그랬다.

“레나 역시 세 살도 되기 전에 엄마를 잃었어.”

쌀쌀한 말을 던져 놓고 손끝만 바라보고 있던 서하가 유진의 말에 얼른 고개를 들었다. 단 한 번도 잔에 입을 대지 않던 유진이 와인 한 모금 삼켰다.

“레나의 아버지는 내 어머니의 대학 선배였어. 그분 덕에 우린 뉴욕에 자리를 잡을 수 있었어. 친부에게서도, 양부에게서도 느낄 수 없던 아버지의 정이 무언지 가르쳐 주신 분이었지.”

유진의 눈빛에 아련한 기운이 모였다가 사라졌다.

“그분이 갑자기 교통사고로 돌아가시면서 모든 재산은 레나 앞으로 상속이 되었지만, 열일곱에 그녀는 외톨이가 되었지. 부고를 듣고 달려온 사람이라고는 아직 미혼인 삼촌 한 명이 전부였어.”

순간 쓸쓸하고 초라했던 아빠의 장례식이 떠오른 서하의 얼굴에도 아직 얼굴도 보지 못한 레나에 대한 안타까움이 스치고 지나갔다.

"엄마와 난 모든 일을 제치고 레나에게 신경을 썼지만 그 애에겐 부족했나 봐. 처음으로 사귀었던 일본계 미국인에게 차이고 자살을 시도했지. 스무 살이었어. 그리고 술을 마시기 시작했고, 극심한 집착증을 보였어."

담담히 말을 잇고 있었지만 그의 손이 자주 와인 잔에 가 닿았다.

"어머니와 함께 번갈아 가며 24시간 술로부터 레나를 지켰어. 덕분에 역시나 정신적으로 많은 문제를 지니고 있던 어머닌 제자리를 찾는 듯 보였지."

결국 유진의 잔이 먼저 비었다.

"디자이너였던 아버지의 감각을 물려받았는지 다행히 레나는 어머니의 수제자가 됐어. 세상의 관심과 스포트라이트를 받으면서 많이 나아졌지. 그러는 사이, 나는 레나의 남자로 세상에 알려졌고."

"그분과 결혼도 생각하셨어요?"

"글쎄. 너를 만나지 않았으면 그랬을지도 모르지."

서하의 눈썹이 파르르 움직였다.

"레나는 누구보다 날 알고 있어. 아니, 내 사정을 잘 알지. 나란 놈이 사랑을 시시하게 여기고 있는 것까지. 그러니 레나에게도, 나에게도 결혼이란 그다지 의미가 없었어. 어떤 식으로든 가족의 형태를 유지해 갔겠지."

줄곧 빈 글라스에 가 있던 유진의 비어 있던 동공이 서하에게로 모아졌다.

"이 마음으로…… 너에게 손을 뻗어도 될까."

"무엇을 걱정하시는지는 모르겠지만, 전 대표님 마음을 바라보고 여기 있는 게 아니에요. 제 마음을 따라온 거예요."

심저로 가라앉아 있던 유진의 눈이 순간 반짝하고 빛을 발했다. 자신의 감정으로부터 뒷걸음질 치기 바빴던 바보 같은 여자였다. 쏟아 내는 말마다 답답해서 안타깝기보다 못마땅했다.

"그사이 무엇이 강서하를 이렇게 자라게 했을까."

속을 파고들기라도 할 듯 유진의 눈이 그녀의 눈을 깊숙이 바라보았다.

"유라……."

한참을 침묵하던 서하의 입술이 생각지도 못한 이름을 꺼냈다.

"학년은 바로 아래였지만 두 살 어린 동생이 제 눈엔 언제나 불쌍해 보였어요."

갈라진 목소리가 마음에 안 들었는지 서하가 와인으로 목을 축였다.

"늘 절 불러 오는 말끝엔 시비가 묻어 있었죠. 제 친구들에게 미움도 많이 사고 욕도 많이 들었어요. 그게 저와 친해지고 싶어서였다는 걸, 제게 관심 받고 싶어 그랬다는 걸 최근에야 깨달았어요. 퉁퉁거리면서도, 자신의 친구들을 제쳐 두고 언제나 제 주변에서 기웃거렸거든요."

그 봄에도 그랬다. 예쁘장한 외모에 새침하긴 했지만 솔직했던 유라는 인기가 없지 않았다.

같은 대학의 새내기로 들어온 유라는 괜히 친한 척하는 동문

들이 귀찮다며 강의실로, 동아리실로 자신을 찾아다녔다.

그저 낯가림 때문이겠거니 여기며 텅 빈 동아리실에서 자신을 기다리는 유라를 무심히 여겼다. 얼마 전 그녀의 말처럼 그 시절 유라는 지독히 외로웠던 거였다. 그리고 우현에게 마음을 열고부터는 서하에게 향한 마음의 문을 꽁꽁 닫아 버렸다.

"결국 사이좋은 자매가 못 되었던 건 유라의 성격 때문이 아니었어요. 그 마음을 알아차리지 못하고 언제나 잘한다, 착하다 하는 주변의 소리에 길들여진 저의 오만함과 우월감 때문이었죠. 그 사실을 지난 일주일 동안 병실에서 어깨를 떨고 있는 유라의 등을 바라보면서 뒤늦게 깨달았어요."

매끄럽게 말을 이어 가던 서하가 멋쩍었는지 입을 다물었다. 너의 이야기에만 집중하고 싶다는 듯 유진이 미동도 하지 않은 채 서하의 눈만 들여다보고 있었다.

이 여자는 언제나 코끝부터 빨개져 왔다. 곧 눈가가 빨개지리라고 유진은 생각했다.

"투정도 부리고, 심지어 앙탈까지 부리더라도 유라는 언제나 제 마음을 드러냈어요. 불쌍한 건 유라가 아니라 오히려 저였어요. 늘 바라만 보고, 두고만 보다가 놓친 내 마음들이 가련해요."

애써 아무렇지 않은 듯 담담히 말을 이었지만 역시나 그녀의 눈가는 붉어져 갔다.

"옆에 꼭 붙어 앉아 어린 상아의 손을 잡고 있는 유라의 등만 바라보는데, 저 자신이 너무 바보 같았어요. 함께 보낸 시간도 내가 훨씬 긴데, 딸을 뺏기는 것 같은……."

서하가 말을 멈추고 아랫입술을 질끈 깨물었다.

"죄송해요."

"괜찮아."

언제나 그의 입을 통해 듣는 괜찮다는 말이 좋았다. 아무것도 아닌 세 글자가 그의 입에서 흘러나오면 정말이지 세상엔 문제 될 것이 하나도 없다고 느껴졌다.

"절 마음에 담은 게 힘들어지는 날이 오면 그만하셔도 돼요. 아무것도 바라지 않을게요. 혹시, 절 염려해서 그러신 거라면 그럴 필요 없어요. 그냥 바라보고, 옆에 있는 것만으로……."

어느새 다가온 유진이 그녀의 입술에 자신의 입술을 부드럽게 가져다 댔다. 서하는 입술을 벌려 자연스럽게 그를 맞이했다. 짧은 입맞춤이었다.

"내일부터 출근할 수 있겠어?"

천천히 내려온 뜨거운 입술이 그녀의 목덜미를 지그시 눌렀다.

"14시간의 비행시간이 이번처럼 길었던 적이 없었어. 미친 듯이 택시를 잡아타고 도착한 사무실에 네가 없다는 게 믿기지 않았어."

서하가 대답 대신 뒤꿈치를 살그머니 들어 그의 입술에 촉촉한 자신의 입술을 가져다 댔다.

지난 2주 동안 자신을 괴롭히던 입술의 촉감이 더없이 좋았다. 서하의 등에 둘러 있던 유진의 팔에 힘이 들어갔다.

까슬한 그녀의 혀를 힘껏 빨아 당겼다. 키스가 깊어짐에 서하의 호흡이 거칠어지자 유진이 잠시 입술을 떼고 가만히 그녀를 내려다보았다.

아직은 회사 대표에서 임유진이라는 남자로 완전히 닿지 않았는지 두 눈에 드러난 쑥스러움이 못마땅한 듯 그가 서하를 번쩍 안아 올렸다.

서하의 코끝이 그의 머리카락에 푹 박혔다. 시크하고 세련된 남자에게서 풀숲에 누워 있는 듯 은은한 향기가 느껴져 왔다.

“좋은 향이에요.”

“어떤 향?”

“음, 추운 겨울에 어울리는 포근한 머스크 바닐라…….”

언젠가 가랑비가 흩날리던 날, 거리에 있던 자신을 일으켜 세우던 그에게서 느껴졌던 향이었다.

“혹시 여자들이 어떤 향을 좋아하는지 알고 쓰는 건 아니죠?”

“여기서 말하는 여자들이 누구인지 정확히 알 수 없어서.”

서하가 고개를 바짝 치켜든 때문인지 침실로 향하던 그의 발걸음이 우뚝 멈추었다.

느슨해진 그의 팔 힘을 틈 타 서하가 바닥에 두 다리를 딛고 내려섰다.

“아닌 척하면서, 은근 여자에 능한 거 아니에요?”

“은근? 대놓고 능한 남자는 아니고?”

절로 그녀의 눈살이 깊어졌다.

“농담이야. 인상 펴. 하도 미움 받고 있는 것 같아서 낮에 병원에 나서기 전에 너한테 점수 좀 따 보려고, 욕실에 박혀 있던 겨울 컬렉션 뜯어 봤어. 효과 나쁘지 않네.”

“이것 봐요. 마음먹으면 대놓고 능한 남자 맞잖아요.”

“강서하 덕분에 조금 자란 남자 된 거야?”

“이렇게 자라는 거, 원하지 않아요.”

“질투라면 언제든 환영이지만, 지금은 마음이 더 바빠.”

순식간에 짙어진 눈빛으로 유진이 다시 입술을 겹쳐 왔다. 이번엔 허리를 번쩍 들어 올린 그가 빠른 걸음으로 침대로 다가가 서하를 내려놓았다.

생각보다 달콤하고, 생각보다 황홀하고, 생각보다 격렬한 밤이 시작되었다.

❈ ❈ ❈

하루 사이에 세상이 달라졌다. 도망가려면 지금이었다. 아무리 이젠 달라져 보겠다고 다짐했지만 분명 하룻밤의 경험은 제 마음을 구속할 게 뻔했다.

아니, 지난밤의 일은 앞으로의 연애관에 새로운 날개를 달아 줄지도 모를 일이다.

종일토록 그 밤에서 벗어나지 못하면서 새로운 날개는 무슨. 서하가 작은 주먹을 말아 쥐고 제 머리를 가볍게 날렸다.

유진은 사무실에서 매일 얼굴을 봤으면 좋겠다는 달콤한 말만 남겨 놓고 다음 날 바로 부산 출장을 가 버렸다. 뉴욕에서 박람회 준비를 위해 날아온 일행이 해운대 조선 비치에서 며칠째 그를 기다리고 있던 중이라는 메시지가 전부였다.

선반 위에 덩그러니 남아 있는 흰색 잔을 바라보며 쟁반에 올려진 세 개의 잔에 커피를 부어 내리던 서하가 옅게 인상을 찌푸렸다.

젊은 아이들처럼 연애 1일 차니 어쩌니 하는 말은 없었지만 서하는 서로에 대해 많은 말을 나누었던 그 밤을 그와의 연애가 시작된 날로 받아들였다.

그걸 인정하는 순간, 뇌리 속 의식은 온통 그에게로 가 박혔다. 정말 그는 대놓고 여자에 능한 건지 이틀째 연락 한 통이 없었다.

못마땅해. 내가 이렇게 남자에게 집착하는 여자였던가.

"뭐 해요? 커피 다 식겠어요."

"아."

탕비실 문이 열리는 소리도 듣지 못한 서하가 연정의 목소리에 화들짝 놀랐다.

"무슨 생각해요? 상아 걱정돼서 그래요?"

"아니, 잠시 딴생각을 좀."

"본부장님. 급히 부산 내려가야 된다고 하셔서요."

"그래?"

연정이 대신 커피 쟁반을 들고 앞서 나가고 서하가 얼른 따라 나섰다.

"죄송해요. 본부장님."

"아니야. 커피 마실 시간 정도는 있어."

"정 대리도 같이?"

메신저로 열심히 메시지를 써 내려가던 정 대리가 엔터를 힘차게 누르고 세 사람의 곁으로 다가왔다.

"아닙니다. 저는 여기서 뉴욕 사무실과 연결해 드려야 해서요."

"중국도 곧 오픈식이 치러질 거고, 박람회 끝나면 어떻게든 이곳으로 본사 이전이 시작될 거야. 그때까지만 고생하자."

"그런데 어떡해요, 본부장님. 크리스마스에 하필 부산에 계셔야 하다니."

"이 나이에 크리스마스는 무슨. 우리 와이프는 이만한 현금 봉투면 만사 오케이야."

연정의 말에 영섭이 엄지, 검지 두 손가락으로 두툼한 두께를 만들어 보이며 커피 잔을 내려놓았다.

"그러게요. 지금 본부장님 크리스마스 챙길 때가 아닙니다. 저희 셋 걱정만 하면 되지."

"어머! 왜 나까지 정 대리 걱정에 넣어요?"

연정이 흰자위를 모두 드러내며 어이없다는 듯 말을 뱉었다.

"이 대리님, 만나는 분 있습니까?"

"그런 건 아니지만 약속은 쫙 깔렸거든요?"

"그런 실속 없는 사람들과 시간 보내지 말고 차라리 저랑 보내는 건 어때요?"

서하와 연정, 그리고 코트에 팔을 끼던 영섭까지 큰 눈으로 정 대리를 돌아보았다.

"정 대리, 여자 친구와 헤어졌어요?"

"과장님, 왜 이러십니까. 저 뉴욕 장기 출장 다녀오면서 한순간에 차인 이야기 못 들었습니까."

"그래요?"

"이 대리한테 시간 보내자고 한 진의나 제대로 설명해."

"누가 이 대리님과 보내자고 그랬습니까. 본부장님 내려가시고 박람회 개최 단합도 할 겸, 셋이서 함께하자고 했죠."

과연 그럴까, 하는 표정으로 영섭과 서하가 두 눈을 빛냈다.

"죄송해요. 저는 빠질게요. 아시다시피……."

지이잉.

별다른 말로 변명을 만들어 내지 않아도 때마침 울려 오는 서하의 휴대폰 진동이 연정과 정 대리의 사이에서 적절하게 물러나게 만들었다.

휴대폰을 집어 들기 무섭게 연이어 진동이 울렸다.

"그럼, 다녀올 테니까 연휴 잘 보내고. 두 사람은 건투를 빌어."

"잘 다녀오세요."

영섭에게 인사를 한 서하가 휴대폰을 확인했다.

"누군데요?"

몇 초간 정지 상태에 있던 서하의 얼굴이 해사하게 변하는 걸 보며 연정이 물었다.

"아, 크리스마스 선물. 친구가……, 상아와 먹으라고 케이크를 보내 줘서."

의아해하는 연정의 눈이 자신이 더듬는 말 때문인 줄도 모르고 서하가 계속 변명하듯 말을 이었다.

"그 정도에 감동받다니. 그동안 제가 무심했네요."

"아니야."

빈 잔을 급하게 정리한 서하가 한 손에 휴대폰을 꼭 쥐고 탕비실로 들어갔다.

〈크리스마스이브, 혼자 보내게 해서 미안.〉

함께 보낸 이모티콘이 괴로운 듯 자신의 가슴을 두드리고 있었다.

〈당연히 상아와 보낼 거라 믿으며.〉

이번엔 날카로운 눈매를 번뜩였다. 짧은 메시지 옆에 함께 보낸 이모티콘에 서하가 저도 모르게 웃음을 터트렸다. 마지막으로 생크림 케이크와 후드 티를 입은 캐릭터 인형이 선물로 도착해 있었다.

단순한 답례 메시지를 누르려던 서하의 손이 급히 이모티콘을 찾아들었다. 앙증맞게 꼬리를 흔들려던 토끼에게로 향하던 손가락이 순식간에 다른 것을 선택해 버렸다.

귀를 쫑긋 세운 강아지에게 쪽, 입을 맞추는 고양이.

두 손에 휴대폰을 꼭 쥔 채 서하는 좀처럼 탕비실을 떠날 줄 몰랐다. 그러나 쑥스러운 제 마음을 덮어 줄 답장은 없었다.

결국, 유진이 보내 준 케이크는 단것을 좋아하는 유라의 차지가 되었다.

상아에게 아직 금기 식품인 줄 알면서 이런 걸 들고 왔다며 눈살을 찌푸릴 땐 언제고, 유라는 혼자서 잘도 먹었다. 단것을 좋아하지 않는 서하이다 보니 아마도 자신을 위한 선물이라 여겼는지 툴툴거리면서도 반기는 눈치였다.

"상아는 퇴원하면 많이 사 줄게."

"괜찮아. 난 이게 더 마음에 들어."

품에 꼭 끌어안은 인형에 입을 맞춘 상아가 밝게 웃었다.

"마음에 들어?"

"응."

"다음에 보면 인사해. 대표님이 사 준 거야."

달각. 유라가 접시에 남아 있던 생크림을 깨끗이 긁어내던 포크를 소리 나게 내려놓았다.

"뭐야, 이거 너네 대표가 사 준 거야?"
"응. 크리스마스 선물."
서하가 잠기운이 몰려오는 상아의 목 뒤로 베개를 깊숙이 찔러 주었다.
"그런 줄도 모르고, 내 입만 호강했잖아."
"누가 먹으면 어때?"
"됐어. 그만하라고 그래."
"상아는 잠이 오면 얼른 자."
작게 고개를 끄덕이는 상아의 침대를 약간 더 내려 준 서하가 유라의 맞은편에 앉았다.
"뭘 그만해?"
"뭘 좋아하는지도 모르는 남자에게 뭐 하러 마음을 줘?"
"상아 먹으라고 보냈겠지."
바로 뭐라고 한마디 해 올 법한 유라가 아무 말이 없다.
"왜?"
"마음을 주긴 줬네?"
서하가 모른 척 가방을 들고 일어섰다.
"무슨 일이야, 이게? 너도 그럴 줄 아는 애였니?"
"너, 말투 이제부터 바로잡아."
더없이 낮고도 고요한 목소리. 서하가 이리 나올 땐 천하의 유라도 살짝 주눅이 들었다.
"엄마 노릇 제대로 하겠다며? 그럼 나도 제대로 된 이모 노릇 해야지."
"섭섭해?"
"......"

"바보가 따로 없지. 결혼도 안 한 아가씨가 여섯 살 아이 엄마 못 하는 게 뭐가 섭섭하다고."

병실 문을 나서는 서하의 귀로 유라의 코맹맹이 소리가 들려왔다.

지난주 집에 잠시 들른 유라는 정순에게 상아의 퇴원이 결정되는 날, 제가 친엄마라는 사실을 알려 줄 거라고 말했다. 그동안 고생하며 키워 줘서 감사하다는 말도 보탰다.

정순은 서하가 엄마를 자처하고 나섰을 때처럼 딸의 앞날을 위해 말리고 나섰지만, 한 번 죽음을 오고 가던 상아가 불쌍했는지 정순도 제 딸만의 행복을 생각할 수 없는 눈치였다.

"언니."

어느 사이에 뒤를 따라 나왔는지 유라의 목소리가 들렸다.

"왜 나왔어?"

엘리베이터 문 바로 앞으로 자매가 나란히 섰다.

"고마워."

"……."

"그리고 미안해."

서하가 시큰해 오는 붉어진 코끝을 숨기려 고개를 빠르게 돌렸다.

"앞으로 내가 잘할게. 엄마, 현민이, 그리고 언니."

유라의 눈물이 먼저 볼을 타고 흘러내렸다.

"환경까지 바뀌면 상아 더 힘드니까, 그대로 엄마 집에 둬. 일은 해야지. 네 딸이니까 앞으로 열심히 네가 공부시켜."

"왜 그래? 잘나가는 이모가 많이 도와줘야지. 우리 상아 유학까지 보낼 건데."

부러 매정하게 말하는 서하에게 유라가 팔짱을 끼며 콧소리를 냈다. 아버지가 살아 계실 때 자주 보던 유라의 모습이었다. 따라 울어 버릴까 봐 서하는 여전히 고개를 돌리지 못했다.

"그리고 나, 엄마 집으로 들어갈 거야."

"네 쓸 공간도……."

유라의 얼굴이 어느 때보다 편안해 보여 서하가 하던 말을 멈췄다.

"엄마가 더 고생하시겠지. 나야 언니만큼 할 줄 아는 것도 없고 제대로 도와주지도 못할 테니까."

"유라야."

"내 오피스텔 그대로 쓰라고 하고 싶은데, 언니 회사와 거리도 있으니까."

우현이 드나들던 공간이었다. 그냥 처분하고 싶었다. 살짝 얼굴빛이 변하는 유라의 표정을 살피던 서하의 가방에서 짧은 진동 소리가 들려왔다.

"대표님인가 보다."

"아냐."

"거짓말하지 마. 늘 휴대폰 소리 죽여 놓는 사람이잖아. 연락, 기다렸지?"

귀신이 따로 없다. 허를 찔린 사람처럼 서하는 아무런 말도 할 수 없었다.

"엘리베이터 문 열렸다. 건투를 빌어."

한 손으로 가볍게 등을 밀어 주는 유라의 손길에 따라 서하가 엘리베이터에 올라탔다. 뒤를 돌아보니 유라가 주먹을 들어 파이팅을 외쳤다.

문이 닫히는 동시에 가방에서 휴대폰을 꺼냈다. 하루가 지나서 보내온 메시지였다.

〈바다 보고 싶지 않아?〉

오라는 말인가?

〈내가 가면 세 시간. 네가 오면 여덟 시간 함께 보낼 수 있어.〉

엘리베이터가 1층에 도착하기 무섭게 서하의 구두 소리가 병원 로비로 빠르게 울려 퍼졌다.

뉴욕의 기획팀과 이쪽의 본부장까지 여섯 명과 함께 움직이는 유진이었다.

며칠 만에 주어진 그의 반나절을 비행기 안에서 보내게 할 수 없었다. 아니, 보고 싶은 이 마음을 아무것도 하지 않은 채 죽여 놓고 있을 자신이 없었다.

택시를 향해 서하가 긴 팔을 다급하게 뻗었다.

❖ ❖ ❖

"놀랐어요?"

때 이른 룸서비스라고 생각하고 문을 열었다. 목에 두꺼운 니트 머플러를 두른 서하를 발견한 유진의 잠이 덜 깬 눈이 한순간에 크게 뜨였다.

"어떻게 된 거야?"

이제야 첫 비행기가 뜰 시간이었다. 놀란 눈빛과 달리 사정을 묻는 그의 입가엔 절로 미소가 피어올랐다. 서울로 오라는, 부산으로 가겠다는 어떠한 답도 없는 휴대폰을 들여다보며 다른 일정이 있겠거니 여기면서도 내심 서운했다.

"몇 시간 벌고 싶어서 새벽 기차 타고 왔잖아요. 얼른 준비해서 나와요. 부산 투어 해야죠."

"장난해?"

길게 뻗어 나온 그의 손이 서하를 룸 안으로 쑥 이끌었다.

"아, 누가 보면 어떡해요?"

"보긴 누가 봐."

유진만이 이곳에 묵고 있는 것은 서하도 알고 있었다.

"또, 보면 어때서."

등 뒤로 문이 닫히는 소리가 들렸다.

"피곤해요? 더 잘 거예요?"

"잠은 다 달아났어."

"그럼, 준비해서 나가요. 저, 부산 처음……!"

서하의 뒷말이 그의 입술 안으로 삼켜졌다. 갑작스런 입맞춤에 놀란 그녀의 손에서 떨어진 가방이 툭 하는 소리를 내며 바닥에 떨어졌다.

입술이 함락당한 채 끌려가는 곳이 침대 쪽인 걸 알아챈 서하가 작은 반항을 했다.

양손이 부여잡힌 채 그녀의 다리는 유진이 이끄는 쪽으로 속수무책으로 따라 걸었다.

유진이 침대 위로 먼저 무너져 내렸다. 그의 가슴팍 위로 쓰러진 서하가 벅찬 숨을 헉헉거렸다.

"아침부터."

유진이 빠르게 몸을 굴러 서하의 가슴팍 위에서 그녀를 내려다보았다.

"그런 자극적인 메시지를 보냈으면 책임을 져야지."

"무슨 자극적인……."

크리스마스이브에 보낸 이모티콘을 떠올리며 서하가 어이없다는 표정으로 유진의 가슴을 한 대 쳤다.

"말도 안 되는 소리 하지 말고 내려와요. 귀한 시간 낭비하지 말고."

"내 말이. 귀한 시간 이렇게 낭비할 수 없어."

조금 전에 어느 정도 갈증을 채웠는지 다시 내려온 그의 입술은 상큼한 과일을 베어 먹듯 부드러웠다. 거부의 뜻을 굽힐 수 없다는 듯 요리조리 피하는 서하의 혀를 그는 집요하게 쫓아왔다.

반항에 지친 서하의 두 어깨에서 스르르 힘이 빠지자 유진의 손이 빠르게 그녀의 상의 점퍼를 벗겨 내렸다. 아직 커튼도 열어젖히지 못한 어두운 실내였지만 붉게 타들어 갈 듯한 그의 열기 띤 얼굴을 바라보는 서하는 여전히 부끄러웠다.

그것을 알아차린 유진이 피식 웃음을 터트리고 그녀의 두 눈썹 위에 부드럽게 입을 맞추었다.

❈ ❈ ❈

유난히 파란 바다였다. 처음 접하는 바다는 아니었지만, 부산은 처음이었다. 칠흑같이 깊고 짙은 강릉과 다른 빛의 아름다움이 있었다.

아직 잠이 깨지 않은 유진의 얼굴부터 어깨까지, 햇빛으로부터 지키듯 가려 주고 한쪽으로 커튼을 걷어 젖히자 넓은 창 사이로 금싸라기 같은 맑은 햇살과 새하얀 백사장이 한눈에 들어왔다.

크리스마스 연휴가 낀 일주일간의 해운대 숙박을 잡기 위해 정 대리가 꽤나 고생한 만큼 최상의 전망이었다. 그녀의 입에서 감탄사가 절로 새어 나왔다.

한나절을 생각하고 내려온 탓에 갈아입을 옷이 없어 옷장을 뒤져 유진의 티 한 장을 꺼내 입은 상태였다.

드러난 허벅지에 와 닿는 유리의 차가움도 느끼지 못한 채 서하는 창가에 딱 달라붙어서 말로만 듣던 광안대교와 해운대 바다에 넋을 놓고 있었다.

"어머."

언제 일어났는지 기척도 느끼지 못한 유진이 서하의 등 뒤에서 한 품으로 안아 왔다.

"일어났어요?"

지난 며칠간의 일정이 꽤나 피곤했던 모양이다. 서하는 이토록 지쳐 보이는 유진의 얼굴은 처음이었다. 대답 없이 그녀의 어깨에 얼굴을 파묻는 그의 머리를 부드럽게 쓸어 주었다.

"섭섭한데. 딴 곳에 한눈팔고 있다니."

차마 눈을 떼지 못하겠다는 말은 할 수 없었다. 부산은 처음이라는 말도.

그래도 웬걸, 그가 곁에 있으니 좋은 거지. 여기서 혼자 바라보는 바다는 청승, 그 자체였을 것이다.

백사장 아래 거니는 사람들도 팔짱을 걸친 연인들이 대부분이었다.

“감사해요.”

뭐가, 하고 묻는 유진의 눈빛에 크리스마스 당일에 커플이 되어 본 게 처음이라는 말을 삼켰다.

“배 안 고파요?”

“고파. 밥이 아니라, 강서하가.”

이 남자가 점점. 다시 귓가에 열기가 올라오기 시작했다.

“일단 밥부터 먹어요.”

“일단?”

급하게 고개를 든 유진이 침대 옆 협탁 시계에 눈길을 주었다. 시간은 벌써 12시를 향하고 있었다. 살짝 찌푸려진 눈살. 가능치 않다고 여겼나 보다.

“대표님과 같이 밥 먹고 싶어요.”

꼭 해운대를 바라보며.

“여기, 당신 대표 없어.”

둘이 있을 때엔 삼가라는 호칭이었지만 딱히 무어라고 불러야 할지 몰랐다.

“오빠, 저랑 밥 한 번 먹어 주지 않을래요?”

싸하게 식어 가는 그의 얼굴을 보고 서하가 소리를 내고 웃었다.

“그렇게 이상했어요?”

“억지로 시켜서 하는 사람 같잖아. 굳이 그렇게까지 부르지 않아도 돼.”

"아야."

유진이 서하의 코를 아프지 않게 쥐었다.

"나가자."

욕실로 들어가는 그의 입꼬리가 싱긋 호를 그리고 있는 걸 서하는 보지 못했다.

라운지에서 간단한 식사를 하고 남들처럼 백사장을 걸었다. 서하가 쭈뼛거리며 팔짱을 끼자 그가 팔을 빼내고 손을 맞잡아 왔다.

그리고 순서가 정해진 것처럼 두꺼운 코트 주머니에 맞잡은 두 손이 들어갔다. 맞닿은 손이 간질거려, 서하는 오전의 침대에서보다 가슴이 더 두근거렸다.

"상아가 인형 정말 좋아했어요."

"직접 사 줬으면 좋았을 텐데. 귀찮았지?"

"아니에요. 병원 바로 옆에 매장이 있었어요. 어떻게 그런 선물 할 생각을 다 했어요?"

자유로운 서하의 손이 기특하다는 듯 바닷바람을 맞고 있는 유진의 빨간 볼을 살짝 쓰다듬자 그가 그녀의 팔을 잡았다.

"이럴 때 보면 꽤 과감해."

그런데 왜 침대에선 눈조차 마주해 오지 못하는지.

"무슨 생각 하는지 다 들려요."

바닷바람으로 빨개져 있던 서하의 볼에 또 다른 홍조가 피었다.

서하가 자신을 빤히 바라보고 있는 그의 시선을 피해 먼 바다로 눈길을 돌렸다. 코트에서 빠져나간 유진의 손이 휴대폰을 꺼내 무언가를 빠르게 두드려 갔다.

"왜요? 일정이 바뀌었어요?"

그녀의 팔을 자신의 왼팔에 걸쳐 준 뒤 백사장을 거니는 유진의 두 손은 계속해서 바빴다.

"됐다."

"뭐가요?"

"밤 11시 40분, KTX 예매."

무슨 말을 하는지.

"10분 전까지 부산역에 가면 되겠지. 6시쯤 마칠 거야. 같이 저녁 먹자."

어쩌나, 이미 5시 티켓으로 예매를 해 두었는데. 유진이 벡스코 회의장으로 떠나면 혼자서 해운대 주변을 돌아보고 때를 맞춰 가려던 참이었다.

"내일 출근해야 되나? 너무 피곤하겠지……?"

슬쩍 제 눈치를 보는 그의 작은 말소리에 서하가 풋 하고 낮게 웃음을 터트렸다.

"하던 대로 해요. 까칠하던 우리 대표님, 어디 갔어요?"

급기야 까르르 하고 웃어 대자 무안함으로 인상이 구겨진 유진이 등을 돌려 앞서 걸었다.

"당연히 난 대표님과 함께라면 하루쯤 밤을 새도 거뜬해요. 설마, 삐진 거 아니죠?"

턱 밑에서 쫑알거리는 서하를 유진이 못마땅한 듯 미간을 찌푸리며 내려다보았다.

"인상 풀어요. 이렇게 좋은 곳에 와서. 아!"

무언가 잊은 것이 생각난 듯 서하가 발걸음을 멈추자 유진도 따라 멈췄다.

“사진 찍어요, 우리.”

거부하던 유진이 서하의 짧은 팔로 키 큰 자신을 담아내지 못하자 하는 수 없이 대신 휴대폰을 들었다.

긴 팔을 올려 든 휴대폰 속 카메라의 화면 안엔 서하의 빨간 니트 머플러가 화사해 보였다.

“제가 셋 하면 눌러요. 아, 잠깐만요.”

유진의 얼굴이 너무 뒤로 나가 있었다.

“됐어요. 하나, 둘. 앗!”

서하의 어깨로 가 있던 유진의 손이 그녀의 목덜미를 잡아당겼다. 그리고 그녀의 입술을 삼키는 순간, 셔터 음이 들려왔다.

순식간에 얼굴이 붉어진 서하가 휴대폰을 낚아챘다.

“순 엉터리, 얼굴이 제대로 안 나왔잖아요.”

“같이 찍은 게 중요하지.”

“안 예쁜 건 인정한다는 소리네요.”

그녀의 입술이 샐쭉해졌다.

“이런 걸 누구에게 보여 줘요?”

“보여 주고 싶은 데 있어?”

“그런 건 아니지만…….”

유진이 서하의 말을 듣다 말고 혼자 빠른 걸음으로 앞서 걸었다.

황당함에 입을 다물지 못하고 있는 그녀의 앞으로 유진이 대학생쯤 되어 보이는 젊은 청년 둘을 데리고 왔다.

“부탁할게요.”

“네. 찍습니다!”

역시 잡지 인터뷰를 자주 해 본 사람이라 그런 걸까.

여전히 마음에 들지 않는 자신의 얼굴보다 사진 속 화사하게 웃고 있는 유진의 얼굴에 서하의 두 눈이 밝게 빛났다.

참 멋지다. 이 남자.

10화

지키고 싶은 사람

April Snow

연휴가 지난 사무실 분위기는 나른한 기운이 감돌만큼 평화로웠다.

그리고 어쩌다 보니 사무실엔 또 서하 혼자였다.

함께 점심을 먹은 연정은 공항 매장에 일이 있어 그리로 바로 출발했고, 본부장과 정 대리는 무슨 일인지 아직 들어오지 않았다.

당일치기 부산 방문이 조금 피곤하긴 했지만 그건 오로지 육체적인 피로였을 뿐이었다. 서하는 첫눈 아래 확인했던 자신의 마음이 새하얗던 지상의 눈들이 녹아들면서 무던히 부담스러웠다.

유진이 눈앞에 보이지 않자 함께 보냈던 그날 밤을 무르고 싶은 마음과 그를 향해 달려가는 마음 사이에서 무던히 혼란스러웠다.

그러나 부산에서 보낸 그와의 시간들은 그 갈등을 한순간에 날려 버리고, 앞으로 쑥 내달아 버리게 만들었다.

이제, 그를 제외한 자신의 일상을 상상도 할 수 없게 되었다.

부산 벡스코 컨벤션 센터에서 열릴 세계 보석 박람회를 위해 부산에 왔던 뉴욕 팀들은 전시장 내 지정 공간 확인과 실내 투시도 제작까지 마치고 모두 뉴욕으로 떠났다.

유진과 지원을 위해 함께 내려갔던 본부장이 돌아오면서 모든 일이 순조롭게 진행되는 것처럼 보였다.

하지만 로티스 엘 부스 바로 입구에 전시될 대표 디자인이 정해지지 않은 상황에서 행방을 알 수 없는 레나 장에 대한 불편한 마음이 서하의 가슴 한구석을 지그시 눌러 왔다.

오전, 사무실을 잠시 들렀다가 나간 유진의 얼굴은 반쪽이 되어 있었다.

부산에서의 긴 일정으로 더욱 힘들었을 그를 위해 아침에 조금 일찍 나와 식사를 준비해 줄까 하던 생각을 바로 물리치고 혼자라도 마실 생각에 커피를 내렸다.

그저 하던 대로 했는데도 역시나 혼자 마실 거라 성의가 부족했는지 평소와 맛이 달랐다.

너무 진하게 내려진 커피를 들고 다시 탕비실로 향하는데 벌컥, 사무실 문이 열렸다.

"밖에서 커피 드시고 들어오는……."

상대를 잘못 찾은 서하의 말이 끊어졌다.

"누구시죠?"

화려한 분위기의 젊은 여자. 낯선 여자의 눈빛이 서하를 한순간에 훑어 내렸다.

당당한 그녀의 태도에 서하는 순간 자신이 서 있는 곳이 제 사무실이 아닌가, 하는 착각이 들었다.

"어떻게 오셨어요?"

"커피?"

"네?"

서하의 눈이 저도 모르게 여자가 가리키고 있는 제 손의 머그잔에 아주 잠깐 머물렀다.

"커피 마시는 중이면 저도 한 잔 주세요."

설마. 서하의 얼굴빛이 살짝 흐려졌다.

"레나 장이에요."

짧게 자신의 소개를 끝낸 여자가 서하를 지나쳐 손에 들고 있던 밍크 재킷을 소파 한쪽으로 던져 놓았다. 그리고 귀찮은 듯 긴 웨이브 머리를 어깨 뒤로 쓸어 넘기며 멍하니 자신의 뒤를 좇고 있던 서하를 뒤돌아보았다.

"혹시, 그쪽이 강서하?"

"네. 로티스 엘 한국 지사 리테일 매니저 강서하라고 합니다."

들고 있던 머그잔을 바로 옆 책상에 내려놓으며 서하가 손을 내밀었다.

"지사 리테일 매니저가 본사 디자이너 팀 총괄 디렉터에 악수를 청하는 건 경우가 아니지 않나? 아, 그새 미국식 인사에 물들었나?"

"……한국식으로 하자면 그쪽이 저에게 말을 놓는 것도 경우는 아닐 것 같은데요?"

몇 초간 침묵을 유지하던 서하가 나직한 목소리로 그녀의 말을 받았다.

유진의 오피스텔에서 그녀에 관한 이야기를 듣고 종일토록 기사를 찾아 읽었던 서하였다.

레나의 긴 속눈썹이 활을 그리듯 천천히 위로, 그리고 다시 아래로 내려왔다. 속눈썹 사이로 보이는 날카로운 눈빛은 마치 도자기 작품이라도 감상하듯 서하를 천천히 훑어 내렸다.

“별 매력은 모르겠는데.”

“일단 앉으세요. 내려다보는 게 편하지 않겠지만, 올려다보는 것도 제법 힘이 드니까.”

탕비실로 들어가 새로 내린 커피 두 잔을 들고 나오니 그녀는 다리를 꼰 채 소파 깊숙이 몸을 기대고 눈을 감고 있었다.

별로 사용될 일이 없던 소파가 모처럼 빛을 발하기엔 다소 협소해 보였다. 아마 그가 앉으면 더하겠지. 연락을 해야 하나?

“대표님께 연락을 드릴까요?”

“아뇨, 내 용무는 당신이에요.”

짐작하고 있었던 일이다. 손님용 컵은 그녀의 앞으로, 머그컵은 자신의 앞으로 내려놓으며 서하가 맞은편에 앉았다.

“진, 좋아해요?”

“…….”

외자로 불러 오는 그의 이름이 낯설어 얼른 알아듣지 못했다.

“당신을 좋아한다고 하더군요.”

어이없는 듯 연이어 터트리는 레나의 헛웃음이 사무실 바닥을 내리쳤다.

“정확히 말하면, 당신 생각이 떠나가지 않는다고. 그건 내 경험상 좋아한다는 말이긴 한데, 진의 정의로는 모르겠군요. 여자에 대해서 말해 온 적이 처음이니까.”

드라마에서 많이 본 장면이었다. 이럴 때 여자 주인공이 무어라고 말을 했는지 잘 들어 둘 걸 그랬다.

아니, 어쩌면 드라마의 주인공은 레나, 그녀인지도.

"당신은요?"

위로 치켜진 레나의 긴 속눈썹은 그녀만큼이나 도도해 보였다.

"제 대답이 중요한가요?"

"그렇진 않아요."

"호기심을 채우기 위한 거라면 굳이 대답하고 싶진 않군요."

레나가 소리를 내지 않고 짧게 웃었다. 모델이라 해도 손색이 없을 것 같은 늘씬하고 세련된 분위기였다.

그럼에도 속살같이 하얗고 작은 얼굴 때문인지, 섹시하기보다 맑고 청초해 보였다. 이쪽의 매력을 모르겠다는 여자의 말이 서하의 가슴 한편을 쿡 하고 쑤셔 왔다.

"심심하진 않겠네요. 상상한 것하고 달라요."

당신 역시 생각 이상이야. 그럼에도 난 웃어 줄 수가 없어.

"마음껏 좋아해요. 가능하면 사랑까지도."

한순간에 레나의 얼굴에서 웃음기가 사라졌다.

"사랑도 모르는 남자, 매력 없으니까."

뻗어 온 그녀의 긴 팔이, 그녀의 긴 손가락이 우아한 동작으로 잔을 들었다.

"어차피 유진은 내게 올 거니까. 내게 오지 못해도 당신한테 가지 못할 거니까. 임유진은 사랑하는 여자와는 절대 결혼하는 일은 없을 테니까."

"어?"

레나의 말이 떨어지기 무섭게 서하의 등 뒤로 문이 벌컥 열렸다. 그리고 정 대리의 놀라는 소리가 먼저 날아들었다.

"아니, 여길 어떻게……."

레나가 일어서자 잘 뻗은 긴 다리가 서하의 눈에 들어왔다.

"여기 로티스 엘 한국 지사 아냐?"

"왜 아닙니까."

"그런데, 여기서 날 봤다고 그렇게 놀랄 일이야?"

"아, 그게."

정 대리의 얼굴에 난처함이 살짝 드러났다.

"미스터 정 무서울까 봐 아이섀도도 지우고 들어왔는데?"

"아, 정말! 전무님, 그새 일러바치셨어요?"

"너 인마, 언제 한국 들어온 거야?"

사무실 입구에서 준하의 목소리가 들려왔다. 서하는 그제야 마시다 남은 잔을 챙겨 들고 소파에서 일어섰다.

"식사하셨어요?"

"아, 네. 인사는 하셨어요? 레나……."

준하의 물음에 서하가 살짝 고개를 끄덕여 보이고 그를 지나쳤다.

그 순간, 유진과 본부장이 사무실로 들어섰다. 입구와 가까운 탕비실 앞에 서 있는 서하를 발견한 유진의 눈초리에 즉각적으로 웃음이 묻어났다.

"진, 걱정했지?"

입가로 호를 그려 가던 유진의 입매가 앞으로 한 걸음 걸어 나오는 레나를 발견하고 한순간에 굳어졌다.

"부산 전시장으로 보내 놓은 메인 디자인, 마음에 들 거야.

같이 가서 확인해야지?"

달칵, 소리를 내며 닫히려는 탕비실 문 사이로 새어 드는 유진의 낮은 음성. 그의 목소리에 묻어 있는 싸늘함에 안도하는 바보 같은 마음.

상대의 마음을 바라보는 게 아니라 스스로의 마음을 따라가겠다던 말이 지독한 잘난 척이었음을 깨닫는 순간이었다.

✤ ✤ ✤

"너는…… 알고 있었니?"

언제나 냉정하고 침착한 고명희 대표였다. 남자 이상의 배포와 이성적 판단을 지닌 그녀는 BS그룹 진영신 회장과 마찬가지로 사람의 마음을 잘 파악하는 능력을 지녔지만 그것을 다루는 방법은 달랐다.

자신의 편익에 서도록 하는 것은 같을지 몰랐으나 고 대표는 먼저 손을 뻗을 줄 알았고, 필요하다면 마음도 주었다. 그러나 아니다 싶을 땐 과감히 내칠 줄도 아는 그녀는 누구보다 제 마음을 다룰 줄 아는 사람이었다.

그것이 사업에 있어서, 타인에 한해서라는 것을 유진은 잘 알고 있었다.

그녀는 그 누구보다 제 울타리와 가족에 대한 사랑과 집착이 강한 사람이었다. 서류상 모자라는, 그저 허울 좋은 이름으로 묶여 있는 자신에게조차 모든 마음을 내어 주던 여자였다.

하물며 단 하나의 혈육인 수화의 일 앞에서는 더할 것이었다.

"언제부터?"

유진의 침묵이 마땅치 않았는지 한없이 낮았던 그녀의 목소리가 까슬거렸다.

"얼마 안 됐습니다."

답답한 마음에 유진을 불러들였을 뿐, 그가 달리 해 줄 수 있는 일이 없다는 걸 명희도 모르진 않았다. 애초에 말리지 못한 자신의 죄였다.

"수화는 어떻게 하고 있습니까."

"아이도 받아들이겠다고 하는구나."

명희의 방에 들어온 이후 시종일관 담담한 유진의 표정이 눈에 띄게 굳어졌다. 그런 변화가 명희의 마음을 조금 풀어 주었다.

"그래, 있을 수 없는 일이야."

파혼 통고만 해 놓고 일언도 없는 김우현이었다. 갑작스런 일에 놀란 명희가 몇 번의 연락을 넣었으나 아무것도 모르는 그쪽 집에서는 그저 죄송하다는 말만 해 왔다.

그리고 사흘 전에서야 우현의 부친이자 에어코리아나 공동 대표인 김준호는 창석이 입원해 있는 병원으로 찾아와 고개를 숙이며 사죄를 해 왔다.

이틀 동안 제 방에서 두문불출하던 수화는 오늘 아침 말끔히 옷을 갖춰 입고 나와 아이도 함께 받아들이겠다는 말 한마디를 남기고 여느 날처럼 출근을 했다.

"제 쪽에서 싹싹 빌며 받아들여 달라고 해도 뭐라고 할 판에, 불쑥 찾아와서 파혼하겠다는 말만 남겨 놓고 얼굴 한 번 보여 주지 않는 녀석을……!"

말을 할수록 참을 수 없는 감정이 북받쳐 오르는지, 명희가 입을 물었다.

대각선 쪽으로 앉아 있는 자신의 귓가에까지 흘러오는 명희의 한숨을 느끼며 유진의 눈빛이 더욱 흐려졌다.

"아저씨, 정말 잘생겼어요."

이 순간, 수화의 걱정보다 엄마를 잃을지 모를 어린 상아의 얼굴을 떠올리는 유진의 마음은 한없이 착잡했다. 수화의 마음이 그리 결정되었다면, 그것을 김우현이 받아들이기라도 한다면 일이 흘러갈 방향은 정해져 있었다.

"작은 아버님은 뭐라고 하십니까."

"그 양반이야 자식 마음이 제일인 사람 아니겠니."

테이블에 놓인 물컵으로 급히 손을 뻗어 목을 축인 명희가 말을 이었다.

"이성적 판단이 설 때까지 두고 보자고 하시는구나. 날 닮아 원하는 것은 쟁취해야 하는 성격이라, 제 마음을 제대로 못 들여다보고 저러는 수가 있다고."

다시 뿜어져 나오는 그녀의 한숨. 이번엔 유진이 천천히 고개를 들어 며칠 새 몇 년은 늙어 버린 듯한 명희의 얼굴을 바라보았다.

"늘 하는 소리지만, 네가 있어 든든하구나. 이런 일을 누굴 붙잡고 이야길 해."

"만약."

나지막하게 들려오는 유진의 목소리에 명희가 고개를 퍼뜩 들었다.

"만약, 아버지가 제 어머니를 만나지 않으셨다면…… 대표님은 어떻게 하셨을 겁니까."

예상치 못한 질문에 명희의 눈빛이 살짝 흔들렸다. 그리고 얼마 지나지 않아 침잠한 목소리로 그를 불렀다.

"유찬아……."

"대표님의 고민을 자연스레 거두어들이게 했던 제 부모님의 만남이 없었다면…… 대표님은 어떤 선택을 하셨을까요."

"세월이란 참 덧없구나."

짧게 뱉은 그녀의 목소리에 삶에 대한 회한이 묻어났다.

"한때 날 흔들던 열정도, 네 아버지가 가실 때의 충격과 슬픔도, BS를 가지고 싶던 욕망 따위도 한낱 기억 속의 것이 되어 버렸네. 그리고 이젠 그저……."

명희가 고개를 들어 유진의 눈을 고요히 마주했다.

"우리에게 어머니, 아버지 소리를 하지 않는 너와의 거리가 섭섭할 뿐이야."

우아하고 나이가 무색하게 단아한 그녀의 얼굴에 슬픈 듯 고요한 미소가 떠올랐다.

"갓 대학을 입학할 무렵이었지. 네 아버지와 혼담이 잡힌 게."

유진을 향하던 명희의 눈빛이 과거의 시간으로 흘러들어 가듯 아득하게 변해 갔다.

"BS그룹 장남과 결혼을 원하는 아버지의 뜻을 거스를 자신도 없었으니, 그저 밤마다 해 보는 상상이 다였어. 철들면서부터 좋아했던 네 작은 아버지, 창석 씨가 옆에 없는 건 어떤 기분일까 하고. 세상에 때 묻어 버린 지금, 이 마음으로 그때를 돌아보면 그이를 포기하고 네 아버지와 결혼을 하고 사는 것쯤이야 뭐 힘들게 있었겠냐는 생각도 들어. 하지만."

모를 일이라는 듯 명희가 고개를 작게 가로저었다.

"나보다 훨씬 강해 보이던 네 엄마가 저리 무너진 걸 보면 나라고 제대로 살아 냈을까 싶기도 해."

소파 등받이에서 몸을 떼 다시 한번 컵을 향해 손을 뻗는 명희를 대신해서 유진이 먼저 건네주었다.

"네 아버지와 엄마의 고된 사랑 덕에 무난히 결혼할 수 있었던 게 감사하면서도 한편으로 내 진실한 사랑을 시험해 볼 기회를 잃은 건 서운하기도 해."

명희의 얼굴에 희미한 웃음이 잠시 머물렀다. BS그룹 차남인 창석은 유진의 생모인 수연의 대학 선배이자 레나의 아버지와 동기였다.

대학 축제 기간 전시회에 찾아온 형, 종훈에게 수연을 소개할 때만 해도 두 사람의 인연이 사랑으로까지 가게 되리라고는 생각도 하지 못했다.

명희는 작품 활동을 하면서 대학 강단에서 학생들을 가르치는 꿈을 가진 젊은 예술가를 사랑했다.

장남이었던 종훈이 진 회장이 그리던 인생대로 살아갔다고 한들 창석이 화가로의 꿈을 이루었을지는 알 수 없지만, 적어도 지금처럼 모자 사이에 깊은 골이 남아 있지는 않았으리라고 명희는 생각했다.

창석은 자신의 형과 수연의 사랑을 끝내 인정하지 않고 결국은 형을 그렇게 가 버리도록 만든 자신의 모친이자 BS그룹의 주인인 진 회장을 경멸했다.

명희는 그런 창석을 대신해 회사를 위해 뛰었다.

말은 종훈과 수연의 사랑 덕에 자신의 사랑을 지켰으니 그의 아들인 유진에게 빚을 갚기 위해 아들로 받아들였다고 했지만, 그것이 남편 창석의 뜻이었기에 기꺼이 모든 것을 감내해 냈다.

유진은 언젠가 뉴욕의 한인 화가 전시회장을 들렀다가 찾아온 창석의 말을 잘 기억하고 있었다.

"수화 엄마. 그 사람이 있기에 BS에 있을 수 있는 거다."

명희의 부친은 자신의 장녀를 어떻게든 BS그룹의 장남에게 보내어 딸을 BS그룹의 안주인으로 만들고 싶어 했다.

그 야망을 이루게 해 준 것은 유진의 부모 종훈과 수연의 사랑이었다.

결국 진 회장의 뜻을 거슬러 집안에서 쫓겨난 종훈 때문에 명희는 사랑도, BS그룹의 안주인 자리도 갖게 되었다.

"진정으로 사랑했는지는 주변인들은커녕 본인들도 몰라. 그건 세월만이, 그것도 본인들에게만 가르쳐 줄 수 있는 거야."

명희가 애잔한 눈빛을 숨기지 못하고 유진의 눈을 똑바로 주시했다.

"그러니, 유찬아. 이미 가신 네 아버지를 너무 미워하지 마."

유진의 한쪽 입가가 꿈틀거렸다. 힘껏 깨문 어금니 덕에 턱선을 따라 있는 근육 또한 꿈틀거렸다.

"나는 수화보다 네가 더 걱정이야."

갑자기 자리에서 일어난 명희가 자신의 데스크 서랍에서 사진 한 장을 꺼내 와서 유진의 앞으로 내밀었다.

사진 속에는 병원 로비에서 유진의 차에 오르는 서하의 얼굴이 크게 찍혀 있었다.

"제 뒤에도 사람을 붙이셨습니까?"

"그 사진, 최 실장이 이리로 바로 들고 왔다고 하더구나."

담담하던 유진의 얼굴에 언뜻 험한 기운이 감돌았다.

"회장님은 아직 모르셔. 최 실장은 그 아버지 윗대부터 오로지 BS만을 위해 일해 온 사람이야. 회장님과 네 사이, 더 이상 벌어지는 거 막고 싶겠지. 그게 BS를 흔드는 일인 것을 잘 아니까."

유진도 알고 있었다. 어릴 적, 부엌 한편에 하얀 봉투를 놓고 가던 최 실장의 아버지 또한 기억하고 있었다.

그런 날에는 늘 저녁 반찬이 평소와 달랐으니까.

종현이 하는 일마다 가로막고, 수연이 찾는 일자리마다 쫓겨나게 만들던 진 회장이었다.

그 봉투가 진 회장의 손에서 나온 것이 아니라는 것을 시간이 지나 어른이 되어서야 짐작했다.

"레나와의 관계는 단지 드러난 소문뿐이라는 걸 알고 있어."

"좋아합니다. 강서하."

답이 두려워 명희가 선뜻 묻지 못하는 말을 앞질러 유진이 말했다.

"유찬아……."

"그렇다고 뭘 어떻게 할 수 없다는 거 알고 있습니다."

"민유찬."

"그렇게 부르지 마십시오. 그 이름으로 사는 이상은 사랑하는 여자 하나 지킬 수 없다는 것도 잘 알고 있습니다."

안 돼. 너까지 잃을 순 없어. 명희가 떨리는 손을 감추려 주먹을 쥐었다.

"수화 걱정은 내려놓겠습니다. 바람막이 해 주시는 든든한 부모님이 계시니."

명희의 눈이 화들짝 커졌다. 유진이 자리에서 일어섰다. 평소의 각도보다 더 고개를 숙여 인사를 하고 등을 돌렸다.

"그 아이, 정말 사랑하니?"

막 떼던 발걸음을 멈추고 유진이 명희를 향해 다시 돌아섰다.

"말씀처럼 세월이 가르쳐 주겠지요. 그 시간이 우리에게 주어질지 모르겠지만."

"내가……."

문 앞에 다다른 유진의 발걸음을 명희가 다시 묶었다.

"내가 해 줄게, 바람막이 해 주는 부모가 되어 볼게. 유찬아."

이번엔 유진이 돌아보지 않았다.

"그러니, 그 이름 버리지 마."

등을 돌린 채 지그시 눈을 감는 유진의 얼굴을 명희는 볼 수 없었다.

늦게 내린 첫눈을 보상이라도 하듯 새해를 맞이한 1월은 눈이 잦았다.

아파트 베란다 앞 화단에 심은 키 작은 소나무 가지 위로 소복이 쌓였던 눈이 무게를 이기지 못하고 둔탁한 소리를 내며 떨어졌다.

종일토록 흐린 날씨에 이사 온 이후 제대로 켜 놓지 않은 보일러를 꽤 오래도록 돌려 놓았지만, 1층 특유의 눅눅함이 가시지 않았다.

오래된 아파트일수록 제일 아래층은 피하라고 정순이 일렀으나 서하는 18평밖에 안 되는 혼자만의 공간이 그저 호사스럽게 느껴졌다.

서울의 집세는 만만치 않을 거라며 유라는 오피스텔 전세금을 뺀 돈에 자신의 적금까지 해약하여 돈을 건네주었다. 서하는 그 돈을 받지 않았다.

마음의 짐을 조금이라도 덜어 달라며 정색을 해 오는 탓에 어쩔 수 없이 유라가 처음 집을 구할 때 보태 준 돈만 받았다. 그리고 회사에서 15분 거리의 지은 지 25년 된 5층 아파트의 1층을 전세로 구한 게 일주일 전이었다.

한동안 괜찮았던 불면증이 다시 생겨난 건 갑자기 변한 환경 탓일까, 그게 아니면…….

느닷없이 사무실로 들이닥쳐 머릿속을 온통 헤집고 간 레나를 떠올리던 서하가 생각을 지우듯 머리를 약하게 흔들었다.

얇은 레이스로 만들어진 커튼마저 열어젖히고 맨발인 채로 베란다로 나갔다. 발바닥으로부터 전해 오르는 살을 에는 차가움이 전신으로 뻗어 나가자 그제야 가슴속을 갑갑하게 만들던 불길이 서서히 잠잠해졌다.

팔을 뻗어 펼친 손바닥 위로 눈송이가 가만히 내려앉았다.

유진이 레나와 부산으로 출장을 떠난 지 열흘이 지나고 있었다. 정확히 말하면 유진이 본부장과 비서인 정 대리를 동반해서 떠났고, 이틀 동안 회사 사무실을 기웃거리던 레나가 같은 날짜에 부산으로 내려갔다.

유진은 하루도 빠짐없이 메시지를 보내왔다.

상아의 건강 상태를 물어 왔고, 각 매장으로 외근을 나갈 일이 많은 연정 때문에 거의 비어 있는 사무실에서의 서하의 식사를 걱정해 왔다.

서하는 답을 제대로 하지 않았다. 무성의하던 답조차 받지 못하자 한 번씩 보내오던 유진의 메시지는 대중없이 잦아졌다.

그녀는 그 빈번한 연락이 전화가 아닌 것에 트집을 잡고 있었다. 주변 상황상 어쩔 수 없다는 것을 알면서도 그 모든 게 레나를 의식한 것만 같아 마음이 옹졸해졌다.

아무것도 바라지 않겠다고 해 놓고, 제 마음만 바라보겠다고 해 놓고, 어쩌다가 이렇게 되었는지 스스로가 한심해져 서하는 애써 잠들려 노력했던 수고를 팽개치고 지금처럼 새벽을 밝히는 날이 많아졌다.

차가워진 몸으로 온기가 있는 침실로 다시 들어서니 온몸이 조금 나른해지기도 했지만 정신은 여전히 또렷했다.

내일 오전 전국 점장 워크숍이 예정되어 있어서 조금이라도 눈을 붙여 두어야 하는데 돌아선 연인의 마음처럼 달아난 잠은 쉬이 오지 않았다.

침대 위 시트를 걷어 젖히자 베개 옆에 있던 휴대폰이 깜박거리고 있었다. 거실로 나설 때 미처 보지 못했던 메시지 수신 알림 표시였다.

〈전시회 첫날 사무실 문 닫고 이곳으로 내려와.〉

메시지와 함께 날아온 사진 몇 장에 서하의 눈이 위로 바싹 치켜떠졌다.

액정 화면 가득 채워 오는 보석 박람회 전시장 부스의 아름다움에 바보 같은 상념들이 한순간에 날아갔다.

〈보고 싶다.〉

연이은 메시지를 확인한 서하가 충동적으로 그의 전화번호가 저장된 단축 번호를 눌렀다. 가슴 밑바닥으로부터 울컥 올라오는 뜨거운 덩어리가 순식간에 저지른 일이었다.

한 번, 두 번, 세 번째의 신호음이 울리자 살짝 후회가 되기 시작했다. 시간은 벌써 새벽 2시를 넘어서고 있었다.

여섯 번째의 신호음이 울리는 소리를 듣고 귀에서 휴대폰을 떼려는 찰나였다.

—……네.

"잠 깨웠나요?"

—무슨 일 있어?

잠 속에 묻힌 목소리가 상대를 알아차리자 한순간에 바뀌었다.

유진이 침대에서 급하게 일어나는지 전화기 저편에서 시트 자락을 움직이는 소리도 함께 들려왔다.

"저, 이사했어요."

깊이 들이마셨다가 내쉬는 그의 숨소리를 들으며 서하가 고요한 목소리로 말을 이었다.

"혼자 지내는 게 처음이라 그런지 잠이 쉽게 오지 않아서……. 괜히 잠만 깨웠죠?”

—괜찮아. 어디로…….

“보고 싶어요.”

들릴 듯 말 듯 속삭여 오는 서하의 나지막한 목소리에 유진의 목소리가 뚝 끊어졌다.

⁕ ⁕ ⁕

“들일 수 없어요.”

서하는 문 앞에 떡 버티고 서 있는 유진을 난감한 듯 바라보았다. 그에게 다시 전화가 걸려 온 것은 6시가 다 될 무렵이었다. 여전히 사위는 어두웠다.

뜬금없이 주소를 묻는 그의 말을 미처 알아듣지 못하고 있자, 5분 뒤면 회사 근처라고 말을 해 왔다. 그리고 10분 만에 현관 벨을 눌러 왔다.

“밤새 달렸어. 몇 시간 눈 붙였다가 내려가야 해.”

“여자 혼자 있는 집이에요.”

현관을 막고 섰던 서하가 까치발을 세워 소리 내어 웃는 그의 입술을 손바닥으로 급하게 막았다.

“앞집 사람들 잠 깨요.”

“그러니까 빨리 들여보내 줘.”

서하의 미간이 있는 대로 미간을 구겨졌다.

“내가 올 거란 걸 몰랐다고 하지 마.”

거실로 올라서는 서하의 등 뒤로 유진의 능글거리는 목소리가 들려왔다.

"어떻게, 그 시간에 차를 몰고 올 거라고 생각할 수 있겠어요?"

"강서하도 보인 열정인데 나라고 왜 못 해?"

유진이 못마땅한 표정으로 자신을 바라보고 서 있는 서하를 빤히 바라보았다.

그 눈빛이 뜨거워 서하가 고개를 돌렸다.

"죄송해요. 괜히 잠을 깨워서 이런 사달을 만들었어요."

"어차피, 내려오라는 말에 답이 없었으면 아침 비행기 탈 생각이었어."

결국 시간만 앞당겨졌을 뿐, 오늘 운세는 그의 얼굴을 볼 수 있는 날이었나.

"이번엔 뭐 때문에 화가 났을까."

"누가 화났다고 그래요?"

"화 안 났어? 근데 왜 버선발로 뛰어나와 반겨 주지 않는 걸까."

"저, 출근 준비해야 해요. 들어가서 한숨 주무시고 내려가요."

유진이 겉옷을 벗어 좁은 거실 겸 주방에 놓인 식탁 위에 올려 두고 서하를 돌아보았다.

"휴대폰 줘."

"네?"

"이연정 대리에게 부산 내려간다고 메시지 넣어."

선뜻 알아듣지 못한 서하가 멀거니 유진의 얼굴만 쳐다보았다.

"같이 내려가자."

"오늘 점장들 워크숍 있어요."

"내가 할까?"

"대표님."

"그래, 대표로서 하는 명령이야."

"말도 안 되는……!"

유진이 서하를 끌어안았다. 바깥 기온으로 인해 차가운 입술이었지만 안쪽은 불처럼 뜨거웠다.

작은 반항이 무색하게 서하의 입술이 자연스레 벌어지고 혀가 엉켰다. 유진이 고개를 비틀고 더 깊게 파고들었다. 혀의 뿌리 끝까지 빨아들일 듯 휘감고 입안을 샅샅이 훑어 내렸다.

이상하게도 자신의 감정이 깊어질수록 그의 키스 또한 강렬해진다고 서하는 생각했다.

동이 트지 않은 겨울 아침의 침실은 한밤이나 매한가지였다. 침대 옆 작은 스탠드의 가느다란 불빛을 받으며 서하의 하얀 가슴이 드러났다. 말캉한 혀보다 말랑한 가슴은 입안에서 더 녹아들 것 같아 유진이 들뜬 신음 소리를 냈다.

가느다랗게 떨려 오는 그녀의 어깨에 닿은 유진의 입술은 어느새 데일 듯 뜨거워져 있었다.

문득 그가 몸을 일으켜 두 팔꿈치를 침대에 세운 채 눈앞의 서하를 지그시 바라보았다. 가냘프게 떨구어지던 고개 아래의 귀밑머리를 단 한 번만 쓸어 주면 될 것 같았다. 한껏 떨리고 있는 양어깨를 단 한 번만 토닥거려 주면 끝일 것 같았다.

그렇게 뻗어 나간 손이 갈증을 키웠다. 미친 듯 그녀를 함락하여 자신을 뿜어내면 터질 것 같은 가슴이 시원하게 뚫릴 줄 알았다.

어떻게 안으면 안을수록 불안감은 커지고, 그럴수록 너에 대한 집착이 끝이 없는지.

"스탠드, 끄면 안 될까요."

감당하기 버거운지 서하가 유진의 시선을 살며시 외면했다.

유진이 천천히 고개를 가로저었다. 부끄러워하는 눈빛을 모른 척하겠다. 각오했던 만큼 끝까지 이기적이리라.

이 두 눈에 너의 모든 것을 담으리라.

다시 내려온 유진의 입술이 그녀의 가슴을 물었다.

"가 버려요. 이제 그만 가 버리라고!"

어린 나이에도 아버지에게 해 대던 엄마의 그 말이 진심이 아님을 알고 있었다. 그러니 아버지, 당신 역시 모르지 않았을 테다.

너 하나면 된다는 그 한마디에 모든 것을 바친 사랑.

그 말을 다시 듣기 위해 쏘아붙인 말이었음을.

울부짖는 속내를 모른 척, 가 버리라는 말에 힘을 얻은 듯 맥 잃은 발걸음을 일으켜 떠나 버린 남자, 엄마를 버린 민종현을 용서할 수 없다.

사랑하는 여자를 위해 집을 나간 아들을 용서하지 못한 진 회장은 두 사람의 모든 앞날을 방해했다. 꿈을 버리고 작은 회사에 취직한 두 사람의 일자리까지 뺏어 버렸다. 종국엔 생활고에 시달리게 했다.

종현은 끼니를 위해 일일 노동에 나가야 했고 몸이 약한 수연은 매일 허기진 나날에 더욱 고달파 했다.

그런 수연을 위한 자의에 의한 선택이었는지, 진 회장의 또 다른 압박을 못 이겼는지 그는 결국 젊은 날의 약속을 배신했다.

얼마 지나지 않아 검은 슈트를 입은 사람들이 집으로 찾아왔고 하얀 봉투를 내밀었다.

새집으로 이사 온 그날 밤, 수연은 잠자는 유진을 홀로 남겨 놓은 채 어디론가 사라졌다.

사랑은 그렇게 덧없는 것이었다.

바람에도, 밀물에도 무너져 버리는 모래성과 같은 감정 위에 너를 올려놓을 수 있을까.

너를 지킬 수 있을까.

너를 떠날 수 있을까.

"아."

짧은 비명 소리를 듣고서야 유진이 흠칫거리며 힘껏 깨물고 있던 서하의 가슴으로부터 입술을 뗐다.

미안한 듯 자분자분 다시 핥아 오는 그의 혀끝 촉감에 서하는 조금 전과 다른 신음 소리를 냈다.

밤새 잠을 이루지 못한 연인의 고른 숨소리가 공기를 타고 침실을 조용히 메워 갔다.

〈워크숍 잘 마쳤어요. 걱정 마시고 오늘 하루는 푹 쉬세요.〉

휴대폰 진동 소리가 울리기 무섭게 서하가 눈을 떴다.

예정되어 있던 워크숍 종결 시간과 거의 때를 같이하여 보내온 연정의 메시지였다.

잠결에도 미처 나가지 못한 회사로 뻗어 있던 걱정이 그제야 가시는지 가느다란 한숨을 내뱉었다.

어두운 방 안에 들릴 듯 말 듯 퍼지는 유진의 고른 숨소리가 그녀의 신경을 집중시켰다.

침대 가장자리로 몸을 옮겨 간 서하가 다리 하나를 내딛고 암막 커튼을 살짝 걷자 침실로 새어 들어오는 햇살이 시야를 넓혀 주었다.

언제나 단정하게 빗겨 있던 머리가 이마 앞으로 자연스레 흩어진 모습이 유진을 순한 청년처럼 보이게 했다. 고속도로를 달려와 피곤하다는 말이 무색하게 그는 이제껏 품어 올 때보다 더욱 열정적으로 자신을 안아 왔다.

결국, 두 번째 사랑을 나눌 때 기진맥진하여 거의 잠결인 듯 꿈결인 듯 그에게 몸을 맡겼다. 두 사람은 씻지도 않은 채 베개에 머리를 묻고 깊은 잠에 빠져들었다.

서너 시간의 잠이 이토록 깊고 달 수 있는지 서하는 처음 알았다. 가만히 손을 뻗어 유진의 이마 앞으로 드리워진 머리를 손가락으로 가만히 쓸어 올렸다. 매끈한 이마에 엄지를 살짝 가져다 대어 부드럽게 쓸어 대자 유진의 입에서 작은 잠꼬대를 닮은 소리가 새어 나왔다.

서하의 입술 양끝이 환하게 호를 그리고, 그녀의 눈꼬리에도 미세한 주름이 서너 개 생겼다.

윤기 있는 그의 입술을 혀끝으로 핥아 보고 싶은 스스로의 욕구에 짧은 헛웃음을 뱉으며 그녀가 어이없는 듯 작게 고개를 흔들었다.

강서하, 너 갈수록 미쳐 가는구나.

참을 수 없는 듯 그의 입술을 향해 천천히 내려가던 서하가 몸을 바로 추켜세우는 순간이었다.

"윽."

길게 뻗어 나온 유진의 팔이 그녀의 목을 감싸 재빠르게 그의 입술에 가져다 대었다.

"아파요."

자근자근 물어 오는 그의 입술에서 겨우 벗어난 서하가 울상을 지으며 제 입술을 쓸었다.

"아직도 키스 한 번 먼저 하기가 그렇게 쑥스러워?"

"누가 쑥스럽다고 그래요?"

"그런데 왜 사람 설레게 빤히 쳐다보고 실행에 안 옮겨?"

"그야 왠지 잠들어 있는 사람에게 하려니 도둑 키스 같아서……. 언제 깼어요?"

그 말이 왠지 더 우스운 것 같은 서하가 말을 돌렸다.

"진동 소리에."

"근데 왜 잠들어 있는 척해요? 음흉하게."

"잠은 깼지만 일어나기 싫어서 눈을 감고 있었을 뿐이야. 음흉이라니. 잠든 사람 멋대로 만진 건 누군데."

"만지다니……."

긴 팔이 뻗어 와 서하의 볼 앞으로 흩어져 있는 머리를 가만히 귀 뒤로 쓸어 넘겨 주었다. 단순한 그 동작에 가슴이 두근거려 서하의 눈이 성큼 커졌다.

싱긋 웃어 오는 유진의 표정을 보며 서하가 낭패한 듯 몸을 획 돌려 천장을 바라보며 누웠다.

"왜?"

"싫어요."

"뭐가?"

"그렇게 웃는 거요."

"어떻게 웃었는데?"

입술을 꾹 다물고 아무런 말이 없자 유진이 한쪽 팔을 침대에 괴고 몸을 일으켜 서하를 내려다보았다.

"음?"

"여자 간 빼 먹을 것 같은 웃음."

"뭐야?"

뱉어 놓고도 못마땅한지 이번엔 등을 돌려 모로 누운 서하를 바라보며 유진이 유쾌한 웃음소리를 날렸다.

"뭐가 그렇게 우스워요?"

"자기 얼굴 보고 웃는다고 잔소리하는데, 다른 여자에게 웃음 한 번 날렸다간 뼈도 안 남겠다 싶어서."

"그게 그렇게 즐거워요?"

더 커진 유진의 웃음소리가 결국 그녀의 심기를 건드렸는지 서하가 먼저 침대에서 몸을 일으켰다.

"강서하의 질투가 즐거워서."

"얼른 일어나기니 해요. 벌써 한 시가 다 되어 가요."

"싫은데."

"부산 내려……."

이번엔 한 번 울리다 마는 진동이 아니었다.

이어지는 수신음에 서하가 벗어 놓은 잠옷을 얼른 걸치며 휴대폰을 집어 들었다.

"응, 유라야. 상아는 어때?"

휴대폰을 귀에 걸치고 침실을 나서던 서하가 문 앞에서 갑자기 우뚝 멈추어 섰다.

그 모습을 바라본 유진이 천천히 침대에서 몸을 일으켰다.

"우현 선배는?"

돌아보는 서하를 유진이 얇아진 눈매로 빤히 쳐다보고 있었다.

"금방 갈게. 너무 걱정하지 말고 있어."

통화를 끝낸 서하가 급히 손가락을 두드려 빠르게 전화를 걸어 댔다.

신호음이 길어지자 입술을 자근자근 물어 대기 시작했다. 결국 상대가 전화를 받지 않자 그녀의 팔이 힘을 잃고 툭 떨어졌다.

그리고 그 자리에 멍하니 넋을 잃고 서 있었다.

"일단 씻자."

어느새 다가온 유진이 서하의 손에서 휴대폰을 빼내 협탁 위에 올려다 두었다.

"미안해요. 나 먼저 씻고 나가야겠어요."

"같이 가."

"어디를요?"

"상아 있는 곳."

"그럴 필요……."

"김우현 부모님이 찾아온 건가?"

침실을 나서던 서하가 유진을 향해 빠르게 몸을 돌렸다.

"김우현은 연락이 안 되는 거고?"

"어떻게……."

"수화가 아이도 받아들이겠다고 했다더군."

"그런 말도 안 되는……!"

"씻고 함께 나가지."

온몸에 힘이 빠진 듯 서하가 거실이 아니라 침대로 와서 무너지듯 주저앉았다.

"그런 말도 안 되는 소리가 어디 있어요. 민 상무가 아이를 받아들이겠다고 하면 하루아침에 상아가 그 집으로 가는 건가요? 김우현은, 김우현은 뭐라고 하는데요?"

삼류 드라마 같은 일이 일어나고 있었다. 도저히 이 상황이 받아들여지지 않는 서하가 죄도 없는 유진을 향해 원망의 눈길을 쏟아 냈다.

"그 망할 김우현을 찾아 나서 보자고."

망할. 그래, 망할 김우현이었다.

봄 햇살을 닮았다 여겼던 남자.

한때 달빛 아래를 같이 걷고 싶었던 남자.

그리울 수도 없게 해 줘서 감사하다고 마지막 인사를 건넨 그 남자에 대한 기억이 전복되고 있었다. 남자의 우유부단함에 치가 떨리고, 대책 없는 도망에 혐오감이 들려는 순간이었다.

지난 제 감정이 억울해서, 유리의 인생이 너무 억울해서 서하는 이가 앙다물어졌다.

"정말 의외인데요. 제 앞에 앉아 있는 사람이 임유진 씨라는 사실이."

한동안 말없이 상대를 바라보고만 있던 두 남자였다. 먼저 입을 연 것은 우현이었다.

"아, 민유찬 씨라고 불러 드려야 하나요?"

"저 역시 의외입니다. 당장 응해야 할 연락은 고 대표님 전화가 아닐 텐데요."

한 번 만나야겠다고 전한 고 대표의 연락을 우현이 직접 받았는지 아니면 그의 부모님을 통해 받았는지 유진은 알 수가 없었다.

그러나 어쨌든 그는 고 대표를 마주하기 위해 이 자리에 나와 있었다. 그 이유가 아직 수화와의 관계가 완전히 끝나지 않아서인지 아니면 그의 부모님의 압력에 의한 것인지 그것도 알 수 없었다.

"이 자리에 앉아 있는 건 수화의 오빠로서입니까."

"그게 김우현 씨에게 무슨 영향력이라도 있는 겁니까."

"왜 이 자리에 고 대표님 대신에 나오신 건지는 몰라도 제가 여기 나온 건 대표님께 직접 드릴 말씀이 있어서입니다."

"제가 자리를 만들어 달라고 부탁드렸습니다. 불쾌하셨다면 이해를 바라죠."

유진의 말에 우현은 그렇다면 더 이상 볼일이 없다는 듯 가만히 입을 다물었다.

"수화가 아이도 받아들이겠다고 했습니다. 김우현 씨 생각이 듣고 싶어서 말입니다. 대표님이 제 부탁을 들어주신 건 그것에 대한 답도 가져오리라 생각하셔서겠지요."

"어차피 조건을 맞춘 집안끼리의 결혼입니다. 그 조건까지 접수되었다고 한다면 이쪽에서 달리 드릴 말씀은 없습니다."

"결혼을 진행하시겠다는 말씀입니까."

"……."

"피차 불편한 자리니 한 가지만 말씀드리지요. 수화와 결혼을 하든, 그렇지 않든 그것은 제 권한 밖입니다. 그건 어디까지나 김우현 씨와 수화 두 사람의 의지이기에. 그러나 상아, 그 아이만은 지금 자라고 있는 곳에서 자랄 겁니다."

카페에 들어설 때부터 바싹 마른 풀처럼 건조해 보이던 우현의 얼굴에 한순간 비릿함이 스치고 지나갔다.

"그걸 왜 임유진 씨가 상관하는 거죠?"

"왜일까요."

"서하 때문인가요."

그의 입술에서 서하의 이름이 떨어져 나오는 순간 냉담하던 유진의 얼굴빛이 더 차가워졌다.

"상관없다고는 할 수 없습니다."

"그것만이 아니다? 그럼, 신유라 때문이기도 하다?"

저가 한 짓은 생각지 않고 아직도 유라에 대한 원망이 남아 있는 건지, 더욱 냉담해진 우현의 말투에 유진이 경멸조의 낮은 웃음소리를 냈다.

"실은, 여기 나오는 그 순간까지도 당신을 만나야 한다는 사실이 불편하고 한편으로 불쾌했습니다. 그러나 이 순간 수화를, 그리고 두 자매를 위해 해야 할 의무감으로 느껴지는군요."

우현의 안면 근육이 꿈틀거렸다.

"상아 때문입니다. 그 아이의 건강한 삶을 위해서라고 말씀드리면 납득이 되겠습니까."

유라에게 아이의 존재를 듣는 순간, 우현은 마치 아무 생각 없이 걷고 있던 거리에서 갑자기 건물 옥상에서 떨어진 벽돌에 머리를 맞은 것처럼 한순간에 정신이 나가 떨어져 버렸다.

깨어나 온몸으로 그 통증을 느끼고 있으면서도 여전히 무엇에 관한 통증인지 알 수 없고 그저 정신이 얼얼할 뿐이었다. 그저 맞았다는 느낌만 가지고 있을 뿐, 왜 맞았는지 이유는 까맣게 잊고 있었다.

그런데 눈앞의 남자가 상아의 이름을 들이대며 그 아이의 삶까지 걱정하고 나섰다.

게다가 그 남자는 서하의 옆에 있다는 이유만으로 미치도록 부럽고 원망스러운 대상이었다.

"그 아이의 일을 왜 임유진 씨가 걱정하는 겁니까."

"잘생겼다고 하더군요."

우현의 미간이 작게 구겨졌다.

"여섯 살 아이에게 처음 들어 보는 말이라 감동했나 보죠."

농담 같은 유진의 말에 우현이 눈살을 더 크게 찌푸렸다.

"법정 소송이니, 뭐니 거기까지 갈 필요도 없겠지요. 세간에 알려지면 손해 볼 건 김 대표님 집안일 테니."

"소송이라. BS그룹 이미지에도 가히 좋을 건 없을 텐데요."

"BS그룹 이미지 같은 건 제게 하등 중요할 게 못 돼서 말입니다."

눈앞에 앉아 있는 임유진, BS그룹 진영신 회장의 유일한 손자인 민유찬의 다른 이름.

그가 자라 온 환경에 대해서는 부모님께 들어 이미 잘 알고 있었다.
진영신 회장의 손녀인 민수화와 혼담이 오고 가며 내심 그가 BS그룹과 연을 끊고 뉴욕에서 들어오지 않기를 바라는 부모님들의 소리 낮은 이야기를 엿들은 적도 있었다.
얼마 전부터 그룹의 일을 맡고 있다고 들었지만 우현은 지금 그가 내뱉고 있는 말이 거짓이 아님을 직감적으로 알 수 있었다.
우현이 갑자기 모든 맥이 풀린 듯 작은 숨을 내쉬며 물컵에 손을 뻗었다.
"무슨 말씀인지는 대충 알아들었습니다. 그러나 앞서간 이야기입니다."
물컵을 내려놓은 우현은 모든 것이 아무래도 좋다는 듯 무상한 표정을 짓고 있었다.
"민 상무와의 혼담은 백지로 돌리겠다고, 사과 말씀과 함께 뜻을 전달했습니다. 민 상무가 받아들이겠다고 해도 제가 갈 수가 없습니다. 그리고 아이 문제는 저도 아직 혼란한 상황이라 뭐라고 말씀드릴 수 없습니다. 그런데 이렇게 불쑥……."
"부모님께서 아이 퇴원 수속을 밟고 있습니다."
"무슨……."
"유전자 검사를 하고 갔다는 소리를 병원 측으로부터 들었을 때도 설마 했습니다."
가라앉아 있던 우현의 눈빛이 수면으로 드러나듯 조금씩 움직였다.
"본댁과 가까운 병원으로 옮겨 치료하실 생각인가 봅니다. 자신의 혈손을 모른 척하는 것보다야 나은지 모르겠지만, 이것 또

한 경우 없는 일이 아닐까 생각합니다."

테이블 아래 우현의 손이 주먹을 불끈 쥐어 갔다.

짙게 변해 가는 그의 눈빛을 바라보며 유진이 처음으로 찻잔에 손을 댔다.

"몰랐던 일인가 보군요. 그렇다면 다른 방향으로 진행될 수 있기를 기대하겠습니다. 그럼."

유진이 제 용건을 마친 듯 옆 의자에 벗어 놓은 코트에 손을 뻗으려는 순간이었다.

"한 가지만 묻죠."

다급히 입을 떼는 우현을 유진이 담담하게 바라보았다.

"서하와 어디까지 생각하십니까."

듣지 말아야 할 말이라도 들은 듯 유진이 인상을 작게 찌푸렸다.

"결혼이라도 생각하나요?"

정말 그 답만이 절실한지 우현은 마주 앉은 유진의 입술을 뚫어지게 쳐다보았다.

서하의 이름을 뱉는 그 입술에 주먹이라도 날리고 싶었다. 아직도 그녀의 이름을 뱉는 그 입술의 작은 떨림에 이번엔 유진이 온몸에서 맥이 풀린 듯 힘이 쑥 빠져나갔다.

몹쓸 남자라고 그 사랑조차 몹쓸 것은 아니었다. 임자를 제대로 만나지 못한 사랑이 불쌍하고 가여웠다.

강서하.

그녀가 이 순간 눈앞에서 사라져 간다면, 그리고 다시 얼굴을 볼 수 없다면 자신은 어떨까.

타인의 미련스러운 마음을 그저 비웃어 줄 수만은 없는 일이었다.

길지 않은 그와의 짧은 만남 동안 카페 앞에 세워 놓은 자동차의 차체 위로 새하얀 눈이 소복이 쌓여 있었다.

부산으로 향하는 길이 만만치 않을 것 같았다.

11화

✷

진실

April Snow

1월 16일. 각국을 대표하는 저명한 인사와 한국 주얼리 보석 협회장의 인사로 세계적인 축제인 보석 박람회가 부산 벡스코 센터에서 시작되었다.

세계 27개국 1080여 개 사가 참가하는 거대 행사에 전시된 보석류는 진주, 루비, 사파이어, 다이아몬드 등 40만 점이며 새롭게 공개된 주얼리만도 100만 점에 달했다. 오전 11시에 개막식이 시작되어 다채로운 시상식과 행사가 이루어졌다.

며칠 전 이른 오전, 이사한 집으로 들이닥친 유진과 함께 부산에 내려오려 했던 서하는 그에게 갑작스레 생긴 약속으로 인해 결국 개막식인 오늘 연정과 KTX를 타고 내려왔다.

두 사람은 오후 2시에 시작하는 초청 가수들의 축하 공연이 막 시작될 무렵 컨벤션 홀에 도착했다.

마침 연정이 좋아하는 가수의 공연이 펼쳐지고 있어서 그녀의 노래 두 곡을 무대 가장 뒤쪽에서 선 채로 감상한 후 홀을 빠져나왔다. 전시회장에 전시된 로티스 엘 작품들이 얼른 보고 싶었다.

"정 대리는 왜 이렇게 전화를 안 받는대요?"

정 대리는 주말에 지방에 있는 부모님 댁에 머물다가 그곳에서 바로 부산으로 내려와 있었다.

"어디선가 점심들 하고 있겠지. 일대가 혼란하니 미처 벨 소리를 못 들을 수도 있어. 일단 전시장에 가서 다시 전화해 보자."

말은 그렇게 해도 서하 역시 이 시간 즈음 도착인 걸 알면서 메시지 한 통 없는 유진에게 내심 섭섭하던 참이었다.

"저희 전시장 부스가 어디였죠?"

"1관 북쪽 전시장."

"우와! 불가리, 루이비통, 샤넬, 프레드……. 세계 명품 브랜드가 다 모였네요."

팸플릿을 펼쳐 보던 연정이 탄성을 질렀다.

"에클로바치도 1관이에요."

"명실공히 한국 대표 주얼리 격이니까."

"그럼 우리 로티스 엘은 세계 대표 한국 주얼리?"

"그래, 얼른 그렇게 되어야지. 뉴욕 이미지를 벗고."

연정의 물음에 서하가 웃으며 답했다.

"그래서 한국으로 본사를 옮기려는 거 아닐까요, 과장님?"

"저기들 계시나 보네."

연정이 자신의 물음에 헤아릴 수 없는 표정으로 아무런 답을 않고 있는 서하를 불렀다.

그 순간 서하가 북쪽 입구 앞에 서 있는 정 대리를 발견하고 손으로 가리켰다.

"정 대리."

연정이 반가운 목소리를 내며 회장 입구로 빠른 걸음으로 다가가 정 대리를 불렀다. 두 사람이 있는 곳으로 고개를 돌리던 정 대리가 연정의 뒤에 선 서하를 발견한 순간 난처한 표정을 지었다.

"무슨 일 있어?"

"아니, 무슨 일이 있는 게 아니라……."

"무슨 일인데?"

서하의 말을 이어, 연정 역시 평소와 다른 정 대리의 표정을 느끼며 채근하듯 물었다.

여전히 대답을 하지 않고 머리만 긁적대고 있는 정 대리를 뒤로하고 연정이 서하의 팔에 팔짱을 끼고 전시회장으로 들어갔다.

입구 정면에 불가리, 그 옆으로 프레드, 맞은편에 샤넬이 보였고, 거기에서 얼마 떨어지지 않은 곳에 모여 있는 사람들이 낯이 익었다.

"본부장님."

"아, 왔어?"

영섭을 발견한 연정이 이번에도 먼저 쫓아가 로티스 엘 부스 앞에 서 있는 사람들의 이목을 끌었다.

무엇에 관한 말을 주고받고 있던 유진, 준하, 그리고 어느새 긴 머리를 금발로 염색한 레나가 두 사람 쪽을 향해 고개를 돌렸다.

그리고 연정이 아니라 뒤에 있는 서하를 발견하고 동시에 입을 닫았다.

"어머, 너무 예뻐요! 아니, 예쁘다는 말로는 부족한데요?"

연정의 호들갑스런 감탄에도 누구 하나 반응하는 이 없는 어색한 침묵을 느낀 서하가 본부장을 향해 무슨 일이냐는 듯 두 눈을 크게 떠 보였다.

영섭이 작은 한숨을 내쉬며 부스 바로 앞에 전시되어 있는 큰 관을 향해 턱짓을 해 보였다. 연정이 코를 가져다 대고 들여다보고 있는 단독 유리 전시관을 보던 서하의 눈이 조금 전보다 더 커졌다.

목덜미에서 허리까지 세워진 마네킹 형상에 입혀진 우아한 드레스 모양은 분명 자신이 그렸던 로터스 나무였다.

양 갈래로 뻗어 나간 보석 줄기가 가슴을 가리고, 허리로 이어진 밑 둥에 알알이 박힌 보석들이 정말 신화에나 나올 듯한 신비롭고도 아름다운 자태를 띠고 있었다.

"낯이 익은 건가, 강서하 과장?"

유진의 서늘한 질문에 서하가 그대로 고개를 돌려 옆에 준하를 바라보았다.

"서하 씨, 그게……."

"무슨 대단한 잘못을 했다고 그렇게 쩔쩔매?"

팔목에 걸고 있던 밴딩 팔찌를 빼서 긴 머리를 하나로 묶으며 레나가 끼어들었다.

"있는 대로 말하면 되잖아."

"장레나."

"우습네. 당황하면 이름 이상하게 부르는 버릇 있더니, 이게 그렇게까지 당황할 일이야?"

딴에는 위엄 있게 제 이름을 부른 준하에게 콧방귀를 뀌어 보인 레나가 유진과 서하의 딱 중간으로 다가와 섰다.

"저기 있는 김준하 씨가 사진을 한 장 건네 왔어. 당신, 디자이너로 발전 가능성 있어 보이지 않느냐고. 나쁘지 않았어. 그래서 그 도안에 착안을 얻어 여기 대표 디자인으로 좀 썼어. 왜, 싫어?"

뭐라고 대답해야 할지 모른 채 서하가 유진과 준하의 얼굴을 번갈아 쳐다보았다.

"진, 너 왜 이렇게 유별을 떨어? 내가 디자인 도둑질이라도 했어? 로티스 총괄 디렉터가 다른 디자이너들 도안으로 작업하는 일이 처음 있는 일이야? 도대체 뭐가 못마땅한 건데?"

"……강 과장에게 사전 허락 받았어?"

"무슨 허락?"

"말귀 못 알아듣는 척, 할 거야?"

전시장 바닥으로 낮은 목소리가 으르렁거리듯 떨어졌다. 그 서늘함에 놀란 서하가 반 보 가량 유진의 곁으로 붙어 섰다.

"전 괜찮아요. 그냥 낙서에 불과한 거였어요."

"봐. 내가 아니었으면 그냥 쓰레기에 지나지 않을 그림이었다고."

"당장 내려."

"무슨 소리야? 딩징 내리라니?"

부러 약을 올리려는 듯 시종일관 철없는 아이처럼 대화를 섞어 가던 레나의 말투가 한순간에 바뀌었다.

"작품 빼라는 소리야?"

"제대로 알아들었어."

"싫다면?"

"부스를 통째로 빼든지."

"미쳤어?!"

레나의 귀를 찢을 것 같은 목소리가 부스 주변을 강타했다. 일체의 미동도 없는 유진이 레나를 지그시 바라보았다. 그 차가운 눈빛에 당황한 레나가 고개를 돌렸다.

"유진아, 모두 내 잘못이야. 나하고 레나가 강 과장에게 정식으로 사과하고 허락 구할게."

기가 한풀 꺾인 레나를 느끼며 준하가 서하에게 눈으로 양해를 구해 왔다. 서하가 고개를 끄덕였다.

"레나, 네가 직접 디자이너 이름 교체해서 넣어."

"싫어."

"넌 지금부터 직위 해제야. 정 대리, 저 작품 빼."

충격을 받은 레나의 왕방울처럼 큰 눈에서 눈물방울이 한순간에 툭 하고 떨어졌다.

서하가 그대로 등을 돌려 전시회장을 나가는 유진을 쫓아가지도 못하고, 그렇다고 레나에게 어떤 말도 건네지도 못하고 서 있는 준하를 향해 눈빛으로 유진을 쫓으라고 부탁했다.

두 발자국 뒤에서 이쪽저쪽 대화만으로 사태를 파악하고 있던 연정이 눈치 빠르게 레나의 등을 다독이며 전시장 밖으로 데리고 나갔다.

"죄송해요. 이게 다 제 잘못입니다."

정 대리가 찬란하게 빛나고 있는 보석을 향해 망연한 시선을 보내고 있는 서하에게 다가섰다.

"과장님이 틈틈이 그림 그리고 있던 거, 제가 살짝 꺼내서 전무님께 자랑했어요.”

“아니에요. 제가 그리던 거, 직접 보셨어요.”

“그래도 오늘 제가 경솔하게 입을 안 놀렸으면…….”

서하가 정 대리를 돌아보았다.

“전시장 도착하고 이 작품 보는데, 너무 멋있어서, 아무 생각없이 과장님 스케치북에도 있던 나무 그림이랑 꼭 닮았다고 해버렸어요.”

이 모든 책임이 정말 본인에게 있다고 여기는 듯 허허거리던 얼굴에 떠오른 낭패한 표정이 서하의 마음을 짠하게 만들었다.

“어떻게 하죠? 정말 이 작품 빼야 합니까? 곧 전시장 개방할 텐데.”

“그냥 두세요. 누구 그림이면 어때요? 레나 씨 말처럼 모두 로티스 직원이고, 그 작품인데.”

“근데, 저 패찰이 문제잖아요.”

이럴 것을 예상한 듯, 다른 작품처럼 패찰이 붙여진 것이 아니라 유리관 마네킹 형상에 진하게 박힌 이름 ‘By Lena Jang’ 에 서하의 시선이 오래도록 가 닿았다.

결국, 각 브랜드 대표의 전시장 개방 리본 커팅식에 유진은 모습을 나타내지 않았다.

정 대리가 잡아 놓은 해운내 인근 호텔에서의 로티스 직원 저녁 만찬 역시 취소되었다. 서하는 본부장과 정 대리, 그리고 연정. 세 사람과 주변에서 간단한 식사를 하고 숙소로 일찍 들어왔다.

밤 9시가 넘도록 유진에게서는 연락이 없었다.

지난 금요일, 같이 집을 나와 상아가 있는 병원에서 헤어진 후 저를 향한 목소리 한 번 듣지 못한 지 나흘째였다.

그렇게 울려 놓고 가 버린 레나를 달래는 유진의 모습을 상상하며 서하는 스스로 연락을 해 볼 엄두도 못 낸 채 저녁 내내 휴대폰만 만지작거리고 있었다.

먹는 둥 마는 둥 했던 식사가 체한 듯 위에서 올라오는 신물을 삼키며 휴대폰을 침대 한편으로 던져 놓으려는 순간, 진동이 울려왔다.

준하였다.

〈서하 씨, 아직 깨어 있으면 같이 한잔할까요. 지하 바에서 혼술 하고 있습니다.〉

❖ ❖ ❖

바텐더 앞에 앉아 있는 준하는 벌써 위스키 병을 반이나 비우고 있었다.

서하가 옆으로 다가가 앉자 그가 미리 준비되어 있던 잔에 얼음을 넣고 위스키를 따라 주었다.

"레나 씨는 괜찮아요?"

"글쎄요."

애매한 대답에 서하가 준하의 얼굴을 올려다보았다.

"레나의 약은 늘 임유진이었는데, 오늘은 약이 될지 모르겠군요."

역시나 제대로 이해하기 힘든 말뜻을 가늠하며 서하는 술을 들이키는 준하를 가만히 바라만 보았다.

"레나, 오늘 꽤나 놀랐을 겁니다. 저렇게 화를 내는 유진을 처음 봤을 테니까. 언제나 레나에게 최대의 인내를 유지하던 녀석이었거든요."

준하의 얼굴에 잠깐 떠오르다 사라지는 웃음의 의미를 서하는 알 수 없었다.

"두 사람, 서하 씨 때문에 다툰 것 알고 계시죠?"

담담한 말투에 책망이 담겨 있지는 않았다.

"15년이 넘도록 둘의 관계를 지켜봤어요. 그래서 강서하 씨가 나타나는 순간 이 사태를 직감했는지 모르죠. 그래서 경계했고."

"정말, 나 때문일까요?"

정말 자신만 아니면 되었을까.

애초에 사랑이 아니었다고 말한 유진. 그는 혹여나 자신의 감정을 미처 알아차리지 못한 건 아닐까.

그는 결코 사랑하는 이에게는 갈 수 없을 거라고 말한 레나.

그녀의 말은 무슨 의미일까.

"로티스 엘을 무엇보다 아끼는 친구죠. 아마도 강서하 씨가 아니었다면 감정에 앞서 부스를 빼라는 소리를 할 녀석은 아닙니다. 모든 걸 사업적으로 해결했을 겁니다."

준하가 갑갑한 가슴을 식히려는 듯 한순간에 잔을 비웠다.

"덕분에 저는 인간 임유진에게 강서하가 어떤 존재인지를 알게 되었고요."

얼음을 담기도 귀찮은지 준하가 스트레이트로 잔을 따랐다.

"레나 대신 제가 사과드릴게요."

갑작스런 준하의 말에 잔을 쓸고 있던 서하의 손이 딱 멈추었다.

"전무님이 사과할 일은 아니에요. 정말 괜찮아요. 어쩌면 영원히 묻혀 있었을 그림이에요. 그런 의미에선 고맙기도 해요. 이일로 레나 씨가 상처받지 않기를 바라고요."

내 남자를 뺏은 여자.

의도했든 하지 않았든 그녀에겐 자신은 그런 존재였다. 그 생각이 언젠가부터 그녀 앞에서 스스로를 주눅 들게 만들었다.

그런데 인간 임유진에게 있어 강서하의 존재라…….

그건 전혀 짐작되지 않는다. 그저 흐르는 마음을 따라가겠다고 했던 당당한 여자는 세상 여느 여자와 마찬가지가 되어 있을 뿐이었다.

나는 그에게 무얼까.

나는 그의 어디쯤에 닿아 있는 걸까.

"정말 괜찮아? 자신에게 일어나는 세상 그 모든 일이?"

어두운 그림자가 술잔을 덮나 했더니 싸늘한 목소리가 준하와 서하, 두 사람 사이로 파고들었다.

"그게 무슨 교만이야? 당신은 감정도 없어? 아니면 말 그대로 바보야?"

"왜 서하 씨에게 짜증을 내고 그래?"

"넌 그만 올라가."

"왜 이래? 데이트하자고 부른 건 나인데."

말은 그렇게 해도 벌써 몸은 일어나 의자를 밀어 넣고 있는 준하였다.

"레나 씨 달래느라 힘들었나 봐요."

숨기려 해도 스스로의 말에 묻어나는 빈정거림이 못마땅한 듯 서하가 얕게 인상을 찌푸렸다.

그런 그녀를 바라보던 유진이 짧은 웃음을 터트렸다.

"왜 웃어요?"

"항상 느끼는 거지만 강서하 질투, 나쁘지 않아."

"누가 질투했다고."

"레나와 함께 있다가 온 게 싫은 거잖아."

"누가……."

더 말도 하기 싫은 듯 서하가 고개를 돌려 잔을 비웠다.

"아까 그길로 사라져서 어딘가에서 술에 취해 있는 걸 준하가 데리고 와서 재웠어."

그럼 이제껏 어디서……?

빠르게 고개를 돌려다 본 곳에 놓여 있는 유진의 짙고 검은 눈동자에 서하가 저도 모르게 몸을 약간 뒤로 뺐다.

"정말 아무렇지 않았어?"

"무슨……."

"자기 디자인이 모르는 사이에 전시돼 있는데?"

"디자인이라고 생각해 본 적 없어요."

"정말 김우현과 여동생 사이를 알고도 괜찮았어?"

여동생이라는 단어에 힘이 실린 질문에 서하의 한쪽 볼이 실룩거렸다.

"상아의 생부가 김우현인 걸 알고도 괜찮았냐고."

"대체 무슨 말이 하고 싶은 건데요?"

"궁금해서. 정말 자기 것을 뺏겨도 아무렇지 않은 바보인 건지. 아니면, 그저 괜찮다고 최면을 걸고 있는 건지."

혹여 내가 널 지키지 못하는 날이 온다고 해도 괜찮을 수 있는지.

차마 밖으로 내뱉지 못한 마음의 말에 유진의 입술이 꿈틀거렸다.

레나는 아버지의 재능과 타고난 감각을 그대로 물려받은 실력 있는 디자이너였다.

서하의 그림이 신선하긴 했지만 마음만 먹으면 그 이상의 것을 내놓을 수 있는 그녀였다. 뉴욕에서 서하의 일로 언성을 높인 후 혼란한 마음에 시간이 빠듯했다면 기존의 작품을 세웠으면 될 일이었다.

오늘의 일은 서하에 대한 레나의 도발이자 유진에 대한 투정인 것을 그는 알고 있었다. 전시장에서 그토록 화가 났던 건 자신의 디자인을 도둑맞고도 해사한 얼굴로 괜찮다고 말하는 서하 때문이었다.

"내 것이 아니어도 상관없는 것들이었겠죠."

이번엔 유진의 눈꺼풀에 달린 속눈썹이 꿈틀거렸다.

"제가 레나 씨였다면, 당신을 빼앗긴 여자가 나였다면, 난 그런 아이 같은 투정만 하고 있을 수 없었을 거예요."

밤바다같이 깊고 어두웠던 유진의 눈빛이 흔들렸다.

"당신을 내 옆에 둘 수 있다면 다른 것 따윈 아무래도 좋아요."

자신을 향해 덮치는 세상 모든 일이 아무렇지 않은 사람이 어디 있을까.

봄볕에 물든 옅은 벚꽃 잎이 바람에 흩날리듯 보드랍던 마음을 가져갔던 남자와 여동생의 관계를 알게 된 날도, 그 남자가 상아의 생부인 걸 알게 된 날도, 아빠가 그렇게 간 날처럼 귓가로 비행기의 폭음 소리가 들려왔다.

생생한 그 소리에 귀가 찢어질 듯 아파서 모든 것이 TV 속 화면처럼 느껴졌다. 예고 없이 닥친 그 일이 너무도 서글퍼서 오로지 남의 일 같았다.

그러나 태어나 처음으로 가져 보고 싶은 눈앞의 이 남자를 바라보는 마음은 달랐다.

함께 있는데도 왠지 무섭고 겁이 난다.

한껏 다정해 올 때마다, 자신을 위해 화를 낼 때마다 이 남자가 옆에 없을 날들이 두렵고 현실이 될까 봐 힘들고, 상상으로도 내어 줄 수 없는 이 남자의 부재를 경험하는 날이 올까 미치도록 두렵다.

어느덧 그는 여기까지 나에게로 와 있다.

원하지 않던 그림이었다.

진영신. 올해 여든셋을 바라보는 나이였다.

나주 진씨 가문의 고명딸로 태어나, 열일곱 일본 유학길에서 남편 민정헌을 만나 한눈에 사랑에 빠졌다. 순창 지역 최고 유지였던 영신의 부친 진덕상은 정헌이 가난한 집안의 장남이라는 이유로 두 사람의 결혼을 반대했다.

그러나 진덕상은 언제나 당당하고 남자다운 기개를 잃지 않으면서도 그 시대 대부분 남자들의 흔한 권위 의식과 가부장적인 사고에 젖어 있지 않고, 제 여자를 알뜰히 챙길 줄 아는 정헌의 부드러운 인성과 타고난 배려심이 내심 나쁘지 않았다.

그것이 시대를 앞지르는 사고와 남자 못지않은 고집을 지닌 영신의 좋은 반려자가 되어 줄 것을 짐작했기에 끝내는 일본에서 공부하고 돌아온 정헌을 받아들이고 아낌없이 사업 자금을 내밀었다.

그 돈으로 정헌이 만든 작은 회사가 베레세르 화장품이었다. 명석한 두뇌와 사람을 아울러 나갈 줄 알던 정헌은 해가 다르게 회사를 키워 나갔다.

영신이 딸 하나와 아들 둘을 낳는 동안 회사는 날로 발전해 갔고, 인자한 남편 정헌의 사랑도 여전해 그녀의 얼굴엔 웃음이 떠나지 않았다.

그러나 네 번째 딸아이를 배 속에 두고 있는 동안 정헌이 심장마비로 세상을 떠 버리는 바람에 영신은 하루아침에 어린 네 아이를 품은 채 회사의 수장이 되어야 했다.

베개 밑에서 남편 정헌에게 주워듣던 지식으로 그가 일으킨 회사를 지켜 내기란 쉽지 않았다. 아이들을 재운 후 골방에 들어가 그녀가 흘려야 했던 눈물의 시간들이 없었다면 지금의 진영신은 존재할 수가 없었다.

어느덧 작았던 화장품 회사는 BS생활 공업이 되었고, 지금은 연 매출 2조억 원에 15개의 계열사를 거느린 국내 굴지의 BS그룹이 되었다.

하지만 이제 모든 것을 자식들에게 넘기고 뒷자리로 물러나려고 하는 BS그룹의 독보적인 존재 진영신 회장은 이 모든 것이 그저 허하고 쓸쓸했다.

그리고 세월의 공허함은 그것들 대신에 잃어버린 많은 것들을 돌아보게 만들었다.

무엇보다 저세상에 가서 다시 만난다고 해도 한 품에 안겨 줄지 의문인 큰아들 종현에 대한 씻을 수 없는 아픔과 회한이 그녀의 가슴을 아프게 짓눌렀다.

아직도 제 어미를 바라보는 눈동자에 싸늘함이 가시지 않는 둘째 창석이 암으로 병원에 누워 있는 것 역시 가슴에 돌덩이를 품고 있는 듯했다.

하지만 종현이 남기고 간 자신의 유일한 손자 녀석의 마음속 회오리를 어찌 잠재워 줘야 할지, 어찌 달래 주고 제자리로 돌아오게 할지가 영신의 눈가에 자리 잡힌 주름을 더욱 깊게 만들었다.

가슴속 분노로 제 몸을 파먹고 살도록 하는 것이 아니라 그 에너지를 이곳, BS를 위해 폭발시킬 수 있도록 해 주고 떠나는 것이 살과 피를 나누어 준 이의 숙제로 여겨졌다.

하필이면 또 왜 그리 인연이 닿아서는.

유진을 생각하는 영신의 얼굴에 어두운 수심이 깊게 드리워졌다.

답답함에 물을 한 잔 들이라고 벨을 누르는 순간, 노크 소리와 함께 문이 열리더니 그 뒤로 유진이 들어섰다.

"박람회 잘 마쳤다는 보고, 들었다."

"저희 로티스 엘에 지나친 관심이십니다."

"이제 너만의 회사가 아닐 것 같구나."

유진의 어두운 눈빛이 영신의 두 눈을 똑바로 마주했다.

"몰랐더냐. 아무리 국내 주최라 한들 그 작은 브랜드가 다른 세계 굴지의 브랜드와 어깨를 겨누고 같은 전시장에 서는 데는 무리가 있다는 걸."

뒤에 진 회장의 입김이 있었을 것은 유진도 짐작하던 바였다.

"레나, 그 아이. 한국에 들어왔던데 언제 데려올 생각이더냐."

담담하던 유진의 얼굴에 얇은 비웃음이 스쳐 지나갔다.

"이건 또 무슨 상황극입니까?"

"저, 저 말본새!"

영신이 낮게 혀를 차는 소리가 대각선에 앉아 있는 유진에 귀에까지 와 박혔다.

"강서하, 그 아이. 어느 정도 데리고 놀았으면 그만 헤어져."

덤덤해 보이던 유진의 얼굴이 작게 찌푸려졌다.

"너도 이제 가정을 이뤄서 안정을 찾아야지."

"진영신 회장님이 놓는 수치고 너무 유치하군요."

"점점 말하는 것하고는."

"회장님 기준선에 턱도 없이 부족할 레나입니다."

"그렇다고 어떤 대단한 여자를 갖다 놓는다고 네가 내 말을 들을 놈이더냐."

유진의 얼굴에 경멸감이 그대로 드러났다.

"잘 알고 계시는군요."

"어디까지 생각하고 있는지 모르겠지만 강서하, 그 아인 안 돼."

"설마, 수화 일을 핑계 삼아 이러시지는 않으리라 생각합니다. 회장님도 내심 바라던 일이었을 테니."

"무슨 소리를 하고 싶은 게냐."

"회장님 야심에 김우현이 탐탁기나 했겠습니까. 그나마 BS에 겨우 발을 담고 있는 숙부님 마음 거슬리실까 봐 그냥 지켜보고 계셨던 것 잘 압니다."

"자식 혼사엔 부모 마음이 우선인 게지, 그것까지 나라고 관여할 수 있겠더냐."

"그렇다면 제 일에도 빠지십시오. 관여할 권한 없으십니다."

유진이 그만 앉은 자리에서 일어나려는지 옆 자리에 걸쳐 둔 코트에 손을 뻗었다.

"네 엄마 만나고 왔다."

"……!"

영신을 향한 유진의 눈이 날카롭게 빛났다.

"생각보다는 괜찮더구나."

꽉 디물린 어금니로 인해 유진의 턱선이 꿈틀거렸다. 그러나 영신의 목소리는 여전히 차분했다.

"끝내 얼굴은 보여 주지 않더군. 그래, 어찌 원망스럽지 않을 수 있겠어."

같이하는 한 시간 동안 병실 창밖만 바라보고 있던 수연을 떠올리는 영신의 마음이 다시금 착잡해져 왔다.

"이제 와서 뭐 하시자는 겁니까?"

낮게 떨어진 유진의 목소리가 회장실 바닥으로 으르렁거리듯 떨어졌다.

"병실을 나서려는데 널 부탁한다고, 그제야 고개를 돌려 주더구나."

"종현 씨, 그리고 나. 우리들의 젊은 날 사랑이 결국은 그 사람과 나를, 그리고 회장님을 망가뜨렸다고 생각했어요. 그런데 돌아

보니 가장 상처 입은 건 우리 유진이었어요. 어려선 먹고 싶은 것, 갖고 싶은 것 하나 제대로 사 주지 못했고, 그 집에 보내서는 차마 보지 못할 걸 보게 했어요."

초췌한 모습으로 창가에 붙은 채 고집스레 서 있던 수연의 모습이 생각난 영신의 얼굴에 잠시 그늘이 졌다.

"제게 와서도 아이답게 자라지 못했어요. 열네 살, 그 어린 게 오히려 저의 보호자 역할만 했어요."

어린 유진을 생각하는 수연은 마음이 에이는지 어렵게 연 말문을 다시 다물었다.

"당장이라도 이곳을 뛰쳐나가고 싶지만 이곳에 있는 게 우리 유진이 마음이 가장 편할 거라는 생각, 그것 하나로 버티고 있어요."

수연의 어깨가 한없이 좁아 보였다. 제 아들을 훔쳐 간 종자라고 끝없이 몰아세우는 기세에도 전혀 굽힘이 없던 얄밉고 얄밉던 그녀가 아니었다.

"고 대표님께서 BS는 모두 유진이 것이라고 편지를 보내오셨더군요. 그런 것 따위, 저는 아무래도 상관없습니다. 유진인 누구보다 능력 있는 녀석이니 회장님이 주시는 것 없어도 잘 살아 낼 거예요."

고집스레 돌아서 있던 그녀가 천천히 진 회장을 향해 고개를 돌렸다.

아들을 위해 원망스러운 시어머니를 용서할 수밖에 없었다.

"다만, 마음 하나 의지할 곳 없는 녀석이 가여워요. 저는 무엇보다 유진이, 어린 날 가져 보지 못한 좋은 가정을 가지는 게 마지막 바람입니다."

그 말을 끝으로 수연은 거의 까무러치듯 침대에 쓰러져 잠이 들었다.

극심한 알코올중독. 담당의는 힘거운 싸움은 어느 정도 끝냈다고 말을 했다. 그러나 우울증에 깨어 있는 시간이 거의 없다고 했다.

영신은 죽는 그날까지 수연의 얼굴을 다시 볼 생각은 없었다. 그러나 2년 전 수연이 극단적인 선택을 했다는 소리를 전해 듣고 20여 년 전 제 아버지의 죽음을 직접 두 눈으로 목격한 어린 유진의 두려움에 떨던 눈빛이 다시 떠올랐다.

그때 안아 주지 못한 유진을 향해 품은 죄책감을 어떻게든 내려놓고 싶었다.

수연에 대한 마음의 짐을 내려놓아야지만 이제라도 손자를 안아 줄 수 있을 것 같았다. 죽기 전에 마지막 비행일 거라 여기며 10시간이 넘는 거리를 다녀온 지 일주일 만이었다.

"로티스 엘에 대한 전 권리를 양도받기로 했다. 대신 네 아비의 몫으로 되어 있던 모든 재산을 곧 네 명의로 바꾸어 놓을 예정이다."

유진의 입에서 흘러나온 헛웃음이 회장실 안으로 공허하게 울려 퍼졌다.

"말도 안 되는 소리 하지 마십시오. 그리고 생색도 내지 마십시오."

무슨 생각에서인지 종현과 수연은 끝까지 호적 신고를 하지 않았다. 때문에 종현이 죽고도 수연과 유진은 단 한 푼의 재산도 상속받지 못했다.

애초에 유산에는 관심도 없었다. 더군다나 모친 수연이 한평생 이룬 로티스 엘을 주면서까지 받을 재산 따위 수중에 두고 싶지도 않았다.

"어머니가 무슨 말씀을 하셨든, 저는 그렇게 할 수가 없습니다."

"네가 싫다고 해도 앞으로 네 엄마를 대신해서 BS가 로티스 엘에 대해 50%의 권리를 가지고 있다는 걸 명심해."

"그것으로 무엇을 협박해 온들 회장님 마음대로는 되지 않을 겁니다."

"네가 차명 계좌를 이용해서 BS 홀딩스 주식을 대부분 사 모은 것도 알고 있다."

영신은 알아채지 못했지만 유진의 눈꺼풀이 살짝 위로 치켜떠졌다.

"잊고 있나 본데, 나는 이 BS를 언제든지 너에게 모두 내놓을 마음이 있어. 혹여 그것으로 BS를 위협한다고 한들 너만 다칠 뿐이야. 지주 회사 따위야 언제든 바꾸면 된다."

"그렇다면 모두 공중분해시켜 버리면 되겠군요."

"아무리 고 대표가 널 아끼는 마음이 크다고 한들 그렇게까지 하는 너를 과연 품어 줄까? 내 의문이구나."

"뭘 원하시는 겁니까."

갑자기 차분해진 유진의 목소리가 그의 노기를 더 드러냈다.

"제자리로 돌아와. 강서하도 제자리로 돌려보내고."

"지금 저는 저의 자리에서 어느 때보다 행복하게 지내고 있습니다."

유진이 자리에서 일어났다.

"제 여자를 두고 더 이상 왈가왈부하는 것은 용납하지 않겠습니다. 회장님도 잊고 계신가 본데, 저는 단 한 번도 BS를 원한 적이 없습니다. 또한, 고 대표님의 저에 대한 마음도 이미 충분했습니다."

"어떻게 너는 그렇게 네……."

"아버지를 닮았다는 말 따위도 입에 담지 마십시오."

유진의 입에서 떨어진 차가운 말에 영신의 말이 잘려 나갔다.

"그래도 네 어미는 대학이라도 나온 여자였어. 겨우 그것밖에 안 되는 아이가 뭐가 그리……."

"한 마디만 더 하십시오. 아무리 회장님이라도 참지 않습니다."

천천히 자신을 향해 돌아선 유진의 차갑고도 경멸 어린 시선에 영신의 입술이 꿈틀거렸다.

순간 20여 년 전에 세상을 넌서 버린 아들이 살아 돌아온 듯 심장이 내려앉았다.

"모르긴 몰라도 이젠 그 아이가 어려울 게다."

회장실 문손잡이를 잡으려던 유진의 손이 한순간 멈추었다.

"그 아이가 네게 오는 길이 쉽지 않을 거야."

⁜ ⁜ ⁜

"말해. 진을 사랑하는지."

서하는 보석함을 열어 작은 이어링을 귀에 걸려다 말고 박람회 개막식이 있던 다음 날 새벽의 일을 떠올렸다.

술기운이 가시지 않았는지, 너무 울어 그런지 호텔 방문을 두드려 온 레나의 두 눈은 붉게 충혈되어 있었다. 갑작스런 질문에 아무런 말도 못 하고 자신을 바라보고 있는 서하를 밀어젖히며 레나는 막무가내 실내로 들어섰다.

"단순한 호기심 아니야. 네 대답에 따라……."
"사랑해요."

명료한 대답이었다.

"그 사랑으로 진을 끝까지 안 버릴 자신 있어?"

뚫어질 듯 서하의 눈을 바라보는 레나의 눈빛은 그녀의 사랑을 가늠하려는 듯 애를 썼다.

"무슨 일이 있어도 진을 지킬 수 있냐고."

서하는 그제야 애초에 레나의 질문은 네 대답에 따라 자신의 처신을 달리하겠다는 말이 아님을 알아챘다.

그녀는 자신의 혈육을 누군가에게 부탁하듯 유진에 대한 서하의 사랑에게 다짐을 요구하고 있었다. 레나의 붉게 물든 흰자위에서 눈물이라도 쏟아져 나올까 봐 서하는 얼른 고개를 끄덕여 주었다.

서하는 지금 이 순간, 2주 전 레나 앞에서의 자신의 모습이 낯설게 느껴졌다.

무슨 일이 있어도 제 사랑을 지켜 보겠다는 의지는 어디로 사라졌는지, 화장대 거울엔 현실적 문제에 부딪힌 한 여자의 심란한 모습만이 비춰지고 있을 뿐이었다.

결국 아무리 부정하려고 해도 며칠 전 BS그룹 진영신 회장과의 짧은 만남은 레나에게 보인 서하의 자신감에 일격을 가한 셈이었다.

콜택시가 도착했다는 알림 소리에 화장대 의자에서 일어나는 서하의 어깨가 한없이 처져 갔다.

30분 후로 잡혀 있는 고명희 대표와의 만남이 매일 아침 눈을 뜨는 순간부터 모든 의식 속에서 함께하는 유진에 대한 사랑을 또 어떻게 흔들어 놓을지 겁이 났다.

약속 장소는 언젠가 유진과 준하와 함께 와 본 적이 있는 일식집이었다.

10분 일찍 도착해서 정갈한 다다미방 좌식 의자에 앉는 서하의 가슴은 연인을 기다리는 마음과 다른 방망이질을 해 대고 있었다.

어떤 소리를 들어도 꿀꺽 삼켜 버릴 수 있는 말들이길, 욕심 내 보기로 한 이기적인 마음을 지킬 수 있는 것들이길 바랐다.

"제가 좀 늦었군요."

방문이 열리며 평소와 다른 편안한 옷차림의 고 대표가 들어섰다.

그 때문인지 공식 석상에서와 달리 친근함이 느껴졌다. 일식집이라는 장소를 고려해서 팬츠를 입은 서하가 얼른 일어나 고개를 숙여 인사했다.

"괜찮아요. 어서 앉아요."

명희가 앉는 걸 보며 서하가 천천히 자리에 앉았다.

"좌식 의자라서 조금 불편하죠?"

"괜찮습니다."

"다른 사람 눈으로부터 자유롭고 싶었어요."

진 회장을 마주했던 넓은 회장실의 사람을 주눅 들게 하는 적막한 고요를 떠올리며 서하가 작게 고개를 끄덕였다.

"전부터 강서하 씨를 한번 만나 보고 싶었어요."

서하가 조심스레 명희의 눈을 마주했다.

"어떤 여자가 우리 아들 마음을 뺏어 갔나 싶어서 정말 궁금했어요."

두 눈꺼풀이 위로 활짝 올라간 서하의 눈빛이 작게 빛났다.

"뉴욕 생활을 대부분 전해 받았어요. 학교생활, 성적, 클럽. 레나 말고는 단 한 번도 곁에 여자를 둔 적이 없었어요. 참, 식사 안 해도 괜찮겠어요?"

"네."

명희의 질문에 서하가 빠르게 대답했다.

"그래요. 아무리 내가 편하게 하자고 한들 식사는 불편해할 것 같아서 좋은 차로 부탁해 놓았어요."

서하가 역시나 가만히 고개를 끄덕였다. 그녀를 잠시 바라보고 있던 명희가 바로 용건을 꺼냈다.

"회장님 만났다는 소리, 들었어요."

비서실의 최 실장으로부터 연락을 받은 명희는 이틀 동안 고민한 끝에 서하를 만나기로 마음먹었다.

어차피 알게 될 일들이라면 자신이 직접 나서는 게 낫다는 생각이 들었다.

"무슨 말씀을 했는지 물어도 되나요?"

"……민유찬. 그의 진짜 이름을 들었습니다."

BS그룹을 이끌어 갈 승계자. 고명희 대표의 양자라고 들은 적이 있으니 어쩌면 반은 짐작했는지 모를 일이었다.

그러나 BS가의 친손자일 거라고는 생각지도 못했다. 피 한 방울 안 섞인 상아조차 제 자식으로 삼고자 해 놓고, 그 차이가 무어라고 알게 된 새로운 사실에 흔들리는 자신이 우스웠다.

"그리고?"

테이블 아래로 떨어져 있던 서하의 시선이 천천히 위로 올라왔다.

무엇을 더 알아야 하는 건가.

"그의 아버지. 돌아가신 회장님의 아드님 이야기를 잠깐 하셨습니다."

서하는 눈앞에 앉아 있는 사람이 그의 친할머니라는 사실만으로도 약자가 된 듯 온몸으로 긴장감이 뻗어 나갔다.

하물며 옅은 베이지색 슈트의 환한 차림과 달리 느리고 가라

앉은 진 회장의 목소리에 깔린 위엄과 자신의 눈을 한시도 비껴 나지 않던 시선에 근육이 경직될 정도였다.

한 여인에 대한 아들의 사랑을 배신이라고 표현했던 진 회장이 혹여 유진에 대해 마음을 직접적으로 물어 왔다면, 그 매서운 기운을 앞에 두고 무어라고 대답할 수 있었을까.

그날, 서하는 끝까지 받지 않았던 질문에 제 마음을 비추어 보느라 어떻게 집으로 돌아왔는지도 알 수 없었다.

명희가 작은 한숨을 내쉬며 짧은 순간 생각에 잠긴 듯 눈을 감았다가 떴다.

"제 양자라는 건 알고 있었나요?"

"네, 입양됐다는 소리만 들었습니다."

"BS그룹 친손자라는 걸 몰랐다는 말이군요."

"네."

노크 소리가 나고 종업원이 두 사람의 앞으로 차를 내는 동안 두 사람의 대화가 잠시 끊어졌다.

"그것이 서하 씨와 유찬이 관계에 무언가 변화를 줄 수 있나요?"

"제 마음에 변화를 주지는 않을 겁니다."

"관계에는 변화를 줄 수 있다?"

"대표님은 어떠신지요?"

한결같이 테이블 끝자락에 시선을 둔 채로 가만가만 반응을 해 오던 서하가 자신의 두 눈을 바라보며 질문을 되돌리자 명희의 속눈썹이 살짝 움직였다.

"제가 유라의 언니라도 괜찮으세요? 저같이 모자란 사람이 유……, 임유진 대표님 곁에 있어도 상관없으신가요?"

제자리를 찾는 듯했던 명희의 눈꺼풀이 부채처럼 다시 활짝 펴졌다.

"죄송합니다."

"아니에요. 그 마음 충분히 이해하니까."

명희가 품위 있는 동작으로 찻잔을 들어 차 한 모금을 마셨다. 달그락거리는 소리도 없이 찻잔이 제자리로 돌아왔다.

"확실히 말해 줄 수 있는 건, 신유라 씨의 이야기는 우리 두 사람 사이에 더 이상 오고 갈 일이 없다는 거예요. 김 군 쪽에서 혼인 의사가 없다고 명확히 해 왔으니 그렇게 엮일 일은 없다는 거죠. 우리 유찬이, 김 군을 만났다는데 아무 말이 없던가요?"

처음 듣는 소리에 이번엔 서하의 눈이 화들짝 커졌다. 부산에서 돌아와 바로 뉴욕으로 향한 유진이었지만 몇 번의 통화에도 듣지 못한 소리였다.

"내일 들어온다고 한 것 같은데."

"오늘 새벽에 도착하신 걸로 알고 있습니다."

"저런. 내가 데이트 시간을 뺏은 건 아닌가요?"

"아닙니다."

집을 나설 무렵 유진으로부터 저녁을 함께하자는 메시지를 받긴 했다.

어수선한 마음을 금방 알아차릴 그이기에 반가운 연락을 감기 기운이 있다는 작은 거짓말로 물리쳤다.

"그리고 서하 씨, 모자란 사람 아니에요."

고개를 든 서하의 시선이 다다른 자리에 명희의 따뜻한 시선이 놓여 있었다.

"누구보다 능력 있고, 제 가족을 챙기는 따뜻한 사람이라는 걸 알고 있어요. 어쩌면 같은 아픔을 지니고 있는 서하 씨만큼 우리 유찬일 품어 줄 사람은 없을지 몰라요."

서하는 언뜻 명희의 눈가에 비치는 투명한 기운이 눈물인가 싶어 그녀의 눈을 깊숙이 들여다보았다.

명희의 얼굴이 왠지 슬퍼 보였다.

"민종현. 저의 시숙이자, 유찬의 생부가 어떻게 돌아가셨는지 말씀하시던가요?"

서하가 천천히 고개를 가로저었다.

"자살로 생을 마감했어요. 유찬이가 직접 발견했죠. 열넷의 나이에."

순식간에 서하의 눈이 충격으로 흐려졌다. 그리고 재빨리 들어 올린 두 손으로 양 귀를 감쌌다. 찡 하고 울리는 통증에 서하가 그대로 눈을 감았다.

"서하 씨, 괜찮아요? 강서하 씨."

서하가 한 손을 들어 올리며 괜찮다는 신호를 준 뒤 잠시 가만히 눈을 감았다.

얼마 지나지 않아 눈을 뜨는 서하의 얼굴은 핏기라곤 보이지 않았다.

"가끔 이럴 때가 있어요. 금방 괜찮아져요."

"안 되겠어요. 그만 일어나 병원으로 같이 가 봐요."

"아닙니다. 정말 괜찮습니다. 그것보다 대표님 말씀, 마저 듣고 싶습니다."

가만히 자신의 눈을 바라보며 말을 재촉해 오는 서하의 눈빛을 보고도 명희는 쉽사리 입을 열기가 어려웠다.

작은 충격에도 파리해진 얼굴에 앞으로 들을 말들을 이겨 낼

지가 의문이었다.

"조금 전 같은 아픔이라고……. 저희 아버지가 어떻게 가셨는지, 고 대표님은 알고 계신가요?"

어느 봄날, 학교 갈 채비를 마치고 아무리 인사를 해도 눈을 뜨지 않던 아빠.

어깨를 몇 번이나 흔들어 깨워도 아빠는 끝내 일어나지 않았다. 언제나 태양과 다름없던 아빠의 죽음을 발견한 것도 자신이었다.

머리맡에 가만히 놓여 있던 물 잔 옆엔 흔한 약 봉지 하나 없었는데, 의사는 수면제 과다 복용이라고 일러 왔다.

순간 서하가 두 고개를 번쩍 들어 명희를 빤히 바라보았다.

에어코리아나의 공동 대표가 BS그룹 차남 민창석이라는 사실에 이제야 신경이 가 닿았다.

설마…….

새어 나오지 못한 황망한 헛웃음이 서하의 가슴을 들썩거리게 했다.

그녀의 달라진 눈빛의 의미를 짐작한 명희가 더욱 차분해진 목소리로 입을 열었다.

"시숙의 꿈이 항공기 디자이너였어요. 자신이 사는 세계에선 이루어질 꿈이 아닌 걸 알면서도 그냥들 가지는 꿈. 지금은 저렇게 꼬장꼬장하시고 사람을 품지 않으시는 회장님이시지만, 자식들의 재능을 알아보고 키워도 주셨죠."

명희의 눈빛에 점차 서글픔이 묻어나기 시작했다.

"그리고 두 아들 모두 경영학이 아니라 원하는 과를 선택하게 해 주셨어요. 아버지 없이 고생하는 모친에 대한 애잔한 마음들을 알고 있으니 결국엔 본인과 회사를 품어 줄 것이라고 여기신 거죠. 그래서 반대하는 여자를 위해 집까지 버린 아들에 대한 배신을 용서 못 한 건지도 모르겠군요."

거기까지 말한 명희가 잠시 말을 끊고 조심스레 서하의 표정을 살폈다.

그녀의 눈동자가 하염없이 요동을 치고 있었다.

"자신의 여자를 버리고 돌아올 수밖에 없도록 회장님은 유찬이 가족을 많이 힘들게 했어요. 그리고 큰아들이 집에 돌아오면 마음을 붙이게 하고 싶은 생각으로 항공 회사를 준비하셨죠."

"설마, 그 회사가 에어코리아나라는……."

"네. 서하 씨 아버지가 항공 정비사로 일했던 곳이죠."

짐작했던 일이 사실로 드러나고 있었다. 서하가 아랫입술을 지그시 깨물었다.

"유진 씨 아버님이 돌아가신 건 언젠지 여쭈어 봐도 되나요?"

"1997년 3월 3일."

고 대표를 제대로 바라볼 수 없던 서하가 고개를 돌리고 눈을 질끈 감았다.

서하의 아버지가 정비를 봤던 비행기가 활주로에서 사고를 일으켜 폭발한 지 일주일만의 일이었다. 공식적으로 정비 결함으로 발표되었지만 서하의 부친, 재현의 동료들이 지금껏 기체 결함으로 주장하고 있는 사고.

그 사고로 재현은 반신불수가 되었고 그 오명을 평생토록 비관하다가 결국 우울증으로 스스로 목숨을 끊었다.

"BS그룹을 대표해서, 에어코리아나 대표의 안주인으로서, 회장님의 며느리로서 이 자리에서 정식으로 사과하고 싶어요."

"그 말씀은, 그때의 사고가 정비 결함이 아니라 기체 자체 결함인 걸 인정하신다는 말씀인가요?"

"……."

"그렇다면 사석으로 만나 이런 식으로 사과할 일은 아니라고 생각합니다만."

제자리로 온 서하의 시선은 차디차게 식어 있었다.

"곧 그때 사고에 대해 재조사가 들어갈 겁니다."

"이제 와서 제게 진실을 밝히는 이유는 또 뭘까요? 회장님께서 뒤늦게 용납이라도 하신 건가요?"

"유찬의 숙부이자 제 남편의 뜻이에요. 그렇게라도 해야 우리 유찬이 마음이……."

"하지 마세요."

서하가 단호히 명희의 말을 자르고 나섰다.

"고 대표님 말씀 알아들었습니다. 유진 씨와 제가 계속 만나면 회장님이 결국 그 일을 들추어서 유진 씨 마음이 힘들어질 거라는 말씀이군요. 그래서 이 자리에 저를 부르신 거구요. 그러니 제가 알아서 떠나길 바란다는……."

"떠날 건가요?"

"그걸 바라시는 거 아닌가요?"

"유찬인 그 일이 밝혀져서 힘들어질 게 아니라, 그 일로 서하 씨를 잃게 된다면 힘들어지겠죠."

이 일을 다 알고도 유진과 헤어지지 않을 생각이 있냐는 명희의 질문이었다.

"두 사람이 아무 장애 없이 서로의 마음을 돌아볼 수 있길 바라며 현 에어코리아나의 대표인 제 남편이 결정한 일이에요. 회사가 입을 타격을 불사하고 지난 일을 제대로 밝히려는 건 오직 유찬이가 떳떳하게 서하 씨를 바라볼 수 있기를 바라서죠……."

명희의 입에서 새어 나오는 숨소리에 그녀의 고뇌가 그대로 묻어났다.

지난 20여 년 동안 내쉴 한숨을 오늘 이 방에서 다 내쉬는 기분이었다.

그나마 우현의 아버지 김 대표가 수화와의 혼담에 대한 미안한 감정을 지니고 있기에 협의가 된 일이었다. 그러나 이 일을 눈앞에 있는 아가씨가 감내한다고 한들 진 회장이 이 아가씨를 받아들일 수 있을지 의문이었다.

"유찬인 제 아버지가 생활고에 지쳐서 엄마를 버리고 진 회장 곁으로 돌아갔다고 생각하지만 사실이 아니었어요. 폐암 말기 선고를 받고 집으로 돌아온 거였죠. 자신이 죽은 후, 아내와 아들의 앞날을 걱정해서 회장님과 어떤 타협이 있었던 것 같아요. 진 회장님조차 종현 씨가 세상을 떠나고서야 알게 된 사실이지만."

어느덧 명희의 찻잔은 다 비워지고 없었다.

"갓 인수한 항공 회사였어요. 회장님으로선 그 사실을 세상에 알리기 힘드셨을 겁니다. 그래서 서하의 아버지가 희생되신 것을 너무 안타깝게 생각해요. 변명 같지만 제 남편도, 저도 시숙이 돌아가시고 그 회사를 받아 안으면서 진실을 알게 되었어요."

서하가 입술을 앙다물었다.

사고로 척추 신경에 손상을 입은 재현은 혼자서는 아무것도 할 수 없었다.

회사는 제1정비사인 재현이 몇 번이나 기체에 결함이 있다고 올리는 보고를 무시하고 수입해 온 중고 부품을 보내어 어떻게든 비행기를 띄우라는, 말도 안 되는 지시를 했다.

그리고 아직 무리라는 재현의 말을 무시하고 무작정 활주로를 달려 시운행을 감행했다.

아무것도 모른 채 랜딩 기어를 굴리는 조종사를 향해 손짓을 하며 비행기를 쫓아가던 재현은 폭발하는 비행기의 불길에 화상을 입고 장애를 갖게 되었다.

그러나 사고 이후, 제대로 된 보상은커녕 회사에 누를 끼친 사람이 되어 불명예스럽게 퇴사를 당했다.

재현은 나머지 인생을 제대로 살아 내지 못했다. 새 가정을 꾸린 지 2년 만에 정순의 병간호를 받는 것도 미안해했고, 정순 혼자서 어렵사리 벌어 온 돈으로 사는 것도 치욕스럽게 생각했다.

어느 날 그런 아빠를 바라보며 쓴 눈물 어린 서하의 일기를 몰래 읽은 재현은 자리에서 일어나 휠체어를 구입에 세상 바깥으로 나갔다. 그는 타고난 손재주로 집 앞에 고장 난 자전거, 우산 등을 고쳐 주는 간이 수선소를 차렸다.

그렇게 생을 되찾나 했던 재현은 결국 우울증을 이기지 못하고 서하가 대학 2학년이 되는 봄, 스스로 목숨을 끊었다.

결국 서하는 아버지를 대신해 학교를 버리고 정순과 함께 가장이 되어야 했다.

"집으로 돌아와 회사를 맡게 된 종현 씬 의욕을 앞세웠지만 실상은 병원에서 보내는 시간들이 대분이었어요. 제대로 된 보고를 받지 못했고, 그런 사고가 일어났어요. 많은 부채를 떠안고 있던 신생 항공사였던 만큼 사실이 알려진다면 데미지가 만만치 않았어요. 명확한 사고 경위를 밝혀야 된다고 회장님께 대항했지만 결국 회장님의 결정을 막지 못했어요."

서하의 눈물을 바라보는 명희의 눈에도 눈물이 흘러내렸다.

"두 사람의 목숨을 앗아가고 한 사람의 생을 엉망으로 만들어 놓은 항공기 폭발 사고가 에어코리아나 제1정비사 강재현의 정비 실수 때문이라고 밝혀지는 뉴스를 본 다음 날, 종현 씬 자신의 방에서 목을 맸죠."

"유진 씨는…… 어디까지 알고 있나요?"

"아무것도요. 종현 씨가 자신이 병에 걸린 사실을 수연 씨, 유찬의 엄마가 알길 절대 원하지 않았어요. 미워하기라도 해야지 살아간다고 알리지 말아 달라며, 유서에 남겼어요."

"그럴 수가……."

"덕분에 엄마와 함께 아버지에게서 버림받은 유찬인 그 죽음을 목격하며 또 한 번 버려졌죠."

"너무 잔인한 일이에요."

그제야 서하는 사랑에 대해 언제나 냉소적이던 그의 말이, 어느 눈 오는 밤에 그의 말에 묻어 있던 상처가 비로소 이해되었다.

"서로만 바라볼 것 같은 마음도 시간이 흐르면 이기적으로 변하고 말지. 결국 상대를 상처 입히면서."

"네. 잔인해요. 저희 어른들이 유찬이에게 용서받아야 할 일들이 너무 많아요."

서하의 볼을 따라 하염없이 눈물이 흘러내렸다.

"그리고 서하 씨에게도, 가족분들에게도 씻을 수 없는 죄를 지었어요. 용서치 못할 대상에서 우리 유찬이는 제외될 수 있길 바랍니다."

명희의 두 볼 위로도 조용히 눈물이 흘러내리고 있었다.

12화

이별의 방식

April Snow

스르륵. 엘리베이터 문이 열리는 소리에 서하는 저보다 한참 이나 큰 남자의 등에서 눈을 뗐다.

한 걸음 먼저 내려 반 보 앞서 걷는 우현의 힘 잃은 발걸음을 뒤에서 바라보고 있자니 저도 모르게 가슴 한구석이 서걱거렸다.

미움이니, 원망이니 하는 것들은 결국 제 마음의 기대를 채워 주지 못하는 대상에게 던지는 투정이었다.

잠들어 있는 상아의 얼굴에서 오래도록 눈을 떼지 않던 우현이 밖으로 나와 있는 상아의 손을 시트로 덮어 주는 걸 보는 순간, 그에게 던질 원망은 더 이상 남아 있지 않았다.

아빠의 마음의 병을 온 가족이 함께 견뎌 내던, 시간 속에서 한 점 햇살이 되어 주던 그였다.

유라의 언니가 아니었다면, 상아의 이모가 아니었다면 하루 아침에 여섯 살 아이의 아버지가 된 남자의 처진 어깨를 토닥거려 주었을지도 모를 일이다.

"그만 올라가. 상아 깨."

정문 로비를 바로 눈앞에 두고 우현이 걸음을 멈추었다.

"조금 있으면 유라 올 거예요."

"다른 합병증이 없이 퇴원하게 돼서 다행이야."

"유라, 아직도 원망스러워요?"

피하고 싶은 화제인 것을 모르지 않았다. 그러나 원망이 비워 낸 자리에 차오른 욕심을 떨 칠 수 없었다.

"내가 무슨 자격으로 그 아일 원망할 수 있겠니."

"선배 마음에 유라는 정말 안 되겠어요?"

우현의 눈빛에 더 깊은 어둠이 스며들었다. 그럴수록 유라에 대한 안쓰러움이 더 커졌다.

"……미안해요."

"상아 퇴원하는 시간 맞춰 올 거라고 유라에게 전해 줘."

우현이 고개를 한껏 올려 제 눈을 바라봐 오는 서하의 눈길을 피하며 낮은 소리로 입을 뗐다.

"상아 일, 저기 있는 임유진 씨한테 고맙다고도 전해 주고."

우현의 시선을 따라 움직인 곳에 언제 왔는지 유진이 서 있었다.

"아, 유라야."

때맞춰 유라가 유진의 뒤로 모습을 드러냈다.

"오셨어요?"

다가온 유라는 짧은 찰나 우현에게 향했던 시선을 거두고 유진에게 인사를 건넸다.

"네. 언니 데려가도 되겠습니까."

유라가 미처 무어라고 답할 사이도 없이 유진은 우현의 옆에 서 있는 서하의 어깨를 빠르게 감싸며 병원 정문을 나섰다.

"잘 다녀왔어요?"

"일찍도 묻는다."

말없이 주차장까지 같이 걷던 서하가 조수석에 올라 안전벨트를 맨 뒤 운전석의 유진을 향해 돌아보았다. 서하의 왼팔이 가만히 유진의 볼을 감싸자 시동을 걸려던 그의 동작이 그대로 멈추었다.

"얼굴이 왜 이렇게 까칠해요?"

"몰라서 묻는 말, 아닐 텐데."

"코트와 가방 모두 병실에 있어요."

유라와 우현을 위해 자리를 피해 주고 싶은 마음에 말없이 따라나섰지만 서하는 시동을 건 이래로 말 한 마디도 없는 그의 침묵을 점점 견디기가 힘들었다. 목적지를 모른 채 달리고 있는 한밤의 드라이브 또한 불안했다.

"우현 선배가 상아 일로 고맙다고 전해 달래요."

갑작스런 좌회전 깜박이. 차는 서하의 집 방향으로 달리고 있었다.

"퇴원 수속하는 날도 직접 올 건가 봐요. 선배 만났다면서요?"

"그 녀석 이야기는 더 이상 하지 마."

거친 유진의 말투에 서하의 눈에 당황한 기색이 스쳐 지났다. 그저 까칠해 보이는가 했던 그의 얼굴의 턱선이 더욱 날카로워 있었다.

"얼굴이 핼쑥해졌어요."

"신경 쓰여?"

"속상해요."

당신의 냉랭한 말투가.

다시 굳게 닫히는 유진의 입매를 바라보며 서하가 작은 한숨을 몰래 들이켰다.

집으로 들어서기 바쁘게 서하는 보일러를 켜고 가스레인지에 물을 올렸다. 아니나 다를까 집안의 냉기가 못마땅한지 유진의 표정이 금세 구겨졌다.

"알았어요. 궁상떨지 않고 보일러 켜 둘게요."

선수를 치는 말에 유진의 얼굴이 더욱 구겨지자 서하는 얼른 싱크대 쪽으로 피신해 찻잔을 꺼냈다.

"참, 식사는 했어요?"

"그만두고, 이리 와서 앉아."

"전 따뜻한 것 한잔 마시고 싶어요."

서하는 병원 로비에서부터 한껏 화가 올라 있던 그의 상태를 알고 있었다. 뜸을 들여 보아야 그의 신경을 더욱 거스를 뿐이라는 것 또한.

그러나 우선 자신의 촉진된 교감 신경부터 진정시켜 놓아야 될 일이었다.

"뭐 해?"

달그락거리는 찻잔 소리만 들릴 뿐, 싱크대 앞에 붙어 서 있는 서하를 기다리다 못한 유진이 불렀다.

"약속해요. 화 내지 않겠다고."

"강서하."

유진을 향해 돌아보는 서하의 두 손엔 큰 머그잔이 쥐어져 있었다.

“손 시려?”

“거기 있어요. 제가 갈게요.”

서하가 2인용 소파에서 일어나는 유진을 제어했다.

“너 정말.”

김이 모락모락 오르는 물을 두어 모금 삼킨 후 서하가 식탁 위로 머그잔을 가만히 내려 두었다.

유진의 곁으로 갈까 말까 망설이는 모습이 그를 더 자극했다.

“그러게, 왜 감당도 안 되는 일은 저질러? 도대체 뭐 하자는 거야?”

유진이 좁은 주방으로 성큼 걸어와 작은 식탁 의자를 빼내어 앉았다.

“무슨 의미야?”

유진이 안주머니에서 꺼낸 하얀 봉투엔 서하의 글씨체로 사직서라고 적혀 있었다.

“쉬고 싶어요.”

“그럼 휴직계를 내야지.”

“기한 없이 쉬어 보려고요.”

“도망가는 거야? 그게 당신 특기…….”

“당신, 좋아했어요.”

마침표를 꼭 찍듯 빠르게 떨어진 서하의 말이 유진의 뒷말을 잘라 버렸다. 꼼짝없이 입술만 바라보고 있는 그의 눈길에 서하의 입술이 작게 달싹거렸다.

“많이.”

“사직서와 함께 그 마음도 거두겠다는 건가? 아니, 과거형인 걸 보면 벌써 거둔 건가?"

서하가 입술을 꾹 다물었다.

"진 회장이."

그 이름을 입에 담는 유진의 미간이 절로 찌푸려졌다. 서하의 명치 가운데가 쿡 하고 쑤셔 왔다.

"도대체 뭐라고 했기에 이렇게 간단히……."

"회장님하고 상관없어요."

"그럼?"

절로 유진의 목소리 톤이 높아졌다.

"제 마음 따라 가겠다고 했잖아요."

지지 않는 서하의 큰소리에 유진의 눈이 잠시 흔들렸다. 서하의 명치가 또 한번 쑤셨다.

"네 마음이 그만하자고 그래?"

"그냥 옆에서 바라보고, 옆에 있는 것만으로 좋을 줄 알았어요."

유진의 짙어진 눈이 말을 재촉했다.

"죄송해요. 결국 이럴 걸, 애초에 제가 잘못했어요."

"알아듣게 말해."

"절 마음에 담은 게 힘들어지는 날이 오면 그만해도 된다는 말. 그거 제 교만이었어요. 욕심나요. 당신이 욕심나서 죽겠어요. 그래서…… 안 되겠어요."

허, 하고 새어 나온 유진의 어이없는 헛웃음이 좁은 주방 바닥 밑으로 툭 떨어졌다.

"욕심내. 욕심내면 되잖아."

"힘들고 싶지 않아요. 당신 말처럼 나 겁쟁이 맞아요."

"강서하."

"당신이 그랬잖아요. 서로만 바라볼 것 같은 마음도 시간이 흐르면 결국 이기적으로 변하고 만다고. 당신 옆에 있는 것, 생각보다 힘든 일이 많을 것 같아요. 그래서 이쯤에서 그만두고 싶어요."

감길 듯 가늘어진 그의 눈에 떠오른 칠흑 같은 어두움에 서하는 아랫입술을 잘근 씹으며 의자에서 일어났다.

흰색 머그잔에 현미 녹차 티백 하나를 띄워 그의 앞으로 내밀었다. 그가 좋아하는 차의 이름 하나 알아 두지 못한 만남이 서럽다.

"늘 끝을 염두에 두고 있던 당신이었어요. 제가 먼저 그만두자고 해서 놀랐나요?"

"그러게. 네가 먼저 떠날 거란 생각은 왜 못 했을까."

어느새 밤바다 같았던 어두움이 걷힌 그의 눈에선 어떤 감정도 읽을 수가 없었다.

"내가 널 떠나면 어떻게 하나. 널 지켜 내지 못하면 어쩌나 그 생각뿐이었어."

담담한 얼굴, 고저 없는 목소리. 읽히지 않는 그의 속마음이 무심하게 느껴져 서하의 온몸으로 빠르게 물기가 타고 돌았다.

"결국은 지켜 내지 못한 건가."

유진이 머그잔 속의 티백을 꺼내 녹차 한 모금을 삼켰다. 천천히 움직이는 그의 목울대를 바라보며 서하 또한 울컥하고 올라오는 뜨거운 액체 덩어리를 삼켰다.

"그래도 이건 아니지 않나. 미처 끝을 보지 못한 우리들 마음은 어떻게 하지. 어딜 가서 서성이게 해야 하는 걸까, 서하야."

한없이 가라앉은 목소리와 밤비디같이 어두운 눈동자가 침잠해 가는 그의 마음을 담아내고 있었다.

❋ ❋ ❋

"이건 무슨 뜻이지?"

첫 만남에서 고개도 제대로 들지 못한 아이가 흔들림 하나 없는 눈빛으로 제 눈을 똑바로 마주해 왔다. 진 회장은 오랜만에 사업가 특유의 전투력이 스멀거리고 올라오는 것을 느꼈다.

얄궂게 꼬인 인연, 집안 환경을 뒤로하면 나쁠 것도 없는 아이였다.

겨우 고등학교 학력으로 지금의 위치까지 오르기 위해서 얼마나 부단히 노력했는지, 그 기본 바탕이 얼마나 튼실할지 짐작이 가고도 남았다. 하물며 젊은 아가씨가 한 집안의 가장 역할까지 제대로 해내고 있었다.

최 실장을 통해 처음 레나의 이름을 듣고 혀를 찼던 것에 비하면 꽤 괜찮은 물건이라고 생각했다. 그러나 그건 어디까지나 유찬이 보통 집안의 아이였을 경우였다.

제 손자는 BS그룹을 이끌어 갈 인물이었다. 정권이 바뀔 때마다 어떤 바람을 만날지 모를 이 세계에서 든든한 배경 하나는 만들어 주고 떠나야 했다.

"제가 회장님께 묻고 싶은 것입니다."

최 실장을 시켜 보낸 봉투가 고스란히 돌아와 진 회장의 눈앞에 놓여 있었다.

"대표님을 떠나라는 위로금이라기엔 너무 많고, 저의 아버지에 대한 보상금이라기엔 지나치게 적습니다."

"결국 유찬이를 떠날 수 없다는 이야기가 하고 싶은 거냐? 뒷감당은 할 자신이 있고?"

"대표님 곁을 떠나야 한다면 그것은 회장님 뜻 때문이 아니라 제 의지로 하는 겁니다. 처음부터 저와 어울리지 않는 사람인 건 알고 있었습니다."

게다가 제 주제까지 알고 있다니. 큰아들 종현을 잃고 회환의 세월을 보낸 만큼 손자가 하나만 더 있어도 이리 나설 일이 아닐 수도 있었다.

"그럼, 네 애비 죽음값을 흥정하러 여기까지 온 거냐."

진 회장의 눈이 매섭게 빛났다.

"그런 마음이었다면 대표님을 흔들어 BS를 가지려 했을 겁니다."

"그래?"

호탕하게 터진 영신의 웃음소리가 회장실의 긴장된 공기를 뚫었다. 그러나 웃음이 삼켜진 영신의 표정은 차가웠다.

"널 향한 유찬이 마음에는 자신이 있다?"

"어느 누구도 쉬이 버릴 수 있는 분이 아니라는 것을 알 뿐입니다."

열넷에 제 엄마의 보호자가 되어 버린 남자아이. 하루아침에 가족을 잃어버린 어린아이의 오빠가, 아빠가 되어 준 남자아이의 상처는 누가 안아 주었을까.

미처 자신의 상처를 다독일 사이도 없이 어른이 되어 버린 남자아이의 세상은 어떤 것이었을까.

고 대표를 만나 그의 아버지 일을 들은 후 서하가 밤마다 꿈에서 만나는 이는 역시나 스스로 목숨을 끊은 채 자신의 곁을 떠나 버린 아빠가 아니라, 말없이 눈물을 뚝뚝 흘리고 있는 어린 남자아이였다.

그 낯설고도 낯익은 슬픔이 매일 아침 눈을 뜨는 서하의 가슴을 옥죄여 왔다.

누구도 결코 버리지 못하는 사랑.

그 완벽하고도 무서운 사랑에 대한 보호 본능은 그를 냉정하고 차가운 남자로 무장케 했을 뿐, 까칠하고 예민한 그 남자는 실상 사람에게 섬세했고 따뜻했다.

쑥스러움 가득한 얼굴로 정순을 향해 꾸벅 고개를 숙여 인사하던, 상아의 작은 손을 잡고 긴 입꼬리를 귓가로 말아 올리던, 고열의 아이를 받아 덥석 받아 안던, 한없이 위축되어 가던 내 어깨 위를 토닥여 주던, 머리 위에 손 우산을 만들어 찬 눈을 막아 주던 그 남자.

공항에서 우연치 않게 부딪힌 유진과의 첫 만남부터 지금까지의 시간들을 되돌아보는 서하의 눈빛이 절로 아련해졌다.

"누구에게 배우지 않아도 사랑이 무언지, 정이 무언지 아는 분입니다."

조모에게, 부모에게, 그 누구에게 배우지 않아도.

서하가 아득해져 가던 마음을 거두고 다시 진 회장의 두 눈을 똑바로 응시했다.

"그럼 여길 찾은 이유가 뭘까? 네 자존심에 이 돈을 받을 수 없다는 말이 직접 하고 싶었던 거더냐. 최 실장을 통해 돌려줬을 수도 있었을 텐데."

"과거 에어코리아나의 잘못된 행위를 그냥 넘어가서는 안 된다고 말씀드리려고 왔습니다."

"유찬이 숙부가 이제 와 새삼스레 과거 일을 재조사하겠다고 시끄럽게 하고 있다. 네가 원하는 것도 그것이냐?"

"민창석 대표님을 말려 주십시오."

서하의 진의를 파악하려는 듯 가늘어진 진 회장의 눈이 한동안 서하를 바라보았다.

"왜?"

"이제 와 언론에 밝혀 봤자 에어코리아나에 대한 불신으로 매스컴만 며칠 시끄럽게 떠들 뿐, 억울하게 불명예를 안고 회사를 나와 나머지 생을 안타깝게 살다 돌아가신 저희 아버지에 대해선 그 누구도 관심을 가지지 않을 겁니다. 그렇게 면죄부를 주고 싶은 마음은 없습니다."

잠시 말을 멈춘 서하가 조금 더 낮아진 목소리로 다시 입을 열었다.

"……아버지를 생각하면 저 역시 지금도 잠을 이루지 못합니다. 그러나 20여 년 전의 일로 제가 사랑하는 또 다른 사람이 상처받는 것을 원하지 않습니다."

말을 마친 서하가 고개를 돌려 진 회장의 시선을 외면했다. 진 회장도 가만히 입을 다물었다.

사랑하는 사람. 그것이 손자 유찬을 말하는 것을 모르지 않았다. 이리 되길 바라며 지난번 회장실로 불러 먼저 간 큰아들 내외의 이야기를 들려주었다. 그 전철을 밟을 자신이 있느냐고 조용히 엄포를 놓았다.

역시 나이를 먹다 보니 마음이 약해진 탓인가. 영신은 바라는 대로 되었는데도 마음이 시원치 않았다.

"대신 해 주셔야 할 것이 있습니다."

심연 깊게 가라앉던 눈빛을 거두고 진 회장이 주름진 눈꺼풀을 치켜올렸다.

"그 사고 후, 에어코리아나를 떠나게 만드셨던 아버지 동료분들에 대한 적합한 처우와 보상은 하셔야 합니다."

항공 정비 부사관이었던 재현은 정순과 재혼을 하면서 군을 나와 신설 항공사인 에어코리아나에 입사했다.

그리고 2년이 되는 무렵 사고가 일어났다. 사고 처리가 끝난지 두어 달이 지나는 즈음에 재현과 함께 입사했던 같은 부사관 출신의 동기 한 명이 업무상 스트레스로 투신자살하는 사건이 일어났다.

이것을 시발점으로 에어코리아나 내 항공 정비사들이 주축이 된 노조가 들고 일어났다.

요구하는 바는 지난 사고에 대한 정확한 진상 규명과 섬세하고 정밀한 손길이 필요한 거대한 항공기를 점검하는 일에 대한 엄청난 스트레스를 받고 있는 산업기사들에 대한 처우 개선이었다. 그에 대해 회사 측은 긍정적으로 수긍했다.

하나 그것은 여론을 잠재우기 위해 겉으로 보인 처세였을 뿐 그때 앞장섰던 정비사 두 명은 반년 뒤 해고를 당했다.

"제 발로 회사를 등졌던 사람들이야."

"그렇게 만든 것도 회사 측이었고, 그 후 어떤 항공사에서도 일할 수 없도록 한 것은 에어코리아나입니다."

재현이 죽기 전까지 소주 몇 병을 들고 간간이 집으로 방문했던 아버지의 동료들, 그리고 그들의 가족들과 함께 아픈 시간들을 나누지 못했다면 더욱 고단했을 삶이었다.

재현의 일을 그저 되돌릴 수 없는 일이라고 덮어 두기엔 아직도 생활고에 시달리고 있을 그분들에게 면목이 없었다.

"할 말은 그게 다더냐."

"더 이상 회장님의 숫자적 가치로 저희 아버지의 죽음을, 대표님과의 지난 시간들을 계산하지 않아 주셨으면 합니다."

서하의 짧은 시선이 탁자 위에 놓인 하얀 봉투에 가 닿았다. 그리고 가타부타 어떠한 말도 없이 진중히 앉아 있는 진 회장을 잠시 바라본 뒤 천천히 일어나 고개를 숙였다.

"후……."

서하가 방을 나가고 바로 진 회장의 입에서 낮은 한숨 소리가 새어 나왔다.

갈라놓으려 애를 써 놓고는 제 손자를 달라고, 헤어질 수 없다고 매달리기는커녕 깔끔하게 판을 정리하고 돌아서 나가는 그 등짝이 괘씸했다. 영신은 마치 제가 실연이라도 당한 기분이었다.

그 옛날 큰아들 종현이 데리고 왔던 수연의 젊을 날을 떠올렸다. 겉으론 카랑카랑 대가 세 보이나 한없이 약해 빠졌던 아이. 사람을 끄는 매력은 있을지 모르나 결국은 약한 정신력에 곁에 있는 남자를 지치게 하는 아이. 그 기운이 남자의 야망조차 꺾을 상이었다.

영신은 지난날 손자 유찬과 레나와의 가십이 수면에 떠오를 때 어찌 부자가 저리 닮은 여자에게 빠지나 싶어 또 한 번 혀를 차기도 했다.

그러나 이 자리에서 다시 한번 서하를 겪으며 생각했다.

제 애비보다 여자 보는 눈은 한 수 위라고.

⁜ ⁜ ⁜

오후 3시. 서하는 생각보다 길었던 상아의 입원 기간 동안의 짐을 싸느라, 유라는 상아의 단장을 해 주느라 바쁜 중이었다.

그때 병실 인터폰이 길게 울렸다.

"네? 알겠습니다. 금방 내려가 볼게요."

"왜?"

서하가 유라의 평소와 다른 목소리를 느끼며 돌아보았다.

"그게……."

"어딘데?"

"원무과에서 잠시 내려와 보래."

"왜?"

"507호 병원비 정산 때문에 잠시 시비가 붙었다는데, 내려가 봐야 알겠어."

"괜찮아, 나 혼자 옷 입고 있을게."

유라가 난감한 듯 상아를 바라보자 상아가 제 손으로 양말을 마저 신으며 활짝 웃었다.

"언니, 같이 내려가."

"응?"

무언가 짚이는 바가 있는지 병실을 나서던 유라가 서하를 불렀다.

영문도 모른 채 엘리베이터에서 내린 서하는 원무과 앞에 서 있는 우현과 그 앞으로 서 있는 낯익은 또 하나의 뒷모습에 눈이 커졌다.

"제가 내겠다고 말씀드렸습니다."

"한발 늦었으면 조용히 올라가서 상아 퇴원이나 도우시지."

"당신이 내야 할 이유가 없습니다. 어서 환불받으십시오."

"깨나 성가시군."

유진이 우현의 말끝마다 반말로 툭툭 답을 던지고 있었다. 유진답지 않은 태도와 그의 목소리에 담겨 있는 피곤함을 느끼며 서하가 조심스레 두 사람의 앞으로 나섰다.

"무슨 일이에요?"

"상아 병원비 정산하러 왔더니 벌써 완납이 되어 있어서."

우현이 유진을 향해 던지는 눈길을 따라 서하가 유진을 올려다보았다. 그렇지 않아도 유라와 함께 입원비 정산서를 보며 혀를 차던 금액이었다.

서하는 유진을 향해 차마 당신이 낼 필요가 없다는 말을 할 수 없었다.

일주일 사이 눈에 띄게 까칠해진 얼굴. 피곤하게 내려앉은 긴 속눈썹 안의 검은 눈빛이 무언으로 말을 막고 있었다.

"대표님, 지난번 저희 어머니 병원비도 내셨다고 들었어요. 매번 신세를 질 수는 없습니다."

설명할 수 없는 팽팽한 긴장감을 느끼며 입을 연 사람은 유라였다.

"신세라는 말, 서운하게 들립니다."

단호한 유진의 말에 유라가 살짝 당황했다.

"물론 입원하기 전보다 상아의 가족이 많아진 건 알겠지만, 제 마음은 그때나 지금이나 똑같아서요."

"무슨 말인지 알아요. 그래서 너무 감사드립니다. 한편으로는 면목 없고요."

유라는 이제 와 친부라고 병원비를 내겠다는 우현이, 상아의 단장을 맡고 있는 스스로가 부끄러웠다.

한밤에 아픈 상아를 안고 고속도로를 달려와 준 유진이기에. 연인의 아이라는 이유만으로 상아에게 진심을 담아 준 그의 앞이기에.

"그러시라고 한 말 아닙니다. 더군다나 다른 병원도 아니고……."

"무슨 자격으로요?"

로비 바닥으로 떨어지는 서하의 싸늘한 목소리에 유진과 유라가 동시에 입을 닫았다.

"당신이 무슨 자격으로 상아 병원비까지 내요?"

"언니, 왜 그래?"

당황한 유라가 서하의 옷자락을 잡아당겼다.

"죄송합니다, 대표님. 어젯밤 제가 비행이 있어 언니가 병실을 지켰어요. 많이 피곤해서 그런 거예요."

"괜찮습니다. 제가 언니를 조금 화나게 한 일이 있습니다. 유라 씬 신경 쓰지 말고 올라가세요. 상아, 기다립니다."

평소와 다른 두 사람 사이의 분위기를 느끼며 유라가 난처한 표정을 지우지 못한 채 자리를 떴다. 우현 역시 더 이상 어떤 말도 하지 못하고 그녀의 뒤를 따랐다.

"무슨 자격이면 되는 거지?"

무덤덤한 표정, 높낮이 없는 목소리. 화를 참고 있는 건지 아니면 모든 감정을 날려 버린 건지 일주일 만에 눈앞에 나타난 그는 지난주 아파트를 나설 때의 모습과 별반 다르지 않았다.

자신의 눈을 고요히 마주하고 있는 유진의 모습에 서하는 맥이 탁 풀어졌다.

"이미 퇴직한 여직원 조카아이 병원비까지 내 주시는 건…… 과합니다."

"당신 애인 자격이면 충분하지 않나. 그리고 사표 수리됐다고 말한 적 없어."

"유진 씨!"

불현듯 높아진 서하의 목소리에 원무과 앞을 지나치던 사람이 두 사람을 돌아보았다.

"대표님이라는 소리보다 훨씬 듣기 좋네."

빙긋 웃어 오는 유진의 얼굴을 황당한 듯 바라보던 서하가 전혀 웃고 있지 않는 그의 눈을 알아차리고 고개를 돌려 버렸다.

"당신과 헤어지겠다고 뜻을 밝혔어요."

"내 뜻은 그렇지 않아."

"임유진 씨."

"그래, 나 임유진이야. 그러니 민씨 집안일로 흔들리지 마."

고저 없이 낮기만 했던 말투가 갑자기 바뀌었다. 엄한 그의 목소리에 서하의 눈빛이 흔들렸다.

"제가 우현 선배와 왜 헤어진 줄 알죠?"

우현의 이름이 역시나 그의 미간에 미세한 주름을 만들어 냈다.

"대단한 집안, 에어코리아나 공동 대표 아들이라는 이유였어요. 하물며 BS그룹……."

"틀렸어. 그것을 감내할 만큼 사랑하지 않은 게 이유였겠지."

언젠가 우현에게 이별을 고하며 들려줬던 말이었다.

"이번에도 같은 이유를 가져다 붙이고 싶어?"

그러기엔 지닌 마음이 너무 억울해 서하는 입술만 달싹거렸다.

"그 녀석 이야기까지 끌어와야 할 만큼 절실한 거야? 그렇게 끝내고 싶어?"

내뱉고도 후회한 말.

유진의 말끝에 묻어난 한탄을 닮은 한숨이 서하의 가슴을 옥죄었다.

"고작 키스도 제대로 못 한 사이."

유진의 입에서 새어 나온 생각지도 못한 말에 서하의 입이 벙긋 열렸다.

"그것도 힘들어 해 놓고 날 제대로 버릴 수나 있겠어?"

이 남자가 끝내 이러지. 서하의 코끝이 빨개져 갔다.

"어디 가서 붙잡고 술주정할 데는 있어?"

"한때 마음 주었던 사람 보내는 것쯤, 고단한 삶에 일도 아니었어요. 그러니 이쪽 걱정하지 마시고 그만 돌아가세요."

"이게 당신 걱정하는 걸로 보여? 떠날 것 같으면 몸만 빠져나가지 말고, 내 마음 안에 있는 너도 들고 가. 그때까지 사무실 책상은 제대로 지키고."

"왜 이래요? 당신답지 않게."

"나답게 되돌려 놓고 떠나든지."

"이런 억지가 어디 있어요? 둘이 함께하다가 하나가 접으면 그 자리에서 바로 원상 복귀되어야 하는 유일한 것이 남녀 간의 연애예요."

"우리가 단순한 연애만 한 건 아닌 것 같은데."

"더 이상 긴말하고 싶지 않아요. 그리고 앞으로 이렇게 불쑥 찾아오지 않았으면 해요."

서하는 제 속을 깊숙이 파고들어 오는 유진의 고요한 눈빛에 모든 것을 맡기고 싶은 유혹을 물리치듯 그대로 돌아서 빠르게 걸음을 옮겼다.

유진은 제자리에서 한 걸음도 움직이지 못한 채 앞주머니만 더듬거렸다.

제길. 어떻게 그 녀석은 이 낭패감을 견뎌 낸 건지. 그렇게 멀쩡한 두 다리로 땅을 딛고 서하의 앞에 다시 서 있을 수 있는 건지. 이 순간 망할 김우현의 다 죽어 가던 얼굴을 왜 떠올리고 있는지.

혈관이 튀어나오도록 힘껏 주먹을 말아 쥐던 유진은 그 열을 발산하려는 듯 급히 몸을 돌려 어딘가로 빠르게 움직였다.

❈ ❈ ❈

"돌아가세요."

상아의 병실 앞에 선 유라가 조용히 우현을 돌아보았다.

"나도 도울게."

"그럴 필요 없어요. 짐도 다 정리했고 상아 데리고 내려가기만 하면 돼요."

"그럼, 상아 얼굴만 잠깐 보고 나올게."

"영민한 아이예요. 갑자기 달라진 내 태도에도 조금 이상해하고 있어요."

줄곧 우현의 시선을 외면하던 유라가 조용히 고개를 들어 그를 마주했다.

"무슨 말인지 알겠어. 하지만……."

"내가 선배를 너무 오래 잡고 있었어요."

낮고 조용한 유라의 목소리가 병실 앞 복도에 작은 정적을 만들었다.

처음 보는 눈빛이었다. 우현은 더없이 고요하고 평온해 보이는 유라의 눈을 바라보며 저도 모르게 침을 삼켰다.

"미안해요. 상황을 이렇게 만들어서."

움직이던 목울대를 따라 내려가던 명치 어디쯤에서 느껴지는 작은 통증에 우현이 미간을 살짝 찌푸렸다.

"상아를 뺏길까 덜컥 겁이 났지만 한편으로 상아를 인정해 준 게 고마웠어요."

유라가 양손을 깍지 낀 채 왼쪽 엄지로 오른쪽 엄지를 문질러 댔다. 아랫입술은 미세하게 떨리고 있었다.

낯설지 않은 모습. 꺼내기 어려운 말 앞에서 쭈뼛거리던 그녀의 습관이었다.

"상아를 이렇게 우리 곁에 둔 것만으로 고마워요. 선배는 선배 갈 길 가세요."

"유라야."

"더 크면."

힘 있게 올라가던 속눈썹 아래의 유라의 눈동자가 짧은 순간 반짝였다.

"그때 모든 걸 말해 줄게요. 혹여나 상아가 찾아간다면 그때 한 번만 반겨 주세요. 선배 원망 않도록 키울게요."

유라가 웃고 있었다. 이 아이도 이런 해사한 웃음을 지을 수 있었나.

우현의 명치끝에 머물러 있던 작은 통증이 가슴 전역으로 알싸하게 퍼져 나갔다.

고개까지 숙여 인사한 유라가 등을 돌려 병실 문손잡이를 잡는 순간, 우현이 그녀의 팔을 빠르게 붙잡았다. 당황한 유라의 시선이 그를 돌아보았다.

뭐라고 말을 해야 하는데. 입을 떼야 하는데. 우현이 달싹거리는 입술 사이로 새어 나오지 않은 목소리가 원망스러워 눈살을 찌푸릴 때 병실 문이 스르르 열렸다.

"왜 이제 와? 나 옷 다 갈아입었는데."

상아가 두 손으로 병실 문손잡이를 잡은 채 유라에게 인상을 써 보였다.

"서하 엄마는?"

최근 상아가 서하를 부르는 호칭이었다. 그리고 이모라고 불러 오던 유라에 대해선 어떠한 호칭도 사용해 오지 않았다.

잠결에 어른들의 이야기를 들었는지 그도 아니면 간호사들이 유라와 똑 닮았다고 하는 말을 듣고 무언가 느끼는지, 속을 알 수 없는 여섯 살 아이의 태도에 유라는 난감해 있던 참이었다.

"원무과 일 끝나면 올라올 거야."

상아가 문손잡이를 놓아 버리고 복도로 한 걸음 나와 섰다.

"근데, 아저씨는 누구예요?"

상아가 목을 젖혀 유라의 뒤에 서 있는 우현을 바라보았다.

"서하 언니 선배."

유라는 엉겁결에 답을 해 놓고는, 상아의 시선이 여전히 자신의 팔목을 잡고 있는 우현의 손에 머물자 아차 싶었다.

"아, 내 선배이기도 해."

깜박이는 속눈썹 사이의 영롱한 눈이 우현을 한참 올려다보았다.

우현이 한 걸음 옆으로 나와 상아의 앞에서 한쪽 무릎을 굽혀 눈높이를 맞추었다.

"안녕. 아저씬 김우현이라고 해."

"상아, 아저씨에게 인사해야지."

아이답지 않게 양 입술 끝을 꼭 다문 상아가 꼼짝도 않고 우현의 얼굴만 바라보고 있자 유라가 상아의 어깨를 살짝 토닥였다.

"……안녕하세요."

느릿느릿 한참 만에 나온 상아의 인사에 우현의 입매가 환해졌다.

"아저씨가 우리 아빠예요?"

상아의 머리를 쓰담거리던 유라의 손이, 상아의 손을 잡으려던 우현의 손이 동시에 멈추었다.

"상아야."

"……맞아."

놀란 나머지 상아의 이름만 연거푸 부르는 유라를 대신해 평온한 우현의 목소리가 답을 했다.

"그런데 한 번에 어떻게 알았어?"

상아의 흔들림 없는 맑은 눈빛이 우현에게 작은 용기를 주었다.

"우현 선배 집에서 상아 데리고 간다고 걱정했어요."

"강상아."

유라의 눈에 금방 물기가 들어찼다.

"나 아저씨 집에 가고 싶지 않아요."

한순간 말을 잃은 우현의 흰자위도 붉게 물들어 갔다.

"할머니랑 엄마랑 같이 살 거예요."

상아가 시선을 들어 옆에 있는 유라를 빤히 쳐다보았다. 뚝뚝 떨어지는 눈물을 감추느라 유라가 얼른 고개를 돌렸다.

"아저씨가 미안하구나."

우현의 양손이 상아의 두 손을 보자기처럼 감쌌다.

"늦게 와서…… 정말 미안해."

✢ ✢ ✢

호. 들고 있던 비닐봉지를 왼손으로 옮기며 언 손에 입김을 불었다. 피가 통하지 않던 손이 입김을 받자 통증에 가까운 따끔함이 손가락 전체로 퍼진다.

터질 듯 불룩한 무게를 지탱하기엔 비닐 손잡이가 꽤나 불편했다. 계획에 없던 마트 방문이라 미처 장바구니를 준비 못 한 탓이다.

"어머."

집 현관문 앞에서 자유로운 한 손으로 열쇠를 찾던 서하가 어둑한 그림자에 놀라 소리를 질렀다.

동시에 손에 들고 있던 봉지마저 툭, 소리를 내며 떨어졌다. 달걀도, 토마토도 성하진 않겠다. 2층을 오르는 두 번째 계단에 앉아 있는 사람이 유진인 걸 확인하고서야 거기까지 생각이 미쳤다.

"대표님."

유진이 천천히 일어나 한 계단을 내려딛자 아직 열쇠도 꽂지 못한 현관 앞에서 서하가 한 걸음 물러섰다.

"……무슨 일 있어요?"

거뭇하게 자란 턱 주변의 수염. 충혈된 눈자위. 한눈에도 초췌해 보이는 유진의 모습에 서하의 심장이 조금 전 비닐봉지가 떨어질 때와 닮은 소리를 냈다.

"얼굴이 왜 이래요?"

"다행이야. 조금은 내 걱정이 되는 걸 보면."

유진이 허리를 굽혀 바닥으로 흘러나온 감자 몇 알을 주워 봉지에 담았다.

"납치하는 수가 있어."

고집을 피우듯 문을 열지 않고 서 있는 서하를 향해 나온 유진의 목소리는 짧고 단호했다. 그의 목소리에서 진심을 느낀 서하가 열쇠를 찾아 꽂았다.

"이별의 방식치고 지나치게 고전적이야."

주방의 싱크대 위로 짐을 가져다 놓은 서하의 등 뒤로 나지막한 유진의 목소리가 들려왔다.

"전화번호도 바꿔. 이사 온 지 얼마라고 집도 내놔."

이곳을 방문한 지 3일째였다. 이틀 전 불 꺼진 집 앞을 지키다 돌아갔던 유진은 어제 서하의 아파트 문 앞에서 집주인과 함께 집을 보러 온 사람과 우연히 스쳐 지났다.

월세로 내어 놓은 걸 전세로 돌려 달라고 고집을 피울 때는 언제고, 몇 달 되지도 않아서 집을 뺀다며 투덜거리던 집주인의 목소리를 어깨너머로 들었다.

"휴대폰을 잃어버렸어요."

상아를 퇴원시키던 날, 병원에서 분명히 챙겼다고 여긴 휴대폰이 아무리 찾아도 보이지 않았다.

"어차피 이 집은 가까운 회사가 목적이었어요. 엄마 집과 너무 멀어요."

당신 때문이 아니라는 말이 오히려 변명이 되고 있다는 걸 서하도 모르지 않았다.

"이리 와."

다행이다. 깨진 두 개의 달걀을 개수대에 버리고 성한 달걀 여덟 개를 씻으며 서하가 혼자 중얼거렸다.

"그렇게 미워? 말도 섞기 싫을 만큼?"

냉장고 문을 열던 서하의 손이 멈칫거렸다.

"원망해? 당신 아버지 그렇게 돌아가신 것?"

그제야 유진의 얼굴을 제대로 바라보는 서하의 얼굴이 창백해졌다.

당신이 어떻게……. 서하의 눈동자가 눈에 띄게 흔들렸다.

"하긴 원망이 안 되면 사람이 아니지. 그런데, 서하야."

"원망만으로는 부족한 일이죠. 어떻게 알게 됐는지 모르지만 그걸 당신 입으로 먼저 꺼내다니 의외네요."

빠르게 말을 쏟아 내던 서하가 스스로에게 짜증을 내듯 아랫입술을 잘근 씹었다.

아무리 피하고 싶은 화제라고 이런 식으로 그의 말을 막아서는 안 되는 거야. 그가 무슨 잘못을 했다고.

냉장고 문을 소리 나게 닫은 서하가 유진에게 등을 보였다.

비닐봉지에 아무렇게 주워 담은 토마토를 한참을 바라보고 있나가 터진 것과 성한 것을 가릴 정신이 없어 그대로 음식물 쓰레기통에 넣어 버렸다.

짧은 숨을 들이쉰 서하가 유진을 향해 느린 동작으로 뒤돌아섰다. 좁은 평수에 2인용 식탁을 사이에 두고 주방과 거실이 구분 되어 있는 게 새삼 고마웠다.

"누구에게 들었어요?"

"진 회장."

약속이 틀렸다. 당신이 알길 원하지 않았기에 진 회장을 찾았는데.

"회장실을 쑥대밭으로 만들어 놓았거든."

비릿하게 올라가는 그의 입술에 스스로에 대한 환멸이 드러나 있었다.

"결국 안 잡혀가고 당신 곁에 앉아 있을 수 있는 것도 내 몸에 흐르는 그 집안 피 덕분인가."

뭐라고 말을 해야 할지 몰라 서하는 아랫입술만 계속 씹어 댔다.

"널 만나고 조금은 이해됐어. 죽일 듯이 미웠던 아버지가."

아버지라는 단어를 입에 담는 유진의 얼굴이 옅게 찌푸려졌다.

"……이젠 그의 아들이란 사실조차 감내하기 힘이 드는군."

언제나 무덤하고 담담했던 사람의 속을 알 수 없는 표정에 애가 타던 시간들. 그 얼굴에서 웃음을 발견한 지 몇 달이라고 기어코 그의 얼굴에 드러난 괴로움을 경험하고 말았다.

"민유찬으로 살 생각은 없어. 죽는 한이 있어도."

BS의 모든 것을 주겠다고 한 진영신 회장이었다.

다만, 그건 어디까지나 제 살점을 나누어 가진 민유찬을 제 뜻 안에서 살아가도록 하기 위한 것이지, 아낌없이 준다는 의미가 아니었다.

아무리 손자라 한들 BS의 살 한 점을 허투루 떼어 내거나 위협을 두고 볼 진 회장이 아니었다.

처음엔 고 대표의 도움을 받아 BS를 흔들 생각을 안 한 것도 아니었다. 그러나 긴 싸움에 내 사람이 다치는 걸 원하지 않는다. 내 영역만 지키면 그뿐이다.

"그동안 BS 일을 해 왔던 건, 로티스 엘과 널 지키기 위해서였을 뿐이야."

여차하면 그룹의 지주 회사인 BS금융 홀딩스를 날려 버릴 만반의 준비를 끝냈다.

"진 회장님만 계시는 곳이 아니에요. 그곳엔 당신을 사랑하는 다른 사람들도 있어요."

"아쉽게도 그곳에서 사랑받아야 할 시간은 한참 전에 지나 버렸지."

아버지란 사람을 원망할 사이도 없이 엄마에게 다시 버려져 그 집으로 들어가 살던 2년.

마치 아들을 훔쳐 간 여자를 바라보듯 자신을 따라다니던 조모의 못마땅했던 눈길이 싫어 학교를 파해 집에 돌아오면 방에만 틀어박혀 있었다. 아버지란 작자는 얼굴 한 번 제대로 볼 수 없었고, 어느새 숙부 내외의 아들이 되어 있었다.

중학교 입학식 다음 날, 수연이 몰래 연락을 해 왔다. 옷 한 벌이라도 제 손으로 사 주고 싶다는 연락에 그날따라 출근을 하지 않고 있던 아버지의 방을 노크했다. 그리고 아버지의 마지막을 보았다.

어린 마음에도 눈앞에 일어난 현실을 엄마에게 보여 주면 안 된다고 생각했다. 구급차가 올 때까지 방구석에 앉아 검푸르게 굳은 얼굴에서 눈을 뗄 수 없었다.

가장 오랫동안 바라본 아버지의 얼굴이었다. 사람이 제대로 살아갈 수 있도록 준 신의 유일한 선물이 망각이라고 했지만, 자신은 그 선물조차 받지 못했다.

"내가 사랑하는 사람 옆에 서 있고 싶어."

서하는 코끝의 물기를 삼키며 짙어진 유진의 눈을 외면했다.

"이런 내가 염치없는 건가."

언제나 당당했던 남자의 흔들리는 목소리가 기어코 서하의 눈물을 터뜨렸다.

왜 당신이 내게 용서를 빌어야 하는지.

이 원망을 누구에게 쏟아 내야 하는지.

지난 며칠간 당신이 이대로 손을 놓을까 봐 불안해하던 나는 또 어쩌면 좋을지…….

싱크대 물소리에 묻힌 서하의 울음이 끝날 줄 몰랐다. 더 이상 손등으로 닦아 내기엔 눈물과 콧물이 수습이 되지 않았다.

어느새 다가온 유진이 손수건을 내밀었다.

"줄 거면 진작 주지."

흑, 콧소리를 내며 서하가 나무랐다.

"달래면 더 운다잖아."

"정말 밉상이야."

여전히 볼 위로 주룩 눈물을 흘리며 서하가 유진을 향해 눈을 흘겼다.

"그만 울어. 실연당하고 있는 건 이쪽인데, 네가 왜 울어?"

좁은 식탁 앞으로 풀썩 쪼그리고 앉는 서하의 옆으로 유진도 같이 앉았다.

흔들리고 있는 서하의 어깨를 유진이 토닥였다. 긴 토닥임이 힘을 잃어 갈 때 그가 입을 열었다.

"내가 BS 폭파해 줄까?"

"장난……."

발끈하며 유진을 올려다본 서하가 그대로 입을 다물었다. 텅 비어 있는 그의 동공과 함께 붉게 물들어 있는 눈자위가 울고 있는 자신보다 더 아파 보였다.

"다리 저려요. 일어나요."

냉장고 문을 열었지만 내어 놓을 거라곤 아무것도 없었다. 마음이 떠난 집이라 티백이 떨어진 지도 오래였다.

그저 따뜻한 물이라도 내어 놓으려고 주전자를 찾던 서하가 마음을 고쳐먹고 냉장고 문에 놓인 맥주 두 캔을 꺼내 식탁 의자에 앉아 있는 그의 앞으로 내밀었다. 냉한 실내 공기에 어울리지 않았지만 입안은 바싹 탔다.

"고 대표님께서 당신 아버지 잘못 아니라고 말씀하셨어요. 그리고……."

주제 넘는 짓인 걸 알고 있다. 어쩌면 그는 아버지에 대한 그 미움 하나로 세상을 살아 내고 있을지 모를 일이었다.

그러나 그를 그 미움 속에 가두어 두고 싶지 않았다.

"당신 아버지에 대해 당신이 더 알아야 할 게 있지 싶어요."

그의 눈빛을 다시 고통 속으로 몰아넣는 '아버지'라는 이름.

그 사신이 버려진 게 아니란 걸 알면 조금은 괴로움에서 벗어날 수 있을까. 긴 세월, 부친에게 돌려 왔던 미움이 자책으로 돌아오지 않을까.

같은 존재의 죽음으로 스물한 살의 여자는 몇 날 며칠을 꺽꺽대다 계절도 느낄 수 없는 병을 얻었다.

열넷의 소년은 어떻게 그 시간을 지나왔을까. 가늠할 수 없는 유진의 아픔이 숨통을 조여 오는지 서하의 숨소리가 달라졌다.

"나와 함께 뉴욕으로 가자. 거기서 임유진과 강서하로 살아."

입으로만 끝을 말했나 보다. 쿵 하고 내려앉은 심장 주변으로 퍼져 가는 달달한 기운이 야속해서 서하가 발끈하듯 입을 열었다.

"당신이 아무리 임유진으로 산다고 해도 BS그룹의 사람이라는 건 변하지 않아요."

"강서하."

"내가 힘들어서 그래요. 당신이 상처받을까 겁난다는 건 그저 허울 좋은 말뿐이었어요. 진 회장님 얼굴 바라보기가, 그 배경을 뒤에 두고 있는 당신을 보기가 힘들어요. 어차피 끊어 낼 수 없는 가족이에요. 힘 빼지 말고 순리대로 살아요."

자리에서 일어난 서하가 입에도 대지 않은 맥주 캔을 싱크대에 부어 버렸다.

"당신 얼굴을 보면 절로 웃음부터 났어요. 설레고, 흐뭇하고. 그러나 이젠 그 시간들이 아득하게 느껴질 뿐이에요. 이렇게 힘든데, 어떻게 당신 얼굴을 더 볼 수 있겠어요?"

"안 보면 괜찮아질 것 같아?"

더하겠지.

"애쓰지 말고 어디가 됐든 그만 당신 자리로 돌아가요. 불과 두 계절 전엔 이름도 몰랐던 사이였어요."

서하가 그를 지나쳐 방으로 들어갔다.

날이 지고 주변이 어두워지도록 조용하던 현관문이 자정이 다 될 무렵 삐익, 소리를 내며 열렸다.

다시 문이 닫히기 무섭게 서하가 그대로 침대로 쓰러졌다.

긴 겨울이 다 가고 있었다.

13화

4월의 눈

April Snow

“김우현입니다.”

“네, 상아 할머니에게서 전화 받았어요. 상아야.”

개나리반 보조 담임 연승이 자신의 손을 꼭 잡고 놓지 않는 상아를 조심스럽게 불렀다.

“상아, 이제 집에 가야지?”

우현이 큼직한 손을 내밀자 마지못해 연승의 손을 놓은 상아는 여전히 고개를 들지 않았다.

“들어가 보세요. 제가 이야기해 보겠습니다.”

“네. 그럼.”

유치원 마당으로 들어서던 연승이 힐끗 뒤를 돌아보니 여전히 시선을 신발코에 두고 있는 상아 앞으로 장신의 남자가 몸을 숙이고 무릎을 굽혀 앉아 있었다.

지난해 처음 어린이집을 방문했을 때 엄마라며 상아를 데리고 온 분은 중년이 한참 지나 할머니 연륜으로 보이는 분이셨다. 그리고 어느 날 상아가 엄마라며 사진을 들고 와서 자랑하던 이는 실제, 이모라고 했다.

지난주 원장은 개나리 반 담임과 연승을 불러 상아의 심리 상태를 알리며 여러 가지를 당부해 왔지만 상아의 족보를 그려 보던 연승은 제 자신조차도 머리가 어지러워졌다.

올봄 유치부로 진급한 상아는 눈에 띄게 의기소침했다. 넓은 원을 뛰어다니며 까르르거리던 상아의 웃음이 얼른 돌아와야 할 텐데. 큰 현관문을 열던 연승이 다시 뒤를 돌아보았다.

선하게 웃고 있는 남자의 부드러운 미소에 약간 마음이 놓이기는 했다.

“상아, 오랜만이야.”

“오랜만 아니에요.”

“그래? 일주일 동안 아저씬 상아가 많이 보고 싶었나 보다.”

회사로 복귀를 했다. 그리고 한 달 만에 영국으로 비행을 다녀왔다. 돌아오는 길에 바로 정순의 집 앞으로 상아를 찾아갔다. 그게 지난주 일이었다.

유라에게 그간의 이야기를 들었는지 처음 마주하는 정순의 얼굴은 담담했다. 그러나 자신을 바라보던 상아의 눈망울은 병원에서와 달랐다. 한 걸음 몸을 빼던 눈빛에 두려움과 낯선 거리감이 담겨 있었다.

“오늘 엄마가 사정이 있어서…… 아저씨가 데리러 왔어.”

엄마라는 말에 눈썹을 파닥거리는 상아에게 우현은 아빠라는 소리를 입에 담을 용기를 내지 못했다. 그날 집으로 들어가는 상아를 보고 우현은 복직 후 회사에서 한 번도 마주친 적이 없는 유라를 밤늦도록 기다렸다.

"그냥 내가 엄마라는 말밖에 할 수가 없었어요. 바보같이 서하 언니가 엄마가 아니라서 미안하다는 말밖에는……. 다행이라고 했어요. 자신이 주워 온 애가 아니라서. 내가 엄마라서. 그리고 서하 언니가 이모가 되어서."

엄마가 할머니라고, 너는 주워 온 아이일 거라고 어린이집 친구들이 놀려 댈 때마다 씩씩하게 주먹을 날리던 아이가 실은 상처를 받고 있었다는 사실에 유라는 가슴 아파했다.

에어코리아나 승무원 유니폼이, 트렌치코트가 누구보다도 잘 어울리는 세련된 여자였다. 그런 여자의 잘 그려진 아이라인과 마스카라가 눈물로 번졌나. 그 눈물의 원천이 자신이라는 걸 깨닫는 데 너무 많은 시간이 걸렸다고 그날 우현은 생각했다.

"엄마가 모르는 아저씨 따라가면 안 된다고 했어요."

우현은 단단하게 벽을 만든 아이의 말보다 또랑또랑 맑았던 아이의 눈에 떠오른 불안함에 마음이 저릿해졌다.

"잠깐만."

우현이 어딘가로 전화를 걸어 상아에게 내밀었다.

"……응."

유라와 짧은 통화를 한 상아가 발걸음을 떼서 우현을 지나쳤다.

"엄마가 뭐라고 해?"

"피자집에서 아저씨랑 기다리래요."

"피자집?"

"손약국 맞은편에 있어요."

"손약국?"
우현이 유치원 앞에 세워 둔 자신의 검정 세단을 난감한 듯 바라보았다.
"저기 골목만 돌면 있어요. 빨리 가요. 상아 배고파요."
유치원 배낭의 양쪽 멜빵을 손으로 당기며 상아가 양 볼이 불통하게 말을 뱉어 내자 우현이 저도 모르게 짧은 웃음소리를 냈다. 우현을 무시하고 빠르게 걷던 상아가 발걸음을 멈추고 저보다 한참이나 큰 우현을 올려다보았다.
"왜?"
조그마한 얼굴에 그려진 못마땅한 인상이 귀여워 우현이 여전히 웃음기를 지우지 못하고 물었다.
"아저씨 웃으니까 되게 못생겼어요."
"응?"
"대표 아저씨는 웃으니까 되게 잘생겼던데."
"뭐?"
제 할 말을 마치고 홱 하고 등을 돌린 상아의 걸음이 더 빨라졌다. 대표 아저씨? 상아가 말하는 대상이 유진임을 알아차린 우현의 얼굴이 조금 전 상아와 똑 닮은 표정으로 찌푸려졌다.
"상아, 너 그렇게 밉게 말하면 피자 안 사 준다."
못 들은 척 고개도 돌리지 않는 상아의 걸음이 조금 느려졌다. 길을 모르는 자신의 대한 어린아이의 배려에 우현의 얼굴에 다시 미소가 그려졌다.

"왜 엄마랑 이혼했어요?"
상아의 먹는 모습을 조용히 지켜보던 우현이 피자 한 조각을 집어 들 때였다. 우현이 조용히 피자를 제자리로 내려놓았다.

"엄마와 이혼 안 했어. 결혼한 적이 없거든."

언제나 아이의 흔들림 없는 눈빛이 제게 용기를 주었다.

"그래서 엄마와 결혼하고 싶은데. 상아가 도와줄 수 있어?"

어린 상아의 눈빛이 다시 흔들릴까 두려운 우현이 빠르게 물었다. 아무런 대답 없이 상아가 조금 전 우현이 잡은 피자를 집어 들었다. 입술로 툭툭 물어뜯기만 하는 모양새가 피자에는 별반 관심이 없어 보였다.

"저 딴에는 나이 많은 언니, 오빠들하고 자란다고 버거웠는지 또래답지 않아요. 엄마가 되고 보니 그런 상아가 안쓰럽고 더 어려워요. 며칠 전 엄마가 선배에 대해 살짝 물었더니 입술을 꾹 다물고 아무 말도 안 하더래요. 힘들지도 몰라요."

최근 유라는 상아와 조금 더 많은 시간을 보내기 위해 국내 비행만 하고 있었다. 이틀 전 공항에서 부산 비행을 마치고 돌아오는 그녀를 기다렸다가 상아와 시간을 보낼 수 있게 해 달라고 부탁을 하는 우현에게 유라가 조심스레 일러 주었다.

"싫어?"

"유라 엄마 사랑해요?"

이 봄, 어느새 일곱 살이 된 아이의 물음이었다.

"상아는 아빠 없어도 괜찮아요."

깜박깜박. 답을 기다리는 아이의 눈꺼풀이 예닐곱 번 움직이나 싶더니 자근거리던 피자를 내려놓았다.

"사랑해."

우현이 깊은숨을 들이마셨다.

"이렇게 예쁜 딸을 선물한 엄마야."

제 눈을 파고들듯 바라보는 아이의 눈에 우현의 목소리가 살짝 떨려 왔다.

"그리고 오랜 시간 동안 아빠만을 사랑해 왔던 엄마야. 이제 아빠가 엄마를 사랑할 차례야."

한참이나 고개를 들어 우현을 바라보던 상아의 고개가 천천히 떨어졌다. 한동안 가만히 앉아 있던 상아가 팔을 뻗어 피자 한 조각을 집어 들었다.

"같이 먹어요."

그리고 우현의 앞으로 쑥 내밀었다.

❈ ❈ ❈

"강서하 과장? 강서하!"

"아, 네."

본부장이 회의 시작부터 딴 곳에서 정신이 팔린 듯 있는 서하를 큰소리로 불렀다.

"무슨 일 있어?"

"아닙니다."

"다음 주 뉴욕에서 열리는 미팅 건 이야기 중이야. 듣고 있어?"

"죄송합니다. 그런데 갑자기 미팅 장소가 뉴욕이라니……."

1년에 한 번 각 지역별로 진행되고 있는 미팅의 올해 아시아 지역 장소는 중국이었다. 매장 점장들, 영업 부서 임원들, 마케팅 부서, 인사부 책임자들, 각 나라의 제너럴 매니저, 본사의 각 부서 책임자와 CEO가 참석하는 큰 행사에 서하는 한국 내 매장 인사부 책임자로서 참석해야 했다.

"이번에 바뀐 대표 이사 취임 인사를 겸하는 이유로 부득이 뉴욕에서 개최한다는 공식 입장문이 함께 왔어. 왜? 뉴욕은 너무 멀어서 가기 싫어?"

"이왕 짐 싸고 비행기 탈 거면 뉴욕이 좋지 않아요? 중국이 아니라니까 나도 따라가고 싶어요."

연정이 회의록 위로 팔을 괴며 부러운 시선을 날렸다.

"이 대리, 로티스 엘 미팅에 참가해 본 적 없어?"

"네, 매장에 있었으면 올해쯤 점장 직책 달고 갈 수 있었을지 모르는데."

"그래서, 매장으로 돌아가고 싶어?"

"천만의 말씀입니다. 저는 지금 강 과장님 자리 노리고 있거든요."

"뭐야. 그럼 강 과장은 지금 내 자리고 노리고 있는 거야? 응?"

"과장님."

연정이 이번에도 멍한 시선 속에 정신을 두고 있는 서하를 큰 소리로 불렀다.

"아, 죄송합니다."

"신싸 무슨 일 있어?"

영섭이 서하 쪽으로 앉아 있던 회의석 의자를 돌리며 진지하게 서하의 상태를 물어 왔다.

집안에 무슨 일이 있었는지 한 달이 넘도록 회사를 쉬고 나온 그녀였다. 한눈에 보기에도 살이 내리고 수척해진 그녀는 다시 돌아오기 무섭게 국내 매장으로 바쁘게 돌아다녔고, 새로 생긴 영업부의 일까지 도우며 지난 시간을 메우려는 듯 업무에 매진했다. 오늘 같은 모습은 처음이었다.

"아닙니다. 열두 시간 비행을 어떻게 하나, 걱정하고 있었어요."

"팔팔하게 젊은 나이에 무슨. 무릎이 시큰한 내 앞에서 할 말이 아니지."

정말 고민인 듯 짧은 한숨을 내어 보이는 서하를 정감 있는 어투로 나무란 영섭이 얼마 전 유진과 함께 뉴욕으로 들어간 정 대리를 대신하여 새로 들어온 선경을 향해 돌아보았다.

"선경 씨, 미안한데 우리 커피 한 잔 하면서 이야기할 수 없을까?"

"네, 그렇지 않아도 이야기가 길어져서 준비하려던 참입니다."

선경이 빠르게 자리에서 일어나 회의실을 나갔다.

"그런데 장레나 대표, 잘 해내실까요? 너무 히스테릭해 보이던데."

"얼마나 지켜봤다고. 이제껏 디자인만 했다지만 로티스 엘에 대해서 누구보다 잘 아는 분이니까. 게다가 김 전무님이 잘 보필하잖아."

"난 새 CEO에 김 전무님이 되실 줄 알았어요. 안 그래요, 과장님?"

"로티스 진 일도 도우셔야 하니까."

"새로 론칭한다는 로티스 진은 왜 아직 조용하대요? 그것 때문에 임 대표님 여기 떠나신 거 아니에요? 지난번, 새 샘플 건으로 뉴욕의 정 대리와 메신저 주고받으면서 늦어도 3월 중순에는 테이프 끊는다고 들었는데. 본부장님, 뭐 아시는 거 없으세요?"

볼펜으로 회의록에 의미 없는 사선을 그어 가던 서하가 눈을 들어 본부장을 바라보았다. 연정을 대신해 묻고 싶었던 말에 대한 답이 기다려졌다.

"글쎄. 뉴욕 들어가시고 임 대표님과 통화 한 번 못 했어. 바쁘신 건 알지만 나도 그 무심함에 가슴이 탄다."

"이젠 엄연히 다른 식구다, 이거죠. 얼마 전에 전무님이랑은 통화하셨잖아요. 임 대표님 안부 전하지 않던가요?"

"그렇지 않아도 며칠 전에 여쭸는데 못 들었는지 딴 말씀만 하시더라고."

"커피 식기 전에 드시고 말씀하세요."

선경이 끊이지 않는 세 사람의 화제 사이로 끼어들며 커피 잔을 가리켰다.

"아이구야. 시간이 이렇게 됐네, 나는 전화할 곳이 있어서 커피 들고 가서 마실게. 선경 씨. 뉴욕 비행기 티켓팅도 부탁해."

"4월 9일 뉴욕행이죠, 과장님?"

본부장 영섭이 나가자 선경이 서하를 향해 물었다.

"응."

"돌아오는 일정은요?"

"미안해. 내가 아직 미팅 일정을 제대로 못 봤어. 본부장님 일정도 봐야 하니까 다시 말해 줄게요."

"네."

대화를 끝으로 세 사람이 동시에 자리에서 일어섰다.

"임 대표님 때문에 그러세요?"

연정이 회의실을 나서는 서하의 팔을 살짝 붙잡았다.

그녀는 서하가 사표를 낸 사실을 알고 있었다. 그런 서하가 돌아오자 유진이 바로 회사를 떠났다. 일찍부터 두 사람 사이에 흐르던 묘한 기류를 모르진 않았다. 뉴욕으로 미팅 장소가 변경되면서 줄곧 서하의 안색을 살피던 연정이었다.

"아니야. 로티스 엘 미팅인데 임 대표님이 무슨 상관이라고."

살짝 떨리던 서하의 속눈썹 아래 두 눈이 희미하게 연정을 향해 웃어 주었다.

연정에게 말했듯 그는 로티스 엘에 관련된 일에서 완전히 멀어져 간 사람이었다. 그 사실을 본인이 제일 잘 알면서도 뉴욕이라는 단어 위에 그의 이름을 겹쳐 듣는 자신을 어떻게 할 수가 없었다.

가슴속에서 두 계절을 살다 간 이름 임유진. 해가 바뀌고 새 기운이 돋는 봄이 왔지만 그 낯설었던 이름 하나는 가슴에 인이 되어 잠들 줄을 몰랐다.

또한 지난겨울의 끝자락, 집 앞 카페로 찾아와 조용히 마지막 인사를 건네던 그의 얼굴이 곁을 떠나지 않았다.

"네 덕분에 아버지를 찾았어."

그렇게 말하던 그의 눈가 그늘은 더 짙어져 있었다.

"넌 나 때문에 잃은 것뿐이라는 생각에 반기지 않을 줄 알면서도 오지 않을 수 없었어."

우연찮게라도 마주칠 수 있을까, 회사 근처 부동산을 몇 번이나 방문했는지 그는 알 수 없을 터였다.

"한국으로 본사 이전을 생각하지 않았다면, 뉴욕 사무실에 놓여 있던 너의 이력서가 눈에 띄지 않았다면 이런 곳에서 나와 마주하지 않고 지금 이 시간에도 로티스 엘 어디에선가 네 능력을 발휘하고 있었을 텐데. 아니, 애초에 지극히 이기적인 BS 집안과 엮이지만 않았다면 행복한 가정에서 고생 없이 자랐을 테지. 그 누구보다 멋진 삶을 살면서."

당신을 만나 처음으로 제대로 살아 봤다는 말은 하지 못했다.

"널 기다리는 동안 로티스 님프의 이야기가 떠올랐어. 프리아포스의 폭력적인 구애에 도망을 치다가 결국 로터스 나무가 된 요정. 결국 나는 너에게 잔인한 프리아포스밖에 되지 못한 건가."

다시 가져 볼 수 없는 사랑이었는걸.

"회사 일로 인해 너와 부딪히게 되는 일은 없을 거야. 그러니 도망가지 말고 네가 있어야 할 자리로 돌아가. 내게 너무 많은 빚을 남겨 버리면 널 제대로 떠날 수가 없어."

당신에게 한 점 빚이라도, 가슴에 박힌 가시라도 되고 싶었는데.

결국 그날 카페에서 흘리지 못한 눈물이 이제야 서하의 볼을 타고 내렸다. 자리에서 일어난 서하가 책상을 등지고 사무실 창을 힘껏 밀어냈다.

기승을 부리던 꽃샘추위도 잠시 숨었는지 열린 창 새로 들어오는 햇살과 바람이 사뭇 달랐다. 길었던 겨울도 한 점 봄바람을 당해 내지 못했다.

난 당신에게 어떤 바람이었을까.

매해 열리던 미팅이 전 세계 지역 통합으로 본사가 있는 뉴욕에서 개최되었다. 한 달여 전에 갑작스럽게 변경된 일정임에도 뉴욕 본사의 철저한 준비는 첫날 세계 전 매장의 비즈니스 결과 리뷰와 자체 진행 중인 프로젝트 및 신상품 정보 공유를 원활히 진행시켰다.

그리고 둘째 날인 오늘 열린 지역 그룹별 세션 진행과 상품 서비스, 마케팅 관련 그룹 토의도 무사히 끝이 나 저녁 7시 9층 연회장에서 열릴 디너쇼만을 앞두고 있었다.

한국에서 온 점장들은 파티 준비를 위해 먼저 숙소로 돌려보내고 서하와 본부장은 부산 해운대 보석 박람회에서 얼굴을 익힌 본사 직원들과 인사를 나눈 후 뒤늦게 회의실을 빠져나왔다.

"괜찮아?"

본부장 영섭이 한국에서 출발할 때부터 감기 증세를 보이던 서하의 몸 상태를 걱정스레 살폈다. 어제도 공식 행사만 치르고 바로 호텔로 가서 쉰 그녀였다.

그러나 서울에 비할 바가 아닌 뉴욕의 4월, 꽃샘추위가 서하를 더 힘들게 만들었다.

"디너쇼에 빠지면 표가 날까요?"

대규모 파티에 한 사람쯤 보이지 않는다고 티가 나지는 않을 것이다. 그러나 CEO 자격으로 참석할 레나 장이 서하의 불참을 알아차리지 못할 리 없었다.

"많이 힘들어?"

"견딜 만은 해요. 내일 비행이 조금 걱정돼서요."

"그러게 휴가 준다니까. 왜 당장 돌아간다고 그래? 베레세르 점장하고 관광도 좀 하고……."

"여기들 계셨어요?"

"전무님."

준하가 아시아 지역 회의실 앞에 서 있는 두 사람을 발견하고 다가왔다.

"서하 씨, 옷 갈아입으러 안 가십니까?"

서울 사무실에서의 인연 때문인지 바쁜 와중에도 이틀 전 두 사람을 위해 공항까지 마중을 나온 준하였다.

"서하 씨 얼굴이 더 나빠 보입니다."

"걱정하실 만큼은 아니에요."

"본부장님 먼저 숙소로 돌아가셨다가 오시고 서하 씨는 잠시 저를 따라오실래요?"

잠시 서하의 안색을 살핀 준하가 본부장 영섭에게 양해를 구하고 서하를 이끌었다. 엘리베이터를 함께 탄 준하가 7층 버튼을 눌렀다.

"레나가 서하 씨를 만났으며 합니다. 본인이 한국으로 가야겠다는 걸, 한창 바쁜 시즌이라 제가 서하 씨를 뉴욕까지 부를 겸 이곳에서 미팅을 준비했습니다."

당황하는 기색이 역력한 서하를 향해 준하가 부드러운 미소를 지어 보이며 말을 덧붙였다.

"레나가 직접 CEO 인사를 할 형편이 못 되기도 하고요."

그가 인도한 곳의 방문 앞에 '디자이너 장' 이라는 작은 문패가 붙어 있었다.

"대표실은 따로 있는데 여기가 편한가 봐요. 그래도 일은 곧잘 해내고 있어요."

다시 싱긋이 웃어 보이는 준하의 얼굴에서 왠지 모를 쓸쓸함을 닮은 근심을 발견한 서하가 그를 가만히 바라보았다.

그 시선을 모른 척, 준하가 방문을 열자 창가 앞 데스크 의자에 비스듬히 앉아 스케치북을 내려다보고 있던 레나가 긴 금발 염색 머리를 쓸어 올렸다.

"아직 여기 있을 것 같아서, 서하 씨 모시고 왔어."

레나의 고양이를 닮은 눈매가 서하를 발견하고 한결 위로 치켜떠졌다.

"함께 있을까?"

"아니."

"레나야."

"지겹도록 말해서 알아들었으니까 가서 저녁 디너쇼나 더 신경 써 줘."

"서하 씨 컨디션이 별로야."

레나의 날카로운 두 눈이 그를 일직선으로 쏘아보았다.

"앉으세요."

준하가 방을 나가고 자리를 권하는 레나의 목소리는 조금 전 준하를 쏘아보던 그녀의 것과는 사뭇 달랐다. 예전의 기억을 모두 지운 듯 다소 기운이 빠진 레나의 정중한 목소리는 서하를 더욱 긴장시켰다.

"김 전무에게 들었어요. 감기라면서요?"

"장거리 비행이 다소 피곤했나 봅니다."

"미안해요. 무리하게 뉴욕까지 불러서."

방금 자신이 내뱉은 말이 어이없는 듯 레나의 입에서 바로 짧은 헛웃음이 새어 나왔다.

"따지고 보면 당신 때문에 여기까지 불려 온 다른 사람들에게 미안해할 일인데."

천천히 아래로 내려갔다가 다시 치켜떠지는 레나의 눈빛에 찬 기운이 감돌았다. 꼼짝도 않고 한동안 서하의 눈을 무섭도록 바라보던 레나가 지친다는 듯 고개를 돌렸다.

"차 한 잔 마실래요?"

"용건부터 말씀하세요."

매정하도록 단정한 서하의 말에 레나가 찻주전자를 거칠게 내려놓았다. 매서운 눈초리가 다시 서하의 눈을 빤히 쳐다보다가 다시 주전자로 향했다.

"공적인 이야기부터 할게요."

레나가 받침대도 없는 찻잔을 서하 앞으로 내려놓은 뒤 서하의 앞으로 자리를 정해 앉았다.

"강서하 씨를 다음 달, 5월부터 뉴욕 본사로 발령 낼 겁니다."

찻잔을 향해 있던 서하의 초점 없는 시선이 곧바로 레나를 향했다.

"현재 한국은 시사상이 부재 상태라 정식 발령 공문은 다음 주, 김영섭 본부장 앞으로 보낼 거예요."

화들짝 커진 서하의 두 눈동자가 당황스러움으로 마구 일렁거렸다.

"늦어도 이번 주에는 보냈어야 했겠지만 어차피 본부장님, 그리고 강서하 씨. 두 분 모두 이곳으로 오셨으니까 여기서 말씀드립니다."

"이번 주에 연락을 주셨다고 해도……."

"숙소는 이미 마련되어 있어요."

"레……, 아니 대표님."

"맞아요. 지금 로티스 엘, 대표 이사로서 말하고 있는 겁니다. 갑작스럽긴 하겠지만 거절이란 단어가 나올 수 있는 자리가 아니죠. 5월부로 강서하 씨 자리는 한국에 없어요. 발령 받은 이곳 뉴욕 본사에선 디자인실에서 일하게 될 테고요."

"무슨 말인지…… 제대로 알아들을 수가 없습니다."

황당함으로 입을 잠시 다물고 있던 서하가 감정을 조절하듯 낮은 목소리로 천천히 말을 뱉었다.

"상황상 기존대로 총괄 디렉터는 여전히 제가 맡을 수밖에 없지만 조금 더 바빠지면 전 디자인에서 완전히 손을 뗄 겁니다. 디자인실 디자이너 충원하면서 서하 씨도 추천되었어요. 보석 디자인 교육 및 연수와 자격증 준비하는 동안 인턴사원으로 일하게 될 거예요."

"그렇게 무리해 가면서까지 저를 선택하는 이유가 뭔지 여쭙고 싶군요."

"언젠가의 빚도 있고."

레나가 좁은 어깨를 으쓱이자 금색 머리카락이 물결치듯 움직였다.

"빚이라고 하셨나요?"

레나가 말하고 있는 빚의 의미가 보석 박람회에서의 사건을 뜻한다는 것을 서하도 모르지 않았다.

"굳이 빚이라고 여기신다면 어떤 식으로 갚아야 할지는 당사자에게 한 번쯤 물어봐야 하는 것은 아닐까요?"

"왜요? 흡족하지 않은 제안인가요?"

"제게도 의논해야 할 가족들이 있습니다."

"말리기라도 한다면 회사를 그만둘 건가요?"

사람이란 쉬이 바뀌지 않는 존재였다. 점점 세계적으로 위치를 확고히 해 가는 보석 브랜드 로티스 엘의 새로운 CEO 자리에 앉은 눈앞의 여자는 말끝에만 얄팍한 정중함을 묻히고 있을 뿐, 상대방의 입장이나 기분 따위는 염두에 두지 않던 기억 속 안하무인의 그녀 그대로였다.

"정식으로 발령 공문 보내시면 서울에서 답변 드리겠습니다."

서하가 자리에서 일어나 고개를 숙이고 그대로 등을 돌렸다.

"진."

날카롭게 튀어나온 레나의 목소리에 서하가 문으로 향하던 발걸음을 멈추었다.

"진의 안부는 왜 안 물어?"

서하가 천천히 몸을 돌려 레나의 얼굴을 마주했다.

"한 번쯤 물어봐야 하는 거 아냐? 여기까지, 진이 있는 뉴욕까지 왔으면."

어느새 눈앞의 여자는 로티스 엘의 CEO, 레나 장이 아니라 지난겨울 부산에서 자신의 호텔 방문을 두드렸던 그녀였다.

"내가 아니라, 준하에게라도."

"……유진 씨는 잘 있나요?"

"끝까지 안 버린다고 해 놓고선."

레나의 붉어지는 흰자위에 서하의 입술이 약간씩 떨려 가기 시작했다.

"무슨 일이 있어도 진을 지킬 수 있다고 약속해 놓고선!"

"유진 씨에게 무슨 일라도 생겼나요?"

왠지 심상치 않아 보이는 레나의 태도를 느끼며 서하의 목소리도 조금씩 흔들렸다.

"왜 도망가 버렸냐고……!"

점점 높아 가던 레나의 목소리가 결국은 히스테릭하게 변했다. 순간 방문이 열리고 준하가 들어왔다.

"너, 약속해 놓고 왜 이래."

"겨우 감기? 진은 얼마나 아픈지도 모르면서……."

서하의 겁먹은 눈동자가 좌우로 바쁘게 흔들리며 준하를 바라보았다.

"걱정하지 마세요. 서하 씨. 레나가 원래 유진이 일이라면 지극히 예민해서."

"예민? 진 걱정에 이곳 뉴욕으로 강서하를 발령 내자고 한 사람은 너야."

"일단 서하 씨가 알아듣도록 제대로 말해 줘야지. 놀라고 있잖아."

"놀랐어? 진이 아프다는 소리에 걱정은 돼? 그런데 왜 사람을 저 지경으로…….”

“장레나. 그만 못 해?”

급기야 준하의 목소리가 높아졌다.

“디너쇼 참석 준비나 해. 그게 유진을 제대로 돕는 일이니까.”

준하의 말이 채 끝나기도 전에 쾅 하는 소리와 함께 방문이 닫혔다.

“괜찮아요. 놀랄 일 아니니까 이리 와 앉으세요.”

스케치북이 여럿 올려져 있는 책상의 모서리 끝을 잡고 있던 서하가 느린 손길로 의자를 빼서 앉았다.

“처음부터 제가 말씀드리려고 했는데, 레나가 한사코 본인이 해야 할 말이 있다고 해서.”

“말씀해 주세요. 유진 씨에게 무슨 일이 생긴 건지.”

“어머니가 돌아가셨어요. 전 수석 디자이너. 로티스 림.”

초조함으로 빠르게 오르내리던 서하의 긴 속눈썹이 그대로 정지 상태가 되었다.

“그동안 알코올 중독 치료를 받고 많이 좋아지던 중이었어요. 유진이 뉴욕에 돌아오는 대로 집으로 모실 날짜를 생각하고 있었는데 돌아온 지 얼마 안 돼서 그만…….”

“갑자기 왜?”

떨리는 입술 사이로 서하의 목소리가 겨우 새어 나왔다.

“반사이 목을 매셨어요. 병원 침대 시트 천을 찢어서.”

이내 터져 나오는 서하의 비명 소리에 준하의 말이 잠시 멈추었다. 한 손으로 가려진 입술 사이로 새어 나오는 흐느낌을 모른 척 준하가 자리에서 일어났다.

창가로 다가가 한참을 서 있던 준하가 서하의 앞으로 손수건을 내밀었다.

"레나와 제 생각이…… 짧았습니다."

여전히 눈물이 흐르고 있는 서하의 눈가를 바라보며 준하는 입을 열기가 망설여졌다. 모르면 모를까 고 대표에게 그녀의 가족 이야기를 전해 듣고서 그녀를 이곳까지 부르는 것도 쉽지 않았다.

유진의 모친이자 로티스 엘의 수장이었던 수연이 그렇게만 떠나지 않았어도 이런 극단적인 방법을 취할 생각은 아니었다.

한국에서 돌아온 유진의 상태는 썩 좋지 못했다. 처음엔 그녀와 그렇게 헤어진 게 힘들어서 그런 거라고만 생각했다. 결국 술독에 빠져 있는 녀석과 몸싸움까지 하게 되면서 그의 괴로움이 그녀와의 일 때문만이 아닌 걸 알게 되었다.

"아버지를 미워하는 힘 하나로 엄마를 지켜 낸 녀석입니다. 아버지가 떠난 이유와 죽음 뒤에 깔린 진실을 알고서는 그 미움이 엄청난 자책으로 돌아왔던 거죠."

눈물이 채 마르지 않은 서하의 낯빛이 더욱 굳어 갔다.

"보다 못한 저희가 어머니를 찾아갔어요. 이젠 어머니가 유진을 안아 줄 차례라고 바보 같은 부탁을 드린 거죠. 아버님에 대한 어머니의 오랜 원망을, 그것이 낳은 어머니의 깊은 회환과 우울을 미처 생각지 못했어요."

준하의 말끝에 스스로에 대한 자책을 숨기지 못하는 괴로움이 묻어났다.

"그래서 지금 유진 씨는요?"

"장례를 마치고 도대체 어디로 사라졌는지 어디에도 없었어요. 그런데 2주 만에 찾아낸 곳이 집이었어요. 문이 잠긴 채 늘 불이 꺼져 있기에 그곳에 있는 줄도 몰랐어요."

테이블 위에 놓인 서하의 오른손이 조금씩 떨리고 있었다. 그것을 알아차린 준하의 말이 잠시 끊어졌다. 불안으로 흔들리는 그녀의 눈빛이 다음 말을 재촉하고 있었다.

"서울 본가에서 보낸 사람들이 찾아냈는데 문을 부수고 들어간 그 사람들을 거의 반 죽도록 패 놓았습니다. 먹지도 않고 제대로 자지도 못한 녀석이 어디서 그런 초인 같은 힘이 나왔는지."

출동한 경찰의 연락을 받고 간 준하는 그날의 일을 떠올리며 작게 인상을 찌푸렸다. 복부를 감싼 채 온 얼굴에 피를 흘리고 있는 검정 슈트의 한 남자는 앰뷸런스에 실리고 있었다. 유진과의 몸싸움에 지친 다른 한 사람은 문에 기대어 앉아 거친 숨만 몰아쉬고 있었다.

경찰에게 두 팔이 붙잡혀 있는 유진의 얼굴은 차마 두 눈을 뜨고 볼 수 없는 상태였다.

광대뼈가 드러나 보이는 앙상한 얼굴. 그 위로 거칠게 뿜어내던 유진의 눈빛과 숨소리는 한 마리 짐승과 다를 바가 없어 보였다.

"한 달 전 일입니다. 그 시점에 제가 서하 씨에게라도 도움을 청해 보자고 레나에게 말을 하고 급하게 미팅 장소를 바꾸었습니다."

"……지금은 어디 있나요?"

서하의 잠긴 목소리가 말이 되어 나오는 데 한참이 걸렸다.

"여전히 집 안에서 꼼짝을 않고 있습니다. 레나가 집 대문 앞에서 24시간 꼼짝도 않고 눈을 맞고 서 있다 쓰러지는 바람에 인근 주민이 신고를 해서 다시 경찰이 출동했죠. 덕분에 우리 두 사람에게 문은 열어 주지만 상대도 않고 그대로 방으로 들어가 버립니다."

서하가 떨리는 두 손을 꼭 말아 쥐었다. 그녀에게 다소 잔인하다는 걸 알면서도 유진이 더 이상 망가지는 걸 볼 수 없는 준하가 쏟아 내듯 말을 이었다.

"최근에야 하루 한 번 주변 산책을 하는지 잠시 나갔다는 오는 모양입니다만, 그 집으로 제대로 된 식재료가 들어가는걸 보지 못했다고 하고요."

자리에서 일어난 준하가 포트에 데워져 있던 물을 긴 유리잔에 부어 서하의 손에 가만히 쥐여 주었다.

"서하 씨 사정도 전해 들었습니다. 유진을 만나 달라는 제 마음이 이기적인 것을 모르지 않습니다만 저로선 서하 씨에게밖에 도움을 청하는 것 외에 방법이 없습니다."

처음부터 사람에 대한 두려움으로 꽁꽁 자신을 가둔 남자였다. 늘 바라만 보고 두고만 보던 내 마음이 가련하다며 그에게 다가가지만 않았더라면. 옆에 있는 것만으로 좋다고 그의 마음을 흔들지 않았더라면 지금쯤 민유찬이 되어 잘 살아가고 있을 사람이었을지도.

잔인한 이는 진작 진실을 알리지 않은 그의 가족들이 아니라, 혼자만 제자리로 달아나 버린 자신이었다. 그를 아프게 하는 진실 따위는 세월에 묻혔어야 했다.

이미 모든 게 제 잘못으로 느껴지는 서하의 귀에는 더 이상 준하의 어떤 말도 들려오지 않았다.

✣ ✣ ✣

연일 시리던 뉴욕의 4월은 결국 눈발을 뿌려 댔다.

7번 지하철 다운타운에서 서하를 태운 택시가 한적한 주택가에 도착할 때 즈음에 눈발은 한참 굵어져 있었다.

때늦은 눈을 당황스러워하기에는 플러싱 주택가를 둘러싸고 있는 이국적인 공원도, 호수 위를 배회하고 있는 청둥오리도, 합장하듯 뾰족이 솟은 지붕도 다들 겨울도 아닌 봄도 아닌 낯선 계절의 눈을 의연히 맞고 있었다.

눈이 하얗게 내려앉고 있는 길가의 활짝 핀 동백과 벚꽃, 목련 꽃잎 앞에서 혼란스러워하는 것은 오직 서하 혼자였다.

이 낯설고 경이로운 광경이 유진에게 가는 길에 용기를 주었다. 한때의 꿈처럼 여겨지던 그와의 시간으로 이어 주는 길목으로 여겨졌다.

도로를 올라와 가까운 붉은 벽돌 건물에 새겨진 주소를 확인한 서하는 비슷한 듯 맞지 않는 주소에 다시 아래로 걸어 내려가야 할지, 위로 걸어 올라야 할지를 망설였다.

반나절만 참으면 준하가 동행했을 길을, 그 시간을 참지 못해 서하는 호텔 방을 혼자 나서고 말았다.

어린 날 주고받았던 크리스마스카드에 그려져 있을 법한 광경에 잠시 멍한 시선을 주고 있던 서하가 어깨 위로 쌓여 가는 눈을 털어 내며 택시가 올라왔던 방향을 거슬러 내려갔다.

그리고 맞닥뜨린 차고를 가운데로 두고 나란히 서 있는 두 집 중 왼편의 집 대문을 가만히 바라보았다.

57—27

서하의 고개가 급하게 오른편 집 대문으로 향했다.

두 채를 모두 쓰고 있는지 같은 숫자가 입구에 적혀 있었다. 작은 실망감에 서하는 하얀 입김을 내뿜으며 낮은 돌담 벽에 몸을 기대었다.

등줄기를 타고 축축한 기운이 올라왔다. 어제 인천행 비행기를 탄 윤희가 건네주고 간 쇼핑백에 담겨 있던 2온스의 트렌치코트가 새삼 고맙게 느껴졌다. 조금만 더 쌓이면 발목 부츠 안으로 눈이 새어 들어올 만큼 길가의 눈이 쌓여 가고 있었다.

태어나 처음으로 맞는 4월의 눈이었다. 무방비하게 맞이한 탓에 몸은 점점 납덩이가 되어 가는 듯했다. 결국 낯설고 경이로운 경험으로 끝내고 말아야 하는 건가. 이대로 그를 포기해야 할까.

원망스러운 듯 고개를 들어 하늘을 올려다보는 순간 서하의 머리 위를 지나던 어두운 구름이 잠시 갈리고 그 사이에서 밝은 햇살 한 줄기가 내리비췄다.

저도 모르게 질끈 눈을 감은 서하의 눈에서 뜨거운 눈물 한 줄이 흘러 내렸다. 오래된 아파트 1층의 축축한 계단에 앉아 저를 기다리던 유진의 얼굴이 새삼 떠올라 가슴에 비수가 되어 꽂혀 왔다.

마냥 이러고 서 있을 수만은 없어. 서하가 손등으로 눈물을 닦고 고개를 드는 순간이었다.

보도블록 밑 넓은 대로 맞은편의 붉은 벽돌집 앞에서 이쪽을 향한 채 우두커니 서 있는 한 남자와 두 눈이 마주쳤다.

마주한 거리가 멀어 눈과 눈이 서로를 바라보고 있는지는 알 수 없을 터인데 분명 서로를 향한 시선이었다.

쿵 하고 내려앉는 심장 소리를 들으며 서하가 얼른 벽돌에서 기댄 등을 떼고 꼿꼿하게 몸을 바로 세웠다. 어느덧 서하의 머리 위로 내리던 눈발은 진눈깨비처럼 하나둘 사라지고 있었다.

한 걸음, 두 걸음 상대를 향하던 서하의 걸음이 빨라지고 서하가 넓은 대로변에 한 발 내디딜 때였다.

조용한 길가로 갑자기 자동차 한 대가 달려오기 시작했다. 서하가 놀란 발걸음을 주춤하는 동시에 어두운 야상 점퍼를 걸쳐 입은 남자 역시 몸이 움찔거렸다.

"오지 마요!"

서하의 높은 목소리가 사라진 주택가 도로를 사이에 두고 유진과 서하는 여전히 마주 보고 서 있었다.

"내가 갈 거예요."

서하는 자신을 향해 한 점 흐트러짐 없어 뻗어 오는 유진의 시선에 의지해 떨리는 발걸음을 한 걸음, 한 걸음 움직여 나갔다. 도로를 건너고 보도블록을 넘어 그가 서 있는 대문 앞 잔디를 밟았다.

뽀드뽀득 소리 내며 밟히는 눈길의 보드라운 박자에 힘을 얻어 빠르게 걷던 서하가 마지막 두 걸음을 앞에 두고 넘어질 듯 유진의 팔을 잡고 멈추었다. 고개를 들어 자신에게 잡힌 채 꼼짝을 하지 않고 서 있는 유진을 올려다보았다.

얼마나 이곳에 서서 자신을 바라보고 있었는지 그의 어깨에 새하얀 눈이 소복이 쌓여 있었다.

그의 어깨 위의 눈을 쓸어 낸 시하가 용기를 내어 천천히 그의 눈을 들여다보았다. 건조하고 어두운 눈동자에 서하의 눈빛이 크게 흔들렸다.

건너편 주택가에서 그쳐 가던 눈이 여전히 그의 머리 위로 내리고 있었다. 두 발꿈치를 높이 들어 그의 머리 위의 눈을 살그머니 털어 냈다.

그리고 두 손을 힘껏 들어 그의 머리 위로 우산을 만들어 주었다.

"……몸까지 아프면 곤란하잖아요."

높은 키 차이에 힘껏 발돋움 하고 있던 서하의 발뒤꿈치가 의지를 반하고 풀썩 땅으로 주저앉았다.

"간병에 진력난 사람이에요. 당신 간호까진 시키지 말아요."

다시 발꿈치를 들어 그의 머리 위를 뻗어 가는 서하의 두 팔을 유진이 가만히 잡아 내렸다.

"간호가 필요한 사람은 너 같은데."

유진이 심상치 않은 서하의 호흡을 느끼며 그녀의 이마를 가만히 짚어 보았다.

"왜 눈은 맞고 다녀?"

"그래도 반가워요. 4월의 눈을 당신과 함께해서."

이마에 와 닿는 지나치게 차가운 유진의 손에 섬광 같은 통증을 느끼며 서하의 키가 땅으로 풀썩 줄어들었다.

빠르게 감싸 안아 오는 유진의 손길에 서하는 뉴욕에 와서 처음으로 따뜻한 온기를 느끼며 그대로 그의 품에 무너져 내렸다.

아득해 가는 귓가로 하얗게 눈을 덮어쓴 금빛 요정 동상의 비올라 소리가 조용히 들려오는 것 같았다.

❖ ❖ ❖

타닥타닥. 은은한 비올라 소리가 무언가 타는 소리로 바뀌어 있었다.

가만히 눈을 뜬 서하는 한순간 여기가 어딘가 싶어 흐릿한 시선으로 천장만 바라보았다. 주변을 따라 돌던 눈동자가 제자리를 찾으며 침실 밖에서 들려올 소리에 가만히 귀를 기울였다. 조용한 정적을 가르며 무언가 툭 하고 내려앉는 소리가 들려 왔다. 난로에서 타들어 가던 장작이지 싶었다.

서하가 천천히 몸을 일으켜 방을 나왔다. 높은 천장 아래, 넓고 조용한 거실에 유진은 보이지 않았다. 이 정도로 공기가 데워지려면 꽤나 시간이 흘렀을 텐데, 얼마나 잔 것일까.

유진의 흔적을 찾아 서하가 닫힌 문을 하나둘 열어 보았다. 낯선 집 구조 덕에 욕실인가 하고 열었더니 서재였고, 주방인가 하고 들어갔더니 술병이 가득 쌓인 창고였다.

창고를 나오려던 서하가 걸음을 멈추고 바닥에 놓여진 빈 술병에 시선을 주었다. 넘어진 병 하나에서 술이 새어 나와 바닥에 스며들지도 못한 채 흐르고 있었다. 급하게 치운 모양새가 느껴졌다.

가슴이 크게 울렁거리는 것을 느끼며 넘어진 병을 바로 세운 뒤 거실로 나와 2층으로 오르는 계단을 디뎠다.

"유진 씨……?"

계단의 매끈한 감촉에 간지러움을 느끼며 조용히 유진의 이름을 불러 보았다. 1층에 비해 넓지 않은 2층은 좁은 거실을 사이에 두고 세 개의 방이 묘한 각도를 이루며 마주 보고 있었다.

"유진 씨."

이번에도 번지수를 잘못 찾았나 하고 여기면서 계단에서 가장 가까운 방문을 열던 서하의 눈이 동그랗게 커졌다. 많은 액자와 그림들이 벽면을 가득 매운 방이었다. 눈에 익은 사진과 그림도 있었고, 처음 보는 스케치도 있었다.

처음엔 생각 없이 들여다보던 서하가 얼마 지나지 않아 그것이 모두 로티스 엘의 디자인인 걸 알아차렸다. 년도 별로, 시즌별로 잘 정리되어 있었지만 작품으로 보지 못한 다자인이 더 많았다.

방 안 제일 안쪽으로 걸음을 옮긴 서하가 몰아쉬던 숨을 그대로 멈추었다. 서울 사무실에서 스케치북에 그렸던, 레나가 목걸이로 만들어 벡스코에 전시한 자신의 스케치가 액자에 넣어져 걸려 있었다.

그 옆으로 붙여져 있는 사진 두 장을 발견한 서하는 저도 모르게 오른손을 말아 입술로 가져갔다. 짧은 신음이 절로 새어 나왔다.

해운대 바닷가에서 함께 찍은 사진이었다. 유진이 셋도 헤아리기 전에 셔터를 눌러 버렸던. 놀라서 눈을 치켜 뜬 서하의 볼에 살짝 입술을 가져다 대던 유진의 환한 얼굴과 눈가에 지어진 웃음이 서하의 눈시울이 금세 뜨겁게 만들었다.

휴대폰으로 보내 준 것을 어느새 사진으로 인화해 두었던 모양이다. 서하가 빠르게 몸을 돌려 방을 나왔다. 급하게 내딛는 발걸음이 오래된 나무 계단에 끼익 하고 소리를 만들었다. 침실에 들어가 소파 한편에 걸쳐져 있던 코트를 빠른 동작으로 거머

쥐고 현관을 벗어났다.

여전히 지붕과 나무들은 새하얀 눈을 덮어쓰고 있었다. 차고에 있는 그의 차를 확인한 서하가 눈이 녹아 있는 인도로 내려섰다. 아랫길로 무작정 걷던 그녀가 무슨 생각에서인지 넓지 않은 차로를 뛰어 건넜다.

"분명 근처에 공원이 있었는데……."

서하는 호숫가를 날던 기러기 몇 마리에서 눈을 뗀 지 얼마 안 되어 택시가 멈춰 섰던 기억을 더듬어 냈다. 그리고 유진을 만나기 직전 차가운 벽 기둥에 기대어 잠시 발을 쉬던 집 앞으로 뛰어갔다.

낮은 철창 담을 지나 붉은 벽돌집의 뒤편으로 부지런히 걸어 들어가자 키 큰 나무들 사이로 낮은 둔덕과 그 아래로 잔잔한 호수가 펼쳐졌다. 넓은 호수 둘레 길에 심어진 나무들과 그것을 감싸듯 앉아 있는 새하얀 눈들에 그녀의 걸음이 멈추었다.

낮게 깔린 잿빛 구름을 뚫고 햇살 한 줄이 호수 위로 길게 뻗어 나왔다. 저 멀리 공원의 입구로 보이는 두 갈래 산책길 사이로 보이는 삼각 지붕의 이국적 운치에 시선을 뺏기는 순간이었다.

어린 소년이 빵조각을 기러기들에게 던져 주면서 지르는 고함 소리가 들려왔다. 버드나무 가지가 길게 늘어진 그늘 아래서 몸을 쉬던 기러기 한 마리가 여전히 녹지 않은 눈을 등에 이고 소녀 쪽으로 유유히 헤엄쳐 오는 것이 보였다.

먹이를 입에 담은 기러기가 다시 무리를 향해 등을 돌아서는 것을 바라보던 서하가 미처 챙겨 입지 못한 트렌치코트를 툭, 떨어뜨렸다. 버드나무 가지에 가려 보이지 않던 벤치에 유진이 호수 쪽을 향해 긴 시선을 두며 앉아 있었다.
“마트 다녀왔어요?”
곁에 다가도록, 옆에 앉도록 인기척을 느끼지 못하고 있는 그에게 말을 거는 서하의 목소리는 약간 떨리고 있었다.
“차고에 차는 그대로 있던데, 설마 걸어갔다 온 거예요?”
분명 택시를 타고 들어오면서 인근에 마트를 본 적은 없었다.
“아냐.”
가뭇한 턱 주변의 수염들. 움푹 들어간 눈매. 상대적으로 튀어 나와 보이는 광대뼈에 서하의 애잔한 시선이 가 닿았다.
“좀 더 자지.”
“나 깨울까 봐 이리로 왔어요?”
서하가 그의 옆에 놓여 있는 장바구니에 눈을 주며 물었다.
“저 녀석들 밥도 주고 싶었고.”
유진이 기러기 무리기 있는 방향을 턱으로 짧게 가리켰다.
“알란이 감기가 다 나았나 봐.”
“이름이 알란이에요?”
“응. 엄마가 한국인이야.”
서하가 고개를 돌려 조금 전 목청 좋았던 소년을 길게 바라보았다.
“일어나. 가서 뭐 좀 먹어야지.”
“당신은요?”
질문의 뜻을 알아차리지 못한 유진이 그대로 서하의 얼굴만 바라보고 섰다.
“뭔가를 먹어야 할 사람은 당신 같은데요.”
“그래, 같이 만들어 먹자.”

에너지라고는 하나도 느껴지는 그의 목소리에 서하는 목이 메여 침을 한 번 삼켰다.

“도대체 얼마나 안 먹었길래 얼굴이 그래요? 목소리는 왜 이렇게 쉬었어요. 왜 웃어요?”

점점 목소리 톤이 올라가던 서하가 아무 대꾸 없이 느른하게 서서 비죽 눈썹이 올라가는 유진을 향해 신경질적으로 물었다.

“내가 하고 싶었던 말이야. 뭘 먹고 지냈기에 얼굴이 야위었어? 몇 달이 아니라 몇 년 같아.”

“내 걱정할 때가……. 아니, 이런 말 나눌 때가 아니잖아요.”

다른 어떤 말도 찾을 수 없는 듯 유진의 텅 빈 눈동자가 서하를 바라보았다. 새하얗고 긴 서하의 손가락이 유진의 오른 볼을 천천히 감쌌다.

“멀쩡한 듯 말하지 말아요. 당신 지금 괜찮지 않잖아요.”

그의 몸이 작게 움찔거렸다.

“당신, 지금…… 힘들잖아요.”

유진의 가슴이 다시금 들썩거렸다.

“울어요. 내 앞에선 마음껏 울어도 괜찮아요.”

팽팽히 긴장되어 있던 그의 가슴속 공기가 한순간에 빠져나오듯 둔탁한 숨소리가 그의 입에서 새어 나왔다.

“내가 당신한테 그랬던 것처럼…….”

말이 끝나기도 전에 유진의 눈가가 붉게 물들었다. 이내 두 팔로 서하의 양 어깨를 감싸 안고 그녀의 어깨에 고개를 묻었다.

얇은 니트가 눈물로 젖어 들어갔다. 그의 머리에 가만히 볼을 가져대 대는 그녀의 두 볼 위로도 뜨거운 눈물이 흘러내렸다.

단 한 번도 토닥여 주지 못한 그의 등을 토닥거리는 서하의 긴 손가락이 가느다랗게 떨렸다.

"왜 울어요?"

낯선 목소리 하나에 서하가 퍼뜩 고개를 들었다. 털모자를 쓴 어린 소년이 서하의 젖은 눈동자를 가만히 들여다보았다.

"알란?"

"나 알아?"

한국인을 엄마로 둔 갈색 눈동자의 금발 소년이 갸웃 고개를 기울었다. 손등으로 눈물을 훔치는 서하의 눈이 알란을 향해 애써 웃었다.

"데이트 방해하지 마, 알란."

유진이 여전히 서하의 어깨에 기댄 채 고개만 비스듬히 돌리며 알란에게 낮은 목소리로 말을 건넸다.

"약한 여자는 보호해야 하는 거라고 진이 말했잖아. 울리는 거 아니라고 했잖아."

빠르게 몸을 일으킨 유진이 자세를 바로하고 서하의 얼굴을 바라보았다. 아니라는 듯 서하가 고개를 가로저어 보였다.

"눈, 코 다 빨개."

여전히 고개를 가로저으며 서하가 유진의 등 뒤 긴 팔을 들어 가리켰다.

"노을빛이 비쳐서."

유진과 서하의 긴 시선이 어느새 오렌지 빛을 띠고 있는 하늘의 새털구름 위로 향했다. 그 아름다운 빛깔을 그대로 담은 호수 저편에서 알란을 부르는 소리가 들려왔다.

"엄마에게 가야지."

"응."

뛸 듯이 빠르게 몸을 돌리던 알란이 갑자기 발을 멈추고 유진을 향해 돌아보았다.

"울지 마. 남자는 강해야 하는 거야. 알았지, 진?"

살짝 처져 있던 유진의 입매가 꿈틀거리는가 싶더니 이내 듣기 좋은 굵직한 웃음소리가 잔잔한 호수가 주변으로 퍼져 나갔다.

때를 맞춰 하늘로 날아오르는 기러기 떼가 고요한 석양빛 호수에 평화로움을 더해 주었다. 알란의 발소리가 거의 사라지는 순간, 높은 나뭇가지에 쌓여 있던 봄눈이 털썩하고 떨어지며 벤치 옆으로 피어 있는 튤립을 덮었다.

서하는 퍼뜩 고개를 돌려 옆으로 앉아 있는 유진을 아득한 시선으로 쳐다보았다. 이국의 공원을 둘러싸고 있는 설경. 그리고 두 사람 주변으로 피어 있는 봄꽃들. 이 생경한 풍경이 주는 묘한 기시감은 무엇인지.

유진이 망연하듯 자신을 바라보고 있는 서하의 어깨를 감싸 안으며 벤치 옆에 있는 짐 꾸러미를 들고 일어섰다.

"상아 같은 딸이 좋을까, 알란 같은 아들이 좋을까."

발걸음을 맞추며 어깨에 둘러진 유진의 팔을 한 손으로 잡으려던 서하의 손이 아래로 툭하고 떨어져 내렸다.

어느새 공허함이 사라지고 따스한 기운이 담긴 유진의 눈을 바라보는 서하의 입에서 안도를 담은 한숨이 짧게 새어 나왔다.

"기왕이면 둘 다가 좋겠다."

"무슨 이런 엉터리 프러포즈가 다 있어요?"

"더 이상 시간을 허비하고 싶지 않아."

기어코 서하가 발걸음을 멈추고 제자리에 섰다. 그리고 고개를 비딱하게 기울인 채 못마땅한 듯 유진을 바라보았다.

"프러포즈를 받아들일 거라는 확신이 있나 보죠?"

유진이 두 팔을 뻗어 서하의 양 어깨를 부드럽게 잡았다.

"당신이 오겠다고, 크게 외쳤잖아."

말간 서하의 눈동자가 좌우로 움직였다.

"그렇게 도망가서 죽을 듯 아파했잖아. 강서하."

꾹 다물려 있던 서하의 매끈한 입술선이 바르르 떨렸다.

낯선 땅, 낯선 거리에서 그를 발견하는 순간, 서하는 오랫동안 외면했던 제 마음을 순순히 받아들였다.

정순과 유라를 만나기 전, 세상에 아빠 말고 어떤 사람도 존재하는 줄 몰랐다. 그리고 당연히 아빠에게 있어 자신도 단 하나의 세상이라 여기고 살았다. 그랬던 아빠가 꿈 하나를 잃었다고, 자신도, 가족도 놓아 버렸다.

아빠의 마지막 선택은 곧 배신이었다. 삶으로부터 도망가 버린 아빠를 밤마다 꿈에서 찾았던 건 도저히 용서할 수 없던 자신의 마음으로부터 기인한 것이었음을 비로소 인정했다.

진 회장도, BS그룹도 아버지의 마지막 선택에 대한 원망에 비할 것이 아니었다. 내리는 눈을 맞으며 자신을 향해 건너오지도 못한 채 바라만 보고 서 있던 그를 발견하는 순간, 세상에 대한 모든 원망을 내려놓았다.

그리고 도망쳐 버린 자신의 사랑이 너무 미안했다.

"미안해요. 그렇게……."

어느새 내려온 유진의 입술이 서하의 말문을 막았다.

얼마나 그리워했던 입술이었는지. 부드럽게 입술을 뚫고 들어온 그의 혀를 서하가 갈급하듯 빨아들였다. 움찔하던 그의 턱이 이내 타들어 갈듯 서하의 입술을 탐했다.

결국 마른 숨을 참지 못하고 먼저 떨어져 나간 서하가 그의 가슴팍에 몸을 기대어 짧은 숨을 헐떡거렸다.

"다시는 도망가도록 두지 않을 거야."

"장레나 대표가 이곳 뉴욕으로 오지 않으면 절 자르겠다고 협박한 건 알고 있나요?"

"잘됐네. 그럼 로티스 진으로 들어오는 건?"

"네? 벌써 한국점 오픈……!"

유진의 말뜻을 알아차린 서하가 눈을 흘기며 그를 올려다보았다.

"뉴욕에 온 걸 환영해."

천천히 내려온 유진의 입술이 서하의 귓불을 부드럽게 간질였다.

"내 품에 돌아온 걸 환영해요, 나의 로티스."

봄바람에 녹아내리는 눈이 아쉬운 듯 다시금 유진과 서하의 주변으로 하나둘 나부끼기 시작했다. 촉촉이 젖은 튤립에서 날아오는 싱그러운 향기로움을 따르듯 가느다란 눈발이 두 사람의 주위로 나비처럼 날아들었다.

유진과 서하가 동시에 고개를 들어 먼 하늘을 바라보았다.

봄꽃 위로 내려앉는 4월의 눈.

그것을 품은 구름은 무엇을 닮았을까.

에필로그 1

April Snow

계단을 오르는 서하의 발걸음이 지칠 줄 모르고 빠르게 움직였다.

잠깐만요, 하고 외치는 소리를 못 들었는지 바로 앞에서 닫혀버린 엘리베이터가 다시 내려오기를 기다리기엔 레나가 보내온 메시지 내용이 지나치게 다급해 보였다.

레나 덕분에 서하는 하루 세 시간의 인턴 근무와 토요일 출근만으로 지난 3년간 로티스 엘 뉴욕 본사에서 일해 왔다.

그것뿐만이 아니었다. 그녀가 도와준 포트폴리오 덕분에 미국에서도 알아주는 미술 대학 Pratt Institute 금속공예과에 입학할 수 있었고, 지금까지 버틸 수 있었다.

한 달에 한 번 유진의 집에서 준하와 함께 만날 때면 과제를 도와주었다. 고마움을 표현하려고 할 때면 졸업 후, 원 없이 뽑아먹을 테니 제대로 배워 두라는 말만 되풀이했다.

그러나 공사 구분이 철저한 그녀였다. 대표실로 불러들일 때도 디자인실의 총괄 디렉터 엘리를 통하든지, 비서를 통해서 연락을 해 왔다.

그런 레나가 직접 강의가 끝나는 대로 회사로 들어오라는 연락을 한 것이다.

기말 시험을 대신한 포트폴리오를 준비하느라 한동안 회사 일에 무심했던 서하는 그녀의 호출에 긴장했다. 쉬지 않고 5층까지 올라온 서하가 대표실 문을 열며 헐떡거리는 숨을 참지 못했다.

「걸어 올라왔어요?」

레나의 비서인 안나가 눈을 휘둥그레 뜨고 물었다.

「뛰기까지 했네요.」

안나는 대답도 못한 채 양 무릎을 짚고 아니라고 고개를 흔들고 있는 서하를 안타까운 듯 바라보며 자리에서 일어섰다.

「대표님, 안에 계시죠?」

「물 한잔 마시고 들어가도 돼요.」

「많이 기다리셨을 텐데…….」

「마시고 들어가는 게 좋을 거예요.」

서하는 자신의 손에 컵을 쥐여 주기까지 하는 안나를 의아한 듯 바라보며 일단 물을 들이켰다.

「안에 손님이 있나요?」

「들어가 보세요.」

그때였다.

"임유진!"

고개를 갸웃거리며 대표실 문손잡이를 돌리던 서하의 손이 문 안쪽에서 버럭 하고 질러오는 레나가 목소리에 멈칫했다.

「한 시간째예요. 해결책은 서하 씨뿐이겠죠?」

안나가 빙긋 웃으며 문을 열어 주었다.

"유진 씨."

이마를 짚으며 흥분한 채 일어서 있는 레나와 달리 유진은 그녀의 맞은편 가죽 의자에 앉아 태연한 눈길로 잡지를 내려다보고 있었다.

"대표님, 무슨 일 있으세요?"

당황한 눈빛으로 대조적인 분위기의 두 사람을 번갈아 보던 서하가 조심스레 레나의 앞으로 다가갔다.

"안 되겠어. 강서하 씨, 아무래도 회사 좀 쉬어야겠다."

"네?"

"학교와 회사를 병행하기 힘든 거 알지만 그래도 학교에서 못 배우는 게 더 많으니까 서하 씨 생각해서 회사에 출근하도록 한 거야."

단 한 번도 회사에서 하대를 한 적이 없는 레나였다. 이 자리가 사적인 자리인지 공적인 자리인지 알 수 없는 서하는 뭐라고 대답해야 할지 순간 당황스러웠다.

"네."

"다른 직원들과 형평성이 어긋난 대우에 곤란한 건 나였다고."

"잘 알고 있습니다. 그래서 항상 감사하게 생각합니다."

"그런데 지금 저 인간이 날 악덕 고용주 취급하고 있다는 말이지."

"네?"

서하가 유진을 향해 고개를 돌려 무슨 일이냐고 물으며 입 모양으로 물으며 인상을 찌푸렸다.

"무슨 악덕 고용주 취급을 했다고 그래?"

그제야 유진은 들추고 있던 잡지를 내려놓으며 심드렁한 표정으로 두 사람에게 눈길을 주었다.

"일주일에 세 시간 일하는 사람에게 개인 작업실을 줘라, 그것도 싫으면 집에서 팩스로 업무를 주고받아라. 그게 말이 되는 소리야?"

"왜 말이 안 돼?"

"디자인실에서 다른 작가들 그림 보는 게 강서하에게 얼마나 도움이 되는지 몰라? 말이 하루 세 시간이지, 강서하가 회사에 와서 하는 일이 뭐가 있어? 아, 서하 씨. 미안. 내 말은……."

"잘 알고 있어요. 회사 출근하면서 다른 작가들에게서 살아 있는 감각을 배워 두라는 뜻인 거. 그런데도 월급은 예전처럼 챙겨 주시잖아요. 그래서 감사하면서도 죄송해요."

난처한 서하가 눈짓으로 유진을 나무랐다.

"들었니?"

"배려해 주는 김에 인심 좀 더 쓰라고. 아니면 휴직 시킬 거야."

"임유진!"

"유진 씨."

자리에서 일어난 유진이 잡지를 레나의 데스크 위에 올려 두었다. 어깨를 으쓱거리며 여전히 심드렁하게 뱉는 소리에 두 여자가 동시에 소리를 질렀다.

"죄송해요. 대표님. 제가 이야기해 볼게요."

짚이는 바가 있는 서하였다.

"가요, 유진 씨. 네?"

유진의 팔짱을 끼듯 잡아끌며 문으로 재촉했다.

"최고 주주로서 하는 소리니까 심각하게 검토해 줘요. 장레나 대표."

닫히는 문 뒤로 레나가 집어 던진 잡지가 쿵 하는 소리를 내며 떨어졌다.

"너만 연애하니? 찌질한 게 끝도 없어. 임유진!"

방문 사이로 들려오는 그녀의 고함 소리에 서하의 얼굴이 붉어졌다.

부끄러움에 안나와 눈이라도 마주칠까 서하가 얼른 유진의 소매부리를 잡고 대표실을 나섰다.

❈ ❈ ❈

"유진 씨, 정말 왜 이래요?"

"좋잖아. 개인 작업실 생기면 잠시 누워 쉴 수도 있고."

"말 같은 소리를 해야죠. 말이 세 시간이지. 그것도 못 채우고 갈 때가 많은데 어떻게……."

"토요일은 종일 있다가 가잖아."

"솔직해 지시죠. 임유진 씨."

"뭘?"

조수석 문 앞에서 유진을 노려보던 서하가 유진이 차에 오르자 하는 수 없이 따라 올라타고 말을 이었다.

"미카엘 때문에 그러는 거 다 알아요."

안전벨트를 맨 유진이 느른한 시선으로 서하를 바라보았다.

"미기엘이 왜?"
"몇 번이나 말해요. 미카엘의 감정은 그런 게 아니라고요."
"미카엘이 남다른 건 느끼고 있나 보군."
순간 유진의 입가가 꿈틀거리는 것을 놓치지 않은 서하가 작은 한숨을 내쉬었다.
미카엘은 디자인실의 수석 디자이너였다. 로티스에 인턴으로 들어와 수석 디자이너가 된 만큼 레나뿐 아니라 유진과도 친분이 두터운 그는 동양 문화에 관심이 많은 남자였다.
한국에 몇 번 방문한 경험이 있는 미카엘은 3년 전 뉴욕 본사 디자인실에 처음 들어왔을 때부터 서하에게 관심을 보이며 많은 것을 도와주려고 애를 썼다.
문제는 미카엘이 3개월 전 오래 사귀던 일본 여성과 헤어지면서부터였다.
데이트가 없어진 미카엘이 4시에 출근해서 7시쯤 디자인실을 정리하고 나가는 서하를 기다렸다가 가는 길이라며 서하를 집까지 데려다주는 일이 많아졌다.
일주일에 두세 번은 유진이 데리러 왔지만 로티스 진의 해외 진출로 대단히 바빠진 그였다. 처음엔 고마운 일이라고 말하던 유진의 눈매가 날카롭게 변하기 시작한 게 언젠지 서하는 잘 알고 있었다.
그날도 함께 회사를 나온 미카엘이 회사 근처에 새로 생긴 한국 식당을 아느냐고 물어왔다. 둘이서 식사까지 하기엔 내키지 않던 서하였지만 알아 두면 유진을 위해 간혹 테이크 아웃하기 좋겠다는 생각에 따라나섰다.
무슨 우연에서인지 그날 늦을지도 모른다고 한 유진과 그곳

식당 카운트에서 맞닥뜨렸다.

서하는 그때 무슨 이야기를 하면서 식당을 들어섰는지는 가물거렸지만 미카엘의 웃음소리가 평소보다 컸다는 것을, 심하게 구겨져 가던 유진의 미간을 뚜렷이 기억하고 있었다.

그 뒤로 유진은 하루도 빠지지 않고 서하가 퇴근할 무렵 회사 주차장에서 그녀를 기다려 왔다.

"아니라니까요."

"물어봤어? 미카엘에게?"

"유진 씨!"

"옛날부터 동양 여자라고 하면 무작정 흰 이부터 드러내던 녀석이었어."

"내가 아니면 되잖아요. 나 못 믿어요?"

서하가 지친다는 듯 의자 뒤로 몸을 빼며 목소리에서 힘을 뺐다.

"그 녀석 시선 안에 널 둔다는 자체가 맘에 안 들어. 지금 웃었어?"

어이없어 하던 웃음이 결국 쿡쿡거림으로 바뀌었다. 처음엔 그의 질투가 황당했다. 그러나 저렇게 아이처럼 미간까지 있는 힘껏 찌푸리며 못마땅해 하는 그를 보니 왠지 귀엽다는 생각이 들었다.

"이렇게 매도당하는 미카엘을 보니 왠지 안됐다는 생각이 들어요."

서하가 조수석에서 몸을 세워 엄지로 유진의 미간에 잡힌 주름을 지워 냈다.

"읍!"

서하가 순식간에 자신의 입술을 덮쳤다가 떼어 내는 유진을 팔을 힘껏 때렸다.

"위험해요."

차는 번잡한 거리를 벗어나 한적한 플러싱 가를 들어서고 있었다.

"내가 말할게요."

뜻을 묻듯 유진의 눈이 힐긋 서하를 바라보았다.

"나, 네 회사 대주주 애인이다. 그래서 자격증도 없이 인턴 자리 꿰차고 있으니까 건드리지 말라고."

결국, 그의 입에서 새어 나오는 웃음을 보던 서하가 싱긋 웃었다. 여느 때보다 볼 살이 오른 유진의 얼굴이 보기 좋았다.

겨울이면 잊지 않고 보내는 정순의 정성 어린 사골이 한 몫한다 싶으니, 새삼 서울에 있는 가족들이 그리워졌다.

"그러지 말고 휴직해."

"유진 씨, 정말!"

"학교도 휴학해."

농담 같지 않은 유진의 말에 서하가 긴장을 하며 조수석 의자에서 몸을 살짝 일으켰다.

"다음 달 어머니 환갑이시잖아. 상아도 보고 싶고."

"기말 끝나면 방학이이에요. 그때 보면 되잖아요. 휴학까지……."

"결혼식 올리자."

의자에서 완전히 몸을 일으킨 서하가 유진을 돌아보았다. 어느새 차는 그의 차고에 주차되고 있었다.

"내가 안 되겠어. 더 이상 못 기다리겠다고."

"유진……."

"내가 보냈어. 레나가 아니라, 내가."

유진이 긴 한숨을 쉬며 마른 얼굴을 쓸어내렸다.

"네 감각이면 기타 주얼리 아카데미 학원만으로 충분했어. 다른 곳에 보낼 생각 따윈 없는데, 스펙 따위가 무슨 소용이야."

아무리 가까운 사이라 하더라도 받기만 하는 마음은 불편하다며 서하는 뉴욕의 매장에서 일하기를 원했다. 끝내 디자이너가 되어야 한다는 레나의 강요에 가까운 권유 앞에서 서하는 단기 대학이라는 짧은 코스를 제안했다.

그러나 레나는 한사코 Pratt Institute를 입학하게 했다. 그 뒤에 그가 있음을 짐작하고 있었다.

그리고 자신을 위해 유진이 Pratt Institute 교수들의 작품 활동을 뒤에서 돕고 있다는 것 또한 알고 있었다.

"제대로 된 대학 공부를 하게하고 싶었어. 누리지 못한 캠퍼스 생활도."

"알고 있어요."

순수한 그의 마음은 누구보다 잘 알고 있었다. 받기만 하는 이의 미안한 마음을 알아차리기나 하는지 그는 서하의 잃어버린 청춘을 줄곧 안타까워했다.

"그런 내가 더 이상은 안 되겠다고. 젊은 녀석들이랑 어깨 나란히 하고 웃고 걸어다는 것도 못 보겠어."

"한사코 날 유부녀를 만드시겠다는 말이네요."

"봐, 언제는 유부녀와 뭐가 다르냐며 날 안심시키더니."

이마에 더 주름을 깊이 새겨 가는 유진이 귀여워 견딜 수 없는 서하가 다시 웃음을 터트렸다.

"캠퍼스에 넘쳐 나는 남자애들은 제 취향이 아니에요. 이미 성숙한 남성에게 길들여진 바람에."

마치 어린아이를 다르듯 이마를 쓰다듬는 그녀를 유진이 못마땅한 얼굴로 바라보았다.

"로티스 진, 곧 한국 진출을 앞두고 있어. 네가 안 간다면 철회할 거야."

"가요."

단호하게 나온 짧은 답변에 유진의 얼굴이 한순간에 펴졌다. 서하가 이번엔 소리까지 내며 웃었다.

"미안해요. 이렇게 노심초사하는 줄 몰랐어요."

"정말이야?"

"그럼요. 유진 씨가 그만두라면 그깟 학교 따위, 당장 때려치울 수도 있어요. 회사는 더 말할 것도 없고요."

서하의 두 손이 유진의 얼굴을 가만히 감싸 쥐었다.

"이 생에 제가 해야 할 유일한 일은 유진 씨를 외롭지 않게 하는 거. 그거 하나거든요."

양 손아귀에 차오르는 유진의 볼. 그 감촉이 나쁘지 않다. 조금만. 조금만 더 그의 살이 차오르기를 바란다.

서하는 유진과 함께 그의 어머니가 잠들어 있는 곳을 다녀온 날, 그가 내밀었던 작은 봉투 안에 들어 있던 열두 살의 임유진을 가만히 떠올렸다.

벽돌에 가만히 기대어 수줍은 듯 서 있던 어린 유진.

아빠를, 엄마를 잃기 전의 오동통했던 아이의 볼에 박힌 보조개가 참으로 사랑스러웠다. 그리고 사랑스러운 만큼 애잔해 보였다.

유진아. 아빠에게 가는 날 용서해. 너무 오랫동안 아빠를 외롭게 했어. 널 행복하게 해 주는 사람을 만나도록 그곳에서 기도할게.

서하는 오래된 사진 뒤에 적혀 있던 수연의 힘없는 글씨체가 마치 제게 남기는 유언처럼 느껴졌다.

매일 밤 그 문구를 떠올리며 그렇게 가 버린 그의 부모님을 위해, 아빠를 위해 작은 기도를 드렸다.

"언제쯤 당신의 보조개를 볼 수 있을까요?"

"더 이상 살찌울 생각하지 마."

"곤란한데요. 엄마 옆에서 지내고 오겠다는 사람이?"

유진은 정순이 만든 음식을 유독 좋아했다.

"그러게. 딜레마가 아닐 수 없어."

"난 엄마가 무진장 고맙거든요. 이러고 있으면 걱정이 없어져요."

서하가 손바닥을 움직여 그의 볼을 조물거렸다.

"앗."

빠르게 그녀의 팔목을 잡아 내린 유진이 서하의 입술을 한 움큼 물었다.

서하의 손이 그랬던 것처럼 그의 입술과 혀가 그녀의 혀를, 귓불을 한참 탐한 뒤, 쇄골을 천천히 덮었다. 과감해지는 그의 손길에 그녀의 손등 위로 혈관이 두드러져 갔다.

"그만!"

급기야 스웨터를 뚫고 가슴 위로 들어온 입술에 서하가 뜨거운 숨을 몰아쉬며 그를 떼어 냈다.

"한 템포 쉬었다가. 응?"

유진의 눈망울에 스며들어 있는 뜨거운 욕망을 발견한 서하가 그를 달랬다.

"쉬었다가?"

"네, 미친 듯이 뛰어들게요. 그 품으로."

말은 그렇게 하면서 서하가 빠르게 옷단장을 해 내렸다.

"갈수록 여우짓이야."

콩. 유진이 꿀밤이 조금은 따끔했는지 서하가 눈살을 찌푸렸다.

"잊지 말고 전화 드려. 어머니 조금 놀라고 계실 테니까."

유진의 소리에 서하의 눈에 의아함이 떠올랐다.

"겨울에 들어가는 대로 식 올리겠다고 말씀드려 놓았거든."

"뭐라고요?"

"어차피 레나가 저렇게 펄쩍 뛸 줄 알았어."

"유진 씨!"

"내 이름 유진인 거, 동네 사람들 다 아니까 그만 부르고 얼른 들어와."

서하의 입가로 바람 빠지는 소리가 절로 새어 나왔다. 잘래잘래 흔들어 가던 그녀의 눈이 여전히 그의 집 앞을 지키고 있는 금빛 요정상을 바라보았다.

"아무래도 당분간 너 혼자 이 집을 지켜야 될 것 같아. 이제 저 남자에게 새로운 가족이 생길 거거든."

서하의 손이 가만히 그녀의 배를 감싸 쥐었다.

상아를 닮은 여자일까. 알란을 닮은 남자일까.

시험이 끝나면 말하려고 했는데, 늦게 말한다고 벼락같이 화를 내겠지?

긴 숨을 들이마시며 현관으로 들어서는 서하의 얼굴에 비장함이 어렸다. 키 높은 정원수에 걸려 있는 마른 잎사귀가 그녀를 응원하듯 열심히 팔랑거렸다.

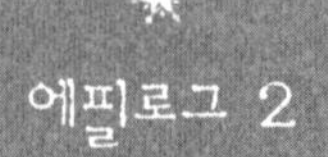
에필로그 2

April Snow

하얀색 운동화가 눈앞에 멈추었다. 어김없이 분홍색의 브랜드 로고가 찍혀 있다. 가벼운 발소리만으로도 제 또래이거나 저보다 어린아이의 것이라는 것을 충분히 알 수 있는 운동화의 사이즈는 제 발보다 작았다.

요 며칠 조심스럽게 다가와 제 앞에서 말없이 서 있다 가던 신발의 주인이 오늘은 기어코 비어 있는 옆의 의자를 차지했다.

"……괜찮아?"

쭈뼛거리며 물어 오는 여자아이의 목소리에 무심코 고개를 돌릴 뻔했다. 구급차를 타고 병원에 도착한 밤. 응급실 밖에서 울고 있던 그 여자아이일 게 뻔했다. 그날, 아이의 운동화는 오늘보다 깨끗했다.

"이제 안 추워?"

저리 가라고. 가 버리라고 힘껏 내뱉었지만 힘없는 입술이 좀처럼 떨어지지 않았다. 아빠의 영정 사진 아래로 절을 하는 사람들 때문에 밤새 못 잤다. 이리로 도망쳐 나온걸 알면 분명 혀 차는 소리가 끊이지 않을 것이다.

"울지 마."

"누가 운다고 그래?!"

버럭 질러 버린 목소리에 여자아이가 움찔 몸을 떨었다. 여자아이의 얼굴을 처음으로 보았다. 흰자위가 약간 붉어져 있는 눈을 보면서 지금 화가 나 있는 대상이 자신이라는 걸 깨달았다.

응급실이라고 붉게 적힌 차디찬 유리문 아래에서 몇 시간이나 시끄럽게 울어 대던 아이. 결국은 제 무릎에 엎드려 울던 낯선 여자아이의 울음소리가 너무 짜증나서 같이 울어 버린 제 자신이 괘씸했다.

"소리를 내서 울어도 된대. 그래야 마음이 말을 듣는대."

뭐라는 거야.

"마음이 말을 들으면 힘이 난대."

나보다 어린 게 하는 말을 알아들을 수가 없다.

"우리가 힘을 내면 아빠도, 다른 아픈 사람들도 힘을 낸대."

또 운다.

"수간호사 선생님이 엄마에게 그랬어."

그러면서 저는 소리도 내지 않는다.

"유찬아, 민유찬!"

멀리서 들려오는 익숙해지지 않는 이름 앞에서 여자아이가 먼저 고개를 돌렸다. 말없이 일어서 여자아이를 지나쳤다.

"……민유찬."

동그랗게 모아진 여자아이의 작은 입술에서 나뭇가지 흔들리듯 조용히 같은 이름이 흘러나왔다.

"너."

획 하고 뒤를 돌아보았다. 아이의 코가 루돌프처럼 새빨개서 화를 낼 수가 없다. 왼팔에 둘러진 완장을 발견한 여자아이의 눈에 두려움이 떠오르고 다시금 눈물이 차올랐다.

"소리 내서 울라며? 그래야 힘을 낸다며?"

결국 엉엉 소리를 내며 우는 중에도 제 눈과 완장을 번갈아 보는 여자아이가 짜증이 나서 견딜 수가 없다.

"가, 네 아빠에게 가라고! 나는 괜찮으니까."

크게 지르는 소리에 놀랐는지 여자아이가 빠르게 몸을 돌렸다.

아빠를 부르며 넘어질 듯 뛰어 가는 여자아이의 하얀 운동화가 병원 잔디에 먼지를 일으켰다. 그 먼지가 매워 눈물이 볼을 타고 흘렀다.

—*Fin*

작가 후기

어느 지인이 말하길 내가 사랑하는 사람이 나를 사랑해 주는 일은 신이 줄까 말까 하는 축복이라고 하더군요. 짝사랑을 비롯해 엇갈린 사랑의 작대기가 그만큼 많은 탓이겠죠.

그러나 서로가 같은 마음으로 바라보는 축복적인 사랑을 겨우 만나고도 영원을 약속하지 못하게 되는 일이 있습니다.

여러 이유가 있겠지만 서하와 유진처럼 자신이 지닌 소중한 것이 사랑의 불필요 조건이 되어 그들을 가로 막을 때만큼 아픈 경우는 없는 것 같습니다.

두 주인공의 에피소드만으로 꽉 채우자는 다짐을 비웃듯 이번 이야기 역시 가족이 짐이 되고 상처가 되어 버린 점이 스스로도 아쉽습니다.

그만해야지 하면서도 매번 글을 쓰는 이유는 좋은 책을 만들고 싶은 소망 때문이 아니라, 연재 공간에서 만나는 독자님들과의 소통이 고단하고 남루한 일상에 큰 위로와 기쁨이 되기 때문입니다.

'나의 로티스' 라는 이름으로 연재를 한 '4월의 눈' 은 독자님들의 격려와 응원이 있었기에 집안에 닥친 憂患 속에서도 끝까지 마무리할 수 있었습니다.

한 걸음 한 걸음 나아갈 수 있도록 부족한 글을 읽어 주시는 독자님들과 '4월의 눈' 을 한 권의 예쁜 책으로 태어나게 해 주신 봄 미디어 편집부에 감사의 인사를 전합니다.

가족이란 서로의 꼬리를 물고 있다.
아프게 깨물면 아프게 물린다.
그렇다고 가볍게 물었다가는 자칫 서로를 놓칠 수 있다.
너무 세게 물면 끊겨 버릴지도 모른다.
모든 사랑이 그렇듯이.

— 은희경, '행복한 사람은 시계를 보지 않는다' 中

—2018년 11월.
안정원 올림.